임화 시 연구

김정훈 지음

국학자료원

머리말

어디로 가야 하는지, 가는 방향도 제대로 모르는 채 국문학 공부를 시작한 지도 벌써 15, 6년이 되었다. 하면 할수록 가닥을 잡기가 어렵게만 느껴진다. 언제쯤이나 두려움 없이 당당한 걸음으로 내 길을 갈 수 있을지…… 부끄러운 마음으로 이제까지 쓴 글 중 일제 강점기의 대표적 프로시인 임화에 관한 것을 모아 한 권의 책으로 묶어낸다.

이 책에 실린 글들은 크게 두 부분으로 나누어진다. 제1부 「일제 강점기 임화 시 양식 연구」는 일제 강점기에 발표된 임화의 시를 중심으로 해서 그 양식의 변화와 의미를 살펴본 것이다. 임화의 양식 실험이 돌발적이거나 우연적인 산물이 아니라 전통의 창조적 계승이며, 동시에 동시대와의 끊임없는 대화와 삶의 성실성에서 비롯된 것임을 이야기했다. 제2부 「프로시 양식 변천의 실천적 검토」는 임화 시의 시사적 의의를 분명히 하려는 의도에서 쓴 글들을 모은 것이다. 제2부에 담긴 「1920년대 후반 프로시 양식 논쟁」은 임화의 단편서사시 양식이 당대에 어떤 의의를 가지고 있었는지를 살펴본 것이고, 「단편서사시의 개념, 대상, 범주 고찰」은 그간 논란이 되어 온 단편서사시 양식의 출발선과 경계를 따져 본 것이며, 「광복 직후의 임화 시 연구」는 광복 직후에 임화 시가 보여준 변모가 일제 강점기와 어떤 연관성을 맺고 있는지를 알아본 것이다.

임화를 통해 일제 강점기의 한 주류였던 프로문학의 흐름과 고민을 파악하고, 나아가 동시대 문학사의 누락된 부분을 온전히 복원해 보고자 했던 것이 이 글들을 쓸 당시 필자의 의도였다. 하지만 여전히 이 시기 문학사의 궤적을 명쾌하게 설명하기에는 부족한 점이 많다는 점에 아쉬움을 많이 느끼고 있다. 생각해 보면, 이것은 임화를 비롯한 당시의 문인들과 나 사이의 대화가 성숙되지 못하였기 때문에 생긴 어쩔 수 없는 한계라 생각한다. 앞으로 공부를 더 쌓아, 보다 충실한 대화를 나눌 준비를 갖추어 다시 그들의 의미를 물어 나가겠노라 자위해 본다. 이런 뜻에서, 이 책은 계속되어야 할 내 공부를 위한 충실한 밑걸음이자 발판이 되리라 생각한다.

학문의 길을 올바로 가도록 항상 채찍질해 주신 김시태 선생님을 비롯한 여러 선생님에게 감사드린다. 이 분들은, 공부해 나가면서도 그 방향이 정확한지를 몰라 흔들리고 고민할 때마다 언제나 길을 가르쳐주고 방법을 일러주신 학문의 대선배이자 스승이셨다. 그리고 항상 말 없이 믿어주고 버팀목이 되어준 가족과 여러 선배, 동료들에게 깊은 고마움을 전한다. 끊임없는 연구와 겸허한 반성만이 그분들의 은혜에 보답하는 길이라고 생각한다. 끝으로 기꺼이 출판을 맡아주신 정찬용 사장님께 감사드리며, 이 책이 나오기까지 수고해 주신 국학자료원 편집부 여러분들께도 아울러 감사의 뜻을 표한다.

2001년 6월, 수락산 기슭에서
김정훈

차 례

제1부 일제 강점기의 임화 시 양식 연구

제2부 프로시 양식 변천의 실천적 검토

제1부

일제 강점기의 임화 시 양식 연구

Ⅰ. 머리말

1. 문제 제기와 연구사 검토

林和[1]는 1920∼30년대 한국 막시즘 문학운동기에 활동한 대표적 시인이며 비평가였다. 또한, 그는 카프 후반기를 책임진 서기장으로서 프로문단을 실제로 주도했을 뿐 아니라, 동시대의 문학 현상을 유물사관의 입장에서 파악하려고 했던 문학사가이기도 했다.

임화는 평생 동안 문학과 정치 또는 사회운동의 일치를 위해 노력해 왔다. 이로 인해 그의 문학에는 당대 사회운동의 영향이 심대하게 나타난다. 이 때문에 그의 문학을 이해하기 위해서는 비평가와 문학운동가로서의 그의 모습을 적절히 비교하면서 접근할 필요가 있다.

그런데 실제 임화의 이론적 지향점과 그의 시의 실상은 상당 부분 일치하지 않는 모습을 보인다. 물론 이것은 기본적으로 당대 현실의 왜곡적 구조와 임화의 인식적 · 실천적 한계에 기인하는 것이지만, 한편으론 그가 생

---

1) 본명 林仁植. 필명 星兒 · 林華 · 雙樹台人 · 金鐵友 · 林優 · 楊南樹. 1908년 10월 13일 서울 동숭동에서 출생. 보성고보 중퇴. 1926년 12월, 카프 가입. 박영희의 후임으로 카프 후반기 서기장 역임. 1931년 6월 검거되었으나, 동년 11월 기소유예로 석방. 광복 후 조선문학건설본부 의장, 민전 기획부 차장으로 활동. 1946년 말 월북. 조 · 쏘문화협회 부위원장 역임. 1953년 12월 3일, 남로당계 숙청과 관련하여 미국 스파이 혐의를 받고 사형당함.

래적인 시인이었기 때문에 생길 수 있는 어쩔 수 없는 괴리이기도 하다. 프로시인으로서의 그는 당대의 불합리한 현실을 타개하기 위해 자신의 신념을 가지고 올바른 실천에의 행동을 지향하고 있지만, 거대한 현실의 벽에 부딪쳐 결국 이를 달성하지 못하고 좌절하는 행동을 반복한다. 그의 시는 바로 이런 일련의 행동의 성실한 기록이다. 그리고 그의 활동들은 자신의 시에 반드시 포함될 수밖에 없었던, 또는 포함되어야 한다고 믿었던 정론성을 확인하거나 보충, 확산, 증폭, 유지하려는 의도에서 비롯된 것들이었다.

한편, '도쿄 문단의 지부'니 '추종주의'니 하는 지적이 있었듯이, 한국 프로문학운동은 이론과 실천의 면에 있어서 일본문단의 영향이 컸던 것이 사실이다. 그럼에도 불구하고 우리의 주된 관심사는 이 땅의 프로문학운동이 어떤 점에서 독자성을 획득하고 있으며, 따라서 우리 문학사에 있어서 어떤 의의와 위상을 차지하고 있는가를 알아보는 데 있다. 즉, 일본측의 프로문학이론이 한국에 수용될 경우, 이 땅의 사회·문화적 조건들에 의해 어떻게 변용되고 있으며, 그것이 어떻게 이 땅의 독특한 문학 현상으로 제시되고 있는가를 파악하려고 한다.

임화 시에 관한 기존의 연구 성과를 검토해 보면 대충 두 시기로 구분할 수 있다. 제1기는 일제 강점기에 나온 임화 시에 관한 비평을 들 수 있겠는데, 이 시기는 논쟁 성격을 띤 인상주의적 단평이 주를 이룬다. 이 중 다음 몇 편의 글은 지금도 일정한 의의가 있다. 양식의 고정화라는 난제에 봉착한 프로시의 새로운 타개책으로 단편서사시에 주목한 김기진의 「短篇敍事詩의 길로」(조선문예, 1929.5), 단편서사시의 문제점을 지적한 박완식·안막·권환 등의 평론2), 藏原惟人이 주창한 '프롤레타리아 리얼리즘'을 적용

---

2) 金斗鎔, 「우리는 엇더케 싸울 것인가?」(무산자, 1929.7)
   朴完植, 「푸로레타리아詩歌의 大衆化 問題 小考」(동아일보, 1930.1.7~10)
   _____, 「푸로詩歌에 對한 當面的 任務＝우리 詩歌의 大衆化 問題＝」(조선일보, 1930.2.1~5)
   權允煥, 「無産藝術運動 過去 一年의 瞥顧와 將來의 展開策」(중외일보, 1930.1.10~31)

하여『캅프 詩人集』(집단사, 1931.11)에 수록된 단편서사시를 분석한 백철의 「創作方法 問題와 階級的 分析과 詩의 創作 問題」(조선일보, 1932.3.6~20), 당시 임화의 창작 환경을 보여주는 김남천 등의 글[3], 임화 시에 내재한 감상성을 비판한 이정구의 글[4], 몇 편의 소규모 작가론[5] 등이 그것이다. 특히 팔봉과 도쿄지부측 이론가들의 글은 단편서사시를 바라보는 상이한 두 가지 시각—예술로서의 운동인가, 운동으로서의 예술인가 하는—을 보여주는 극명한 예로, 지금까지도 단편서사시를 연구하려는 이들의 출발점을 명확히 해 주는 역할을 한다.

1980년대 중반 이후의 임화 시 연구 제2기에 들어와, 본격적인 연구가 시작되면서 대체로 다음 다섯 가지 방향에서 연구가 진행됐다. 첫 번째는, 현실적 조건의 변화 과정에 초점을 두고 각각의 상황에 해당하는 임화 시를 거론하여 그 관련 맥락을 파악해 보는 방법이다. 이것은 시 자체에 대한 분석과 해명보다는 문제적 개인인 임화에 대한 작가론적 관심의 일환으로 임화 시를 다루는 것으로, 김윤식과 김용직의 글이 대표적[6]이다. 이 방법은

_____, 「「詩評」과 「詩論」」(대조, 1930.6)
_____, 「朝鮮 藝術運動의 當面한 具體的 課程」(중외일보, 1930.9.2~16)
安 漠, 「푸로藝術의 形式 問題—「푸로레타리아 · 리아리슴」의 길노—」(조선지광, 1930.3)
3) 金南天, 「林和에 關하야—그에 對한 隨惑의 이토막 저토막—」(조선일보, 1933.7.22~25)
_____, 「自作 案內」(사해공론, 1938.7)
一記者[李學仁], 「詩人 林和의 夫婦는 그뒤에 엇찌 되엿나」(조선문단, 1935.8)
朴基泳, 「文壇八面鏡—林和의 再起」(신인문학, 1935.10)
4) 李貞求, 「詩에 對한 感想」(조선일보, 1933.9.19~23)
_____, 「詩에 낫타난 偶然性의 解釋」(형상, 1934.3)
5) 尹崑崗, 「林和論」(풍림, 1937.4)
李東珪, 「林和」(풍림, 1937.5)
金東錫, 「林和論—그의 詩를 中心으로—」(상아탑, 1946.1)
林肯載, 「林和論—扮裝한 幘巾의 詩人—」(백민, 1948.5)
6) 金容稷, 『林和 文學 硏究—이데올로기와 詩의 길—』(세계사, 1991.3)
金允植, 『林和 硏究』(문학사상사, 1989.12)

동시대의 사회운동이나 정치운동의 흐름 속에서 임화 시가 차지하고 있는 위치를 알아보는 데에는 일정한 효과를 가진다. 그러나 시와 직접적인 관련이 없는 외적 환경의 전개 과정이나 시인의 신변적 사소사의 변화에만 과도하게 관심을 집중하여, 정작 시 작품 자체의 내적 논리나 예술적 가치 판단에 대해서는 별 다른 언급을 하지 못하는 것이 문제이다.

두 번째는, 특정 외래 사조 또는 일본 프로시와의 관련성을 염두에 두고 비교문학적 관점에서 임화 시를 바라보는 방법이다. 주로 다다이즘이나 초현실주의 등의 수용 양상을 다루는 가운데 임화의 초기작을 한 사례로 다루거나, 일본 프로시와의 비교를 통해 영향 관계를 규명하려는 것[7]으로 나타난다. 이런 방법은 동시대인들의 정신 구조를 살펴 우리 근대문학의 한 성격을 알아내는 데는 도움이 된다. 그러나 현재까지는 비교와 제시의 차원에 머물고 있을 뿐, 수용과 이후 전개 과정에서 드러나는 차별성을 해명하지는 못하고 있다. 그리고 일본 프로시와의 관련성이라는 것도 「雨傘밧은 「요꼬하마」의 埠頭」(조선지광, 1929.9)와 中野重治의 「雨の降る品川驛」(개조, 1929.2) 하나만을 작품외적인 차원에서 대조하는 데 머물고 있어 본격적인 비교 연구라고 보기에는 미흡한 점이 많다.

세 번째는, 일제 강점기 동안 산출된 프로시를 리얼리즘시의 전통 속에 놓고 총체적으로 파악하려는 시도이다. 대표적인 사례로 윤여탁의 글[8]을 들 수 있는데, 프로시를 리얼리즘시라는 큰 범주에서 파악해 보려 한 시도라는 점에 의의가 있다. 그러나 '서술시(사건시/이야기시)=리얼리즘 시'라는 관점에만 치중해 1930년대 중반 이후 다양하게 전개되는 프로시의 변화 양상을 면밀하게 파악하지 못했으며, 예술성이 결여된 일부 프로시 작품에 대해서까지 지나치게 고평으로만 일관하는 점 등에서 공정한 평가라고 보

---

7) 김윤식, 「현해탄의 사상과 品川驛의 사상」(『韓國近代文學思想史』, 한길사, 1984.6)
　　朴仁基, 『韓國現代詩의 모더니즘 硏究』(단대출판부, 1988.10)
8) 윤여탁, 「1920~30년대 리얼리즘시의 현실 인식과 형상화 방법에 대한 연구」
　　(서울대, 박사학위논문, 1990.8)

기 어려운 점이 있다. 또한 근본적으로 서정시 장르에 속한다고 할 수 있는 임화의 단편서사시를 '서술시'라는 전혀 다른 장르로 논하고 있다는 점, '리얼리즘 시'의 개념 및 장르 규정에 대한 근본적인 의문을 충분히 해결하지 않고 있다는 점 등의 문제점을 보인다.

네 번째는, 임화 시를 하나의 담론 구조로 보고, 시대의 변화에 따른 담론의 변화 양상을 고찰해 나가는 경우9)이다. 주로 바흐찐이나 채트먼의 이론을 전제로 하여 임화 시의 소통 구조를 따지는 방법으로, 작품의 면밀한 분석을 통해서 그 의미를 파악해 낸다는 점에서 탄탄한 방법론이 돋보인다. 그러나 '작중 화자와 청자간에 이루어지는 소통 구조'에 초점을 맞춰 당대의 사회운동의 흐름과는 유리된 상태로, 즉 오직 '하나의 작품으로만' 프로시를 설명하려는 태도로는 일제 강점기에 산출된 프로시를 올바로 바라보고 평가하기 어렵다는 점에서 심각한 문제점이 있다.

마지막으로, 임화 시의 내적인 연결 구조를 파악해 내려고 하는 시도를 들 수 있다. 이것은 일반적으로 임화 시 전체를 놓고 몇 개로 시기 구분을 한 후, 각 시기의 특징적 현상을 파악해 나는 방법10)으로 전개된다. 이것은 임화 시의 전체적 모습을 한 눈에 조망해 볼 수 있다는 점에서 유용하다. 그러나 실제 이 글들은 시기 구분의 필연성에 대한 명확한 해명이 결여되어 있고, 각 시기간 연관성에 대한 고찰이 부족하며, 주제 의식의 변화와 시형의 상응 관계에 별로 주의를 기울이지 않는다는 문제점을 안고 있다.

---

9) 이명찬, 「1920~30년대 한국시의 서사화 과정에 대한 연구—화자층의 분석을 중심으로」(관악어문연구, 서울대 국어국문학과, 제18집, 1993.12)

남기혁, 「임화 시의 담론 구조와 장르적 성격 연구」(서울대, 석사학위논문, 1992.2)

10) 박건명, 「임화 시연구」(『한국 현대문학의 이해』, 건국대 현대문학연구회 편, 서광학술자료사, 1992.12)

崔斗錫, 『리얼리즘의 시정신』(실천문학사, 1992.4)

김정훈, 「林和 시 연구를 위한 소론—초기시를 중심으로」(국제어문, 제12·13집, 1991.8)

_____, 「林和 詩 「曇—一九二七」·「작코」·「반제ㅅ 틔」의命日에—」 小攷」(한양어문연구, 제9집, 1991.12)

또한 시형의 변화에 담긴 의미 고찰에는 소홀하다는 점도 문제점이라고 할 수 있다.

이상의 연구사 검토를 통해 볼 때, 기존의 연구는 다음과 같은 점에서 아쉬움이 있다. 이제까지의 연구는 대체로 한국문학의 전통적 흐름에 입각한 연구자의 주체적인 관점을 명확히 보여주지 못하고 있으며, 한국 막시즘의 변별성을 별반 고려하지 않은 채 논의를 전개했다. 외국의 문학이론과 방법론을 그대로 가져와 분석에 이용하는 사례가 많이 나타나고 있는 것과, 동시대 일본문학이 끼친 영향에 대해 지나치게 과대 평가한 것도 문제이다. 중요성 여부를 따지지 않고 임화의 모든 시를 무차별적으로 대상으로 삼고 있으며, 평론과 시의 상관성에 대해서 면밀한 고찰을 하지 못하고 있다는 점도 들 수 있다. 그리고 시형의 변천과 그 양식적 특성 및 의미에 대한 고찰이 충분치 않다는 점도 문제이다.

2. 연구 목적과 범위

본고는 임화 시의 양식적 특성과 그에 내재된 의미 고찰에 중점을 둔다. 이제까지의 연구는 주로 임화의 정신사적 변모 과정이 시의 내용상에 어떻게 나타나 있느냐, 또는 당대의 시대적 상황이 시에 어떻게 반영되어 왔는가를 파악하는 데 천착해 왔다. 이는 시를 시인이 가지고 있는 정신의 표현물이거나 시대적 상황의 일차적 반영물로만 보려는 태도이다. 이처럼 역사적 사건과 외적 상황의 변화라는 역사적 사실을 도구로 하여 시 작품을 살펴보는 방법론은 일제 강점기 동안 전개되어온 진보적 문학운동의 전반적 변모 양상을 살피는 데 있어 방법론적 명확성을 줄 수 있다는 점에서 유용한 것이다. 또한 그 속에서 한 진보적 시인이 자리했던 위치와 의미를 명확히 할 수 있다는 점에서 반드시 필요한 것이기도 하다. 그러나 이러한 방법은 시인 나름의 독자성을 무시하고 문제를 너무 일반화시키는 것이라는 점에서, 한 시인의 작품을 들여다보는 데 있어 그 적절성과 타당성이 의문시된다.

우리가 다루려고 하는 것은 구체적인 한 시인의 작품과 그 변천 과정에 담긴 시대적·예술적 의미이다. 이것은 그 토대와 환경이 되는 외적 변화인 못지 않게 그 주체적 담당자의 내적 변동인에 의해서도 많은 영향을 받는다. 그러므로 임화 시의 진정한 변모 양상과 그 과정을 알아보기 위해서는 작품 외적 상황의 변화를 찾는 데만 노력을 경주할 것이 아니라, 그 내적 원인을 찾아 전후의 문맥을 변증법적 통합의 관계로 이해하려는 자세가 필요하다. 이런 점에서 임화 시의 양식적 특성 변화에 내재한 의미에 주목할 필요가 있다. 따라서 본고의 중점은 동시대 프로시와 비교하여 임화 시의 양식적 특성 파악과 그 변화에 담긴 의미를 그 안팎의 변화인에 대한 구체적인 검토를 통해 확인하는 데 놓인다.

거듭된 검거와 탄압으로 인해 카프 조직이 소멸하는 1932~1934·5년을 분수령으로 하여, 임화 시는 양식상의 큰 변화를 보인다. 물론 이것은 일차적으로는 시적 상상력의 토대인 현실적 조건의 상이성에서 생성된 것이다. 그런데 여기서 우리가 주목해야 할 것은, 한 시인이 이러한 현실적 조건의 변화에 어떻게 시적으로 대응해 나가는가 하는 것과, 이 경우 그 전후 시기의 시가 보여주는 양식적 특성을 어떻게 이해할 것인가와, 이들은 서로 어떤 관련성을 가지고 있는가 하는 점들이다. 이를 위해 본고는 각각의 형식적 계기가 시인이 작품에 담아내려고 한 주제와 자신의 이데올로기, 당대의 내외 환경 등과 변증법적으로 결합하여 구조화되는 과정을 해명하고자 한다.

임화 시에 대한 이런 접근은 모두 임화 시를 통해 일제 강점기에 산출된 우리나라 프로시의 정확한 실상을 파악하고, 당대를 살아 간 지식인 청년들이 과연 어떠한 의식에서 막시즘을 받아 들였던 것인가, 그리고 전체 프로시의 변모 과정에 있어서 임화가 차지하는 의미를 명확히 확인하고자 하는 욕구에서 비롯된다.

본고에서 하려는 임화 시 연구를 위해 필요한 모든 기초 자료는 당시 신문이나 잡지에 발표된 것을 우선적으로 텍스트로 삼는다. 동일한 시가 여러 군데 실려 있을 경우는 최초 게재작을 텍스트로 하였다. 신문이나 잡지가 아니라 시집을 통해 첫선을 보인 작품들은 당연히 그 시집 게재작을 텍스트로 설정했다. 본고의 연구 대상이 되는 시집은 엔솔로지인 『카프詩人集』(집단사, 1931.11)과 임화의 개인 시집인 『玄海灘』(東光堂書店, 1938.2), 『讚歌』(白楊堂, 1947.2), 『回想詩集』(건설출판사, 1947.4)이다.

Ⅱ. 단편서사시의 성립과 그 전개 양상

1. 단편서사시 창작의 전 단계

1) 초기시의 양상

임화의 등단작품은 「밤이면」(매일신보, 1926.3.28)이다. 그런데, 이 시를 비롯하여 그 해 <매일신보> 지상을 통해 발표한 임화의 시들(총 7편)은 모두 시인의 개인적 主情을 별 다른 문학적 장치의 여과 없이 그대로 분출하고 있으며, 대부분 실연의 아픔을 퇴영적으로 노래한 것이다. 또한 그 표현이 감상적이고 상투적이어서, 시형과 시어 구사에 있어서의 근대적인 의식을 찾아볼 수 없다. 그렇기 때문에 이 시들은 전반적으로 습작시의 수준에 머문 것으로 보인다.

임화의 본격적인 시작은 아무래도 <조선일보>로 게재 지면을 옮긴 후 발표한 「雪」(조선일보, 1927.1.2), 「赫土」(상동)부터로 보는 것이 온당할 것이다. 이 시들은 시적 정조와 분위기, 시어의 선택, 서정적 주체인 화자를 통해 전달하려는 의도의 명확성 등 여러 부분에서 습작시와 커다란 차이가 있다.

> 뭇사람놈들의 잇삿헤올라
> 이미날근지가오래인 싯벌건 裸土일지라도

그것은 祖上의骸骨을 파무더가지고
　　代代로 물러나려왓든 거룩한쌍이며
　　限업시거치러진 廢地일망정
　　여긔는가장신성한숨소리 벌덕이며
　　이쌍의젊은사람들에게 끄님업시
　　귀넘겨 속삭여주는 우리의 움이어라
　　分明코그것은 무엇이라중얼대는것이다 沈默한無言中에서 쉬일새업도록
　　그러나— 그것을짐작이나마할사람은
　　오즉 못나고 어리석으며 말한마듸도 변변히 못내는 白蠟가튼입가지고
　　구지레한 白布늘두른그립은나의나라의 비척어리는 사람의무리가잇슬짜
　　름이다
　　오오! 그러나
　　비록 그러케못생기고 빈충마진친구일지라도
　　그것은나의同國人이오 피와고기를나노인赫土의 날근主人이며—
　　나의朝鮮의民衆인것이다[1]

　「赫土」에서 화자는 단호한 목소리로 이 땅의 빛나는 역사와 그것을 되찾기 위해 젊은이들이 해야 할 사명에 관해 이야기한다. 한 문장 한 문장이 끝날 때마다 거의 단정적인 어감을 주는 종결어를 사용하는 것은 바로 이런 화자의 모습을 뒷받침하기 위해서이다. 내용에 있어서도 잘못된 상황과 불만족스러운 세계의 모습에 대해 절망하는 것으로 그치지 않고, 그 실상을 정확하게 응시하고 이에 부딪쳐 타개해 내려는 화자의 강한 신념을 드러내고 있다는 점이 두드러진다. 즉 이 시는 습작시에서 흔히 보이던 지난 시절에 대한 회상이 아니라, 아직은 관념적이고 추상적이지만, 내가 발딛고 서 있는 '지금-여기'의 실상과 그것을 극복해 내려는 화자의 의지를 담아 내고 있다. 또한 한 개인의 사적인 차원의 문제-실연 등-가 아니라, 동시대 조선 사람들이 공통적으로 처한 근본적인 문제들을 시의 주제로 채택하고 있다는 점에서 습작시와는 큰 차이를 보인다.

---

　1) 星兒[임화], 「赫土」(조선일보, 1927.1.2), 3면. 전문.

그리고 전체적으로 행이 길어지면서 자유시의 형태에 좀더 가까워지고 있다는 점, 현대적인 분위기를 나타낼 수 있는 사물을 거론하고 그것을 감각적인 시어로 표현하고 있다는 점, 시행의 배열 형태를 의도적으로 조절하려는 시도가 나타나고 있다는 점 등도 차별성을 갖는 부분이다.

이 시기 임화의 시적 태도는 그의 초기 문학관 형성에 큰 영향을 끼쳤던[2] 이상화의 시적 태도와 유사성을 보이고 있다. 우선 소시민 지식인의 입장에서 관념적인 태도로 문제에 접근하고 있다. 그리고 당대의 고통스럽고 아픈 현실을 제재로 삼되 그 현실 자체를 구체적이고 사실적으로 그리는 것이 아니라, 그에 대한 화자의 반응을 주로 다루고 있다. 또한 당대의 민중 또는 농민들을 지향하면서, 이들이 겪는 아픔에 기꺼이 동참하려는 자세를 보이고 있다. 마지막으로 민중 또는 농민과 그들이 처한 고통스러운 삶의 현장을 고발하는 지식인 화자가 일체감을 찾지 못한 채, 기본적으로 실천과 유리된 자리에서 단지 바라보며 안타까워하는 모습만을 보인다.

그러나 당대 상황에 대한 판단과 이후에 취해야 할 행동을 놓고 임화와 이상화는 미묘한 인식의 차이를 드러낸다. 우선 이상화는 '빼앗긴 또는 잃어 버린 땅'과 그 땅을 빼앗긴 또는 잃어버린 '농민의 아픔'을 시작의 근저에 놓고, 이 위에 시대의식과 민족의식을 담아내는 방식을 취하고 있다. 여기서는 땅이 모든 것을 지배하며, 모든 이들은 땅에 매여 있다. 그들은 땅과 함께 성장하며, 땅과 함께 부침한다. 이런 그의 시에 식물적 이미지가 만발

---

2) 등단 무렵부터 1928년 경까지를 회상하면서, 당시 백조파와 자신의 관계를 임화는 "그[이상화]에게서 분명히 시인을 보았다", "회월은 좋은 스승이었다"라는 말로 설명하고 있다. 이것은 그가 시에서는 이상화를, 평론에서는 박영희를 각기 전범으로 삼고 문학을 본격적으로 대하기 시작했음을 의미하는 것이다. 임화, 「나의 文學 十年記─어떤 靑年의 懺悔─」(문장, 1940.2), 23~24쪽.
　　여기서 비교 대상으로 삼은 이상화의 시는, 그가 1927년 대구로 낙향하기 이전에 발표한 것들이다. 「가장 悲痛한 祈慾─間島 移民을 보고─」(개벽, 1925.1), 「暴風雨를 기다리는 마음」(개벽, 1925.3), 「緋音」(1925), 「街相」(개벽, 1925.6), 「도─쿄─에서」(문예운동, 1926.2), 「빼앗긴 들에도 봄은 오는가」(개벽, 1926.6) 등이 이 범주에 드는 작품들이다.

하는 것은 지극히 당연하다. 땅을 빼앗긴 인간들이 할 수 있는 일은 바로 이 빼앗긴 땅을 찾는데 모든 힘을 집중하는 것뿐이다. 땅만 다시 찾을 수 있다면 모든 것은 다시 회복할 수 있다는 신화적 사고가 그의 시에는 내재되어 있다.

임화 역시 땅의 문제에 초점을 맞추고 있지만, 그의 땅은 아직 빼앗기지 않았다. 빼앗기지 않았을 뿐더러 결코 빼앗길 수도 없는, 오히려 '빛나는 [赫] 땅', '신성한 땅'이다. 다만 지금은 '뭇사람놈들의 잇샷헤올라 / 낡은지가오래인 싯벌건 裸土'(1~2행)가 되어 있을 뿐이다.3) 언제나 땅은 역사의 숨결을 간직하고 있다가, 젊은 사람들에게 은밀히 그 이야기를 전달해 준다. 땅의 신성함은 바로 여기에서 나오는 것이며, 새로운 주인인 젊은 사람들이 자신에게 부과된 임무가 무엇인지를 정확하게 인지하고 이를 실현하기 위해 성실하게 행동할 때, 이 신성함은 증폭되어 이후에도 계속 계승되어 나갈 수 있게 된다. 이러한 인식 하에서 이상화 식의 정태적 이미지는 살아 남을 수 없게 된다.

또한 이상화 시의 화자는 사물과 현상의 의미를 파악하는 의식은 어느 정도 갖추고 있지만 당대의 환경을 극복할 타개책을 찾지는 못하고, 그저 당대의 현실을 바라보고 아쉬워하며 비애를 느끼는데 머물고 있다. 반면에, 임화 시의 화자는 바라보는 것으로 만족하지 않고, 자신이 바라보는 저 불만족스러운 현실을 언젠가는 변혁하고야 말리라는 '강한 독기'를 보이고 있어 차별성을 보인다. 이 '강한 독기' 즉 변혁에 대한 그의 뜨거운 열정은 이후 막시즘으로의 본격적인 전신을 가능케 하는 가장 중요한 매체가 되는 것으로, 그가 시작 초기부터 가지고 있던 예술에 관한 절대적인 효용적 가치관4)에 기인하는 것이다.

---

3) 이런 의식은 곧 이어 발표되는 「肖像」(조선일보, 1927.1.31)에서도 그대로 반복되고 있다.

4) 임화는 「效用을 爲한 文學」(조선지광, 1928.1)에서 우리 조선이 지금 가져야 할 문학은 당연히 "우리 朝鮮人 全體의 利益을 爲한 文學"(9쪽)이어야 한다고 이야

이런 차이점들로 인해 이상화가 전통적인 서정시 형태를 거의 그대로 고수하고 있는 반면에, 임화는 거기에 만족하지 못하고 점차 시 속에 자신이 필요로 하는 이야기를 담아 그 선동성을 극대화하면서 서정시 양식의 일정한 변용을 꾀했다.[5]

> 破裂된硫璃窓틈박우에엔
> 목썰어진 勞動者의 피비린내가나고[6]
> 銀行所벽돌담에는 妻와子息들의
> 말라부텃든섭질 春節의微風으로
> 구렁이탈가티흐늘적어린다
>
>   [……]
>
> 春節에걸어가는 長身의靑年
> 失綜한한아이 아니면소매치기로出世한 —
> 그는별안간돌아서 나의이마를후렷다
> 나의畵中에出場시킨充實한人形이 —
> 그러고그는逃亡을하엿기때문에 畵板엔큰구녕이뚤어저버리엇다

기한다. 또한 「作家 短篇 自敍傳」(삼천리문학, 1938.1)에서도 "最初부터 나는 文學의 社會的 生活的 意義 때문에 文學에 熱情을 밧치엿습니다"(260쪽)라고 기술하고 있다.

5) 본격적으로 시가 이야기성을 획득하는 것은 단편서사시에 가서이지만, 이미 여기서도 그 단초를 찾을 수 있다. 이것은 시의 이야기성이란 시인이 당대의 현실을 정직하게 보려고 할 때, 그리고 그것을 변혁하려고 하는 뜨거운 정열을 버리지 않고 있을 때, 언제나 시 속에 수용될 가능성을 있다는 것을 의미한다. 때문에 문제가 되는 것은 이야기가 시에 수용돼어 있느냐 여부가 아니라, 어떤 이야기를 어떻게 수용하고 있느냐이다.

6) 이것은 초현실주의의 문학적 주창자인 앙드레 브르똥이 제시한 유명한 자동기술에 의한 구절 "창 옆에 두 동강이 난 사람이 있다."(Manifeste du Surréalisme, 1924)와 비슷한 연상 구조이다. 다만, 임화는 '창'을 '破裂된 硫璃窓'으로 구체화시키고, '두 동강이 난 사람'을 '목썰어진 勞動者의 피비린내가 나고'로 형상화하여, 좀더 계급적으로 보고 있다.

復讐―나는不共戴天을맹서하고 이그림을그린다[7]

이것은나의出世할그림歷史의『스토리』이다

◇

암만해도나는 繪畵에서逃亡한藝術家이다

未來派―功的이고亂調美의追求

그것도아니다 決코나의그림은美術이못되니까―

하마트면 또는 一九一七年十月에일어난兵丁의行列과冬宮午後三時와九
時사이[8]를浮彫하고잇슬지도모를것이다

사랑할만한『아카데믹』의有爲한靑年의作品이―

오오 나의그림은分明히나를反逆햇다

그러고 새롭은나를 强要하는것이다

쌩기 ― 냄새를피우고팟냄새를달낸다

그리할것이다 나는以後부터는銃과馬車로그림을그리리라[9]

총 5연 31행인 이 시에서 화자는 자신의 아뜨리에 속에서 잘못된 현실을
'풍경화'로만 그리는데 그치지 않고, 이제 현장에 뛰어들어 '피냄새'를 풍기
며 투쟁하리라고 다짐하고 있다. 화자는 당대적 삶의 비참함과 고통스러움
을 그리는 정도에 그쳐서는 투쟁기의 예술로서 의미가 없다고 판단한다.
이런 상태로는 자기가 그린 그림에서도 만족을 얻지 못한다.[10] 나의 그림은
'分明히나를反逆햇'고, '새롭은나를 强要하'고 있다. 이 '강요'는 '쌩기 ― 냄

---

7) 이런 식의 표현은 초현실주의의 영향에서 나온 것이라 할 수 있다. 1934년 7월
　조선중앙일보에 발표된 李箱의 「烏瞰圖」에서도 이와 유사한 표현이 나타난다.
　우리나라의 초현실주의 수용은 李箱의 처녀시 「異常な可逆反應」(朝鮮と建築,
　1931.7)에서 처음 시작된 것으로 알려져 있으나, 「畵家의 詩」를 볼 때 이러한
　기존의 평가는 재고할 필요가 있다.

8) 이 구절은 러시아 10월 혁명을 직접적으로 언급한 것으로, 임화의 초현실주의
　가 루이 아라공 계열의 초현실주의와 일정한 관련하에 있음을 알 수 있는 단초
　가 된다.

9) 임화, 「畵家의 詩」(조선일보, 1927.5.8), 1,4,5연. 이 시부터 그는 기왕에 사용하던
　'星兒'(별이 또는 별아이)라는 필명을 버리고, '林和'라는 서명을 사용한다.

10) 화자가 그린 그림 속의 '長身의 靑年'이 자신을 그려준 화가(화자)에게 반발하여
　도망친다는 초현실주의 상상력은 바로 이 점을 표현하기 위해 동원된 것이다.

새를피우고 핏냄새'를 원하는 인물이 되라는 강요이다.[11] 이러한 화자의 인식 변화는, 목적의식론을 내세워 아나키즘 문학론을 비판한 평론 「分化와 展開」(조선일보, 1927.5.16~21)와 때를 같이하고 있다.

이상에서 보듯이 이상화·박영희로 대표되는 백조파와의 만남을 통해 현대시의 세계로 나올 수 있었던 임화는 그들처럼 잘못된 외부 세계를 부정하는 데만 머물지 않고, 뜨거운 변혁에의 정열을 가지고 이런 인식의 차원을 실제 행동의 세계로까지 옮기려고 함으로써 그들과의 차별성을 드러낸다. 이 차별성은 바로 작품 내에 선전·선동성을 드러내어 표현하는 것으로 나타나며, 이것은 필연적으로 작품 내에 일정한 사건과 이야기를 포함하는 양식상의 특성을 형성한다.

2) 막시즘 선택의 논리

이상화는 「빼앗긴 들에도 봄은 오는가」에서, 비록 빼앗기기는 했지만 그래도 '맨드라미 질마꽃'이라도 피는 땅, 아직 풍요로움을 상실하지 않은 땅으로 당대의 현실을 형상화했다. 하지만 임화는 당대의 현실을, 격심한 폭풍과 눈보라가 몰아쳐 '神의일흠이 적힌 標木'도 눈속에 파묻쳐 버리고, '太陽도 永遠히逃亡'을 간 암울한 시대(「雪」), '限업시거치러진 廢地'(「赫土」), '언쌍'(「肖像」) 등의 황무지의 이미지로 인식한다. 그리고 이 속에서 동시대인들은 'compasses의 반울은 / 方向을 손질하지못하고'(「雪」)에서 나타나듯, 올바른 방향성을 획득하지 못한 채 심한 혼란 속에 빠져 방황하는 존재로 이해된다.

---

11) 물론 이것은 예술적 실천의 문제를, 예술의 매개성을 도외시한 채 예술가가 직접 행동의 세계로 뛰어드는 것으로 이해한 데서 나온 잘못된 생각이다. 그러나 이것은 당시 임화가 가지고 있던 급진성의 일단을 보여주는 것이다. 이를 통해 우리는 이후 잇달은 그의 변신, 즉 아나키즘적 사크에서 막시즘으로의 재빠른 변신이 가능했던 심리적 저변을 알 수 있다.

이러한 현실 인식은 이 시기 임화에게 나타났던 다양한 사상적 편력의 중요한 한 요인으로 작용한다. 이 시기 임화의 사상적 편력은 당시 그가 백조파의 강력한 자장 속에 있던 만큼 자연스럽게, 급진적인 낭만적 정열을 다양하게 표출하고 있던 여러 전위예술을 중심으로 이루어진다.

> 열 아홉 살 때 家庭의 破産과 더부러 그[林和]의 平和한 感傷時代는 끝이 났읍니다. 그는 專혀 入學 試驗의 準備를 爲하야 篤實히 工夫하든 英語와 數理學과 더부러 中學校를 卒業 卽前에 離別했읍니다. 허나 그는 學業의 廢止를 조금도 슬피도 섭섭히도 생각지 않었읍니다. 그는 無謀하게도 敎科書를 팔어 그때 流行하든 鳥打帽를 사 쓰고 本町에 가서 「改造」라는 雜誌 一冊과, 「크로포트킨」의 著書를 一冊 사가지고 意氣軒昻히 집으로 돌아와 兩親께 그 뜻을 말했읍니다. 그 뒤로 그는 「크로포트킨」의 「靑年에게 告함」이란 小冊子를 읽고 몹시 感動되었읍니다. 「改造」와 「中央公論」의 古本을 작고 사드려, 福田德三이란 이의 論文 속에서 「리카아드」란 이름과 더부러 「맑쓰」와 「엥겔스」라는 이름을 알었읍니다.12)

불과 1~2년 사이의 일이지만, 여기서 우리는 이 당시 임화에게서 지칠 줄 모르는 왕성한 호기심과 지적 탐구심을 볼 수 있다. 그는 이 기간 동안 크로포트킨·스티르너·니체·辻潤·大杉榮의 아나키즘, 막스·엥겔스의 공산주의 등 진보적 사상과, 로만 롤랑의 민중예술론, 高橋新吉·村山知義 등의 다다이즘, 기타 구성파와 미래파·표현주의 등 전위예술 일반을 모두 편력하고 있다.13)

물론 한때 편력한 것만으로 그 사상을 충분히 수용했다고 하기는 어렵다. 그렇지만 여기서 우리는 임화 문학의 진정한 출발선이 황무지 의식에서 비롯한 새로운 것에 대한 맹목적 지향임을 확인할 수 있다. 물론 이것은 임화 개인의 단순한 호사 취미가 아니라 '예술가는 민중의 전도를 암시하는

---

12) 임화, 「나의 文學 十年記-어떤 靑年의 懺悔-」, 앞 글, 22쪽.
13) 위 글, 23쪽.

숨은 지도자'[14]여야 하며, 문학은 '우리 조선인 전체의 이익을 위한' 것이
어야 한다[15]는 전통적인 문사 의식과 변혁에 대한 정열의 소산이다. 황무지
로 인식되는 당대 상황을 척파하기 위해서 그에게 필요했던 것은 우리에게
부족했던 '근대성'이라는 부분을 충족시키는 것이었고, 이것이 곧 전위예술
에 대한 왕성한 호기심으로 나타난 것이다. 그렇기 때문에 막시즘 역시 이
당시에는 그 본래적 내용으로서가 아니라, 단지 새로운 것의 하나로 받아
들여진 것이다.

 이 황무지 의식은 임화의 개인사적으로는 갑자기 닥친 '가정의 파산'이
라는 돌발 상황과 일정한 관련을 가진다. 임화에게 이 사건은 일종의 '사회
성 획득'의 계기로 작용한다. 이제까지 자기의 사적인 생활 목표[16]와 감정
에만 충실해 왔던 임화는 이로 인해 비로소 자신이 몸담고 있는 사회, 자신
의 삶을 규제하고 통제하는 구체적인 현실로서의 사회에 대해 눈을 돌리게
된다. 그러나 이 변화를 낳게 한 원인 즉 식민지 현실에 대해서는 긍정할
수 없었기 때문에, 변화 자체는 받아들이더라도 이에 대해 자연스럽게 생기
게 된 격렬한 부정적 감정은 그대로 남아 임화의 내면에 깊숙히 자리잡게
된다. 따라서 임화가 이후 부정적 현실에 대한 강렬한 반발감과 분노를 시
적으로 형상화해 나가게 된 것은, 당시 임화의 인식 수준으로 봤을 때 자연
스러운 전개라 아니할 수 없다.

 이러한 가운데 당면한 사회에 대한 과학적 인식 방법으로 최초로 임화가
접했던 것이 바로 아나키즘이었다. 당시 임화에게 아나키즘과 그것을 근거
로 한 전위예술의 예술적 형상화 방법론은 현상 인식과 타개 또는 극복을
위한 가장 효과적인 방법론으로 인식된다. 그가 당시 아나키즘에 대해 '감

---

14) 星兒[임화], 「無産階級文化의 將來와 文藝 作家의 行程(1)—行動·宣傳·其他—」
   (조선일보, 1926.12.27), 3면.
15) 임화, 「效用을 爲한 文學」(조선지광, 1928.1), 9쪽.
16) 이것은 상급학교 진학을 통한 당대 사회에의 정상적인 편입을 의미한다. 임화,
   「나의 文學 十年記—어떤 靑年의 懺悔—」, 앞 글, 22쪽.

동'과 '열광'이라는 감정적 흥분 상태를 보이는 것[17]도 바로 이 때문이다.

그러나 이것을 당시 임화가 아나키즘 사상을 곧바로 예술적 실천으로 옮기거나, 사상적으로 행동화한 것이라고 보기는 어렵다. 당시 그가 발표한 글들을 통해 볼 때, 그가 아나키즘 사상을 정말로 깊이 이해하고 이를 자신의 내면에서 신념화하여 행동으로 표출하려는 자세를 가지고 있었다는 증거는 명확히 나타나지 않는다. 사실 그의 관심의 초점은 아나키즘의 사상 자체가 아니라, 그것이 미술이나 문학 등에 내포되어 나타나는 특정 양상에 맞춰져 있었다. 즉 임화는 이 당시 아나키즘 사상 그 자체에 공명하고 있었던 것이 아니라, 단지 아나키적 태도가 문학이나 미술에 투영될 때 드러나는 불만족스러운 현실 세계에 대한 그 강렬한 부정 정신과 파괴적 특성[18]에 흥미를 느끼고 관심을 보였던 것이다.

임화가 최초로 전위예술에 접근하게 된 수단은 洋畵였다.[19] 그는 고교 시절 양화 공부를 통해 최소한 1년 이상에 걸쳐 전위예술을 시험해 보고, 어느 정도 이에 익숙해진 다음 문학에 적용하고 있다.[20] 이것은 사실 임화의 전위예술 접근이 단순히 예술의 형태 또는 기법상의 파격에 대한 흥미 차원에서 이루어지고 있는 것이 아님을 의미한다. 처음부터 그에게 있어 문학은 당대의 사회적 의미와 효용 가치를 떠나서는 존재할 수 없는 것[21]이었고, 때문에 그의 문학관은 시종일관 그 내용에 있어 현실적 변혁성을 함유해야 한다는 것으로 귀결된다. 이때 초점은 자신의 자유로운 삶과 사고

---

17) 임화, 「나의 文學 十年記―어떤 靑年의 懺悔―」, 앞 글, 22~23쪽.

18) 당대에 있어 아나키즘이 직접적으로 대립하고 있었던 것은 제국주의였고, 때문에 현실의 질곡을 타파하려는 열망을 가지고 있던 당대의 젊은 지식인들에게는 막시즘과 함께 아나키즘이 현실 변혁의 강력한 이론적 무기 중 하나로 자연스럽게 받아들여졌다.

19) 임화, 「나의 文學 十年記―어떤 靑年의 懺悔―」, 앞 글, 22~23쪽.

20) 이처럼 개인적 감정을 곧바로 사상화하지 않고 문학이나 미술 등을 매개체로 선택, 간접화하여 수용하고 있는 것은 전통적인 문사의 행동 방식과 상당 부분 유사한 것이다.

21) 임화, 「作家 短篇 自敍傳」, 앞 글.

를 억압하고 규제하는 세계와, 그 속에서 스스로의 존재성에 관해 명확한 해명을 하려고 시도하는 시인의 자아가 일으키는 갈등이 된다.

그러면 어떻게 임화는 전위예술 일반에 대한 관심에서 오직 막시즘에만 관심을 집중하게 된 것일까? 원래 1920년대 초기의 현실에서 전위예술이 요원의 불꽃같은 기세로 동시대의 젊은이들에게 수용되었던 것은 당대 사회의 일반적 분위기 때문이었다. 즉 3·1운동의 실패에서 싹트고 있던 사회에 대한 인식(상실된 국권의 회복)과 개인에 대한 자각(생존권과 자유의 요구)이 서로 부합되어 외세 강점의 현실과 봉건적인 사회 조직의 질곡에 대한 반항·파괴 의식을 생성했던 것이다. 그러므로 당대의 잘못된 사회 체제에 대한 예술적 저항 행위로만 인식된다면 즉 예술적 저항의 동질성만 가지고 있다면, 그 궁극적 지향점과 주제 의식의 미묘한 또는 본질적인 차이를 곰곰히 따지지도 않고 전위예술의 일종이라고 인식했던 것이다. 이 때문에 당시에는 막시즘조차 다양한 전위예술 중 하나로 받아들여지게 된다.[22]

그러나 일제의 식민 지배와 잔존한 봉건적 사회 질서로 인한 중첩된 압박과 착취에 허덕이던 조선 사회의 현실에서 양자의 분화는 필연적이었다. 현실 생활의 급격한 변화 즉 노동자의 양적 증가 및 노동쟁의의 빈번한 발발로 인한 소시민층 지식인의 동요가 생기면서, 이제까지 본능적이고 개인적인 차원에서의 반항과 파괴 정신으로 인식되고 있던 양자는 이제 분명히 서로의 입장을 정리할 필요를 느끼게 되었다. 일반적으로 전위예술이 소부르좌 지식인들의 대부르좌 지배 사회에 대한 본능적이고도 개인적인 반역

---

22) 이것은 1920년대를 나름대로 결산하고 있는 다음 글들에서 공통적으로 나타나는 견해이다.
八峯學人, 「十年間 朝鮮 文藝 變遷 過程」(조선일보, 1929.1.1~2.2)
朴八陽, 「朝鮮 新詩運動 槪觀－그 二十餘年間 生成 過程의 展望」(조선일보, 1929.1.1~2.7)
朴英熙, 「朝鮮 藝術運動의 展開策－指導者의 意識 獲得 問題에서 讀者大衆 속으로－」(조선일보, 1929.1.2)

과 부정 정신을 그 특성으로 한다면, 막시즘은 부르좌 지배 사회에 대한 프롤레타리아 계급의 조직적이고도 집단적인 투쟁을 그 생명으로 한다는 점에서 양자는 본질적으로 차별성을 가진다. 그러나 우리의 경우 1920년대 초기까지는 프롤레타리아 계급의 존재가 미미하고 이들에 대한 인식이 천박하여 신흥 문학의 주 담당층이었던 소시민 지식인층이 거의 주목하지 않다가, 점차 프롤레타리아 계급이 성장하고 이들에 대한 의식이 심화되면서 양자의 차별성을 분명히 인지하기 시작했다.[23]

이런 시대 환경을 배경으로 하여 카프 내부에서는 형식―내용 논쟁을 거쳐 아나키즘 논쟁과 목적의식론을 잇달아 전개하면서 프로문학의 독자성을 확립해 나가게 된다. 이 와중에서 현실에 대한 절망과 저주를 담는데만 치중하던 다다이즘이나 아나키즘은 퇴폐적·현실 도피적인 것으로 인식돼 현실의 정당한 인식을 통한 변혁에 초점을 두고 있던 프로문학측의 강한 비판을 받게 된다. 임화 역시 당대의 많은 이들처럼 이런 동일한 과정을 거치면서 전위예술 일반과 막시즘을 명확히 분별, 수용할 수 있었던 것이다. 즉 억압된 현실에 대한 예술적 돌파구로 그는 처음에 전위예술에 매력을 느끼고 본격적인 현대시 창작을 시작한다. 그러나 곧 이것이 현실 극복을 위한 새로운 지향점을 찾아내지도 못하고 다만 시대를 예민하게 반영하고 말 뿐이라는 것을 자각[24]하고, 궁극적인 행동의 지표가 될 새로운 지향점을 찾아 최종적으로 막시즘을 선택하는 것이다. 물론 이것은 그가 전위예술에 관심을 둔 것은 그 형식상의 진기함이나 기묘함이 아니라, 불만족스러운 당대 상황에 대한 강한 분출구로 그것을 인식했기 때문임을 반증하는 것이다.

---

23) 이 점에 대해 임화는 「分化와 展開―目的意識 文藝論에 序論的 導入」(조선일보, 1927.5.16~21)에서 목적의식론 제기는 사회운동의 변화에 발맞추기 위한 것임을 분명히 밝히고 있다.

24) 그의 시 「畵家의 詩」에서는 이것을 화가의 또 다른 내면의 자아인 '長身의 靑年'을 통해 '반발'과 '도망'이라는 말로 표현하고 있다.

이 편력과 변신 과정에서 중요한 역할을 하는 것은 1926년 12월 경에 있었던 카프 가입이다. 윤기정에 끌려 카프에 가입한 후 그는 그 조직 활동을 통해 그 동안 자신이 심취되어 있던 아나키즘의 문학적 태도이자 전위예술의 본질적 특성인 '부정 정신'에다 막시즘적 요소인 '정치적 혁명성' 및 '유물변증법적 인식'을 결합하여 일정한 사회적·역사적 방향성을 실천적으로 획득해 나가게 된다. 다음 임화의 언급은 이 경우 좋은 방증이 된다.

> 十年前에 「따따」나 「表現派」의 模倣者들은 詩의 思想과 內容에 있어어 同一的인 反抗者이였다. 그럼으로 朴八陽 金華山 或은 筆者(可能타면)까지가 一時的으로남아 그 急進的 情熱로 말미암아 푸로레타리아文學에까지 到達했든 것이다.
> 그들에게 本質的인 것은 樣式上의 過去 否定일 뿐만 아니라 生活 世界觀 그것에 있어서 보다 더 큰 反抗의 熱情家이였다.[25]

여기서 우리는 기존 질서나 가치 체계에 대한 전면적인 절망과 이로 인한 허무감, 그리고 저항과 파괴라는 정신적 기조가 일제 강점기를 살아간 우리나라 지식인 청년들에게는 일정한 긍정적 의미를 가지고 수용되었음을 알 수 있다. 동시에 임화를 비롯한 동시대 진보적 청년들에게 중요했던 것은 '어떤' 전위예술인가가 아니라, '전위' 예술 그 자체였음[26]을 또한 알 수 있다. 이것은 그들이 자신들의 이런 정신적 기조를 담을 수 있던 양식을 필요로 했던 사정과 관련되는 것이다. 때문에 비록 의식의 미숙에서 기인한 것이지만, 동일한 계열로 생각되었던 전위예술에서 막시즘으로의 전신에도

---

25) 임화, 「曇天下의 詩壇 一年—朝鮮의 詩文學은 어드로!—」(신동아, 1935.12), 171쪽.

26) 이것은 임화의 초기 평론을 살펴 보면 쉽게 드러나는 부분이다. 이 경우 주로 참조가 되는 것은 「無産階級文化의 將來와 文藝 作家의 行程—行動·宣傳·其他—」(조선일보, 1926.12.27,29)와 「分化와 展開—目的意識 文藝論에 序論의 導入」(조선일보, 1927.5.16~21) 등이다. 이 글들에서 임화는 이 당시 자신이 전위예술의 연장선상에서 프로문학을 수용하고 있음을 역력히 드러내고 있다.

별반 고민—자신의 문학적 생명을 건 고뇌에 찬 인식의 전환—이 필요하지
않았던 것이다.

이제까지 살펴본 임화의 초기 편력은 "가정의 파산이라는 외적 상황의
변화와 그 때문에 생긴 당대 현실에 대한 심정적 반발과 불만 제기, 이후
현실 극복을 위한 적극적 방법 모색"으로 정리할 수 있다. 이러한 일련의
과정에서 무엇보다도 중요했던 것은 임화 자신의 강력한 현실 변혁 의지[27]
였다. 때문에 그는 전위예술에서도 다른 이들과는 달리 형식적 기교에 치우
치지 않고 그 사상적 급진성을 찾아낼 수 있었고, 궁극적으로 막시즘을 선
택할 수 있었다.[28]

임화는 전통과 인습의 파괴·일상적 의미의 부정 등 전위예술의 부정
정신을 수용하되, 본래의 개인적 속성을 그대로 수용하는 데 머무르지 않는
다. 그는 부분적 극복과 계승을 통해 그 부정 정신이 당대의 사회에서 가질
수 있는 의미를 최대한 획득해 나가면서 막시스트로서의 인식과 자세를 확
립하고 있다. 그러나 이것은 강력한 실험성 및 급진성과 개인적 차원의 낭
만성, 자신에 대한 강한 신뢰 및 자긍심, 민족에 대한 동정적 시선이 임화의
시에는 항상 내재하고 있다는 말이 되기도 한다. 때문에 동시대 전위예술가
들이 모두 일종의 허무주의적 경향으로 도피할 때 이와는 달리 부정적인
현실 상황에 대해 적극적으로 대응하는 모습을 보이지만, 그 밑바닥에는
항상 일종의 '낭만성'을 간직하고 있는 작품 구조의 이중성을 초래한다.

이상의 논의를 바탕으로 하여, 실제 이 시기 임화의 시를 살펴 보도록

---

27) 당시까지의 여러 모색에 대해 훗날 임화는 그러한 선택들이 모두 '변혁의 의지
　　에 이끌린 성급함의 결과'였다고 술회(一記者, 「文人 林和氏와의 雜談錄」, 신인
　　문학, 1936.9)하고 있다. 하지만 이것은 동시대의 일반적 한계였을 뿐, 임화 개인
　　의 특수한 한계는 아니었다는 점을 상기할 필요가 있다.

28) 임화의 시는 동시대 다다이스트인 김화산이나 김 니콜라이[박팔양] 등에 비해,
　　그 형태상 일반적인 시형 및 표현 기법과 크게 다른 것이 없다. 그리고 언어
　　형식에 대한 다다적인 파괴나 극단적인 해체 행위를 그다지 찾아 볼 수 없다.
　　때문에 임화 시의 다다적 특색은 그 내용에 있어, 강한 부정 정신을 보이고 있
　　다는 데서 찾아야 할 것이다.

하자.

> 저것은 쏘무엇이겟니!
> 저기! 洞口밧게서
> 卷煙의煙氣의구슬을吐하고
> 왓다 갓다하는
> ― 潤澤잇는 오―바
> ―『에나메』의 구두
> 젊은夜叉를 마지하고섯는
> 閑散한『쌀조아』의
> 純眞한?靑年學徒이리라
>
> 그러나 시악시야!
> 그것이 다―무슨相關이잇니
> 자아 그저좀더 나가나보자
> ―(街路의 電燈을求景할째가오면)
> 너의忠實한젊은男便은
> 夜業을마치고돌아오리니 ―29)

전체적으로 전위예술의 영향을 강하게 보이고 있는 이 시에는 저녁 노을 빛을 배경으로 대조적인 모습을 보이고 있는 두 사람이 등장한다. 하나는 애인과 정담을 나누는 '閑散한『쌀조아』의 / 純眞한?靑年學徒'이고, 또 한 사람은 아이를 업고 夜業을 끝내고 돌아올 남편을 기다리는 아낙네이다.

화자는 부르좌 청년학도에 대해 비판적이고, 아낙네에 대해서는 동정적 이다. 그러나 두 사람 사이의 계급적 대립 관계는 정확하게 설정되어 있지 않다. 석양이라는 시간적 배경도 여기서는 별 다른 뚜렷한 역할을 하지 않 는다. 두 사람은 각기 자신의 일을 보기 위해 서 있을 뿐이며, 둘을 매개하

---

29) 성아[임화], 「昏光의 아들」(조선일보, 1927.3.8), 5~6연.

는 어떠한 일도 일어나지 않는다. '그러나 시약시야! / 그것이 다—무슨相關
이잇니'라는 표현은 이런 매개 요소의 결핍이 기본적으로 시인이 상황을
구체적으로 인식하지 못한데 기인하는 것임을 의미한다.

그러나 다음 시에서 이런 인식의 모호함은 상당 부분 제거된다.

氣壓이低下하엿다고　도라가는鐵筆을
度數가틀닌眼鏡을쓴　觀測所員은
旗ㅅ 데에다　快晴이란白色旗를내걸엇다

그러나　제눈을가진給仕란놈은
二三分이지낸뒤　비가쏘다지면박구어달　붉은긔를　찻느라고　飛行機
가되어날아다닌다
　　　　▶
악가―그事務員이페스트로卽死하엿다는消息은　바―ㄹ 서
觀測所를새어나가
　　　―街里로
　　　―山野로　▶宇宙로쏠코
疾走한다―擴大된다
그러나　아즉도給仕란놈은旗에다　목을걸고귓싹속에서亂舞한다
　　비　○　　바람
　　　　쏴―
그것은餘地업시給仕를事務室로갓다붓첫다
페쓰토―그것은偉大한것인줄給仕는알앗다
　　　　▶
低氣壓과페쓰토―
充實한者事務員은蒼白한棺속에서도……를
반듯이　生覺쏀만아니라　반듯이차즐것이다
그럼　그는旗를달지안을수가업섯다
대신그는白色旗를棺속에누은그의가슴에다노하주엇다
　　―가는者에게　한줄기安慰를주기爲하야
　　　　○

하아!　四十年동안에最初로한失手는
低氣壓과『페쓰토』라고給仕란놈은窓박게서웃엇다
쌕테리아　쌕테리아
─ 그힘은偉大하다
─ 그힘은偉大하다
　　　　○
一分間에한마리式잡아삼키니
十六億分이면─.時間換算은성가시다
＝地球는寒이다
＝地球는寒이다
『쌕테리아』는地球를抱擁하고哄笑한다
　　　크게 ─
　　　크게 ─
　　(그우슴은黑色四邊形에倍類로增大한다)

　이 시[30]에는 전위예술의 강력한 흔적과 함께, ᄆ-시즘의 계급의식이 분명
하게 표출되어 있다. 전위예술의 영향은 주로 시형과 표현 기법에서 드러난
다. 띄어쓰기의 파괴, 희곡 대본에서 주로 사용하는 지문 형식의 차용, 활자
크기의 변화, 풍향을 상징하는 각종 부호의 사용, 시행의 정상 배열 이탈,
페스트 박테리아와 지구·관측소 등으로 이루어진 병치 이미지 제시가 그
것이다. 그러면서도 한편으로는 저기압과 페스트 박테리아의 창궐이라는
사건을 통해 관측소원과 급사의 차이점을 보여주면서 막시즘의 계급의식
을 적극적으로 드러내고 있다.
　화자는 간단한 우화적인 대립 구조를 통해 올바른 계급의식 획득의 중요
성을 강조한다. 저기압과 페스트의 창궐을 돗수가 틀린 안경을 쓴 관측소원
은 쾌청한 날씨로 잘못 판단하고, 결국 페스트에 걸려 즉사한다. 반면, 제눈
을 가진 급사는 상황을 올바로 파악하여 상황의 변화에 적절하게 대처한다.
이것은 화자가 관측소원을 잘못된 패러다임을 가진 수구 세력으로, 급사를

---

30) 임화, 「地球와 『쌕테리아』」(조선지광, 1927.8), 23~24쪽 전문.

올바른 패러다임을 가진 신흥 세력으로 보고 있음을 의미한다.

여기서 페스트는 관측소원에 대한 징벌로 등장하고 있으며, 그것이 가진 무서운 전파력은 기존의 생명 및 체계의 무자비한 파괴, 죽음의 공포라는 이미지로 구체화된다. 그러나 급사에게 페스트는 별로 무서운 존재가 아니며, 오히려 처지를 강화시켜 주는 존재이다. 급사는 관측소원이 저지른 '四十年 동안에 最初로 한 失手'가 '低氣壓과『페쓰토』'라고 말하고, 죽은 그의 가슴에 백색 기를 놓아주면서 조소를 보낸다. 페스트는 기존 사고 체계와 모든 기득권을 가진 집단에게는 공포의 대상이나, 그렇지 않은 부류에게는 새로운 현실 변혁과 극복의 힘을 주는 존재인 것이다. 이런 점에서 생각했을 때, 페스트는 지배계급을 파멸시키고 새로운 세계를 건설하는 힘을 가지고 있는 존재 즉, '혁명'의 뜻으로 사용되고 있음을 알 수 있다.

이러한 계급의식의 형상화는 당시 임화의 문학관과 일정한 연관성을 가진다. 「分化와 展開－目的意識文藝의 序論的 導入」(조선일보, 1927.5.16~21)에서 임화는 福本主義[31]를 옹호하면서 목적의식론을 전개한다. 이전까지 임화는 예술의 이중적 의의, 즉 예술의 저항성과 예술성의 동시 추구[32]를 강조했었다. 그런데 이제 '예술적 가치 운운'하던 부분은 전면에서 사라져 버리고 오로지 목적의식성의 고취만을 강조한다. 심지어 목적의식을 명확

31) 福本主義란 福本和夫(1894~)의 사상 체계라는 의미로, 1926부터 1927년까지 일본공산당 및 사회주의 운동권의 지배적 이론이었다. 福本和夫는 동시대 일본 사상운동의 단계를 '전무산계급적 정치투쟁'이라고 규정한다. 때문에 먼저 '이론투쟁에 의해 분리－결합'의 과정을 촉진하여, 진실한 사회주의적 정치투쟁의식을 완성함으로써 종래(1921~1926; 대체로 제1차 일본공산당 시절)의 지배이론이었던 山川均(1880~1958)식 '조합주의적 경제투쟁'을 극복하여 투쟁의 수준을 한 단계 높이자는 것으로 요약된다. 立花隆(朴忠錫 역), 『日本共産黨の硏究』(講談社, 1978; 고려원, 1985.5) 및 山田淸三郎, 『プロレタリア文學史』(理論社, 제9쇄, 1977.2) 참조.

32) 星兒[임화], 「無産階級文化의 將來와 文藝 作家의 行程(1)－行動·宣傳·其他－」 (조선일보, 1926.12.27)
여기서 저항성이란 '민중의 생존권 확립'을 요구하는 운동의 선상에 서야 하며, 집합주의적 정신을 바탕으로 한 선전·선동의 태도를 가지고 있어야 한다는 주장을 말한다. 반면, 예술성이란 '예술 자체의 충실한 형상화'를 의미한다.

히 하기 위해서라면 작품이 포스터적, 선전적이라도 하등의 관계가 없다고 까지 선언한다. 그리고 뒤이어 발표한 「錯覺的 文藝 理論－金華山氏의 愚論 檢討－」(조선일보, 1927.9.4~11)에서도 프로예술이 프롤레타리아 계급 정치운동의 일익으로 진출해야 하며, 문예는 정치적 역할을 맡아야 한다고 주장한다. 바로 이러한 계급의식의 심화와 목적의식의 강조가 「地球와 『빡테리아』」에 반영되어 있다.

그러나 이 작품을 막시즘의 세계관을 본격적으로 형상화한 작품이라고 보기는 어렵다. 우선, 어떤 계급적 '혁명'의 순간을 노래한 것이라고 하기에는, 관측소원과 급사라는 상황의 설정이 전형성을 가지고 있지 못하다. 즉 두 사람 사이의 계급적 적대 관계나 착취 관계가 구체적으로 형상화되어 있지 않다. 이러한 적대 관계의 무력화는 관측소원이, 죽어서도 기상 상태를 걱정할 정도로 충실한 자이며, 지난 40년 동안 저지른 최초의 실수가 저기압에 대한 잘못된 관측과 페스트였을 정도로 거의 실수를 모르던 완벽한 자라는 기술에서 보다 심화되고 있다. 이것은 적대하는 두 계급 간의 긴장·대립과 갈등, 그리고 이를 해소하고 올바른 역사의 진행을 획득하려는 방편으로 계급혁명을 상정하는 막시즘의 기본 입장과는 상당한 차이가 있는 것이다.

또한 '잘못된 기상 관측 ⇒ 페스트로 인한 관측소원의 죽음'이라는 관계의 설정은 그 인과 관계에 대한 설명이 객관적 타당성을 획득하지 못해, 설득력을 상실하고 있다. 그리고 급사의 행위는 뚜렷한 계급의식을 바탕으로 하고 있는 것이 아니라, 일과성 행위에 불과한 것으로 그려져 있다.

이것은 시인의 주관적 세계관을 독자에게 주입할 목적으로만 이 시가 만들어진 것임을 의미한다. 이로 인해 이 시는 현실적 설득력, 리얼리티의 확보라는 측면에서 부족한 면을 보인다. 이 시에서 제시된 혁명은 그 의미가 축소되어 한 개인의 행위에 국한되어 버리며, 그것도 한 순간의 감정적 해소에 불과한 것으로 약화되어 버린다.

이 시에 그려진 혁명은 프롤레타리아 계급의 투쟁에 의한 부르좌 계급의 몰락이 아니라, 어느 날 우연히 찾아 든 불로소득에 불과하다. 급사가 혁명을 부른 것도 아니며, 그것을 위해 노력한 것도 아니다. 단지 그는 '예감'했을 뿐이다. 때문에 이 시에서 말하려고 한 혁명은 구체적인 방향성을 획득하지 못하고 있다. 이런 구체적인 방향성의 결여는 곧바로 전망의 부재라는 문제로 연결되며, 당시의 독자들을 자극하고 선동할 만한 정확한 현장성과 호소력을 지니지 못하는 약점을 드러낸다.

2. 단편서사시의 형성 과정과 실제 모습

1) 단편서사시 등장의 필연성

(1) 대중화론의 제기

1925년 8월 23일, 국내외의 여러 상황 변화로 인해 송영·김동환·김영팔·윤기정 등의 <염군사>(1922년 10월 결성)와 김기진·박영희·이상화 등의 <파스큐라>(1923년 9월 결성)가 합동하여 사회주의 문학단체인 <카프(KAPF)>를 결성한다. 일종의 문인 사교 서클 내지 친목 단체로 출발한 카프는, 자체적으로 기관지 『문예운동』을 발간(1926.1)하면서 서서히 자신의 계급적 입장을 정리해 나간다. 이후 1926년 말부터 "분파 투쟁 종식과 민족 해방 투쟁으로의 역량 집중, 의식의 선명성 등"을 촉구하여 사회주의 운동의 중대한 전환점이 된 <정우회 선언>이 발표(1926.11.15)되고, 그 연장선상에서 좌우 합작 민족해방투쟁 단체인 <신간회>(1927.2.15)의 결성 등이 잇따르게 되자, 카프도 이런 당대 사회운동의 변화에 발맞춰 재창립[33]

---

33) 카프의 결성일에 대해서는 <1925년 8월 23일說>과 <1926년 12월 24일說>의 두 가지가 있는데, 필자는 이 중 후자에 좀더 신빙성을 두고 있다. 그 이유로는 첫째, 1926년 12월 26일 <중외일보> 및 같은 달 27일 <동아일보>에 '프로예맹

을 한 후 자체 내의 이론투쟁을 전개하기 시작한다.[34]

카프의 내부적 이론투쟁은 초기의 두 지도자인 김기진과 박영희간에 벌어진 <내용/형식 논쟁>을 필두로 하여, '문학과 정치의 관계'라는 문제를 가지고 카프 조직 내외의 많은 이들이 양쪽으로 갈려 각자가 자신이 옹호하는 주의를 선언하고 상대편을 논박한 <아나키즘/볼셰비즘 논쟁>, 조명

임시총회'에 관한 기사가 게재되기 전까지 그 조직 규모나 성격이 전혀 알려진 바 없으며, 조직의 명칭 또한 어느 자리에서도 언급된 바 없다는 점을 들 수 있다. 다만 1926년 초에 기관지격으로 발행되었던『문예운동』을 통해서만 계급문단의 가시적인 출현을 간접적으로 확인할 수 있을 뿐이다. 둘째, 계급문단의 생명이라 할 수 있는 강령과 규약이 1926년 12월에 와서야 비로소 대외적으로 공표되고 있다는 점을 들 수 있다. 셋째, 1926년 12월 이전까지는 카프 맹원들로 거론되는 이들이 자신의 작품이나 평론 등을 통해서 막시즘에 대한 이해를 거의 보이지 못하고 있다는 점을 거론하지 않을 수 없다. 마지막으로, 1926년 12월 이전에는 '카프' 또는 '(프로)예맹'이라는 이름을 내건 조직적 활동이 전혀 없으며, 동맹원들간의 문학적 성향의 일치를 거의 찾을 수 없다는 점을 들 수 있다.

이상을 염두에 둘 때, 우리는 카프의 결성일에 대해 다음과 같은 판단을 내릴 수 있다. ① 1925년 8월에 있었던 <염군사>와 <파스큘라>의 통합을 통한 <카프(예맹)>의 발족은 계급문단 조직의 초기 단계에서 볼 수 있는 잠정적인 합의 사항에 지나지 않았던 것으로 판단된다. 즉 실제 1925년 8월에 카프가 결성되었다고 하더라도, '예술동맹'이라기 보다는 단순한 '회의체' 또는 '동인회' 정도에 불과했던 것이었다고 짐작된다. ② 카프가 예술동맹으로서의 성격을 올바로 확립하기 시작하는 것은 기관지적 성격을 띤『문예운동』발간 이후로 보인다.『문예운동』발간은 카프 맹원들이 그 이전까지 여러 성격의 기존 발표 지면을 이용하여 각자의 주장을 산만하게 펼쳐 보이던 데에서 진일보하여, 이제 자기들의 주장을 하나의 지면에 집중하여 이론적·사상적·문학적 통일성을 기할 수 있는 계기로 삼게 된 것을 의미한다. 즉『문예운동』의 간행을 통해 비로소 계급문단의 기반을 확대하고 그 조직을 정비하면서 이념적 노선을 확정하여 1926년 12월에 이른 것이라 할 수 있다. ③ 그렇다면, 일제 강점기 진보적 예술운동의 조직적 구심체로서의 카프는 1926년 12월에 이르러 본격적으로 조직을 가동한 것으로 파악하는 것이 정당하리라 생각한다. 때문에 본고에서는 1926년 12월에 있었던 카프의 본격적인 출발을 '재창립'이라는 말로 표현하고자 한다.

34) 본 장에서 언급하는 조선공산당사나 사회주의 단체에 관한 사항은 모두 金俊燁·金昌順 공저의『韓國 共産主義 運動史』(청계연구소, 1988.7)과 서대숙의『한국 공산주의 운동사 연구』(이론과실천, 1985.8) 및 임영태(편)의『植民地時代 韓國 社會와 運動』(사계절, 1985.8) 등을 참조하여 본 연구자가 재정리한 것이다. 연도 제시나 해석에 있어 발생하는 잘못은 모두 본 연구자의 책임이다.

회의 「洛東江」(조선지광, 1927.7)의 작품 성격 규정을 둘러싼 <프로문학 성격 논쟁> 등으로 잇달아 전개되어 나간다. 이런 논전을 통해서 카프는 점차 초기의 강령에 나타난 '프로예술의 수립을 위한 운동'이라는 막연한 표현을 버리고, 좀더 목적의식을 분명히 한 '전무산계급운동의 일익적 임무를 다할 때 예술운동의 의의가 있다'라는 새로운 강령을 가지게 된다.

이런 가운데 좀더 정치적인 색채를 분명히 한 이북만·한식·홍양명·조중곤·고경흠·홍효민 등의 도쿄 제삼전선파가 새롭게 카프에 가담한다. 그리고 이들이 몰고 온 일종의 '도쿄적 정치 기분'으로 인해 카프는 1927년 9월 1일 임시총회를 열어 정치투쟁과 문호 개방, 이론 투쟁의 목표를 명확히 한 새로운 강령과 규약을 채택하고, 중앙위원 개선을 단행한다. 이것이 세칭 '제1차 방향전환'으로, 카프라는 약칭은 이즈음부터 공식적으로 불려진다.[35]

1차 방향전환을 계기로 카프의 주도권은 도쿄지부측 볼셰비키파에게로 넘어간다.[36] 이 주도권 이양의 상징적 사건이 프롤레타리아 계급운동과 예술의 독자성 문제를 가지고 도쿄지부측(이북만)과 기존의 카프 지도부(박영희)가 벌인 논전이다. 1차 방향전환까지의 과정에서 보여준 박영희의 주장은 철저히 예술의 독자성을 존중한 상태에서 목적의식을 내용으로 하는 작품을 제작하자는 것 즉 <의식(이데올로기) 투쟁>으로 요약할 수 있는데, 이것은 김기진·윤기정 등 기존 카프 지도부가 가지고 있던 공통적인 정서이기도 했다. 이에 대해 이북만은 『예술운동』 창간호 등에 실린 글을 통해 목적의식론을 작품 행동에만 국한시킨다면 이는 대중을 도외시한 공상주의자의 발상이라고 지적하고, 대중적 조직을 기반으로 한 대중 투쟁을 전개

---

35) '카프'라는 약칭이 최초로 등장하는 것은 박영희의 「文藝運動과 機關紙—『藝術運動』 創刊의 報를 듣고」(조선일보, 1927.12.3)에서이다.

36) 이것은 중앙위원 개편에서 김기진이 누락되고 제삼전선파측이 다수 포진되며, 1926년 5월 제2호를 끝으로 종간된 『문예운동』을 대신해 새로 발간(1927.11)된 기관지 『예술운동』을 도쿄지부에서 전담하여 출간하고, 일체의 사무도 거기서 담당하기로 결정하고 있는 점 등에서 쉽게 확인할 수 있다.

해야 할 것임을 분명히 하고 있다. 물론 이북만의 논리는 예술운동 단체의 조직을 일반 대중 조직과 동일시하고, 신간회와 카프를 단순한 지도-복종의 관계로 설정하는 문제점을 보이고 있다. 하지만 논쟁 자체는 박영희가 「文藝運動의 理論과 實際」(조선지광, 1928.1)에서 당시 사회운동의 지향점에 보다 가까웠던 이북만의 비판을 전면 수용하는 것으로 일단락된다.

이런 가운데 제4차 조선공산당에서는 증앙위원회를 열어, 중앙위원 겸 정치부장인 安光泉이 기초한 「民族解放運動에 關한 論綱」(1928.3)을 발표한다. 이 글은 1928년의 상황을 부르좌 민주주의 혁명의 단계로 인식한다. 따라서 이런 상황에서는 반제반봉건혁명으로 역량을 집중해야 하며, 이를 위해 앞으로의 운동 방침을 노동자농민의 대중적인 동원과 투쟁에 두어야 한다고 주장한다. 이러한 상황 파악은 이제까지의 변혁운동이 대부분 소부르좌 지식인층이었기 때문에 많은 문제를 야기했다는 반성에 기인하는 것으로, 문예운동의 측면에서도 이를 받아들여 이후 대중성 획득 문제가 프로작가들에게 초미의 관심사로 부각된다.

대중성 획득 문제에 대한 카프 맹원의 최초 반응은 김기진의 「通俗小說小考」(조선일보, 1928.11.9~20)·「辨證的 事實主義[樣式 問題에 對한 草稿]」(동아일보, 1929.2.25~3.7)·「大衆小說論」(동아일보, 1929.4.14~20) 등에서 찾아볼 수 있다. 여기서 김기진은 지금까지의 프로문학이 소박한 정치주의 때문에 작품 창작에 대해서 별 다른 구체적인 방도를 마련하지 못했다고 지적하고, 어떻게 하면 대중에게 읽힐 수 있는 프로문학을 창출할 수 있는지를 방법론적 측면에서 탐구한다.

그러나 검열 제도의 문제와 독자 대중의 교양 정도의 문제를 대중성 획득을 획득하기 위해 고려해야 할 최고 핵심으로 본다는 점에서, 그의 대중화론은 근본적인 한계를 가지고 있었다.

> 朝鮮에 잇서서 우리의 眞正한 文藝의 大衆化의 問題는 첫재, 發表機關의
> 問題, 둘재, 檢閱 制度의 問題, 셋재, 讀者大衆의 敎養 程度의 問題, 넷재, 作

家 及 詩人의 技術 問題 等 重要한 問題를 包含하고 있다. [……] 그러면
어쩌케 하면 大衆이 理解할 수 잇게 그리고 우리의 目的을 達할 수 잇슬가?
여기서 반듯이 우리들의 技術 問題가 이러나는 것이니 우리는 우리의 藝術
을 大衆化하기 爲하야 먼저 우리의 目的을 더욱 巧妙히 達하는 手段으로
재미잇게, 平易하게, 大衆이 親할 만큼, 檢閱에서 通過되도록, 지어내는 재
조를 獲得하여야 한다.[37]

프로문예 자체의 의사를 정당히 대변할 수 있는 발표기관을 가지는 것이
가장 바람직하나, 현실적으로 검열 때문에 불가능하다. 따라서 합법적 영역
에서의 작품 행동이 논의의 초점이 되어야 한다. 또한, 종래의 프로문학은
상층 독자만을 의식하고 하층 독자를 고려에 넣지 않았기 때문에 문학의
사회적 의의를 강조하는 프로문학운동의 기본 원칙에서 벗어나게 되었다.
그러므로, 독자 대중의 지적 수준에 따라 프로문학의 제작을 이원화해야
한다는 것[38]이 그의 주장이다.

이러한 논리[39]는 계급적 인식의 외면 또는 방기라는 측면에서 많은 비판

37) 金八峯, 「藝術運動의 一年間－대강대강 생각나는 대로－」(조선지광, 1930.1), 14
   6~147쪽.
38) 김시태, 「마르크스주의 비평의 한국적 양상」(비교문화연구, 제5권, 한양대 비교
   문화 연구소, 1986.8), 17쪽.
39) 김기진의 대중화론은 1927년 3월과 7월에 있었던 제3·4차 조선공산당 검거를
   계기로 발생한 조직 내의 두 조류, 즉 우경 합법주의(탄압에 의한 일시적 퇴각
   을 시인하면서 예술운동의 통속화를 주장하는 입장)와 좌경 氣分主義(예술운동
   을 중지 내기는 방기하고 곧 바로 정치투쟁으로 나가자는 입장) 중 전자의 입장
   을 대변하는 글이라 할 수 있다.
      당시 좌경 기분주의를 대표하는 글은 이북만의 「似而非 辨證論의 排擊－特히
   自稱 辨證論者 韓雪野氏의게－」(조선지광, 1928.7)로 볼 수 있는데, 양자의 차이
   는 ① 팔봉이 일반적인 독서 대중을 대중화의 대상으로 보고 있는 반면, 이북만
   은 노농대중으로 구체화하고 있다는 점 ② 김기진이 대중적인 읽을 거리를 우
   선 제작하자는 쪽에 초점을 둔 반면, 이북만은 혁명적 이데올로기의 주입에 중
   점을 두고 있다는 점 ③ 김기진이 예술운동 자체내의 문제로 이것을 생각하고
   있는 반면, 이북만은 전체 사회운동이 직면한 문제로 이것을 받아들이고 있다
   는 점 ④ 김기진이 문제에 대해 지나치게 현실적으로 접근하고 있는데 반해,
   이북만은 지나치게 관념적으로 접근하고 있다는 점 등을 들 수 있다.

을 받게 된다. 임화는 대중성 획득을 위한 구체적인 방법론이 아니라 대중화론 제기의 근거, 즉 프로예술의 현실 대응 방식의 부당성을 들어 김기진의 대중화론을 비판한다. 검열 때문에 표현을 순화할 수밖에 없다는 주장에 대해 임화는 "原則의 致命的 무장 해제的 誤謬"[40], "作品 萬能, 小市民的 名譽欲, 藝術至上主義"[41]라고 비판한다. 이것은 김기진이 프로문학의 근본적인 의미를 도외시한 채 형식 논리에 입각하여 프로문학의 대중성 획득 문제를 창작방법론의 측면에서만 생각했다는 비판인 것이다.

실상, 당대 상황에서 김기진의 대중화론은 다음과 같은 근본적인 문제점을 가지고 있었다.[42] 첫째, 마땅히 부정되고 타기되어야 할 검열 제도에 대해 그것이 단지 현재 실존하고 있고, 단시일에 우리의 힘으로 극복하기를 기대하지 못한다는 이유만으로 그 불가피성을 무조건 인정한 상태에서 논의를 시작하는 잘못된 시각을 보이고 있다. 또한 '검열'이라는 작품 외적 요소를 작품 창작의 절대적인 요소로 인식하는 착오를 보이고 있다.

둘째, 대중의 교양 문제에 대해서 현재 있는 대중을 중시할 것인가, 아니면 있어야 할 대중을 초점으로 삼을 것인가에 대해 별 다른 고민을 보이지 않고 있다. 김기진은 노동자 대중의 표면적 양상만 반영할 뿐, 그들의 주체적 능력을 부정적으로 평가하는 시각을 토이고 있다. 또한 현실적 독자인 지식인 계급과 잠재적 독자층인 일반 대중 중 어느 쪽에 초점을 맞춰야 할 것인지에 대한 논리적 검증을 보이지 않고 있다. 사실 당시까지의 프로문학이 현실 변혁 욕구를 가진 지식인을 그 일차적 독자로 설정하여 쓴 지식인 문학이었다고 할 때, 그 역사적 정당성 문제에 대해서는 전혀 언급하지 않고 대중화만을 외친 것은 지나친 순응주의적 발상이라 할 수 있다.

셋째, 실제 당대의 독자 대중에게 중요했던 것은 현 상태의 질곡을 그대

---

40) 임화, 「濁流에 抗하야─文藝的인 時評─」(조선지광, 1929.8), 93쪽.
41) 임화, 「金基鎭君에게 答함」(조선지광, 1929.11), 67쪽.
42) 임화, 「濁流에 抗하야─文藝的인 時評─」, 앞 글.
　　임화, 「金基鎭君에게 答함」, 앞 글.

로 인정하고 스스로의 타협적 전신을 행하는 것이 아니었다. 오히려 검열에 의해 수없이 삭제된 모습으로 독자에게 전달되더라도[43] 끊임없이 투쟁하는 모습을 보여주고 굴절되지 않은 변혁의 열망을 고취하는 것도 나름대로의 의미를 가질 수 있었다. 어차피 지식인 독자와 지식인 작가를 중심으로 프로문학이 진행될 수밖에 없었던 상황이라면, 김기진이 지적했던 대중화의 한계는 언제나 항존하는 것이라 할 수 있다.

이렇다면 김기진이 대중화론을 주장했던 근본적인 동기 자체가 의심스러울 수밖에 없다. 결국 그의 대중화론은 프로작가들이 더 이상 당국(일제)의 비위를 거스르는 내용을 쓰지 말고, 일반 대중들의 현실적 기호에 영합할 수 있는 내용과 방법을 택하여 기회를 엿보자는 것으로 귀결된다. 이것은 그가 임화의 단편서사시에 주목한 것 역시 그 실제적 내용이나 창작 의도 자체가 아니라 그것이 가지고 있는 '대중성 자체' 때문이었음을 의미하는 것이다.

그러나 실제 프로문학에 있어 대중화 문제는 이와 같이 창작방법론의 차원에서 해결될 수 있는 것이 아니라, 프롤레타리아 계급의 혁명을 위한 예술운동 전체의 실천 양상이라는 측면에서 이루어질 때 해결될 수 있는 것이다. 이런 시각에서 볼 때 대중화는 객관적인 정세에 의해 좌우되는 것이

---

43) 실상 당대에 있어 프로문학에 주의를 기울이던 주 독자층이 지식인 또는 변혁운동 종사자라고 할 때, 자신들이 늘상 관심을 가지고 있던 당대의 특정한 역사적·사회적 사건을 소재로 한 프로문학 작품이라면 아무리 복자로 처리된 부분이 많거나 삭제된 부분이 있다고 하더라도 대부분 어느 정도는 나름대로 재구하여 읽을 수 있었을 것으로 생각된다. 물론 이 재구의 정도는 그 작품이 발표되었던 그때의 상황과 느낌을 그들이 아직은 뚜렷이 기억될 수 있을만큼 최근의 것일수록, 또한 그 작품에서 다루고 있는 사건이 그들이 관심을 가지고 있는 변혁운동 현장과의 거리가 가까울 수록 확률이 높아진다. 프로시의 경우는 이 점에 있어 오히려 많은 강점을 가진다. 시의 속성상 정보 자체를 전달하기 보다는 정보를 통한 독자의 정서 환기를 목적으로 한다면, 일부분의 복자나 삭제는 별반 영향을 주지 않았을 것이다. 사실이 이렇다고 본다면 검열과 그로 인한 복자와 삭제에 대한 팔봉의 우려는 지나친 것이며, 임화가 비판하고 있는 것처럼 불리한 객관적 정세를 평계삼아 어떠한 계급적 원칙도 포기해야만 한다는 일방적인 항복 선언이라고 아니할 수 없다.

아니라, 작가의 태도상의 문제-작가의 세계관과 실천 양상-가 우선될 때 해결될 수 있는 것이다. 임화가 대중화 문제를 바라보는 관점은 바로 이런 것이었다. 물론 이러한 임화의 논조 역시 자체의 기관지조차 마련하지 못한 우리의 객관적 현실을 도외시한 채, 상대적으로 자유로웠던 일본을 근거로 하여 일방적으로 막시즘적 원칙만을 추상적으로 제시하고 있다는 점[44]에서 근본적인 문제점을 가지고 있다. 현실의 객관적 조건을 무시한 채 원칙만을 일방적으로 내세운다는 점에서, 이것은 실제 막시즘과는 거리가 먼 주관주의의 또 다른 양상에 불과한 것이다.

또한 김기진이나 임화 모두 노농대중의 자발적 참여를 유도할 수 있는 방법 모색에는 등한시한 채, 노농대중을 혁명적 이데올로기의 주입 대상으로만 취급하고 있다는 점에서 근본으로 동일한 발상을 보이고 있다는 점을 간과해서는 안될 것이다. 이들은 모두 위로부터의 대중화만을 추구했던 것으로, 여전히 실제 그들이 원했던 진정한 대중화는 요원한 문제로 남아 있었다. 때문에 예술적 가치도 있으면서 계급성과 대중성을 겸비한 진정한 프로시 창출이 이들의 절실한 당면 과제였다.

(2) 동시대 프로시의 특성과 문제점

1927년에 접어 들면서 노동자계급에 대한 인식의 심화와 더불어 카프 맹원들은 프로문학의 정체성을 확립하기 위한 일련의 노력을 벌인다. 대개 논전의 형태로 전개된 이 프로문학의 정체성 확립 노력은 팔봉과 회월의 <형식-내용 논쟁>, <아나키즘 논쟁>, <목적의식 논쟁> 등의 순서로 이루어진다. 그리고 시에서 이 문제는 신경향시에서 탈피하여 본격적인 프로시를 완성하는 방향으로 전개된다.

원래 신경향시(신경향기 프로시)는 3·1운동 이후 급속도로 확산된 사회주의 사상의 영향과 일제의 혹독한 식민지적 억압과 착취로 인한 농촌의

---

44) 임화, 「金基鎭君에게 答함」, 앞 글, 68~69쪽.

피폐화 등 당대의 부정적 현실에 대한 최초의 문학적 대응이라고 할 수 있는데, 그 대표작으로는 아무래도 이상화의 「빼앗긴 들에도 봄은 오는가」(개벽, 1926.6)를 들어야 할 것이다.[45]

신경향시는 일제의 침략으로 날로 궁핍해져 가는 당대 조선 민중들이 처한 절대적 빈곤과 처참한 현실 상황에 대한 즉자적인 반응을 담고 있다. 신경향시인들은 주로 당대 노농대중이 처한 삶의 비참함을 시에 진솔하게 드러내어 수용한다. 따라서 신경향시에는 '농민들의 소작인화'와 '이농과 유랑', 즉 '유이민화'라는 동시대 민족 현실이 시적 형상화의 전형으로 등장하고, '고향 상실'이 시의 가장 주요한 모티브로 등장한다. 그리고 이것이 일정한 '사건'을 통해 구체적인 형상으로 작품에 표현되고 있다는 점에서, 화자의 개인적 主情에 의한 감상적 표현을 주로 했던『백조』파 시와 분명한 차별성을 가진다.

신경향시의 가장 큰 의의는 이전에는 보기 어려웠던 민중의 의식, 생활, 감정을 시의 주 제재로 선택하여 사실적으로 다루려 하고 있다는 데서 찾을 수 있다. 그러나 이러한 현실 인식은 다분히 추상적이고 관념적이다. 이 시들은 자신들이 처한 현실을 정확하게 파악하여 그 타개책을 제시하지 못하고 울분과 분노, 한탄 등 단편적인 감정의 표현을 위주로 이루어진다. 이 때문에 신경향시로서는 더 이상 성장하는 프롤레타리아 계급의 이념과 그 형상을 정당하게 그려내기에는 역부족이라는 자성이 내부에서 일어난다. 그리하여 그 대안으로 창출되어 나온 것이 바로 프로시이다.

신경향시와 프로시의 근본적인 차별성은, 무엇보다도 신경향시가 기본

---

45) 이 외에도 이상화의 「가장 悲痛한 祈慾—間島 移民을 보고—」(개벽, 1925.1)·「暴風雨를 기다리는 마음」(개벽, 1925.3)이나 김창술의 「大道行」(개벽, 1925.2)·「문 열어라」(조선일보, 1925.6.8)·「戰線으로」(조선일보, 1926.1.2)·「조선을 차저서」(조선일보, 1926.2.22), 박팔양의 「黎明 以前」(개벽, 1925.7)·「工場」(『朝鮮詩人選集』, 조선통신중학관, 1926), 유완희의 「女職工」(개벽, 1926.4), 김해강의 「새벽은 왔도다」(조선일보, 1926.12.11) 등이 신경향시의 특성을 잘 보여주는 작품들이다.

적으로 농민시의 형태로 나타나는 반면에, 프로시는 본격적인 노동자시를 지향하고 있다는 점에서 찾을 수 있다. 신경향시는 주로 농민들의 뿌리 뽑힌 삶과 그들의 궁핍한 생활, 이로 인한 이농 또는 유랑, 그리고 이 모든 것의 근본적 원인인 국가 상실의 아픔을 직시하고 그것들을 표현하는 데 초점을 맞춰왔다. 반면, 1927년경부터 등장하는 프로시는 주로 도시 프롤레타리아가 자신의 삶을 영위하면서 직면하게 되는 현실적인 여러 질곡들과 앞으로 그들이 해결해 나가야 할 과제 등을 주 소재로 선택하여 표현하고, 거기에 시인이 일정한 계급의식(class consciousness: believing in and actively conscious of a struggle between classes)을 부여하여 강한 선동·선전성을 드러내고 있다는 점에서 신경향시와 근본적인 차별성을 가진다.

이와 함께 양자는 모두 대상을 절대적 선과 절대적 악으로 나누어 보는 이분법적 사고를 공통적으로 가지고 있으면서도, 신경향시에서는 궁극적으로 타도되어야 할 대상인 절대적 악에 대해서는 그 실체를 철저히 규명하지 않고 모호하게 처리하고 마는 반면, 프로시에서는 그 절대적 악의 정체를 명시하여 이에 대한 노골적인 적대감을 강하게 표출하고 있다는 점에서도 분명한 차별성을 가진다. 이것은 신경향시가 단지 동시대 민중이 처한 비참한 현실을 사실적으로 제시하는 데만 중점을 둔 반면, 프로시는 그것을 통해 독자를 선동·선전하려는 목적에 중점을 두기 때문에 생긴 자연스런 결과이다. 그러나 실상, 현실의 모순과 그 본질적 해결책에 대한 명확한 과학적 안목을 갖추지 못한 채, 시인의 주관적이고 관념적인 현실 파악에만 의존하면서 그저 당대의 상황을 예민하게 반영하고 있을 뿐이라는 점에서는 양자가 대동소이하다.

아, 가도다, 가도다, 쪼처가도다
이즘속에잇는間島와遼東벌로
주린목숨움켜쥐고, 쪼처가도다
진흙을밥으로, 햇채를마셔도

마구나, 가젓드면, 단잠은얽맬것을―
사람을만든검아, 하로일즉
차라로주린목숨쌔서가거라!

아, 사노라, 사노라, 취해사노라
自暴속에잇는서울과시골로
멍든목숨행여갈가, 취해사노라
어둔밤말업는닭을안고서
피울음을울드면, 설음은풀릴것을―
사람을만든검아, 하로일즉
차라로취한목숨, 죽여바리라!46)

　이 시는 동시대 유이민이 처한 비참한 현실을 실감나게 그린 신경향시의
하나이다. 이들은 일제의 식민 정책에 의해 삶의 뿌리인 농토를 빼앗기고,
자신이 살던 터전에서 쫓겨 나 어쩔 수 없이 만주나 연해주 등으로 쫓겨
간다. 그러나 그곳에서도 극도의 빈곤과 기아에 처하게 되자, 차라리 하루
라도 일찍 목숨을 앗아가라고 푸념하면서 하늘(검)을 원망한다.
　시인은 이처럼 짧은 시행을 통해 동시대 유이민들이 처한 삶의 고통을
잘 표현하고 있다. 그러나 아무런 전망도 제시하지 못한다는 점에서 이 시
는 근본적인 한계를 가진다. 화자는 "차라리 죽어 버렸으면……" 하는 식의
한탄만 할 뿐, 이런 처참한 현실이 어디서 비롯되었는지, 이런 상태를 극복
하려면 어떻게 해야 할 지에 대해서는 전혀 이야기하지 않는다. 그저 이제
까지 해왔던 대로 하늘만 바라보며 탓하고 있을 뿐이다. 때문에 이들이 처
한 고통스럽고 궁핍한 삶은 당대를 살아가는 우리 민족 모두에게 공감을
얻을 수 있는 지극히 보편적이고 전형적인 것이면서도, 고통의 체험이 한데
응집되지 못하고 파편적이고 단편적인 양상으로만 처리되어 버린다. 이것
은 이 시가 리얼리티 획득에 있어 한계를 지니고 있음을 의미하는 것이다.

---

46) 李相和, 「가장 悲痛한 祈慾―間島 移民을 보고―」(개벽, 1925.1), 63쪽. 전문.

시인은 여기서 가난으로 인한 고통의 모습을 암시적으로 보여주고 심정적으로 농민들이 처한 그 아픔과 고통에 동참하고 있을 뿐, 그 이상 어떠한 행동도 추구하고 있지 않다. 때문에 여기서 독자가 얻을 수 있는 것은 처참한 환경의 거듭된 확인 뿐이다.

이에 비해 다음 시⁴⁷⁾는 사뭇 다른 모습으로 다가선다.

> 납덩어리가치 무겁고 괴로웁든 우리들의마음이
> 오늘은 엇지하야 이가치 가볍고도愉快하냐
> 五月의한울─그밋헤서부르는 우리들의노래가
> 무슨까닭에 참으로 무슨까닭에
> 가슴 울렁거리도록 이가치 즐거웁게들리느냐
>
> 市街가좁다고 몬지휘날리며 달리든
> ×××× 自動車와 馬車
> 그것이 오늘의×××× 무엇이란말이냐
> 보아라 거리와거리에모혀슨 우리××××
> 平素에 默默히일하든친구들의 오늘을!
>
> 街路에는 우리들의 데모
> 屋內에는 驚異에빗나는 저들×××
> 보혀주자 저 怜悧하고도 압못보는 백성들에게
> 未來를춤추는 이 群衆의舞蹈를!
>
> ×××××× 노래와 歡呼와 拍手와
> 步調. 步調. 步調를마처라
>
> ………… ………… …………
> 五月의 香氣로운 空氣를通하야

---

47) 朴八陽, 「데모」(조선지광, 1928.7), 100~101쪽. 전문.

오오　울려라　우리들의交響樂을

　이 시기에 발표된 프로시의 특성을 잘 보여주는 이 시는, 노동자들의 시위 현장을 그들 속에서 그대로 재현한 일종의 현장시이다. 이 시에서 시인은 노동자들이 직면한 처참한 삶의 모습이나 그 속에서 겪는 좌절과 울분, 분노, 고통을 그리지 않고, 그들의 단결된 힘이 정당하며 위대하다는 이야기를 리듬감 있는 표현에 담아내고 있다. 노동자들은 삶의 무게에 짓눌려 신음하고만 있는 모습이 아니라, 자신들의 단결된 힘으로 그것을 극복하고 밝은 미래를 맞이하려는 흥분된 형상으로 존재한다. 그리고 화자는 이들이 벌이는 시위 현장의 모습을 경쾌하게 그리면서 독자들에게 은연중 시위의 정당함을 말하고 있다.

　그러나 실상 이 시에 그려진 시위 현장의 분위기는 시인이 전달하고자 하는 관념을 뒷받침하는 배경막으로서의 한 폭의 풍경화나 정물화 이상의 의미를 갖지 못하고 있다. 화자는 자신을 포함한 동료 노동자들이 어떤 이유에서 시위를 하는 것인지, 거기에는 어떤 계기가 작용했는지, 그 과정에 어떤 어려움이 있는지, 어떤 현실적인 당면 목표를 가지고 있는 것인지 등 현실적인 제반 사항에 대해서는 묘사하지 않는다. 다만 시위대의 흥분된 감정만을 경쾌한 리듬에 실어 전달하고 있을 뿐이다. 그것도 실제 시위대에 참석한 노동자가 느끼는 감정이 아니라, 그것을 바라보는 지식인 청년의 관념적 흥분을 담아 표현하고 있는 것이다.

　그러므로 이 당시의 프로시는 대개의 경우 예술적 형상화가 거의 이루어지지 않은 채 지식인 청년으로서의 시인이 가지고 있는 비현실적인 생경한 이념이 구호투의 언사와 함께 직설적으로 표출되는 양상을 보인다. 다음 시는 그 전형적인 예이다.

　　거리!　憎惡에타는거리　憤激에불붓는거리
　　보라!　사랑하는이여!　젊은이들이여!

검붉은雰圍氣 — 굽이치는물결

나오라!　詩人이여!　美術家—音樂家
거리로나오라!　나와서소리치라!
언제까지나　塔안의올창이쎄되지말고……

民衆—民衆—民衆
굿세게나가라!　압흐로—압흐로—
都市의民衆—鄕村의民衆
『모—터—』의音響을　좀더擴大하라!
大地의呼吸을　좀더깁게하라!

民衆—民衆의前進—前進의굿세임
우리는　그것을讚美한다!　그것을祝福한다!
그것은人間으로서　참『삶』에돌아가랴는　强烈한『리듬』인까닭이다

누가그것을막느냐?　灼熱된有機의結合—民衆의前進—前進의偉大한힘
을

天地를휩쓰는바람　여전히民衆의感情을쇠북질하는데……[48]

　이상에서 볼 수 있듯이 이 당시에 발표된 프로시는 지나치게 선전·선동
의 목적만을 의식하여, 그 선결 조건이 되어야 할 현실의 반영이나 형상화
가 이루어지지 않았다. 그리하여 시인이 전달하고자 했던 현실의 정치적
과제 또는 이데올로기의 직접적 반영이거나, 이에 대한 시인의 주관적인
가치 평가로 끝나 버리는 경우가 허다하게 발생한다. 이 때문에 문학적 형
상화에서 필요한 최소한도의 시적 긴장마저도 획득하지 못하고, 당연히 반
영했어야 할 당대 노동운동이나 사회운동의 실상도 실제 작품에 수용하지

---

48) 赤駒[柳完熙], 「街頭의 宣言」(조선일보, 1927.11.20), 전문.

못하는 한계를 보이게 된다. 또한 독자의 내적 참여에 의한 감동력과 호소력을 가지지 못하는 문제에 봉착한다. 그러면서도 이러한 방식의 창작이 목적의식론과 맞물려 카프 문인들의 전형적인 시형으로 고정화되면서, 갈수록 예술적 진실의 차원에서 멀어지게 된다.

임화의 「曇――九二七」은 바로 이러한 상황에서 발표된다.

一九一七 ― 太陽이逃亡간해
世界의 우리들은 八月二十日地球發電報를作成하엿다

第一의同志는 뉴욕 사크라멘트等等地에서 數十層死塔에爆彈洗禮를주엇스며
第二의同志는 휜랜드에서 殺人者 米國의商品에對한非買同盟을組織하엿고
第三의同志는 코―펜하―견에 아메리카犯罪者의大使館을襲擊하엿스며
第四의同志는 「암스텔담」宮殿을破壞하고 軍隊의銃끗헤목숨을던젓고
第五의同志는 巴里에서數百名警官을××[殺害]하고다라라낫스며
第六의同志는 모쓰코바에서 熾烈한第三인터내슈널의命令下에서 大示威運動을일으키엇고
第七의同志는 도―교에서 ××[殺人]者의大使館에脅迫狀을던지고갓스며
第八의同志는 스이스에서 地球의强盜 國際聯盟本部를襲擊하엿다
(그째의그놈들은 한 장의二百兩짜리琉璃窓이쌔여진것을嘆息하엿다 ― 눈물은廉價다)
오오 지금世界의到處에서 우리들의同志는 그놈들의 暴壓과××[殘酷]에 얼마나壯烈히 싸화가고 잇는가

[……]

오오 우리는 안다
삭코, 반제스 틔 君等의죽지안은것을

街里마다 가득한 그대들의 屍體를
太陽을 물드린 그대들둘의핏방울

暴風雨다 ××[革命]이다
우리들의 進擊하는戰列을向하야 두同志는웨어치지안느냐
世界의同志야一
一九二七一리아
××[暴壓]에對하기를××[鬪爭]으로
우리들은 동모와가치 勇敢하게戰場에로가자[49]

10연 65행의 이 장시는, 그 내용상 전 6연과 후 4연으로 나누어 진다. 전 6연은 <반제티 · 사코 사건>[50]을 중심으로 부르좌의 폭압과 이에 대한 국제 공산주의 운동의 투쟁상을 그리고 있으며, 후 4연은 이 사건의 교훈을 되새겨 새롭게 투쟁의 결의를 굳게 다지는 내용으로 되어 있다.

임화는 반제티 · 사코의 죽음을 시의 주 소재로 삼고, 이 사건으로 인해 1927년이라는 특정한 역사적 시기 전체가 '먹구름을 드리우게 되었다'[51]고 말한다. 이 사건은 부르좌의 허위와 반민중성 그리고 프롤레타리아의 불굴의 투지를 강하게 드러내 후세에 교훈을 준다는 점에서, <리프크네히트 ·

---

49) 임화, 「曇一一九二七一「작코」·「반제스 틔」의 命日에一」(예술운동, 1927.11), 4 4~48쪽. 3,4,9,10연.

50) 1927년 미국에서, 이탈리아 출신 이주민인 아나키스트 반제티와 사코가 노동조합운동을 하던 중 체포되어 <메사추세츠주 봉급 살인 강도 사건>의 범인이라는 누명을 쓰고 사형당한 사건. Richard O.Boyer & Herbert M.Morais(朴淳植 역), 『Labor's Untold Story』(United Electrical, Radio & Machine Workers of America, New York; 인간, 1981.5) 제8장 <황금의 광란>(266~281쪽) 및 富山妙子(이현강 역), 『解放の美學』(한울, 1985.9) 7장 2절.

51) 임화는 시의 표제로 <曇一一九二七>, 부제로 <「작코」·「반제스 틔」의命日에>를 사용하여 반제티 · 사코 사건이 가지는 의의를 증폭시키고 있다. 이것은 시 속에서 '一九一[二]七一太陽이逃亡간해'(3연 1행)로 다시 한 번 반복되고 있다. 이런 식의 표현은 초기시 「雪」(조선일보, 1927.1.2)의 도입부 '太陽은 / 永遠히逃亡을가고'(1~2행)와 동일한 발상으로, 암울한 상황에 대한 화자(시인)의 문제 인식을 드러낼 때 즐겨 사용하는 임화의 상용 어투이다.

로자 룩셈부르크 살해 사건>(1919.1)의 연속선상에서 파악해야 할 중대한 문제이다. 때문에 이 사건은 프롤레타리아에 대한 부르좌와 자본주의의 구조적 폭압에서 필연적으로 발생한 것으로 규정된다.

이 시에서 임화는 사상적으로 지극히 혼란한 모습을 보이고 있다. 우선, 이 시는 부르좌와 프롤레타리아는 이분법적인 선악의 대립 구도로 설정한다. 이것은 임화가 아직 자신이 처한 현실을 구체적으로 인식하지 못하고 여전히 관념적, 추상적으로 파악하고 있음을 의미하는 것[52]이다. 또한, 표면적으로는 프롤레타리아의 계급적 연대를 거론하고 있는 것으로 보이지만, 이는 단지 관습적 표현에 불과하며 실제는 몇몇 전위의 극단적인 방법[53]으로 혁명이 가능하리라고 생각하고 있다는 점이다. 이것은 아직까지 그가 이전의 아나키즘의 영향에서 완전히 탈피하지 못했음을 증명하는 것이다.

이 시가 동시대 프로시와 차별성을 갖는 것은 자신의 논지를 정당화하고 그를 통해 선동·선전의 효과를 극대화하기 위해 여러 가지 서술 방법과 표현을 구사하고 있다는 점이다. 이 시에서 임화가 사용한 방법은 ① 계급적 중요성과 의의를 가진, 그러면서 동시대에 큰 파장을 일으켰던 사건의

---

52) 이것은 자신에게 당면한 구체적 현실에 대해서는 아무런 언급도 하지 못하고 있다는 점, 그리고 어떻게 해야 프롤레타리아 계급이 투쟁의 대열에 동참할 수 있는가에 대해서는 아무런 말도 하지 못하고 있다는 점 등에서 여실히 증명된다. 외국에서 발생한 부르좌 폭압 사례들을 늘어 놓고, 여기에 대항하여 일어서는 것은 정당한 것이므로 우리나라의 프롤레타리아도 이들처럼 단결하여 투쟁해야 한다는 주장만을 되풀이하고 있을 뿐, 구체적인 현실에 적용할 수 있는 과학적이고 합리적인 방법에 대해서는 끝까지 아무 말도 하지 않는다. 그리고 실제 4연에서 나열된 사건들을 국제적 프롤레타리아 단결의 사례로 보기는 어렵다.

이런 것들은 이 시 전체를 더욱 추상적인 것으로 만들어 버리는 결과로 나타난다. 이러한 문제점은 모두 임화가 이때까지 프롤레타리아 혁명기에 있어 당과 당조직이 가지는 구체적인 효과와 의의에 대해 명확한 이해를 하지 못했기 때문에 발생한 것이다.

53) 여기서 거론된 방법은 주로 테러와 폭파 등 당대의 아나키스트들이 즐겨 사용했던 폭력적 대응 방식이다.

도입 ② 먼저 사건을 서술하고 뒤에 가서 화자의 결의 또는 다짐을 보여주는 구조 설정 ③ 자칫 독자의 거부감을 일으킬 수도 있는 자극적인 용어나 구절의 연쇄적 반복 ④ 노동운동가 화자의 설정 ⑤ 일인칭 복수 화자의 설정과 화자의 목소리 변화 등이다.

이 중 ①과 ②는 리얼리티를 확보하고 시인의 세계관과 계급적 인식을 명확히 드러내기 위해 선동시에서 항용 사용하는 방법으로, 이념성과 대중적 호소력을 적절하게 접합하기 위한 노력의 일환이다. 또한 이때 시에 투입되는 사건은 자체의 리얼리티를 확보하기 위해 일정한 이야기를 필요로 하고, 이런 이야기의 요소는 필연적으로 시의 장시화 경향을 초래하고 있다. 아울러 ①의 기준에 맞는 사건에는 프롤레타리아 국제주의에 입각한 해석의 시각이 항상 들어가 있으며, 이것은 이상의 언급들과 함께 이후 단편서사시에도 그대로 계승된다.

③을 가장 명확하게 보여주는 것은 4연이다. 4연에서 '第一의同志는……/ 第二의同志는…… / 第三의同志는…… / ……' 등 일련의 숫자를 내세워 반복되고 있는 행위들은 각기 개별적으로는 대단히 폭력적이며 극단적인 방법들이다. 그러나 이런 행위들을 거듭 반복해서 묘사함으로 해서 오히려 독자들의 거부감을 일정 정도 거세하는 효과[54]를 가지게 된다. 이것은 독자에게 그들의 행위가 어떤 특정한 몇몇에 국한된 예외적인 것이 아니라, 일정한 연대감을 바탕으로 행해지고 있는 것임을 알려준다. 이것들이 부르좌의 강대한 폭력적 행위에 대한 필연적 대응물로 제시되면서, 반복적으로 묘사된 부르좌의 간악한 행위에 대한 독자들의 감정적 분노를 불러 일으켜

---

54) 이러한 긍정적 효과가 있는 반면에, 이것은 서술의 산만함과 시적 긴장의 이완으로 인해 시에 감상성을 불러 들일 수도 있다는 치명적인 약점을 초래하는 한 원인이 되기도 한다. 이러한 자극적인 용어의 연쇄적 반복이 오히려 독자의 반감을 유발할 수도 있다는 견해도 있을 수 있으며, 또한 이는 나름대로 정당한 지적이라고 생각된다. 그러나 본 연구자는 이 시가 기본적으로 선전·선동의 대상으로 삼고 있는 것이 식민지하의 조선인 노동자라고 할 때, 상대적으로 강한 박탈감을 가지고 있는 이들에게 현실에 대한 적개심과 문제 의식을 불러 일으키고 투쟁 의식을 고취하기에는 오히려 적당한 방법이라고 생각하고 있다.

독자들이 자신들의 처지와 시의 문맥을 부분적으로 동일시하게 하는 효과
도 가진다.

각 행 서두에 '第一, 第二, 第三, ……' 등으로 표기된 일련의 숫자는 시간
적인 순차와 산술적인 의미에서 자유롭다.[55] 행이 바뀔 때마다 다르게 나타
나는 지명의 변화도 마찬가지다. 지명 그 자체에는 별다른 의미가 없다. 이
것들은 모두 의미 있는 단어나 특정한 인명을 사용할 때 필연적으로 발생
하는 시의 총체적 의미 훼손을 막고, 시인의 의도를 뚜렷히 살리기 위한
방법으로 사용되고 있을 뿐이다. 즉 시인은 이상의 반복적 서술을 통해 이
시의 문맥을 따라 읽어가던 독자들이 무의식중에 자신의 논조에 동조하게
하고, 나아가 은연중에 부르좌의 폭력적 행위에 대한 대응물로서 프롤레타
리아의 폭력적 행위의 정당성을 주입하고 있다. 따라서 이것은 이 시의 후
반부와 자연스럽게 연결되어, '향후 프롤레타리아 계급이 가져야 할 새로운
투쟁'이 어떠해야 하는지에 대한 근거 확보 및 사전 정지 작업의 일환이
된다.

다음, ⑤의 경우, '나'라는 일인칭 화자의 모습이 일인칭 복수 화자인
'우리들'로 바뀌어 나타나고 있다. 이와 더불어 화자의 목소리도 엘리옷의
<시에 나타나는 화자의 세 가지 목소리> 중 '제1의 목소리'에서 '제2의
목소리'로 변화되어 나타난다. 즉 자기 자신에게 말하거나 아무 대상도 설
정하지 않은―최소한 겉으로는, 구체적으로 특정한 어떤 대상 또는 독자에
게 전달할 목적이나 의도를 가지지 않은― 시인의 목소리에서, 청중에게

---

55) 이것은 일종의 초현실주의 기법으로, 이 시가 「地球와 『빡테리아』」(조선지광,
1927.8)와 마찬가지로, 전위예술의 영향을 서서히 탈피하여 본격적인 프로시를
창작하는 도중에서 쓴 것임을 의미하는 것이다. 4연은 그것을 적나라하게 보여
주는 것으로, 비슷한 이야기가 여러 번 반복되면서 일정한 분위기를 환기하고
있다. 그러나 물론 그것이 자체의 분위기 환기에만 그치지 않고 부르좌의 거대
한 폭압에 대한 전세계 프롤레타리아의 구체적인 투쟁상을 독자들에게 일정한
의도를 가지고 제시하고 있다는 점에서, 이후의 임화 시 경향이 프로의식의 확
산에 놓이게 됨을 알 수 있다. 4연에 나타난 이런 기법은 이후 1930년대 들어
발표된 李箱의 시 「烏瞰圖」(조선중앙일보, 1934.7.24)에서도 찾아 볼 수 있다.

말하는—특정한 독자층을 상정하고 그들에게 자신의 의도나 목적을 뚜렷히 전달하고자 하는— 시인의 목소리[56]로 변화된다. 여기서 '나⇒우리들'의 화자 형태 변화는 임화가 자신의 개인적 일상사나 당대의 불만족스러운 현상에 대한 즉발적 감정을 표현하던 것에서 동시대인들이 처한 공통된 문제와 그 타개를 위한 이념을 담아내는 것으로의 변모, 즉 임화의 일정한 사회적 의미 획득 과정으로 설명할 수 있다.

그런데 이 시의 화자인 '우리들'은 '행동해야 할 주체로서의 우리들'과 '행동하기를 요구하는 나'라는 중첩적 결합의 양태로 나타나고 있다. 내포된 작자[57]의 의도를 작중에서 충실하게 대변하고 있는 '행동하기를 요구하는 나'는 서술의 이면에 잠재되어 있으면서 '행동해야 할 주체로서의 우리들'에게 행동에 나설 것을 끊임없이 청유 내지 선동하는 자세를 취하고 있다. 이때 내포된 독자는 자연스럽게 '행동해야 할 주체로서의 우리들'과 자기 자신을 동일시하여 후자인 '행동하기를 요구하는 나'로서의 화자 즉, 내포된 작자의 목소리에 촉발된다. 이런 구도는 거부 반응을 일으키지 않고

---

56) T.S.Eliot, The Three Voice of Poetry(The National Book League, the University Press, Cambridge, 1953), 4쪽.

엘리옷의 견해를 임화 시에 적용해 본다면, 임화 초기시에 있어서 시인의 목소리는 제1의 목소리에서 제2의 목소리로 변이한다고 할 수 있다. 엘리옷이 말하는 제3의 목소리, 즉 詩劇 등장인물 중 한 명의 목소리에 의탁하여 다른 등장인물에게 말하고 있는 시인의 목소리는 단편서사시와 일정한 관련을 생각해 볼 수 있다.

57) Wayne C.Booth, 「Distance and Point-of-View: An Essay in Classification」(Philip Stevick(edit), 『The Theory of the Novel』, The Free Press, A Division of the Macmillan Company, 1967), 92쪽.

여기서 부스는 'implied Author'를 <the author's 'second self'>라고 부르고 있다. Seamour Chatman은 이때의 'implied'란 말은 서사물 속에서 독자에 의해 재구축된다는 의미로, 화자가 아니라 서사물의 다른 모든 것과 더불어 화자를 창조하고 특별한 방식으로 이야기를 이끌어 가며, 이러저러한 단어나 이미지들을 통해 이러저러한 일들이 등장인물들에게 일어나게 하는 원리라고 설명하고 있다. Seamour Chatman(한용환 역), 『Story and Discourse—Narrative Structure in Fiction and Film—』(Cornell University Press, 1980; 고려원, 1991.4), 제4장 <담론—서술되지 않은 이야기들> 참조.

실제의 독자들에게 시인의 의도를 설득력있게 전달하는 효과를 가진다.

다음, '제1의 목소리⇒제2의 목소리'라는 화자의 목소리 변화는 화자가 시 속에서 구체적인 내포 독자를 상정하고 있음을 의미한다. 제1의 목소리가 주조를 이루고 있는 「雪」(조선일보, 1927.1.2) 이전의 시에서, 내포된 작자와 동일하게 처리되고 있는 화자는 아무도 의식하지 않은 상태에서 오로지 자신의 감정에만 충실하다. 이 경우 내포 독자는 단지 시인의 목소리를 '엿듣는'데만 머물게 되어[58], 화자에 대해서나 자기 자신에 대해 아무런 책임도 가지지 않는다. 이와는 달리 이후 제2의 목소리가 주조를 이루고 있는 시에서, 화자는 자신을 먼저 독자의 전면에 노출하게 됨으로써 독자의 상태에 의해 한정 받게 된다. 그리고 이 경우 독자 역시 시의 전면에 노출되어 화자의 주장에 대해 긍정 또는 부정 내지 유보라는 나름대로의 입장 표명을 필연적으로 요구받게 된다.

물론 이러한 제2의 목소리는 「雪」에서부터 나타나고 있는 것이 사실이지만, 「曇――一九二七」 이전까지는 시의 화자가 대상에 대한 시인의 관찰과 견해를 이야기하는 데 머무르고 있는 반면, 여기에 와서는 독자를 직접적인 행동으로 이끌려고 하는 보다 강력한 목소리를 내고 있다는 점에서 차이를 보인다. 이것은 이 시가 보다 선명한 작자의 의도를 반영하고 있기 때문에 발생하는 결과이다. 이 시는 현상에 대한 인식이라는 차원에서 일보 나아가, 보다 분명하고 확신에 찬 목소리로 독자에게 직접적인 행동을 촉구하고 있다. 물론 이때의 화자는 도덕적, 이념적으로 정당성을 갖춘 인물로, 자신의 신념에 대해 결코 흔들리지 않는 확신을 갖추고 있는 인물로 설정된다.

마지막으로, ④에서 언급한 노동운동가 화자의 문제를 살펴보자. 이 시의 화자는 기본적으로 프롤레타리아 혁명의 주체인 노동자계급을 직접적

---

58) J.H.밀은 이것을 '엿들어지는 독백'(soliloquy overheard)으로 명명하고, 서정시의 특질로 꼽고 있다. 엘리옷은 바로 이 개념을 차용하여 시에 있어서 화자의 세 가지 목소리 중 첫 번째 목소리라고 정의한다. Paul Hernadi, 『Beyond Genre―New Directions in Literary Classification』(Cornell University Press, 1972), 60쪽.

으로 선동하는 입장을 견지하고 있다. 이것은 임화가 이 시를 계기로 향후 노동자를 자기 시의 주 대상으로 삼음을 의미하는 것이며, 이상화의 「빼앗긴 들에도 봄은 오는가」(개벽, 1926.6)로 대표되는 신경향시의 시각과는 다른 차원에서 프로시를 창작하고 있음을 의미하는 것이다.

그러나 실제 이러한 혁명적 노동자 전위에 의한 선동·선전이 당대의 일반 노동자—좀더 구체적으로는 식민지하에서 신음하고 있는 조선인 노동자들에게 얼마나 효과를 발휘할 수 있었는지는 의문이다. 이 시는 프롤레타리아 혁명의 주체인 노동자를 선전·선동하려고 하고 있으면서도, 그 구체적인 청자로서의 실제 노동자는 거의 고려하고 있지 않다.

이 시는 기본적으로 계급적 인식이 투철한 노동운동가나 프롤레타리아 계급 전위를 화자로 채택하고 있으며, 내포 독자 역시 최소한 이들의 이야기를 알아 들을 수 있고, 이들이 전달하는 이념에 동조할 태세가 되어 있는, 그리고 이들과 강한 계급적·동지적 연대감을 가지고 있는 인물로 설정하고 있다. 이것은 당시 임화가 자신의 시의 전달 대상을 '있어야 할 (당위로서의) 프롤레타리아 계급'에 맞추고 있었음을 의미한다. 이 점에서 볼 때 이후에 전개되는 단편서사시는 잃어버린 청자를 찾기 위한 화자의 또 다른 변이 양태로서 엘리옷이 말하는 세 번째 시인의 목소리—'劇의 役을 운문으로 말하는 시인의 목소리'[59]와, 이 시에서도 그 단초를 확인할 수 있는 '이야기성'이 결합될 때 발생하는 것이라 할 수 있다.

우리는 이상을 통해서 이 시가 기본적으로 부르좌 계급의 잔혹과 폭압을 적나라하게 제시하여 프롤레타리아의 계급의식을 일깨우고, 나아가 프롤레타리아의 단결과 그 집단적 힘의 행사를 정당화하려는 선동·선전에 일차적 목표를 두고 쓰여진 프로시임을 살펴보았다. 여기서 임화는 이전까지의 개인적 서정 세계 속의 함몰이나 막연한 민족적 울분에서 벗어나, 명확한 계급적 인식을 통해서 세상을 이해하고 부딪치려는 모습을 보인다. 그리고

---

59) T.S.Eliot, 앞 책.

이 목표를 올바로 달성하기 위해 일반적인 독자의 거부감을 약화시키면서, 동시에 그들에게는 생경할 수 있는 자신의 주의와 주장을 그들에게 주입할 수 있게 하기 위해 몇 가지의 서술과 표현상의 변화를 시도하고 있음도 살펴 보았다. 결국 이러한 노력들이 쌓여, 최종적으로 단편서사시의 모습을 가지게 되는 것이다.

2) 단편서사시의 형성 배경

1927년 목적의식론의 전개 이후 발표된 대부분의 프로시는 현실(정치)과 문학의 관계를 명확히 이해하지 못한 상태로 감정과 의욕만 앞선 모습을 보여준다. 때문에 이들 시는 시인의 세계관을 직접적으로 작품에 노출시키면서 자신이 주장하는 내용만을 덩그러니 내놓는 경우가 허다하게 발생했다. 즉 이 당시의 프로시는 시의 양식적 특성이나 전달의 효과라는 측면에 대해서는 거의 고려하지 않은 채, 오직 그 내용의 선동·선전성과 작가가 가지고 있는 세계관의 정당성 여부에만 강세점을 두었던 것이다. 이로 인해 점차 예술적 진실의 탈각, 대중성의 약화 등이 심각한 문제점으로 부각되기 시작한다.

이런 가운데 임화는 프로시의 새로운 타개책으로 단편서사시를 발표한다. 이 단편서사시는 「曇――九二七」 이래 자신이 해 오던 일련의 실험을 일단락지은 것으로, 강력한 계급의식 표출과 대중성 획득이라는 동시대 프로시의 두 가지 당면 목표를 효과적으로 달성하기 위해 만들어진 것이라 할 수 있다.

'단편서사시'라는 이름은 당시 프로시의 대중화 문제에 깊은 관심을 가지고 있던 김기진이 붙인 것이다. 이 용어는 장편서사시에 대응하는 서사시의 하위 장르명으로 오인하기 쉽지만[60], 실상은 장르명이 아니라 '프로시인

---

60) 이 때문에 '단편서사시'라는 용어는 사실상 적절치 못하다. 그러나 오랫동안 관

임화가 쓴 새로운 형태의 서정시'라는 정도의 의미로 사용되고 있다. 때문에, 잠정적인 것이긴 하지만, 단편서사시란 "극적 구성 방식과 서간체 형식을 빌어 일정한 계급적 전망을 담아낸 서정시"[61]로 정의하고자 한다.

단편서사시는 대체로 「젊은 巡邏의 片紙」(조선지광, 1928.4)에서 시작하여 1929년에 집중적으로 발표되면서 「洋襪 속의 片紙」(조선지광, 1930.3)를 끝으로 일단 한 절정을 넘어선다.[62] 이렇게 볼 때, 불과 1년 남짓한 기간 동안에 집중적으로 발표된 것이지만, 단편서사시는 발표 당시부터 큰 반향을 불러 일으키고 동시대 프로시의 대표적 형태로 자리잡았으며, 이후 수많은 아류를 만들게 된다는 점에서 큰 의의를 가진다.

그런데 정작 '단편서사시' 양식이라는 것이 어떻게 해서 탄생된 것인지, 즉 그 연원에 대해서는 별 다른 언급도 찾아 볼 수 없다.[63] 이것이 임화의 개인적 천재성의 소산인지, 아니면 이전의 또는 동시대의 어떤 것들을 참조하고 계승하여 더욱 뛰어나게 다듬어낸 개량품인지, 그도 아니면 그저 동시대 특정 일본시의 단순한 모방작에 불과한 것인지 등에 관해서는 거의 연

습적으로 써왔고, 새롭게 대체할 적절한 용어도 마땅치 않아, 이 글에서는 그대로 사용하기로 한다. 다만 그 의미는 분명하게 한정하여 사용하려 한다.

61) 이 정의는 졸고 「단편서사시의 개념, 대상, 받주 고찰」(국제어문, 제16집, 1995.5, 361쪽)의 것을 좀더 분명하게 다듬은 것이다 이 정의의 타당성 여부는 다음 절에서 실제 작품을 통해 검증될 것이다.

62) 위 책, 360~362쪽. 이후에도 임화는 「오늘밤 아버지는 퍼렁 이불을 덥고」(제1선, 1933.3)와 「다시 네거리에서」(조선중앙일보, 1935.7.27) 등 이 경향으로 볼 수 있는 작품을 한두 편 더 발표하고 있다. 하지만, 사실상 그때는 이미 단편서사시의 시사적 의의가 다 한 때라 할 수 있다.

63) 단편서사시 양식의 연원에 관해서는 정효구가 「임화의 단편서사시에 나타난 방법적 특성」(金恩典・李崇源 편저, 『한국현대시인론─그 비평적 재조명─』, 시와시학사, 1995.3) 서두에서 잠시 언급한 것이 현저까지는 유일하다. 이 글에서 정효구는 단편서사시의 외형적 특성을 이루는 서간체 형식이 1920년대의 소설이나, 이상화의 「나의 寢室로」(白潮, 1923.1), 또는 일본 시인 中野重治의 「雨の降る品川驛」(改造, 1929.2) 등과 일정한 관련이 있을 것이라고 추측한다. 그러나 이런 것들과 단편서사시 양식이 구체적으로 어떤 관련성을 가지고 있는지에 대해서는 아무런 해명도 하지 않아, 더 이상 실제적인 논의를 진행하지는 못하고 있다.

구된 바가 없다.

임화 자신은 물론이고 동시대를 비롯하여 이후의 어떠한 임화 시 연구자도 이에 관해서는 별 다른 언급을 하지 않고 있다. 때문에 본고에서는 단편서사시 양식을 규정하는 특성들이 문학사상의 또는 동시대의 어떤 작품들과 유사성을 가지고 있는가를 살펴 보고자 한다. 본고에서 주로 관심을 갖는 것은 전통적인 문학 장르와의 관련성, 1920년대의 유행 풍조였던 일련의 서간체 소설 및 임화가 특별히 관심을 표명한[64] 이상화의 시 「나의 寢室로」(백조, 1923.1)의 영향 관계, 조선조 서사한시 전통[65]과의 연관성, 임화의 실천적 경험과의 연계성 등이다.

(1) 주변 장르의 격상과 창조적 변형

단편서사시 양식의 특성으로 연구자들이 가장 많이 거론하는 것이 '서간체 형식의 채택'이다. 이 서간체 형식은 여성 화자를 설정하고 있는 점, 화자 주변의 생활에서 이야기를 시작하고 있는 점, 등장인물간의 애정이나 사적인 친밀성을 바탕으로 하고 있는 점 등에서 전통적인 내간문 및 내방가사과의 연관성을 찾을 수 있다.

또한 이것은 1920년대 초반의 서간체 소설에서 있었던 방법적 실험의 연장선상에 있는 것으로 보인다. 서간체 형식을 작품에 도입하여 활용할 수 있다는 발상 자체는 당시로서는 별반 새로울 것이 없는, 일종의 동시대적 유행 사조 같은 것이었다. 1920년대 초반부터 이미 소설가들은 이야기 전개 방법의 하나로 서간체 형식을 채택하여 작품 내에서 익숙하게 사용하고 있었던 상태였다.[66]

---

64) 임화, 「나의 文學 十年記 ― 어떤 靑年의 懺悔 ―」(문장, 1940.2), 23쪽.

65) 이 중 조선조 서사한시 전통을 염두에 둔 것은, 일제 강점기 동안 산출된 프로 문학이란 기본적으로 '변혁을 꿈꾸는 지식인문학의 일종'이라는 판단 때문이다. 이 점은 조선조 서사한시의 정신과 상당 부분 일치하는 것이다.

66) 대표적인 작품으로는 金明淳의 「七面鳥」(개벽, 1921.12~1922.1)를 비롯하여 염

그 중에서도 최서해의 서간체 소설은 단편서사시의 시형 정립에 많은 영향을 준 것으로 보인다. 최서해의 서간체 소설은 편지글 형식의 도입과 사용 방법에서 동시대 나도향 등의 서간체 소설과 뚜렷하게 구별된다. 대개 당시 소설에서 편지글은 발신자의 일방통행적인 의견 표명을 위한 도구로 사용되었다. 그런데 최서해는 이런 방식과는 달리 다른 이의 편지에 대한 답신이라는 형태를 취하면서, 자신의 생각을 상대방에게 이해시키려는 구조를 가지고 있다.[67] 「탈출기」(조선문단, 1925.3)에서 귀가를 종용하는 <김군의 편지>에 답하면서, 김군에게 왜 자신이 脫家할 수밖에 없었는지를 차분하게 설명하는 <박군의 답장>이 바로 그것이다.

이러한 형태의 편지글 도입은 다음과 같은 효과를 내게 된다. 우선 이것은 특정한 한 인물의 주관적 관념을 수신자(또는 독자)에게 강요하기 보다는, 그 인물의 생각을 다른 이(편지글의 수신자)의 시각을 통해서 재조명하거나 보충하는 기회를 제공하는 것으로, 그 인물이 현재 처한 처지와 그에 따른 생각을 좀더 객관적으로 드러낼 수 있는 효과를 가진다. 또한 편지글의 발신자가 처한 불우한 환경이 특별히 그 한 사람에게만 발생한 특수한 것이 아니라, 동시대의 많은 이들이 처한 보편적 상황이라는 것을 환기시키

상섭의 「除夜」(개벽, 1922.2~6), 나도향의 「별을 안거든 우지나 말걸」(백조, 1922.9)·「十七圓 五十錢=젊은 畵家 A의 눈물의 한 방울」(개벽, 1923.1), 현진건의 「지새는 안개」(개벽, 1923.2~10), 尹貴榮의 「흰 달빛」(개벽, 1924.10), 이광수의 「사랑에 주렸든 이들」(조선문단, 1925.1), 최서해의 「脫出記」(조선문단, 1925.3)·「餞迓辭」(동광, 1927.1), 방인근의 「마지막 便紙」(조선문단, 1925.8), 조명희의 「R君에게」(개벽, 1926.2) 등이 있다.

이 중 최서해는 특히 서간체 형식을 작품에 즐겨 이용했다. 위에 언급한 작품 외에도 「拾參圓」(조선문단, 1925.2)과 「鄕愁」(동아일보, 1925.4.6~13) 등에서는 글의 중간에 편지글을 인용하면서, 이를 중요한 매개체로 삼아 이야기를 전개해 나가는 모습을 보인다.

67) 1920년대에 발표된 서간체 소설 중 이와 비슷한 것은 조명희의 「R군에게」(개벽, 1926.2) 한 편 뿐이다. 그러나 조명희의 소설에서는 편지의 발신자가 그 이전에 수신한 편지 내용과 그 편지를 쓴 사람의 생각이 잘 드러나지 않고 있는 반면에, 최서해의 소설에서는 그것이 명확하게 드러나 발신자의 생각과 일정한 마찰을 빚는 모습을 보여주고 있다는 점에서 변별성을 가진다.

는 역할을 한다. 그리고 일련의 상황 설명에 있어 편지글이 가질 수 있는 장황한 자기 변설로 인한 독자들의 지리함을 효과적으로 방지하면서, 발신자의 내면적 갈등을 충실하게 극화할 수 있게 된다.

최서해의 서간체 소설이 갖는 또 하나의 차별성은, 그가 한 개인의 관념을 나열하기 위해서가 아니라 동시대인들이 처한 처참한 현실을 사실적으로 그리기 위한 효과적인 방법의 하나로 서간체 형식을 채택하여 활용하고 있다는 점이다. 동시대의 서간체 소설이 흔히 발신자 자신이 벌이는 애정 행각의 전개 과정을 담거나, 개인의 소모적 감상을 산만하게 늘어놓거나, 아니면 자신이 가지고 있는 철학적 사변을 장황하게 토로하는 한 방법으로 서간체 형식을 사용하고 있는 것과 비교해 보면, 양자의 차별성은 더욱 확연해 진다.

최서해는 동시대 이농민들이 처한 처참한 삶의 현장을 사실적으로 형상화하여, 독자들이 그 상황의 진실성을 의심하지 않고 받아들일 수 있고, 이런 상황에 대한 작자 자신의 생각을 효과적으로 전달하기 위한 방법으로 서간체 형식을 채택했던 것이다. 즉 체험의 직접적 진술로서의 서간체 형식이 가질 수 있는 장점을 적극적으로 활용한 결과가 바로 최서해의 서간체 소설이라 하겠다. 물론 이것은 이 부류에 속하는 소설들이 최서해 자신이 겪은 삶의 경험을 담은 일종의 자서전적 소설이라는 점과도 밀접한 관련이 있다.

그러나 사실주의를 지향하는 최서해류의 서간체 소설은 다음과 같은 문제점을 가지고 있다. 첫째, 현실 생활의 특정한 한 단면에만 몰두하여, 현실을 과장하거나 아니면 지나치게 단순화하여 표현하게 될 위험성이 크다. 둘째, 현실에 대한 보다 심오한 이해가 전제되어야 할 부분에 있어 그것을 충분히 드러내 보여주거나 설명하지 않고, 이미 서로가 다 알고 있는 상황이라는 식으로 넘어가 버려 이야기 전개상이나 논리에 있어 많은 비약이 발생하기 쉽다. 마지막으로, 이런 방법은 대개 치밀한 분석력보다는 현실에 대한 일순간의 충동에 기대는 측면이 많아, 구체적인 미래의 전망을 수립하는데 있어 오히려 큰 장애물이 되기 쉽다. 결국 이러한 약점들 때문에 프로문단에 있어 서간체 소설은 목적의식기에 접어든 1927년 이후 점차 소멸한다.

임화가 한때 유행했다가 사그러졌던 서간체 형식을 시 장르에서 원용한 것은, 시 장르와 소설 장르가 가지는 효과의 차별성에 주목한 결과라 할 수 있다. 시는 보통의 경우 그 분량에 있어 소설보다 짧다. 이것은 시가 사실에 대한 인지 즉 전달의 기능을 목적으로 하는 것이라기 보다는, 주로 현상에 대한 시인의 자각적·의식적·직접적인 반응을 표출하는 데 중점을 두고 있는 장르라는 것을 의미한다. 때문에 격변하는 현실을 즉각적으로 반영하는 데 있어서나, 서사적 상황의 발전에 대해 예민하게 반응하는 데 있어 시는 소설보다 훨씬 유용한 도구로 인식되어 왔다.

결국 사건의 구체적인 실상과 그 해결 방안이 분명히 보이지 않던 당시에 있어 서간체 형식이 그 본래의 효과를 최대한 발휘할 수 있는 것은 소설이 아니라 오히려 시라고 생각할 수 있다. 이와 동시에 서간체 형식 도입은 짧은 시행 속에서도, 성장하는 프롤레타리아의 의식을 반영·고취하는 한편 동시대 프로시의 근본적 결함으로 끊임없이 지적되어 왔던 '예술성의 상실'이라는 문제를 함께 해결해야만 하는 프로시의 이중적 과제를 완수할 수 있는 좋은 방책이 될 수 있었다.

서간체 형식을 원용하여 프로시를 창작함으로 해서 임화는 다음과 같은 이점을 얻게 된다. 첫째, 서간체 형식은 무엇보다도 발신자와 수신자간의 개인적인 친밀성을 전제로 하는 것이기 때문에, 시에서 이런 형식을 채택하면 소설에서와 같은 상세한 묘사와 설명을 하지 않고도 사건의 추이와 그에 대한 발신자의 반응을 정확하게 전달할 수 있는 이점을 가진다. 둘째, 서간체 형식은 그 자체로, 독자들의 거부감을 불러 일으키지 않고 시인이 하고 싶은 이야기를 효과적으로 전달하는 유용한 수단이 된다. 셋째, 서간체 형식은 이제까지처럼 선전·선동의 내용만을 실어 거의 직설적인 화법으로 전달하던 데서 벗어나, 독자들의 정서적 반응을 끌어낼 수 있도록 하는 좋은 매개체가 된다. 넷째, 소설 장르에서는 너무 많이 사용하여 진부한 감마저 갖는 것이었지만, 시 장르에서는 일종의 '낯설게 하기'의 방법으로 인식되어 독자들에게 새롭고 참신한 느낌을 줄 수 있었다. 마지막으로, 서간체 형식의 도입으로 인해 기존의 시와는 구별되는 프로시 나름의 독자적인 특성을 개발할 수 있게 된다.

한편 1920년대 문학 중 서간체 소설과 함께 단편서사시 성립에 많은 영향을 끼친 것이 이상화·홍사용 등 백조파 시인들의 작품이다. 그 중에서도 임화가 직접 작품을 거명하면서 자신이 깊은 감명을 받았음을 표명하고 있는[68] 이상화의 다음 시는 특별히 주목을 요구한다.

『마돈나』지금은밤도, 모든목거지에, 다니노라疲困하야돌아가려는도다,
아, 너도, 먼동이트기전으로, 水蜜挑의네가슴에, 이슬이맺도록달려오느라.

『마돈나』오렴으나, 네집에서눈으로遺傳하든珍珠는, 다두고몸만오느라,
빨리가자, 우리는밝음이오면, 어댄지도모르게숨는두별이어라.

『마돈나』구석지고도어둔마음의거리에서, 나는 두려워썰며기다리노라
아, 어느듯첫닭이울고 — 뭇개가짓도다, 나의아씨여, 너도듯느냐.

[……]

---

68) 임화, 「나의 文學 十年記 — 어떤 靑年의 懺悔 — 」(앞 글), 23쪽. 이 글에서 임화는 이상화와 자신의 만남에 관해 다음과 같이 기술하고 있다.

그 동안 그[임화]는 二三의 新聞에다 詩와 感想文을 投稿를 했읍니다. 곧잘 發表되어 勇氣를 얻었읍니다. 어느 해 봄 그는 李相和라는 眉目秀麗한 長髮의 詩人을 만날 기회를 가졌읍니다. 「白潮」의 났든 「나의 寢室」란 그의 詩에 못지 않게 그 사람은 좋았읍니다. 그는 그에게서 分明히 詩人을 보았읍니다. 時代日報에다 「모오팟상」의 「벨·아미」를 飜譯[1925.7.4〜12.25]하고 있었으나, 그것은 詩보다 자미 없었읍니다.

『마돈나』뉘우침과두려움의외나무다리건너잇는내寢室열이도업느니!
아, 바람이불도다, 그와가티가볍게오럄으나, 나의아쎄여, 네가오느냐?[69]

전체 12연 24행으로 된 이 시는 「쌔앗긴 들에도 봄은 오는가」(개벽,
1926.6)와 함께 이상화의 대표작으로 꼽히는 것[70]으로, 결코 뛰어 넘을 수
없는 절망적 현실 앞에 선 나약한 자아가 느끼는 허무감을 짙은 감상적 정
조로 담아 낸 시이다. 이 시의 화자인 <나>는 <마돈나=나의 아쎄>에게
"네집에서눈으로遺傳하든珍珠는, 다두고몸만" 가지고, "水蜜挑의네가슴에,
이슬이맷도록달려오"라고 애타게 외치고 잇다. 여기서 '진주'란 온갖 구도
덕의 속박을 말하며, 이와 대립되는 '몸'이란 순수한 인간 그 자체를 말한
다. 따라서 이때 나와 마돈나가 가고자 하는 '침실'은 "모든 현실 생활의
후회나 두려움을 벗어난 저 건너, 여하한 속박도 배제한 둘 만의 세계, 부활
의 동굴, 모든 현실의 구속에서 해방된 절대자유와 자아가 보장된 유토피
아"를 의미[71]한다. 그러나 이것은 "뉘우칢과두려움의외나무다리건너잇는
내寢室열이도업느니!"이라는 표현에서 보듯 현실로부터 단절된 폐쇄적인
공간으로의 환상적인 탈출을 통해서만 싶현될 수 있다는 점에서, 화자의
닫힌 전망을 극명하게 보여준다.
　2행 1연의 규칙적 형태의 반복으로 짜여진 이 시는 매 연의 서두를 일정
한 호격, 즉 '『마돈나』'를 부르는 발화사로 시작하고 있다. 발화사의 반복적
사용은 사적인 편지글에서 흔하게 발견할 수 있는 것이다. 이런 발화사가
시에서 원용될 때는 수신자의 주의를 환기하는 효과를 가짐과 동시에, 시에

---

69) 이상화, 「나의 寢室로」(백조, 1923.1), 13~14쪽. 1~3,8연.
70) 김시태는 이상화의 시를 데뷔 이후 '좌절'의 시편을 쓰던 시기, 파스큘라 가담
　　이후 '저항'의 시편을 발표한 시기, 1927년 낙향 이후 타계하기까지의 약 13년
　　동안 간헐적으로 작품을 발표한 시기 등의 3기로 나눈다. 그리고 각 시기의 대
　　표작으로 「나의 寢室로」와 「離別」, 「쌔앗긴 들에도 봄은 오는가」, 「逆天」과 「반
　　딧불」 등을 들고 있다. 김시태, 『現代詩와 傳統』(戊文閣, 1981.3), 158쪽.
71) 林熒澤, 「新文學운동과 民族現實의 발견」(林熒澤·崔元植 편, 『韓國近代文學史
　　論』, 한길사, 1982.4), 277~278쪽.

일정한 리듬감을 부여하고, 끊임없이 발화자의 생각과 판단에 대한 수신자의 정서적 일체감을 재확인하는 데 있어 유용성을 가진다.

결국 단편서사시는 이제까지 살펴 보았던 것처럼, 1920년대 소설의 유행 사조였던 서간체 형식의 도입과 역시 같은 시대의 몇몇 시에서 보였던 발화사 사용 등을 원용하여 만들어낸 것이라고 할 수 있다. 다시 말해 단편서사시의 특성은 주로 소설에서 사용했던 서간체 형식을 새롭게 시에 도입했다는 것과, 여기에 이상화의 시에 나타난 반복되는 발화사를 결합하는 방법으로 일정한 변용을 가져올 수 있었다는 데서 찾을 수 있다. 이때 단편서사시에서 사용되는 발화사는 내포된 독자들의 주의를 발화자가 하는 이야기에 집중시키고, 발화자와 수신자간에서 환기된 정서적 일체감을 내포된 독자들도 자연스럽게 함께 가질 수 있도록 하며, 이야기성의 강화로 인해 자칫 탈각하기 쉬운 서정성을 최후까지 지탱해 주는 역할을 한다.

(2) 서사한시 전통과의 관련성

이상에서 우리는 단편서사시의 특성을 주로 외형적인 측면에서 고찰해 봤다. 그 결과 단편서사시의 대표적인 특성인 서간체 형식이 임화 자신의 독창적인 것이 아니라 전통적인 내간문이나 내방가사와 맥이 닿아 있으며, 직접적으로는 1920년대 전반에 다수 창작되었던 서간체 소설의 영향을 받았음을 확인했다. 즉 전통적으로 주변 장르로 인식되었던 것들을 시 장르에 원용하여 격상시킨 것이다.

그렇다면 실제 이야기를 전개하는 방법이나 상황 설정 방법은 어디에서 유래하는 것일까? 이 점에서 우리가 주목해 봐야 할 것은 바로 조선조 중기 무렵(15세기 후반~16세기 초반)부터 당대 사회의 소외된 지식인인 외방인 작가들에 의해 다수 창작되었던 서사한시[72] 전통이다.

---

72) 林熒澤, 「現實主義의 발전과 敍事漢詩」(『李朝時代 敍事詩』, 창작과비평사, 1992.1), 11~35쪽. 임형택은 『李朝時代 敍事詩』에서 총 104題의 조선조 서사한

서사한시는 "개별화된 인물의 형상을 구체적으로 그리고, 비록 짧은 편폭이지만 거기에 당대성을 가지고 있는 이야기를 담은 한시"로 정의[73]할 수 있다. 즉 객관적·사실적 배경 속에 특정한 인물이 등장하며, 또 그로 인해 사건이 일어나서 마무리되는 서사 구조로 짜여져 있는 것이 바로 서사한시이다. 서사한시의 주된 내용은 체제 모순의 심화와 거기에 맞서 생존을 위해 고투하는 '民'의 형상[74]이며, 그 인식 주체 및 창작 주체는 바로 당대의 외방인 시인이다. 따라서 서사한시는 사실상 당대의 외방인 시인들이 현장에서 <目睹耳聞한 결과물>[75]이라고 할 수 있는데, 서사한시의 서술 방식이나 서사 구조의 형태는 모두 여기서 결정된다.

서사한시의 서술 방법은 대개 다음 세 가지 유형으로 구분해 볼 수 있다.

시를 상·하 두 권, 6부로 나누어 소개한다. 그리고 서사한시는 오래 전 최치원이나 이규보에 의해 창작된 바 있지만, 이것은 돌출한 것으로 유형적 계승을 이루지는 못했다. 때문에 조선의 체제적 모순이 점차 노정되던 15세기 후반에서 16세기 초반에 이르러 본격적으로 서사한시가 시작된 것으로 봐야 할 것이라고 설명한다. 임형택은 서사한시의 작자를 당대의 사대부 문인들로 보고 있는데, 이것은 마땅히 '외방인'으로 수정되어야 할 것이다. 위책에서도 볼 수 있듯이, 실제 서사한시의 작자는 대부분 소외된 지식인, 즉 당대 사회에 대해 강한 불만을 가지고 있던 외방인 작가들이었다.

73) 이 정의는 임형택의 위 글 「現實主義의 발전과 敍事漢詩」 중 16쪽을 중심으로 하여 필자가 재정리하여 내린 것이다. 임형택의 정의는 막연한 상태에서 대개 '한시로서 서사성이 담긴 작품' 즉 일반적으로 흔히 사용하는 '리얼리즘시' 정도를 의미하고 있다. 따라서 서구적 의미의 서사시의 하위 분류로 이것을 생각할 수는 없다. 오히려 서구적 의미로 본다면 서정시의 하위 장르로 생각하는 것이 옳을 것이다.

74) 임형택의 위 책에 수록된 104편 중 이 범주에 드는 것은 무려 59편에 이른다. 나머지는 국난과 애국의 형상을 노래한 것과 남녀의 애정 갈등을 다룬 것, 기타 흥미로운 인물(예인)을 형상하거나 시정의 모습 등을 다룬 것이 각각 15편 정도씩 수록되어 있다.

75) 서사한시가 당대성을 가지고 있다는 점은 비슷한 부류인 詠史詩, 寓言詩 등과의 변별점으로 작용한다. 민족의 역사에서 취재한 영사시는 당대의 일이 아니라 옛날 옛적의 일을 다루며, 우언시는 실제 사실이 아니고 가공가탁한 것이라는 점에서 당대의 일, 시인이 직접 눈으로 보고 귀로 들은 어떤 사건을 운문으로 구성한 서사한시와 구별된다.

첫 번째 유형은, 화자와 작중 주인공 사이에 이뤄지는 대화를 주로 하여 서술하는 방식으로, 실제 서사한시가 가장 일반적으로 취했던 방식이다. 일종의 르포르타지적인 성격을 가지고 있는 방식이다. 두 번째 유형은, 주인공 자신이 겪은 일을 고백하는 방식으로 서술을 해 나가는 것이다. 이 경우는 작중 주인공의 시점으로 서술되어, 억울하고 애달픈 사연을 표현하는 데 강한 호소력을 가질 수 있다. 물론 이것은 일종의 대리 진술이라고 할 수 있으므로, 실제 내포된 시인의 의식을 대변하는 화자 자신이 하고 싶은 말을 작중 주인공의 소리로 내는 경우도 허다하다. 세 번째 유형은, 객관적으로 사건을 서술해 나가는 방식이다. 이 경우 내포된 시인은 서술자로서 문면상에 나타나지 않으나, 사실상 서술의 주체로 내재해 있어 객관과 주관의 사이를 어렵잖게 넘나들게 된다. 제재에 대한 체험이 간접적일 경우는 대개 이 수법을 구사한다.

　서사한시가 보이고 있는 서사 구조의 특성은 3부 구성법과 시공을 축약한 극화 수법에서 두드러지게 나타난다. 이것은 모두 서사한시가 目睹耳聞의 결과물이라는 사실과 깊은 관련을 맺고 있다. 우선 3부 구성법이란 화자가 서사적 현장에 접근하는 부분으로 작품의 서두를 이루고, 현장 인물에게 전후 사연을 듣는 내용으로 본장을 구성하고, 화자의 정회로 자연스럽게 끝맺음을 하는 구성법을 말한다. 또한 시공을 축약한 극화 수법이란 하나의 서사 무대에 시공을 집약하는 방식을 말한다. 일종의 단막극과도 같은 것으로, 하나의 장면에서 시작하여 결말을 내는 방식이다. 이 방식은 주로 서사의 내용을 보다 밀도 높게 선명하게 제시하는 효과를 얻기 위해 사용한다.

　이러한 서사한시의 여러 특성들은 단편서사시의 특성들과 많은 유사성을 가지고 있다. 우선, 서사한시가 당대의 체제 모순의 구체적 체현자로 '民'을 등장시켜 그들의 고통과 애환을 그리면서 당대 사회의 문제점을 고발하고 있다면, 단편서사시 역시 식민지적 모순의 종국적 집약체인 공장 임노동자를 등장인물로 하여 그가 처한 삶의 조건들을 이야기하면서 동시대의 문제점을 폭로하고 있다.

또한, 서사한시의 독특한 구성 방법인 3부 구성법, 즉 <사건의 제시와 전후 사연의 서술, 작중 주인공의 정회 표출>이라는 방법론이 단편서사시에서도 그대로 발견되고 있다. 단편서사시의 대표 작품 중 하나인 「우리 옵바와 火爐」를 예를 들어 살펴 보면, 이 작품은 우선 ① 화로가 깨졌다는 사건을 제시하고, 이어서 ② 이 사건을 전후하여 세 남매에게 벌어진 사건이 어떤 것인지를 서술하고, 마지막으로 ③ 작중 화자(편지글의 발신자인 누이동생)의 생각을 표출하는 것으로 마무리짓고 있어, 양자의 관련성을 짙게 한다.

그리고, 서사한시에서 보여준 하나의 서사 무대에 시공을 집약하는 방식이 단편서사시에서도 그대로 사용되고 있다. 역시 「우리 옵바와 火爐」를 예로 하여 살펴 보면, 이 작품의 무대는 오빠를 감옥에 보낸 후 외롭게 남은 오누이가 살아가는 조그만 방 하나로 설정되어 있다. 그리고 과거에 일어났던 사건—오빠가 노동운동을 하다가 감옥에 잡혀 들어가게 된 것이나, 누이동생과 동생 영남이가 각기 제사공장과 연초공장에서 쫓겨나게 된 사연, 100장에 1전짜리 봉투를 밤새 붙이고 있는 사연 등—이 모두 이 공간에서 집약되어 표현되고 있는 등 서사한시와 동일한 모습을 보인다.

마지막으로, 양자가 모두 창작 주체 또는 인식 주체를 모두, 상황의 변혁을 위해서는 별 다른 힘을 발휘하지 못하는 당대의 소외된 지식인으로 설정하고 있다. 물론 단편서사시는 노동운동가 화자를 설정하여 끊임없이 변혁을 이야기하고 있으나, 임화 자신도 고백하고 있듯이[76] 근본적으로 소시민적 한계를 전혀 벗어나지 못하고 있으며, 노동자를 당대적 삶의 구체적 체현자로만 그리고 있을 뿐 변혁의 실질적·능동적 주체로 그리지는 못하고 있다는 점에서 서사한시의 창작 주체가 가지고 있는 시각과 크게 다를 바가 없다.

물론 양자는 당연히 그 창작 시기의 차이 만큼이나 현격한 차별성도 분

---

76) 임화, 「詩人이여! 一步 前進하자!—「詩에 對한 自己 批判 其他」—」(조선지광, 1930.6), 65∼66쪽.

명히 가지고 있다. 서사한시와는 달리 단편서사시는 공장노동자와 노동운동가를 등장인물 또는 작중 화자로 채택한다든지, 시인의 정회를 표출하는 데 그치지 않고 계급적 전망을 전면에 내세우고 있다는 점, 서사한시가 주로 5언 절구나 7언 절구라는 규격화된 표현에 머물고 있는 반면 단편서사시는 표현 기법에 좀더 신경을 쓰고 있는 점 등은 그 대표적인 차이점으로 지적할 만하다. 그러나 이러한 현격한 차별성을 가져오는 대부분의 이유가 시대의 변화에 기인하는 것이며, 서사 구조나 서술 방법 및 장면의 설정 등은 별반 달라진 것이 없다는 점을 염두에 둔다면, 우리가 위에서 살펴본 양자의 관련성은 상당 부분 그 타당성을 가진다고 생각한다.

(3) 영화 수업 등의 실천적 경험

이제까지 논의해 온 것처럼 단편서사시는 1920년대 중반까지의 한국 소설계를 풍미했던 서간체 소설의 방식을 시에 원용하여 등장한 것으로, 실제 그 서사 구조는 조선조 서사한시의 전통과 일정한 맥을 같이하고 있음을 살펴 보았다. 그런데 이것뿐만 아니라 카프 내에서 일정한 활동을 하면서 당시까지 임화가 겪었던 사적인 체험 역시 실제로 단편서사시 창출에 일조를 하고 있다.

1926년 12월 제1차 방향전환기를 맞이한 카프에 가담한 이후 단편서사시를 본격적으로 내놓게 되는 1929년 1월까지 카프 내에서의 임화의 활동은 크게 시, 영화 및 연극이라는 두 방향에서 나누어 생각해 볼 수 있다. 우선 카프에 가입하면서부터 본격적인 시인으로 활동을 시작한 임화가 이 기간 동안에 발표한 시들은 거의가 전위예술의 짙은 영향을 받고 쓰여진 것들이다. 물론 이러한 전위예술의 영향은 1927년 들어 카프 내의 주요 논제로 부각한 아나키즘 논쟁을 겪으면서 점차 탈각되고 프로시로 전환하는 과정을 겪게 되지만, 이 과정에서 임화는 이전까지 전위예술에서 습득한 방법을 대신할 새로운 창작방법론을 찾지 못해 한 동안 시를 발표하지 못했다.[77]

그러던 중 서간체 형식을 돌파구로 삼아 전위예술 체험을 통해 습득한 다양한 기법을 새롭게 활용할 방법을 찾는 것이다. 이후 임화가 단편서사시를 통해 보여준 발화자의 다양한 화법은 바로 이전의 전위예술 체험에서 습득한 기법을 활용한 결과로 보인다.

이 기간 동안 임화의 외적인 활동은 대개 영화와 연극 관계 일에 집중된다. 임화는 "집을 나와 路頭에 彷徨하던 나[임화]에게 兄같이 多情했던", 그리고 "그와 곧 親해지면서 藝術同盟에 加入하는것을 名譽라고 생각"하게 했던 윤기정[78]의 소개로 영화 일에 관여한다.

임화의 영화 관계 활동은 조선영화 제작이 가장 활발하던 시기인 1927년 3월 5일, 당시 조선 영화계를 주도하던 인사들이 대거 참여[79]하여 만든 <조선영화예술협회>에 평균 5대 1의 경쟁을 뚫고 김유영 · 추용호 · 서광제 · 조경희 · 강호 등과 함께 연구생[80]으로 들어가 약 1년여에 걸쳐 전문적인 영화 이론 및 분장술, 연기 실습 등을 습득했던 것에서 시작된다. 동년 9월 이후 이 협회는 이경손 · 김을한 · 안종화 등 최초 발기인들이 떨어

---

77) 1927년 金瑢俊과 아나키즘 논쟁을 벌이면서 임화는 전위예술의 이론으로 김용준의 아나키즘 예술론을 비판하는 논리의 혼란상을 보인다. 이로 인해 임화로서는 방향전환 이후 카프 활동을 계속해 나가기 위해서는 자신의 논리를 재정립할 필요가 절실하게 부각되었다. 때문에 임화는 이후 한동안 시를 발표하지 못한다. 김용준과의 논쟁이 끝난 이후 「네 街里의 順伊」(조선지광, 1929.1)를 내놓을 때까지 임화가 발표한 시는 「젊은 巡邏의 片紙」(조선지광, 1928.4) 단 한 편 뿐이다. 그 전 해인 1927년의 9편, 그 이듬 해인 1929년의 8편에 비교해 보는 것만으로도, 당시 임화가 얼마나 심각한 창작의 위기에 직면해 있었는지를 쉽게 짐작할 수 있다.

78) 임화, 「나의 文學 十年記-어떤 靑年의 懺悔-」, 앞 글, 24쪽.

79) <조선영화예술협회>는 당시 조선 영화계를 양분하던 白南系의 이경손 · 김을한 · 이우 · 안종화 등의 발기와 고한승 · 김팔봉 · 안석영 · 김영팔 · 이종명 · 나운규 · 최승일 · 심훈 · 윤기정 · 이익상 · 이구영 · 유지영 등의 동조로 결성된다. 「斯界 有志 糾合하야 映畵人會를 組織-조선 영화계를 바른 길로 인도하고자 유지가 조직」(매일신보, 1927.7.5), 3권. 및 서광제, 「映畵批評 小論」(중외일보, 1929.11.24)

80) 이효인, 『한국 영화역사 강의 1』(이론과실천, 1992.2), 74~78쪽.

져 나가고 신진 세력인 연구생들이 모두 카프에 가입하는 등 실질적으로 카프 산하 기관이 된다.

임화는 <조선영화예술협회> 연구생으로 이종명 원작, 김유영 감독의 시작품 <流浪>(1928년 4월 1일, 단성사)에서 남자 주인공 李英鎭 역을 맡아 스크린에 첫 선을 보인 후[81], 1928년 5월 협회가 <서울키노>로 이름을 바꾼 후 만든 첫 작품인 <昏街>(김유영 원작·감독)과, 1931년 3월 카프영화부의 <청복키노>에서 제작한 <地下村>(신응식 원작, 박완식 각색, 강호 연출)에서 역시 주인공을 맡아 열연하고 있다. 일제 강점기 전반을 통틀어 카프 영화인들이 제작한 프로영화 다섯 편 중 세 편[82]에서 주인공 역을 맡아 참여할 정도로, 이 당시 임화의 영화 활동은 매우 활발한 것이었다.[83]

이외에도 임화는 1928년 3월 소년소녀 童劇 연구단체인 <鶯峯會>에 가담하여 공연에 참가(무대 의상 담당)하는가 하면, 카프에서 연극 업무를 주로 담당하여 1929년 7월 20일 순회 프로극장 공연 및 강연회차 귀국한 카프

---

81) 「文士 等 出演―「流浪」의 製作 進涉: 第二의 申一仙 趙敬姬孃」(중외일보, 1928.1.19), 3쪽. 원래 <조선영화예술협회>의 첫 작품으로 기획되었던 것은 안종화 감독의 <고향>이었으나, 김유영을 비롯한 연구생들은 이 작품을 거부하고 새로 <유랑>을 기획하여 촬영에 들어간다. 이 과정에서 기존 발기인들은 대부분 탈퇴하고, 이들 연구생들은 카프에 가입하게 된다.

82) 임화가 출연하지 않은 프로영화는 <暗路>(강영희 원작, 강호 감독)와 <火輪>(이효석·안석영·서광제·김유영 공동 원작, 김유영 감독) 두 편이다. <암로>는 <유랑>과 같은 시기에 제작된 것이어서 <유랑>에 출연중이던 임화가 중복 출연할 수 없던 상태였고, <화륜>은 카프영화부 편입을 거부한 <신흥영화예술가동맹>에서 만든 것이므로 귀국하여 카프의 주도권을 잡은 임화가 동의할 수 없는 영화였다. 이런 점을 고려할 때 실제 임화는 카프에서 제작한 모든 영화에 관여한 셈이라고 할 수 있다. 한편, 영화에 대한 임화의 애정은 1931년 봄 일본에서 돌아와 카프의 지도적인 위치에 서게 된 후에도 계속 영화 제작에 참여하는 데서도 확연하다. 이것은 영화가 가지고 있는 선전선동적 효과의 지대함을 고려하더라도, 당시 영화에 대한 임화의 깊은 애정을 증명하는 것이다.

83) 그러나 실상 연기 자체는 별로 좋은 평가를 받지 못하고 있다. 尹曉峰, 「映畵時評」(조선지광, 1929.2) 및 朴完植, 「朝鮮 映畵人 槪觀(二)―各人에 對한 寸評」(중외일보, 1930.3.13)

도쿄지부원들을 맞이하는 등의 임무를 수행[84]하는 등 연극쪽에도 일정 정도 관계하고 있다. 당시 도쿄지부 연극단과 함께 귀국해서 경성역 대합실에서 임화를 처음 만났던 김남천은 임화의 인상을 "붉으레한 한팅을 쓰고 「비로-도」 저고리에 灰色 바지를 입고 앞이 뾰족한 구두를 신었었다. 언뜻 보아 모양은 낼려는 편인데, 요즘의 林和氏처럼 洗鍊된 紳士風보다도 俳優式인 데가 많았던 것 같다"[85]고 술회하고 있다. 1929년 7월 말경에 이루어지는 임화의 도일 역시 그 근본 목적은 연극 공부에 있었던 것[86]만 보아도, 이 당시 임화가 얼마나 영화나 연극에 몰두하고 있었는지를 충분히 짐작할 수 있다.

이러한 임화의 체험, 영화에 대한 본격적인 공부와 실제 연기 체험은 이후 단편서사시의 성립에 영향을 주게 된다. 임화의 영화 체험에 기인한 것 중에서 단편서사시를 특성화하는 요소로 우선적으로 들 수 있는 것은 일정한 배역을 가진 등장인물의 설정이다. 단편서사시에 등장하는 인물들은 짧은 시 장르임에도 불구하고 영화 속에 등장하는 인물들처럼 각자의 독특한 성격과 분위기, 성장 배경을 가지고 있는 인물들로 설정되어 있으며, 서로 간의 관계 속에서 자신의 역할을 구체화하고 있다. 특히 수신자까지를 배역으로 설정한 것은 이것이 상당 부분 영화 체험에서 기인한 것임을 확인시켜 주는 것이라 하겠다.

또한 한 편의 단편서사시를 구성하는 연들은 영화의 각 장면 장면과 같은 효과를 자아내도록 고안되어 있다. 다시 말해 단편서사시의 각 연들은 영화의 장면과 장면의 연결과 마찬가지로, 단독적으로 나름의 특별한 의미를 가지면서 완결된다기 보다는 즉 논리적으로 빈틈없이 연결된 이야기라기 보다는, 다른 장면들과 일정하게 연결되면서 하나의 일정한 분위기를 자아내는 데 공헌하는 것이다. 때문에 이 경우 독자에게 구체적으로 전달되

---

84) 김남천, 「作家 生活의 回顧―十年前」(博文, 1939.1)), 28쪽.
85) 위 책.
86) 임화, 「玄海灘의 白日夢」(동아일보, 1934.7.14), 3면.

는 것은 '이야기' 자체가 아니라 그 이야기를 싸고 있는 '분위기'와 각 장면의 영상이 주는 '감각적 효과'일 뿐[87]이다.

이와 함께 발화자의 다양한 화법 구사 역시 영화 체험의 영향을 일정하게 받은 것이라고 할 수 있다. 구체적인 대화의 상황을 연출하는 발화자의 다양한 구어체 화법은 무성영화의 나레이터인 변사의 그것과 일정 정도 상응하는 것으로 볼 수 있다.[88] 변사의 화법은 대개 사건 자체의 충실한 전달보다는 이야기의 감동적인 전달과 관객의 공감 획득을 전제로 하는 것으로 설득의 필요에 따라 다양한 화법을 구사하고 있는데, 단편서사시에서 사적인 편지글의 발신자로 설정된 이가 구사하는 화법은 바로 이런 변사의 화법과 상당 부분 유사한 모습을 보인다. 이것은 작중 화자에게 일정한 작중 배역을 부여하면서도 이 인물을 객관화시켜 바라보지 못하고 내포된 시인과 작중 화자의 거리가 지나치게 밀착되어 있다는 점, 그리고 결국은 내포된 시인의 주관이 작중 화자의 시야에 갖힌 채 제한된 세계를 벗어나지 못하도록 설정된 점 등에서 확인할 수 있다.

이상에서 논의해 온 바를 정리하면 다음과 같다. 첫째, 단편서사시를 외형적으로 특징짓는 서간체 형식은 조선조 내간체 및 내방가사의 전통이자, 1920년대 전반 무렵 우리 소설계를 풍미한 일종의 유행 풍조 중 하나였다. 임화는 이것을 시 장르에 원용하면서, 이상화의 「나의 寢室로」에서 보이는 발화사 사용 방법을 결합하여 나름의 독특한 프로시로 단편서사시 양식을 창출했다. 둘째, 서술 방법이나 서사 구조라는 측면에서 볼 때 단편서사시는 조선조 서사한시의 전통을 발전적으로 계승한 것으로 보인다. 서사한시의 특징적 모습인 3부 구성법이나 시공을 축약한 극화 수법 등이 단편서사

---

87) 후에 임화는 「詩人이여! 一步前進하자!」(조선지광, 1930.6)를 통해 자신의 단편서사시를 '過去의 槪念的인 絶叫의 浪漫主義', '感傷主義 非××的 現實의 藝術化'라고 비판(67쪽)하는데, 단편서사시에 감상성이 내재하게 된 것도 이러한 영화적 구성에 기인하는 측면이 있다.

88) 우리나라에서 무성영화 시절은 대개 1923년에서 1934년까지로, 임화가 출연했던 모든 작품이 이 시기에 만들어진 것이다. 이효인, 앞 책, 36쪽.

시에 유사한 모습으로 나타나고 있으며, 동시대인들이 처한 삶의 고통을 사실적으로 그리려고 하고 있다는 점이나, 고통받는 당사자가 아니라 지식인 화자를 설정하여 이야기를 전개하고 있다는 점에서도 양자의 유사성을 찾을 수 있다. 셋째, 등단 이후 임화의 여러 경험 역시 단편서사시 창출에 일조를 한다. 수 차례의 영화와 연극 경험은 단편서사시 등장인물들의 배역 설정이나 장면 구성, 발화자의 다양한 화법 구사 등에 도움을 준 것으로 보인다.

3) 단편서사시의 실제

(1) 단편서사시의 최초 모습

단편서사시의 독특한 모습이 최초로 나타난 것은 「젊은 巡邏의 片紙」에서이다. 이 작품은 1928년에 발표한 임화의 유일한 작품으로, 「曇――九二七」에서 시도했던 형태상 실험의 연장선상에 놓인다.

> 兄님!
> 오늘우리는아포로의葬式에로나아가우   로만쓰와神秘를여러千年地中海맑은물에뿌렷다든地中海의守護神인   아포로의葬式에로나아가우   그것은××[北方]의發×[生]한××[革命]의偉力이   大衆에마음속으로무서웁게숨여드러가고 잇는까닭이요.
> 아포로는完全히죽엇소   歐羅巴은百姓은가슴에   열십字를긋이안고   무릅을꿇치안소.
> 兄님!×××× 크리스마―쓰消息을들엇소   원나[비엔나]의   爆發된伽람의寫眞을보앗소.
> 버―ㄹ서   아포로는完全이죽엇소.
> 우리는 아포로의××[屍體]를밟고   그것을運轉하고잇는   건너나라로熱帶의얼골검은一億의××[奴隷]갓치   進××하고잇소.

×× [鬪爭]은正制하고

　行列은嚴肅하고

　××는　地球에서　×××××고야만니다　××[우리]힘은굿새이고우
리에××[覺悟]는　地球와갓치잇소.

　여보兄님!그런데

　나종은　엇던젊은××[同志]가　그러는데　내어버린×××　달曆에×
×月日이라고　씨여잇드라구—

　하하　우리는　점심을먹다가　모두가　우스며　젊은××[同志]의쌈을써서
주엇소.

　거리의봄은　계집을××[賣淫]窟에　쓰러내는以外에　아무效力이업소

　우리는　봄을　부서진　파라솔속에너허　地下室에다버립시다.

　兄님!　巡邏는고만하지만　깃붐은가슴에찻소—89)

　　연 구분 없이 전체 34행으로 된 이 시의 내용은, 다음 두 부분으로 나누어
져 있다. 우선 위에서 인용하지 않은 19행까지의 전반부에서, 화자는 자신
이 순례한 세계 곳곳에 만연한 혁명적 분위기를 전하고, 이제 조선도 전
세계에서 빈발하고 있는 혁명의 대오에 동참해야 할 것이라고 말한다. 그리
고 인용한 20행부터의 후반부에서는 이제 전 세계가 로맨스와 신비로 표현
되는 낡은 예술을 위한 예술을 버리고 운동으로서의 예술로 나아가는 추
세90)이니, 우리도 인생을 위한 예술에서 한 걸음 더 나아가 생활을 위한
예술 즉 행동과 선전을 위한 예술91)을 해야 할 때라고 주장한다. 이것은

---

89) 임화, 「젊은 巡邏의 片紙」(조선지광, 1928.4), 107쪽. 전문.

90) 여기서 전 세계가 아폴로의 장례식을 치루고 있다는 이야기는, 균형과 절제, 시
　대적 안정과 강한 형식적 완결성을 근간으로 하는 고전주의 시나 예술지상주의
　시가 의미를 상실했으며, 이제 새로운 혁명과 투쟁의 문학을 할 시대가 도래했
　다는 선언으로 이해할 수 있다.

91) 임화, 「無産階級文化의 將來와 文藝 作家의 行程－行動, 宣傳, 其他－」(조선일보,
　1926.12.27,29), 3면.
　　이 글에서 임화는 우선 문학은 그 시대의 정확한 형상을 예술상에 표현하는
　것이다. 그렇다고 단순한 현상을 그대로 반영하는 것이 아니라, 민중의 전도를
　암시하는 숨은 지도자가 되려는 의도를 바탕에 깔고 있어야 한다. 때문에 현대

이 시가 기본적으로 목적의식론에 입각해서 쓰여진 것임을 의미한다.

그러나 이 시의 현실 인식은 추상적이고 관념적이어서, 많은 문제점을 가지고 있다. 우선 화자가 모델로 삼고 있는 여러 나라의 상황과 우리의 변별성을 고려하지 않은 채, 심한 외세추수주의적 태도를 보이고 있는 점을 가장 먼저 거론할 수 있다. 화자의 인식이 자발성을 갖지 못하고, 그의 결심을 끌어낸 내적 동기가 충분히 형상화되지 못한 것은 바로 이 때문이다. 또한 막시즘을 지향하면서도 작품 곳곳에서 전위예술의 흔적과 아나키즘의 사상적 편린이 나타나는 것도 문제점으로 지적할 수 있다. 이와 함께 별 다른 매개없이 시인의 문학적 실천을 그대로 현실의 변혁운동과 동일시해 버리고 있다는 점, 동시대의 구체적 현실에 대한 파악에서 논의를 출발하지 못하고 있다는 점 등은 아직 임화가 막시즘의 예술관을 올바로 습득하지 못하고 있음을 보여준다.

이런 가운데서도, 이 시는 여러 가지 측면에서 이제까지 발표했던 시들과는 일정한 차별성을 보이고 있다. 우선, 이 시는 그 동안 주변 장르로만 인식되어 왔던 서간체 형식을 시에 원용하여, 독자의 장르 개념을 허물면서 새로움의 충격을 주고 있다.[92] 그리고 화제가 변화하는 부분마다 그 서두에 반드시 '兄님!'이라는 발화사를 넣어 독자들의 주의를 발신자의 이야기에 집중시키고, 그들의 공감을 획득하는 장치로 활용하고 있다. 또한 특정한

의 문학은 단순한 예술의 차원이 아니라 민중의 생존권 확립을 요구하는 운동의 선상에 서야 하며, 집합주의적 정신을 바탕으로 한 선전·선동의 태도를 가지고 있어야 한다고 주장한다. 그러나 이와 함께 예술 자체의 형상화도 추구해야 한다는 이야기를 빠뜨리지 않고 있다. 그는 이것을 문학이 가지고 있는 이중적 의의라고 말하는데, 예술의 저항성과 동시에 예술성을 끊임없이 요구하는 이러한 태도는 초기 파스큘라계의 기본적인 문학관과 일치하는 것이다.

92) 그러나 편지의 내용을 통해서 수신자의 현 상황과 생각을 전혀 짐작할 수 없다는 것은, 이 시에 채택된 서간체 형식이 불완전한 상태임을 의미한다. 게다가 29행 이후의 서술은 실제 편지글에서의 추신과 같은 군더더기에 불과하다. 이런 것들은 시인 자신도 서간체 형식의 도입이 갖는 의미와 효과를 충분히 이해하지 못했기 때문에 나온 것이 아닌가 생각한다. 이것이 작자에게 충분히 이해된 상태에서 익어 나오는 것은 「우리 옵바와 火爐」에 와서이다.

수신자를 설정하고, 그와 발신자를 사적으로뿐만 아니라 이념적으로도 결합하여 전달하는 이야기의 신뢰성을 확보하고 그 확장 가능성을 심화시키는 계기를 마련하고 있다.

이것은 무엇보다도 이 시가 당대 프로시의 심각한 문제점으로 대두하고 있던, 대중화 문제를 염두에 두고 창작된 것임을 의미한다. 즉, 이 시는 이후 본격적으로 전개되는 단편서사시 양식의 시발점이 된다고 할 수 있다.

(2) 낭독시 형태의 지향

단편서사시의 양식적 특성을 가장 두드러지게 드러내는 것은 1929년 벽두에 발표된 「네街里의 順伊」와 「우리 옵바와 火爐」 두 편이다. 이 두 작품은 「曇─一九二七」 이후 계속된 시 형태 실험의 결정판적 성격을 가진 것으로, 흔히 단편서사시 경향의 대표작으로 이야기된다.

> 네가 지금 간다면 어듸를 간단말이냐
> 그러면 내 사랑하는 젊은동모
> 너 내사랑하는오즉한아뿐인동생順伊 너의사랑하는 그貴重한아이
> 희—
> 　　勤勞하는 모─든女子의戀人……
> 그靑年인 勇敢한산아희가 어듸서온단말이냐
>
> 눈바람찬 불상한都市 鐘路복판의順伊야
> 너와나는 지내간 꼿피는봄에 사랑하는 한어머니를 눈물나는가난
> 속에서 여의엇지
> 그리하야 너는 이밋지못할 얼골하얀 옵바를염녀하고 옵바는 너를
> 근심하는 가난한그날속에서도. 順伊야—너는 네마음을둘미덤성잇는
> 이나라靑年을가젓섯고
> 내사랑하는동모는……
> 靑年의戀人 勤勞하는女子 너를가젓섯다

그리하야—

찬 눈보라가 유리窓을 째리는 그날에도 機械소리에 지워지는 우리들의참새 너의들의콧노래와,

눈ㅅ길을 밟는 발소리와함께 가슴으로 기여드는 靑年과너의 귓속에서 우리들의젊은날은 흘러갓스며

쏘 언밥이가난을울니는 그날에도

우리는 바람과갓치 거리에서맛나 거리에서 헤며

골목뒤에서 의론하고 工場에서 ××[투쟁]하는 그째가

그중 즐거운 젊은날의 行進이엇다

그러나 이가장貴重한 너 나의사이에서 한아 우리들 동모를 집어간 ×[놈]은 누구며 그일은 웬일이냐

順伊야—이것은……

너도잘알고 나도잘아는 밀접한 事實이아니냐

보아라—어늬×[놈]이 도××[적놈]인가

이 눈물나는 가난한젊은날의 가진 이불상한 즐거움을 노리는×[놈]하구

그 조그만 風船보다짠 쑴을 안쌔치려는간지런마음하구

말하여보아라 이나라에 가득찬 고마운젊은이들아—

順伊야 누이야

勤勞하는靑年 勇敢한산아희의戀人아……

생각해보아라 오늘은 네貴重한靑年인勇敢한산아희가

젊은날을 싸홈에보내든 그손으로

지금은 젊은피로 벽돌담에다 달曆을그리겟구나

그리고 이 추운밤 가느다란 그다리가 피아노줄갓치썰니겟구나

쏘 이봐라 어서

이산아희도 네크다란웁바를……

남은것이라고는 째무든 넥타이 한아쑨이아니냐

오오 눈보라는 도락구처럼 길거리를 다라나는구나

자 좃타 바루鐘路네거里가아니냐—
어서 너와나는 번개갓치 손을잡고 쏘다음일計劃하러 쏘남은동모와
함께 거문골목으로 드러가자
네산아희를찻고 쏘勤勞하는 모—든 女子의戀人인 勇敢한靑年을차즈
러……

그리하야 쓰니지 안는 새롭은用意와 계획으로젊은날을보내라93)

전체 9연 38행인 이 시는 단편서사시로서는 유일하게 시집『현해탄』(東
光堂, 1938.2)에 재수록되어 있는 작품이다. 외형적으로 볼 때 이 시는 "擬似
화자인 오빠94)가 연인을 감옥에 보내 슬픔에 잠긴 누이동생을 달래는 위로
의 말"이라는 지극히 사적인 담화의 형식을 가지고 있다.

이 경우, 이 사적인 담화는 순수한 보여주기의 극단적 형태로 인지된다.
이 시의 화자는 작품의 이면에 숨어 버리고, 오직 그가 내세운 의사 화자만
이 남아 실제 화자가 설정한 이야기 질서 내에서 자신에게 부여된 역할에
따라 주어진 서술을 담당하고 있을 뿐95)이다. 이것은 청자의 경우도 마찬가

---

93) 임화,「네街里의 順伊」(조선지광, 1929.1), 136~138쪽. 전문.

94) 이때 오빠를 의사 화자로 보는 것은 표면적으론 화자–청자 관계인 것처럼 설
정된 오빠와 누이동생의 대화가 사적인 담화의 형태로 나타나고 있으며, 오빠
가 자신에게 부여된 작중 역할과 이야기의 질서에서 단 한 발짝도 벗어나지 않
고 있다는 점에 기인한다. 우리가 이 시에서 찾을 수 있는 상황은 "여기 한 오
빠가 슬픔에 잠긴 누이동생을 달래고 있다." 또는 "여기 한 오빠가 슬픔에 잠긴
누이동생을 위로하는 글이 있다."는 정도에 불과하다. 그리고 이런 상황을 제시
한 진정한 화자의 모습은 작품 어디에서도 찾아 볼 수 없다.

95) '보여주기(showing)'의 대척점에 서는 '말하기(telling)'는 화자가 작품의 전면에 등
장하여 주어진 사항에 대해 일정한 해석을 가하거나, 관찰을 하고, 설명을 하는
방식으로 나타난다. 이것은 동시대의 노동운동이나 볼셰비키화 필요성에 맞춰

지다. 여기서 누이동생은 다만 의사 청자 역할만 할 뿐이며, 진정한 청자는 장막 뒤에 가려져 있다.

이러한 의사 화자─의사 청자의 구조는 진정한 화자─청자가 나타날 때까지 한시적인 의미를 가지는 불확정 상태의 구조이다. 이것은 작자가 작중 화자를 특정화하여 직접적인, 그리고 의문의 여지 없는 자신의 대변인으로 설정하지 않고 있다는 것을 의미한다. 따라서 이 경우 누구나 화자가 될 가능성을 가지게 되는데, 이 점은 이 시가 근본적으로 낭송(낭독)이라는 상황을 염두에 두고 창작되었기 때문에 가능한 것[96]이다. 의사 화자인 오빠는 특정한 낭송자(또는 낭독자)가 나타나기 전까지 한정적인 화자로 존재하며, 구체적인 낭송자가 나타나면 곧 그 낭송자 자신으로 전화되어 버린다. 누이동생 역시 낭송 현장의 구체적인 개인으로 전화될 때까지만 한정적인 청자로 존재한다. 이것은 일반 독자나 청자를 단순히 음미하는 자가 아니라 시 속에 전개되는 이야기에 동참시키려는 시도로 해석할 수 있다.

이런 시도는 서술되는 이야기의 상호 관계에 의해 보다 강화된다. 이 시에는 오빠와 누이동생간의 사적인 이야기오, 지난 날 오빠─청년─순이가 함께 벌였던 공적인 활동에 관한 이야기가 중첩되어 나타난다. 이로 인해 둘 만의 특수한 이야기에 머무를 수도 있었던 이야기가 당대 사회에서 항용 발생하곤 했던 보편적 사건 즉 노동운동을 하다 애인 또는 친구가 감옥에 들어가게 된 이야기를 수반하면서, 동일한 상황에 처한 동시대인들의 보편적인 공감을 획득할 수 있는 이야기로 바뀌게 된다.

물론 이 이야기들은 상세한 설명 보다는 대략적인 정황만을 알려 주는

변화한 「洋襪 속의 片紙」류의 작품에서 주로 나타난다. 두 경향이 이러한 차별성을 갖는 이유 중 하나는 최초의 것들이 구속된 노동운동가의 주변 이야기를 주 소재로 선택한 반면, 뒤의 것 즉 「洋襪 속의 片紙」류에서는 바로 노동운동가 자신의 이야기를 주 소재로 선택하여 전달하려 했던 데 있다.

96) 낭독시 형태의 창출은 작품이 없다는 일반의 비난을 무마하고 진정한 예술운동에 복무하기 위해 프로시가 필요로 했던 가장 중대한 당대의 요구점이었다. 윤기정, 「文藝時評」(조선지광, 1928.11), 73쪽.

분위기 위주로 제시되어 있어, 구체적인 낭송자 및 청중과 만나게 될 때 언제든지 그들의 구체적인 사정으로 전화하기 쉽게 되어 있다. 이것은 우월적이며 독점적인 지위를 선점하고 있는 화자가 내포된 작가[97]의 메시지를 내포된 독자와 청중에게 일방적으로 전달하는 방식이 여타 노동운동시와 차별성을 가지는 부분이다. 이 시에서는 화자와 청자가 거의 동등한 입장에 서서[98] 청자가 처한 상황에 대해 동감을 표시하거나 올바른 행동을 해야 할 필요성을 설득하고, 이를 통해 궁극적으로 미래의 전망을 획득하여 청자 스스로 자발적인 태도 변화를 하도록 설득하고 유도하는 형태로 진행된다.

의사 화자인 오빠가 보여주는 다양한 화법은 이것을 설명하는 좋은 예가 된다. 청년이 감옥에 간 후 슬픔에 겨워 울고만 있는 누이동생에게 오빠는 여러 가지 화법을 써서 달래고 있다. 즉 여기서 오빠는 상황에 따라 꾸지람으로(1연), 가난과 고난에 대한 기억 회상으로(2연), 즐거웠던 지난 날의 되새김으로(3연), 일제에 대한 증오로(4연), 모성애에 대한 호소로(5·6연) 등으로 다양하게 화법을 변화시키면서 누이동생의 긍정적 태도 변화를 유도하고 있는데, 오빠의 이런 다양한 화법 구사는 모두 '설득'의 효과를 얻기 위해 시행되는 것이다.

한편, 이 시를 통해 시인이 전달하고자 하는 메시지는 등장인물의 설정과 '종로 네거리'라는 배경에서 찾아 볼 수 있다. 우선 순이의 연인으로 노동운동을 하다 체포된 '청년'은 일종의 지식계급 노동운동가, 그것도 철저

---

97) 여기서 사용하는 '내포된 작가(implied author)', '내포된 독자(implied reader)', '화자(narrator)', '수신자(narratee)' 등의 용어는 채트먼(한용환 역), 『Story and Discourse —Narrative Structure in Fiction and Film』(Cornell University Press, 1980; 고려원, 1991.4)의 용례를 기준으로 한다.

98) 1연에 나타나듯이 아직까지는 화자가 약간 우월한 입장에 서 있는 것은 사실이다. 그러나 2연에서 공동 체험을 상기시키고 6연에서 스스로의 소시민적 허약성을 언급하면서, 근본적으로는 동등한 입장에서 서려는 모습을 보여준다. 이렇게 볼 때 이 시는 「젊은 巡邏의 片紙」와 함께 화자가 월등한 위치를 차지하고 있는 「曇――九二七」에서, 오히려 청자가 월등한 위치를 차지하는 것으로 설정된 「우리 옵바와 火爐」로 넘어 가는 과도기적 성격을 가진다.

히 신념으로 무장한 전위의 모습으로 형상화되어 있다. 화자는 이 인물에 대해 '미덤성잇는 이나라靑年'(2연 3행)이며, '勇敢한산아희'(5연 3행), '勤勞하는 모ー든 女子의戀人인 勇敢한靑年'(8연 3행) 등의 언사를 반복하여 최대의 찬사를 보내고 있다. 한 마디로 이 인물은 등장인물들이 지향하는 가장 이상적인 표상으로 설정되어 있다.

이와는 달리 오빠와 순이는 상황에 따라 갈등하고 좌절하기도 하는, 따라서 이상적인 인물인 청년에 비해 나약하지만 보다 인간적인 모습으로 그려져 있다. 이들은 청년처럼 철저하게 신념화된 인물이 아니며, 그렇다고 잘못된 상황에 분노하지도 못할 정도로 마비된 인물도 아니다. 여기서 오빠는 진술이 진행됨에 따라 창백한 지식인에서 노동운동가로 점차 변모해 가는 모습을 보여준다.[99] 여기서 그 변모의 계기로 작용하고 있는 것은 '조직적 실천'이다. 즉 나약하고 창백한 지식인에 불과하던 인물이 조직적 실천을 통해서 한 명의 훌륭한 노동운동가로 변신하게 되는 것이다.

또한 순이는 그 동안 공장노동자로 일하면서 나약한 오빠를 대신해 살림을 꾸려나가면서, 연인인 청년과 함께 노동운동에도 적극적으로 가담하는 모습을 보인다. 그러나 현재는 '눈바람찬 불상한都市 鐘路복판'(2연 1행)에 서서 감옥에 간 청년을 그리워하며 방황하는 여인이기도 하다. 독자들은 사랑하는 연인을 잃고 슬픔에 겨워 종로 네거리를 헤매는 그에게 연민과 동정을 느끼며, 그를 이렇게 만든 '존재' 또는 '상황'에 대해 분노한다. 그러

---

99) 이러한 모습은 당대의 여타 노동운동시와 변별성을 가지는 부분이다. 노동운동시에 등장하는 인물들은 하나의 일관된 성격을 가지고 있어 작중에서 결코 자신의 인식이나 태도를 변화하지 않으며, 이들은 모두 동시기에서는 현실의 그 누구보다도 도덕적·이념적으로 완벽한 인물들로 설정되어 있다. 이것은 노동대중 또는 독자(청자)대중에 접근하는 방식의 차이에서 기인하는 것이다. 단편서사시는 '설득'의 양식을 취하면서 독자(청자)들 스스로가 상황에 대해 올바른 결단을 내릴 수 있도록 '유도'하는 데 초점을 맞춘다. 반면 노동운동시는 화자가 먼저 자신의 이념이나 세계관에 입각하여 상황에 대해 '단정'을 내리고, 이를 독자(청자)대중에게 받아들일 것을 '강요'하여 그들을 시인이 의도한 길로 '인도'하는 데 초점을 맞춘다.

면서 슬픔에 빠져 좌절하지 말고 다시 옛날처럼 강인한 모습을 보여줄 것을 순이에게 요구한다. 때문에 후반부에서 희망찬 미래를 다짐하는 오빠의 목소리는 그대로 독자들의 목소리며 요구로 화한다. 즉 여기서 누이동생 순이의 존재는 이상적인 인물형으로 제시되어 있는 청년의 모습을 독자에게 보다 효과적으로 전달하기 위한 강력한 수단이 된다.

이때 이들이 서 있는 '눈바람찬 불상한都市 鐘路복판'(2연 1행)은 왜곡된 식민지적 자본주의가 횡행하는 암울한 공간인 동시에, 오빠-순이-남은 동무들이 모여 여전히 변혁운동을 꿈꾸고 실천할 '거문골목'을 가지고 있는 희망의 공간이라는 이중적 의미를 가지게 된다. 이러한 인물 설정과 배경은 당대에서는 충분히 상정할 수 있는 즉 보편성을 가진, 그러면서도 당대의 모순을 고발하고 청년의 시대적 사명을 선명하게 드러낼 수 있는 전형적인 상황 설정이라고 할 수 있다.100)

그런데 청년처럼 완벽한 인물이 아니라 이처럼 조직적 실천을 통해 변모해 가는 창백한 지식인상을 표면적인 발화자로 내세워 이야기를 서술하고 있다는 데에 사실 이 작품의 묘미가 있다. 청년이 발화자로 설정됐다면 이 시는 작자에 의한 관념적인 교술의 범주를 벗어나지 못했을 것이나, 오빠가 발화자이기 때문에 이야기는 사실성과 대중성을 확보하는 것이다.

이 점을 이해하려면 당대 사회운동과 문학운동의 주 실천층, 그리고 이 시의 주 독자층이 발화자와 비슷한 지식인 청년들이라는 점101)에 주목할 필요가 있다. 이들은 표면적 발화자인 오빠가 처음부터 완성된 인물이 아니

---

100) 때문에 申孤松은 「詩壇 漫評－旣成 詩人, 新興 詩人(1)」(조선일보, 1930.1.10, 4면)에서 이 시가 "前代의 詩人이 가졋든 感傷性에서 完全히 脫皮하야 階級鬪爭 意識이 充滿하며, 그 題材에 잇서 現實的 具體的 事實이며, 그 手法에 잇서 리알리스틱" 하다고 평가하고 있다.

101) 이 점에서 단편서사시는 동시대 노동운동시보다는 훨씬 솔직한 편이다. 노동운동시는 모두 내면적으로 자신들과 같은 당대의 지식인 청년들을 주 독자라고 생각하면서도, 실제 시에서는 일반 노동자가 주 독자층인 것처럼 가장된 언술 행위를 하고 있다. 이것은 그 지향층의 혼란을 뜻하는 것이며, 실제 선전·선동의 효과를 약화시키는 문제점으로 드러난다.

라 조직적 실천 활동을 통해 긍정적으로 변화해 가는 인물이라는 점, 즉 처음에는 자신들처럼 주저하고 망설이며 고민하는 창백한 지식인이었다는 점에서 쉽게 그의 주장에 공감을 한다. 이들은 오빠가 토해 놓는 이야기의 진술을 엿들으면서 자신도 모르게 그와 또는 누이동생과 자신을 동일시하게 되고, 결국 서서히 심정적 변화를 일으켜 별 다른 저항없이 변혁운동에 공감하는 것이다.

(3) 서간체 형식의 도입과 발화사의 역할

낭독시 형태의 지향과 함께 단편서사시의 특징적 요소로 빼놓을 수 없는 것이 바로 서간체 형식의 도입이다. 단편서사시 형태의 대표작이라 할 수 있는 「우리 옵바와 火爐」를 통해, 이 문제를 구체적으로 살펴보도록 하자.

> 사랑하는 우리옵바 어적게 그만그럿케 위하시든옵바의거북紋이 질
> 火爐가째어젓서요
> 언제나 옵바가 우리들의 『피오니르』 족으만旗手라부르는 永男이가
> 地球에해가비친 하로의모―든時間을 담배의毒氣속에다
> 어린몸을잠그고 사온 그거북紋이 火爐가 깨어젓서요
>
> 그리하야 지금은 火적가락만이 불상한永男이하구 저하구처럼
> 쏙 우리사랑하는 옵바를일흔 男妹와갓치 외롭게壁에가 나란히걸녓
> 서요
>
> 옵바……
> 저는요 저는요 잘알엇서요
> 웨―그날 옵바가 우리두동생을쩌나 그리로 드러가실그날밤에
> 연겹허 만는 卷煙을 세개식이나 피우시고게섯는지
> 저는요 잘아럿세요 옵바

언제나 철업는제가 옵바가 工場에서도러와서 고단한저녁을잡수실째
옵바몸에서 新聞紙냄새가난다고하면
　　옵바는 파란얼골에 피곤한우슴을 우스시며
　　……네몸에선 누에쏭내가 나지안니—하시든世上에偉大하고 勇敢한
우리옵바가 웨그날만 말한마듸업시 담배煙氣로 房속을미워버리시는
우리 우리勇敢한옵바의 마음을 저는잘알엇세요
　　天宇을向하야 긔여올나가든 외줄기담배연긔속에서—옵바의鋼鐵가슴
속에 백힌 偉大한決定과聖스러운覺悟를 저는 分明히보앗세요
　　그러하야 제가永男이에 버선한아도 채못기엇슬동안에
　　門지방을째리는쇠ㅅ 소리 바루르밟는거치른구두소리와함께—가버리지
안으섯서요

　　그러면서도 사랑하는우리偉大한옵바는 불상한저의男妹의근심을 담배
煙氣에싸두고 가지안으섯서요
　　옵바—그래서 저도 永男이도
　　옵바와 또가장偉大한勇敢한 옵바친고들의 이야기가 세상을 뒤줍을
째
　　저는 製絲機를쩌나서 百장의一錢짜리封筒에 손톱을쑤러트리고
　　永男이도 담배냄새구령을내쫏겨 封筒꽁문이를뭄니다
　　只今—萬國地圖갓흔 누덕이밋테서 코를고을고잇슴니다

　　옵바—그러나 염려는마세요
　　저는 勇敢한이나라靑年인 우리옵바와 피ㅅ 줄을갓치한 게집애이고
　　永男이도 옵바도 늘 칭창하든 쇠갓흔 거북紋이火爐를사온 옵바의
동생이 아니에요

　　그리고 참 옵바 악가 그젊은남어지옵바의친구들이왓다갓슴니다
　　눈물나는 우리옵바동모의消息을 傳해주고갓세요
　　　사랑스런勇敢한靑年들이엇슴니다
　　　世上에 가장偉大한 靑年들이엇슴니다

火爐는　쌔어져도　火적같은　旗ㅅ 대처럼남지안컷세요
우리옵바는　가섯서도　貴여운『피오니르』永男이가잇고
그리고　모-든　어린『피오니르』의싸듯한누이품　제가슴이　아즉도
더웁슴니다

그리고　옵바……
저쌴이　사랑하는옵바를일코　永男이쌴이　굿세인兄님을　보낸것이겟슴
니가
슬지도안코　외롭지도　안슴니다
世上에　고마운靑年　옵바의無限한偉大한친구가잇고　옵바와兄님을　일
흔　數업는게집아희와동생
저의들의　貴한동모가　잇슴니다

그리하야　이다음일은　只今심심한　憤한事件을안쯔잇는　우리동무손에
서　싸워질것임니다

옵바　오날밤을새어　二萬장을붓치면　사흘뒤엔새솜옷이　옵바의썰리는
몸에입혀질것임니다

이럿케　世上의　누이동생과아오는　健康히　오늘날가다를　싸홈에서보냄니다
永男이는　엿해잠니다　밤이느것세요

　　　　　　　　　　　　　　　　　　　　　　　　　—누이동생—102)

　　전체 12연 42행으로 되어 있는 이 시는 의사 발신자와 의사 수신자간에
오가는 사적인 글이라는 형식을 취하고 있다는 점, 그리고 분명히 낭송(낭
독)을 염두에 두고 창작한 것임을 드러내고 있다는 점 등에서 「네街里의
順伊」와 근본적으로 동일한 유형의 작품이다. 다만 막연한 형태의 사적인
말이 아니라 이를 '편지'라는 형태로 분명하게 고정화하고 있는 것, 이상적

102) 임화, 「우리 옵바와 火爐」(조선지광, 1929.2), 117~119쪽. 전문.

인 인물과 의사 화자의 관계를 보다 밀접한 상태로 설정하고 있는 것, 등장 인물 모두를 노동자로 설정하고 그들의 삶을 선명하게 그리고 있는 것 등은 변별성을 가지는 부분이다.

「네街里의 順伊」는 대중성 획득과 낭독시에 대한 요구라는 당대 프로시의 두 가지 과제를 효과적으로 달성한 작품이었다. 그러나 거기에 담겨 있는 내용은 오빠가 슬픔에 빠진 누이동생에게 하는 다독거림의 차원에서 벗어나지 못해, 원래의 선동·선전적 목표가 일정 정도 희석되는 결과를 초래했다. 또한 이상적 인물인 청년이 지극히 추상적으로 설정되어 있어, 독자들에게 구체적인 실감의 대상으로 다가서지 못했다. 게다가 등장인물들의 직업도 약간 모호하게 처리되어 있으며, 배경이 되고 있는 공간 역시 '종로 네거리', '검은 골목' 등으로 추상화되어 있어 리얼리티 획득에 일정한 장애를 가지고 있었다. 바로 이런 문제점을 극복하려는 모습이 바로 위에서 언급한 몇 가지 변별성으로 나타나는 것이며, 그 핵심은 인물 설정 및 그들의 심리 묘사와 관계 설정의 변화에서 찾을 수 있다.

「우리 옵바와 火爐」에서 편지글의 발신자인 누이동생의 정서, 이로 인한 시의 초반 분위기는 '상실감'으로 집약할 수 있다. 이 상실감은 작중에서 '옵바의거북紋이 질火爐가쌔어졋'다는 사건으로 형상화되고 있는데, 그 근저를 이루는 것은 조국의 상실, 가장이자 지주인 오빠의 구금, 연좌제로 인한 해고 등이다. 그런데 이러한 상실감은 오빠에 대한 긍정적인 의미 부여를 통해 점차 주관적 슬픔의 정서를 넘어 미래에 대한 낙관적 전망으로 전화한다. 작중에서 이런 전화를 가능하게 해 주는 것은 오빠와 누이동생간에 형성된 친족애와 동지애의 중첩적 결합과, 이에 대한 독자의 친밀감이다.

이 시의 등장인물인 세 남매는 각기 신문지 공장, 제사 공장, 담배 공장에서 일하며 생계를 꾸려가는 가난한 노동자로 성격화되어 있다. 부모가 없는 고아인 이들에게 있어 오빠는 가장이자, 어린 남매의 지주이다. 또한 그는 노동운동을 통해 당대 사회의 근본적인 변혁을 꿈꾸는 노동운동가이기도 하다. 그런데 현재 오빠는 친구들과 함께 '어떤' 일(노동운동)을 꾀하다 일경에게 붙들려 수감되어 있다. 이후 가장이자 지주인 오빠를 상실한 두 남매는 자신들이 일하던 공장에서 쫓겨나, '百장의一錢짜리封筒' 접는 일로 자신들의 생계를 영위하면서 감옥에 간 오빠의 옥바라지를 하고 있다. 이런 줄거리는 당시 우리에게 항용 있었던 일 또는 있을 수 있는 일로 생각되며, 따라서 쉽게 독자의 공감을 획득한다.

세 남매가 어린 나이임에 불구하고 모두 힘에 부치는 노동을 하면서 생계를 꾸려갈 수밖에 없었던 것은 바로 '부모의 상실'과 이로 인해 초래된 극심한 가난 때문이었다. 그리하여 이 경우 '부모의 상실'은 단순한 육친의 유고가 아니라, '조국의 상실'103)이라는 의미로까지 확대될 수 있다. 물론 세 남매가 처한 삶(생존)의 고통을 창출하는 근본적 원인으로서의 이러한 '조국의 상실'은, 이상화가 「빼앗긴 들에도 봄은 오는가」(개벽, 1926.6)에서 "지금은 남의쌍-빼앗긴들에도 봄은오는가?"(1연), "그러나 지금은-들을 빼앗겨 봄조차 빼앗기겟네"(10연 4행)라그 노래할 때의 '조국의 상실=봄이 오지 않는 빼앗긴 들'이라는 발상과는 달리, 계급적 인식을 토대로 하고 있다는 점에서 근본적인 차별성을 가진다.104)

---

103) 이 시에서 세 남매에게 주어진 '부모의 유고'라는 상황은, 세 남매가 스스로의 노동으로 생존을 영위하는 객관적인 원인일 뿐 아니라, 나아가 가장인 오빠가 감옥에 가게 되는 내재적 원인으로도 작용하고 있기 때문에, 이들 만의 문제가 아니라 근본적으로 '조국의 상실'이라는 당시 우리 민족의 절대적 한계 상황으로까지 확대되는 것이다.

104) 이것은 양자가 그 주된 인물의 계급적 형상을 달리 하고 있기 때문에 생기는 필연적인 것이다. 신경향시의 대표작으로 볼 수 있는 이상화의 「빼앗긴 들에도 봄은 오는가」는 기본적으로 조국(땅)을 빼앗김으로 인해서 미래의 전망 마저 박탈당한 유이민(농민)의 울분과 한탄을 대변하고 있다. 반면, 「우리 옵바와 火爐」는 당대 모순의 종합적 집약체인 공장노동자와 그들의 삶의 터전인 도시의 공장을 주요 소재와 배경으로 설정하여, 그들의 박탈당한 삶과 그런 가운데서도 좌절하거나 실망하지 않고 계속해서 변혁의 꿈을 꾸고 이를 위해 실천하는 청년들의 굳센 의지를 그리고 있다.

　　또한 「빼앗긴 들에도 봄은 오는가」가 주로 삶의 터전을 빼앗기고 유랑하는 농민의 입장에서 궁핍한 현실에 대한 울분과 한탄을 토해내는 차원에 머물고 있다면, 「우리 옵바와 火爐」는 이러한 울분과 원망·한탄에서 한 걸음 더 나아가 제국주의와 식민지 자본에 의한 착취와 이에 대한 가열찬 투쟁의 현실을 자

한편, 서간체 형식을 채택함으로 해서 이 시는 독자들과 정서적 일체감을 보다 쉽게 획득할 수 있게 된다. 이 시를 읽거나 듣게 되는 독자는 편지 형식을 통해 타인의 사적인 비밀을 엿보는 때와 같은 상당한 호기심을 가지고 이 작품을 대할 수 있다. 그리고 그만큼 작품과 자신과의 거리를 좁히게 되어, 누이동생의 어조를 별 다른 거부감없이 수용한다. 더욱이 현장에서 낭독할 때에는 의사 수신자인 오빠와 청중의 동일시가 이루어지고, 이로 인해 누이동생은 오빠의 누이동생에서 청중 모두의 누이동생으로 화한다.

이런 가운데 청중(독자)는 자신도 모르게 누이동생이 존경과 사랑의 마음으로 전달하는 오빠와 그 친구들의 이야기를 바로 자신들의 이야기로 긍정하게 되고, 누이동생이 이야기하는 신념을 자기의 것으로 가지게 되며, 나아가 이후 그 신념을 실현하기 위한 투쟁을 실제로 행하는 데까지 발전할 수 있게 된다. 다시 말해 편지의 발신자인 누이동생의 이미지가 가지는 보편적 공감과 자체의 낭독시적 성격으로 인해 누이동생이 보여주는 개인적 정서가 누이동생이 전하는 오빠와 그 친구들의 이야기를 통해 집단적이고 객관화된 정서로 전화되며, 이런 구조를 통해 마침내 보편적인 현실에 대한 인식으로 확대되고 있다. 즉 이때 누이동생에 의해 서술된 이야기는 주관적인 것이 객관적인 것으로 전이되는 계기로 작용하게 되는 것이다. 이런 구조를 통해 임화는 시에서 이야기를 효과적으로 구현할 수 있게 된다. 게다가 이것은 시인이 화자─청자간에 이루어지는 소통 구조에 직접적으로 개입하거나 노출되는 것을 방지하여, 생경한 이념을 강요하는 것에 대한 독자들의 거부감을 원천적으로 봉쇄해 버리고 전달과 이를 통한 선동

아내는 동인으로 그리고 있다. 즉 시인은 신경향파 시기에 李相和가 했던 것처럼 '땅'(국토)을 매개로 하여 '조국'을 빼앗긴 민족적 울분을 그리는 것이 아니라, '생존의 현실=노동'을 전제로 하여 계급적·민족적 박탈의 현실과 미래의 전망을 통해 발생하는 이에 대한 치열한 투쟁 의식을 노래하고 있는 것이다. 이것은 이 시가 민족주의적─보다 정확하게는 유이민적 차원에서의 심정적 항일 의식을 형상화한 것이 아니라, 계급적 차원에서 민족모순을 그리고 있음을 말해 준다.

의 효과를 극대화할 수 있는 장치로 활용되고 있다.

이와 함께 좀더 주의 깊게 살펴봐야 할 것은 누이동생의 형상이다. 누이동생은 자신의 처지를 비관하여 낙담하는 것이 아니라, 오히려 척박한 시대를 헤치고 나아가려는 굳센 의지를 보여준다. 여기서 누이동생은 「네街里의 順伊」에서와 마찬가지로 이야기가 진행되면서 진술을 통해 변화하는 모습으로 독자에게 전달된다. 여성 화자의 이러한 모습은 흔치 않은 것으로, 한국시사에서 일정한 의의를 가진다.

대체로 일제 강점기에 나온 시에서 여성 화자를 설정하는 것은 당대적 삶의 좌절감을 시적으로 구조화하기 위한 장치로 설명할 수 있다. 때문에 주요한의 「불노리」(창조, 1919.2) 이후 1920년대 초기시에 이르기까지 시에 있어서 여성 화자의 채택은 시의 기본적인 정조를 '탄식'으로 이끌어 나가기 위한 장치였다. 이것은 이후 이상화의 「빼앗긴 들에도 봄은 오는가」로 대표되는 신경향시에 있어서도 크게 달라지지 않는다.

그러나 이 시의 여성 화자인 누이동생은 이와는 달리 투쟁적이고 미래지향적인 여성 근로자의 모습을 가지고 나타난다. 그는 절망적인 현실에서도 결코 좌절하지 않고, 오히려 현실 변혁의 굳센 의지를 표명하고 있다. 이러한 누이동생의 모습은 이제까지 대상으로서의 모습에 자족해 왔던 여성이 주체로서 꿋꿋이 일어서는 태도를 보여주는 것이다. 이런 누이동생과 감옥에 간 오빠는 단순한 혈연적 결합을 초월한 동지적 결합으로까지 인식된다. 때문에 감옥에 간 오빠의 행위를 누이동생은 '偉大한決定과聖스러운覺悟'(4연 4행)로 본다.

독자(또는 청중)는 어려운 처지에 빠진 가련한 누이동생의 모습을 통해서 바로 자기 누이동생의 모습을 보게 되며, 그러면서도 어려운 처지를 비관하지 않고 극복하면서 힘차게 살아가려는 그의 강인한 투쟁의 다짐을 통해서 새롭게 고무된다. 즉 이러한 형식은 독자들의 동정을 자아내어 시의 내용과 그들의 처지를 동일시하게 하고, 이를 통해 강한 투쟁 의식을 고취하려는 의도로 고안된 것이다.

'질화로'를 누이동생의 편지 내용에 있어 주요 모티브로 사용하고 있는 것도 이러한 점에서 다시 한 번 생각해 볼 필요가 있다. 누이동생의 편지는 오빠가 그렇게 위하던 '질화로'가 깨어졌다는 비극적 상황에 대한 보고로 시작하고 있는데, 시인은 이 질화로는 막내 영남이가 '地球에해가비친 하로의모—든時間을 담배의毒氣속에다 / 어린몸을잠그고 사온' 것이라고 서술하고 있다.

화로란 일정한 '불씨'를 항상 담고 있는 것으로, 어둠을 몰아내는 존재이며, 추위를 몰아내는 존재이다. 나아가 이것은 막내 영남이가 스스로의 신성한 노동을 통해서 마련한 것으로, 이들 오누이의 사랑을 상징하는 것이기도 하다. 때문에 대립적 관계를 이용하여 좀더 상징성을 부여한다면, 이 화로는 현대 물질문명과 그를 강요한 일제의 폭압에서 잠시나마 자유로울 수 있는 그들—가난한 노동자로 묘사되어 있는—만의 공간을 밝혀준 귀중한 존재이며, 나아가 그 어둠과 추위를 물리칠 수 있는 '혁명성'을 담지하고 있다고 볼 수 있다. 이렇게 본다면, 질화로가 깨어졌다는 것은 작게는 오빠의 구속과 동일시하여 '단란한 가정의 파괴'가 되며, 크게는 '혁명의 실패'로까지 해석될 수 있게 된다.

일종의 객관상관물로서의 화로가 가지는 이러한 상징성을 우리가 받아들인다면, 이 시에서 '화적가락'으로 묘사되어 있는 남은 두 남매는, '깨어진 화로'에 다시 혁명의 불꽃을 피울 수 있는 존재로 해석할 수 있다. 화로가 깨어졌다는 것(오빠의 구속)은 이들 오누이에게 일시적인 슬픔과 절망을 가져다 주는 것이지만, 누이동생은 오빠의 사상과 신념—감옥에 갈 정도로 불온한—이 사실은 '偉大한決定과聖스러운覺悟'(4연 4행)였으며, 그와 같은 생각을 하고 있는 이들이 이 세상에는 많이 있고, 그들은 '世上에 가장偉大한 靑年들'(7연 4행)이라고 판단한다. 때문에 이 시의 화자인 누이동생은 '火爐는 쌔어져도 火적갈은 旗人 대처럼남지안엇세요'라고 할 수 있는 것이다.

즉 오빠의 구속(화로의 깨짐)으로 인해 남은 두 남매는 고통스러운 삶을 살고 있지만, 이들이 기본적으로 가지고 있는 투쟁의 정당성과 미래에 대한 확신은 꺾이지 않고, 오히려 그로 인해 보다 심화되고 있다는 이야기를 하는 것이다. 때문에 그들과 같은 처지에 있는 수많은 고통받는 이들을 위해 어린 영남이는 '우리들의 『피오니르』105) 족으만旗手'가 되고, 편지를 쓰고 있는 누이동생은 '모─든 어린 『피오니르』의따듯한누이'가 되겠다는 다짐을 한다. 이것은 이들이 자신들의 개별성을 초월하고 전형성을 획득함을 의미한다. 다시 말해 화로의 상징성으로 인해 '火적가락'은 '旗ㅅ대'로 전화된다. 때문에 이 시에 등장하는 누이동생과 영남이는 자신들만의 특수한 개별성을 초극하여, 각성하는 프롤레타리아의 전형을 이루는 것이다.106)

「네街里의 順伊」와 비교해 볼 때, 이 시어 주요 상징으로 등장하는 '질화로'는 「네街里의 順伊」에서 이상적인 인물형으로 제시된 '청년'과 일정한 대응 관계를 이룬다. 둘 다 등장인물들을 엮어주는 강력한 매개체이며, 그 자체로 이들이 지향하는 '신념'을 표상하고 있다는 점, '구속'과 '깨어짐'이라는 사건으로 인해 나머지 인물들에게 일시적인 좌절과 슬픔을 안겨 준다는 점 등에서 그렇다. 그러나 「네街里의 順伊」의 청년이 오빠나 누이동생 순이에게 있어 이미 만들어져 주어진 표상이라면, 이 시의 '질화로'는 누이동생과 막내 영남이가 만들어가는 표상이라는 점107)에서 근본적인 차별성을 가진다. 이것은 이 시를 읽는 독자들에게 자신감을 불러 일으키는 역할을 한다. 또한 이것은 시인의 사상적 성숙에서 나온 결과로, 역사는 인간들

---

105) 여기서 말하는 피오닐(pioner)은 1922년에 창설된 소련의 소년단 또는 그 단원을 의미한다. 이 말 속에는 '개척자, 선구자' 등의 뜻도 함께 포함하고 있다.

106) 미래에 대한 이러한 낙관적 전망, 그리고 남아 있는 후대에 의한 혁명 운동의 계승이라는 형태는 조명희의 「洛東江」(조선지광, 1927.7)에서 '로사'에 의해 혁명 운동이 계승되는 형태로 제시되는 낙관적 전망과 동궤에 놓인다.

107) 여기서 우리는 이 시 10연에서 화자인 누이동생과 막내 영남이가 밤을 새워 봉투를 붙이고, 이것으로 사흘 뒤에 오빠에게 '새 솜옷'을 만들어 보내겠다고 한 언급을 다시 생각해 볼 필요가 있다. 이 때의 '새 솜옷'은 추위를 견디는 옷이라는 의미에서 더 나아가 '깨어진 화로'에 내포된 의미와 일정하게 대응하는 것으로, '깨어진 화로'가 이전까지의 암담한 상황을 의미한다면 '새 솜옷'은 앞으로 우리들(노동자)의 노력과 의지에 의해 다시 밝은 날을 맞이할 수 있으리라는 계급적 비전으로 제시되고 있다.

이 만들어가는 것이라는 막시즘적 세계관에 대한 시인의 강한 신념의 표출이기도 하다.

「우리 옵바와 火爐」의 주된 사건인, 항일운동을 하다 감옥에 간 이와 그 때문에 생계의 위협을 받으면서 살아가고 있는 남은 가족의 문제 등이 근본적으로 '부모의 유고＝조국의 상실'에 기인하고 있다는 인식은, 당대인들의 공감을 획득하기에 충분한 사건 즉, 실제성을 가지고 있는 사건이다. 또한 이 사건을 독자에게 전달함에 있어 다정한 오누이간의 정과 이의 적대적 세력으로 등장하는 '門지방을째리는쇠ㅅ 소리 바루르밟는거치른구두 소리'를 대립시키고, 구체적 사건을 충분한 생략과 비약 속에 전달함으로써 상황을 극적으로 전달한다.

게다가 세 남매를 가난한 노동자의 전형으로 묘사하고, 어렵고 척박한 상황 속에서도 꺾이지 않는 미래에 대한 강한 긍정을 보이고 있는 이들의 굳센 의지를 성공적으로 그림으로써 '成長하는 ××××××[프롤레타리아]'의 모습을 정당하게 형상화시켜 나가고 있다[108]고 평가할 수 있었다는 점에서 김기진의 언급은 정당한 것이라고 할 수 있다. 편지글 형식은 독자의 긴장감과 거부감을 이완, 해소시켜 화자의 논조에 자연스럽게 동조하게 하며, 화자의 태도를 나약하고 부정적인 쪽에서 강인하고 긍정적인 모습으로 점차 변화시켜 독자들의 동기 유발을 꾀하고 있다는 점 또한 빼 놓을 수 없다.[109]

---

108) 김기진, 「短篇敍事詩의 길로 - 우리의 詩의 樣式 問題에 關하야 - 」(조선문예, 1929.5), 47쪽.

109) 후에 임화는 「詩人이여! 一步 前進하자!」(조선지광, 1930.6)을 통해 이 당시 자신의 시가 소시민적 허약성을 벗어나지 못해 센티멘탈리즘을 드러냈다. 이 때문에 성장하는 프롤레타리아 계급의 올바른 전형을 창조지도, 그들의 삶을 올바로 형상하여 그들에게 절실하게 공감을 주지도 못했다고 자기 비판을 가하고 있다.(62~86쪽) 그러나 이것은 이미 그가 「濁流에 抗하야」(조선지광, 1929.8)와 「金基鎭君에게 答함」(조선지광, 1929.11) 등을 통해서 팔봉이 제기한 대중성 획득 방법론을 비판하고 난 후 볼셰비키화로 이행한 다음의 일로서, 그 이전까지는 임화 또한 팔봉의 견해에 어느 정도 동조하고 있었던 것으로 보인다. 이처럼 임화의 생각이 변하게 된 결정적인 동기는 역시 1929년 7월에 있었던 도일과

(4) 사실성 획득의 방식

단편서사시는 동시대인들에게 프로시가 직면한 당면 과제, 즉 계급적 목표 달성과 대중성의 획득이라는 두 가지 목표를 동시에 성취한 작품이라는 평가를 받으면서[110], 이후 프로시의 가장 영향력 있는 양식 중 하나로 자리 잡게 된다. 그렇지만, 단편서사시 양식은 프로시가의 대중성 획득이라는 문제를 충실한 이야기성의 확보 즉 리얼리티의 획득이라는 측면에서가 아니라, 주로 독자들의 감성을 자극하는 방법적 차원에서 해결하려 했다는 근본적인 문제를 안고 있었다. 이 때문에 도쿄 무산자사의 김두용·권환 등[111]은 단편서사시에 대해, "당면한 현실적 투쟁 과제를 정당히 시로 형상화하고 변혁운동에 대한 독자 대중의 이해와 실제적 참여를 끌어내야 할 프로시의 당대적 임무를 망각하고 그들에게 주제 및 소재에 대한 불필요한 그리고 잘못된 감상만을 전파하고 있다."고 비판한다.

그 이후 도쿄에서 쌓게된 실천적 변혁운동 경험으로 봐야 할 것이다.
110) 좌담회, 「第一回 文人 座談會: 最近 朝鮮文藝運動의 情勢－詩, 小說, 戲曲, 評論
　　　等 各 方面 作家, 作品에 對한 意見」(조선일보, 1929.2.28,3.1)
　　金基鎭, 「文藝時評－四月의 詩歌」(중외일보, 1929.4.16～18,21,23), 1면.
　　＿＿＿, 「短篇敍事詩의 길로－우리의 詩의 樣式 問題에 對하야－」(조선문예,
　　　　　1929.5), 43～48쪽.
　　尹基鼎, 「文藝時感」(조선문예, 1929.5), 77～79쪽.
　　宋　影, 「水原行－프로藝盟 講演記」(조선지광, 1929.6), 92～97쪽.
　　申鼓頌, 「詩壇 漫評－旣成 詩人, 新興 詩人」(조선일보, 1930.1.5,10～13)
　　孫在奉, 「正月 詩評 其他」(조선일보, 1930.2.5,7,9), 4면.
　　金岸曙, 「詩壇의 回顧」(매일신보, 1932.2.14,16～19)
　　金東煥, 「林和의 옵바와 火爐」(삼천리, 1932.9)
　　尹崑崗, 「林和論」(풍림, 1937.4), 8～9쪽.
　　李東珪, 「作家가 본 評家(1)－林和」(풍림, 1937.5), 22～23쪽.
111) 金斗鎔, 「우리는 엇더케 싸울 것인가?－아울너「文藝公論」·「朝鮮文藝」의 反動
　　　　性을 曝露함－」(무산자, 1929.7), 30～40쪽.
　　權　煥, 「「詩評」과「詩論」」(대조, 1930.6), 33～37쪽.
　　金南天, 「林和에 關하야－그에 對한 隨感의 이토막 저토막－」(조선일보, 1933.7.
　　22,23,25)

당시 김두용 등이 단편서사시를 비판하고 나섰던 데에는 다음과 같은 이유가 있었던 것으로 보인다. 우선 기존 카프 문인들이 가지고 있던 문화주의적 태도[112]가 단편서사시에 극명하게 드러나기 때문에, 당시 조선공산당 재건운동에 앞장서고 있던 이들[113]로서는 이 문제를 시급히 교정해야 할 필요성을 느꼈다. 또한 이것이 당시 상당한 반향을 불러 일으키고, 기성 문인들의 절찬을 받으면서 프로시의 새로운 전형으로 인식되어, 자칫 프로시의 당대적 임무를 호도할 수도 있다는 우려가 있었다. 게다가 단편서사시는 기존 프로시인들의 공통적인 문제점인 변혁운동에 대한 피상적 이해와 함께 화자의 어조에 짙게 어려있는 감상성 및 소시민 독자에 대한 편향성을 노출하고 있어, 이를 통해 비판의 효과를 극대화할 수 있다[114]는 것 등이

---

112) 예술운동에 있어서 문화주의적 태도는 예술운동을 정치운동과의 관련 속에서 올바르게 위치지우지 못하고 예술운동을 정치운동의 우위에 놓는다든지, 정치운동과 분별되는 예술운동의 독자성을 강조하는 태도를 말한다. 반면 정치주의적 태도는 예술운동을 정치운동의 수단이나 도구로 인식하는 태도를 말한다. 당시 박영희 등 기존 프로문인들은 주로 문화주의적 태도를 가지고 있었던 반면, 무산자사측의 소장 문인들은 보다 정치주의적 태도에 근접해 있었다.

113) 박성구, 「일제하(1920년대 중반~1930년대 초 프롤레타리아예술운동에 관한 연구-카프 경성본부와 도쿄지부의 대립적 양상을 중심으로-」(서울대, 석사학위논문, 1988.7), 64~65쪽.

　　김두용, 「政治的 視角에서 본 藝術鬪爭-運動 困難에 對한 意見-」(무산자, 1929.5), 6E쪽.

114) 이 점은 「「詩評」과 「詩論」」(앞 글)에서 권환이 임화의 단편서사시에 대해 언급한 다음 부분(33~34쪽)에서 선명하게 드러난다.

　　그리고 그 댐에 昨年 以來로 우리 詩壇에서 가장 만흔 評價를 밧고 가장 만흔 影響을 大衆에게 준 林和氏의 詩를 보자
　　동지의 作 「네거리의 順伊」, 「우리 옵빠의 火爐」가튼 것은 만흔 文學靑年을 感動시켯슴에도 不拘하고 우리는 決코 놉게 評價할 수 업스며 쏘 하여서는 안된다함은 去番에 여러 同志들이 屢論한 바 잇서 쏘 再論하지 안커니와 쏘 君은 어느 同志의 말과 가티 우리 詩壇에서 功績도 만흔 그 만치 언잔은 影響도 만히 주엇다 그것은 林 동지의 그러한 詩가 發表된 以後로 그와 가튼 感傷主義的 傾向을 쒸운 詩들을 각금각금 最近까지도 다른 동지들의 詩 가운데 發見할 수 잇는 까닭이다

그것이다.

물론 이들의 주장은 관념적인 좌편향적인 시각에서 나온 것이어서, 일제의 가혹한 사상 통제 하에 놓여 있던 당대 조선의 현실과는 일정 정도 유리되어 있었다. 이들의 근본적인 문제점은 서울과 도쿄의 상이한 운동 조건을 고려하지 않았다는 데서 비롯된다. 당시 서울에서는 자체의 기관지를 발간할 수 없을 정도로 일제의 탄압과 검열이 심해 어쩔 수 없이 부르좌의 합법적 간행물에 기생하여 예술운동을 전개하는 파행적 상황을 감내해야 했다. 그러나 도쿄에서는 최소한 "機關紙를 發行하며, 二重三重의 困難을 거쳐가며 大衆의게 頒布하고 푸로레타리아의 集會에 演劇을 가지고 가며 詩의 朗讀을 하며 鬪爭의 繪畵를 걸"[115] 수 있었던, 상대적으로 나은 상태였다. 이러한 운동 조건의 상이함으로 인해 예술운동 자체도 차별성을 가질 수밖에 없었는데, 이들에게서는 이에 대한 인식을 거의 찾아 볼 수 없다.

또한 예술과 정치가 각각 어느 정도 특정한 분야로 한계지워 있으며, '예술적'이라는 의미가 '정치적인' 것으로 즉각 환원될 수 없다는 사실을 이들이 간과하고 있다는 점도 문제로 지적할 수 있다. 예술은 공공연한 정치적 프로파갠다의 형태로 표현되건, 은폐된 이데올로기로 표현되건 간에 필연적으로 당파성을 지니게 된다. 그러나 김두용 등은 예술이 독자들의 감정과 충동을 일깨워서 특정한 행동으로 이끌거나 반대하게끔 하는 독특한 기능을 수행한다는 사실을 무시하고, 예술운동을 정치운동에 종속시키는 잘못을 범했다.[116]

그러나 이런 문제점에도 불구하고, 막시즘 이론 자체에 대해 국내 평자들에 비해 이들이 가지고 있던 상대적 우월성[117] 및 두 차례에 걸친 카프

---

115) 金斗鎔, 앞 글.

116) 박성구, 앞 글, 14~15쪽.

117) 기존 카프 비평가들에 대한 도쿄지부측 이론가들의 우월성은 이미 박영희와 이북만 간에 벌어졌던 대중화 논쟁의 추이와 그 이후 전개된 카프 조직 개편을 보면 쉽게 드러난다. 이 과정에서 기존 카프측의 논리를 대변한 박영희는 도쿄지부측 이론가인 이북만의 비판에 대해 별반 반박하지 못하고 일방적인 수세에

조직 개편에서 보여준 조직력의 우위, ML파 조선공산당과의 밀접한 관계 등의 제반 이유로 인해, 이들의 공개적인 비판은 당시로선 상당한 무게를 가지고 있었다. 때문에 임화도 이들의 주장에 대해 주의를 기울이지 않을 수 없었다. 나아가 이후 무산자사에 가담하여 조직 활동을 통해 막시즘에 대한 이해를 더해가면서부터는, 오히려 이들의 비판을 능동적으로 수용하여 단편서사시 형태의 새로운 변화를 시도하고 있다.

단편서사시의 변화는 일차적으로 이전까지 작품에 깊게 내포되었던 감상성을 배제하고 당대의 본질적 모순을 충실히 드러내는 쪽에 초점을 맞춰, 투쟁하는 노동자의 의지를 직접적으로 보다 선명하게 형상화하는 쪽으로 일어나게 된다. 그 결과 무산자사측에서 제기한 볼셰비키화 방법론118)에 보다 충실한 새로운 모습의 단편서사시가 나오게 된다.

몰리고 있으며, 결국 그의 논리를 그대로 인정해 버리고 만다.
118) 볼셰비키화 방침이 처음으로 주창된 것은 1929년 10월 소련의 라프(RAPF) 제2 차 총회에서였다. 국내에서 볼셰비키화 방침을 최초로 언급한 것은 임화의 「朝鮮 프로藝術運動 當面의 中心的 任務」(중외일보, 1930.6.2~8)로 알려져 있으나, 실상 그 내용은 이미 김두용의 「政治的 視角에서 본 藝術鬪爭─運動 困難에 對한 意見─」(무산자, 1929.5)에 제시되어 있다. 김두용 자신이 요약(7E쪽)한 이 글의 내용은 다음과 같다.

一, 참으로 푸로레타리아藝術의 生産이 업는 곳에 藝術運動 可能하다는 幻想은 斷然 벌이지 안하면 안된다.
二, 푸로藝術이 生産되여도 지금의 政治的 不自由의 밋헤서는 「工場의 中」 「農村의 속」에 注入할 수 잇다고 생각하는 幻想은 벌이지 안하면 안된다.
三, 그러함으로 一般으로 「藝術鬪爭은 政治鬪爭의 一部分이라」는 等의 傲慢은 벌이지 안하면 안된다. 眞實히 藝術鬪爭이 政治鬪爭의 一部分으로 되랴면 그는 政治鬪爭의 한 가운데에서 서지 안하면 안된다.
然故로 우리의 今日의 스로─간은 이러하다. 「政治鬪爭으로 들어가라!」 그래서 藝術의 門을 나오는 것은 藝術의 門으로 들어가는 것이다 何故냐 하면 거기에야 푸로레타리아─트의 生活이 잇스니가 그리고 過去의 藝術家의 末梢神經 벗겨 벌이는 것은 참다운 푸로레타리아藝術을 生産하는 所以이다.

기ㅡㄴ 젊은날을 너와나는××[투쟁]을의론하야왓고 꿈갓흔열븐生
覺이 우리압흘막을째면「이리잇치레ㅡ닌」의 쇠갓흔얼골을바라며
밋짜진주머니의 두손을곳처찌르고 쏘다시나가지를안엇든가ㅡ
그날도!ㅡ
그날도 너는 첫여름의밤이아즉도안새엇슬째
오는날에計劃의實行알헤서 우리는지낸그째를이약이하엿섯다

일즉이 해가一九二〇年[一九一九年]이엇슬째 三月
우리들의사랑하는 勇敢한내나라의百姓들이
××[兇暴]한帝國主義××[集團]과自由를싸웟슬째
엇더케 꿈에도못이즐사랑하는同胞가 ×[놈]들의毒手에 넘어젓든가를
말하지안엇든가!ㅡ
그럿타!
平和하여야할綠色의고흔都邑水原에서 한거번의사랑하는同胞八百 九百
을×[불]에살여×[죽]인놈도
오! 미운! 그놈! 그놈들이엿고
首都京城에서 大道上에 貴여운젊은女子의 하얀가슴에다 ×[칼]은박
은놈도!
勤勞하는勞動者農民을隸屬과搾取에서解放할려는 우리들의前衛 ××
젊은××[同胞]을 모ㅡ든××[殘忍]한野獸的方法으로×[죽]이고 ×[拷]
問한놈도
그놈! 그놈들이엇다
[……]

그러나
勇敢한너와 쏘젊은勇敢한靑年學生인동모들이흘닌×[피]에저진
六月十日은 우리들 朝鮮의푸로레타리아의가슴에서 永久히스러지지는
안으리라
봄이열븐三月에 우리들의「山宣」이×[죽]엇고
쏙갓흔이달에「渡政」도日本勞動者農民의怨恨속에갓는데

오! 쏘이녀석아!
病監에서네가×[죽]다니―

그러나 그러나―
귀여운 이녀석아! 잘가거라
우리들의×××[同志들]은 밋친개처럼싸지르는白色테―로들의毒手를
짓밟고
더멀니 더굿세히 압프로나가리라
더무서웁게 더무서웁게 죽엄을안고싸호리알라고!119)

전체 9연 42행의 이 시는 대한제국 마지막 황제인 隆熙皇帝의 인산일 (1929.6.10)을 맞아 제2차 조선공산당(姜達永黨)의 주도로 일어난 <6·10 운동>(일명 <101인 사건>)을 주 소재로 하고 있다. 이 시의 화자는 6·10 운동이 光武皇帝의 독살 사건을 계기로 전국에서 조선의 자유와 독립을 외쳤던 3·1 운동의 정당한 계승임을 말한다.

화자는 6·10 운동이 기본적으로 민족의 독립과 자유를 획득하기 위한 투쟁이었다고 선언하고, 당시 노동자계급의 전위가 얼마나 영웅적으로 일제에 맞서 투쟁했는가를 상기시키고 있다. 그리고 그 뜻을 계승하여 계속 투쟁해 나갈 것을 다짐하고 있다. 이때 작중 청자는 화자와 함께 6·10 운동에 참가하여 시위를 하다가 일경에게 잡혀가 고문을 받다가, 병감에서 죽은 인물로 그려져 있다. 반면 적대적 존재로 설정된 일제는 여기서 3·1 운동을 탄압하는 과정에서 갖은 만행과 잔악한 행위를 저지르며, 그 정당한 계승자인 6·10 운동에 대해서도 비인간적인 행동을 보인다. 화자는 이런 일제의 잔학성을 사실적으로 묘사하여 고발하고, 격렬한 어조로 비판한다.

이 시는 이전까지의 단편서사시와 여러 가지 점에서 차별성이 있다. 우선 이 시의 화자는 더 이상 서술의 진행에 따라 변화하거나 성장하는 모습

---

119) 임화, 「病監에서 죽은 여석―×의 六月 十日에―」(무산자, 1929.7), 41~42쪽.
1,2,8,9연.

을 보이지 않는다. 그는 이미 완성돼 있으며, 강한 동지애와 함께 적에 대한 억누를 수 없는 격렬한 반감을 표출한다. 때문에 화자와 대상은 이제 더 이상 서사적인 간극을 가지지 않는다. 이것은 자칫 주관성의 몰입에 빠지기 쉬운 것이지만, 여기서는 사회적 파장이 큰 당대적 의의를 가진 사건들을 주 소재로 채택함으로 해서, 이를 극복하고 보편성을 획득하고 있다.

또한 이제까지와는 달리 보편성을 가진 사건을 다소 모호하게 제시하면서 독자들이 참여할 공간을 확보해 나가던 데서 탈피하여, 특정한 사건을 들어 구체적으로 제시하면서 작품의 주제를 보다 선명히 드러내는 데 초점을 맞추고 있다. 'X의 六月 十日에' 식의 부제를 설정하여 보고적 성격을 강화하고 있는 것이나, 이제까지 '청년'·'옵바' 등 익명성을 가졌던 인물들을 '山宣'·'渡政' 등 특정한 이름을 가진 인물들로 대체하는 것은 모두 이와 같은 의도에 기인한다.

이로 인해 이전까지 단편서사시에서 중요한 역할을 담당했던 제3의 인물 또는 대상―「네街里의 順伊」의 '청년', 「우리 옵바와 火爐」의 '질화로', 「어머니」의 '순봉이' 등―은 이제 그 의미를 상실한다. 원래 이들이 필요했던 것은 시인이 자신의 이념을 직접적으로 전달하려고 할 때 발생할 지도 모르는 독자의 거부감과 망설임을 완화 또는 거세시켜, 자기의 의도를 우회적으로 달성하기 위해서였다. 그러나 이로 인해 원래의 이념성은 희석되어 버리고 원치 않았던 감상성이 부각되는 부작용이 나타나자 이들을 거세하고, 화자를 통해 좀더 분명히 시인의 의사를 전달하는 것이다. 이렇게 되면 시인의 의도가 독자에게 직접 전달되어, 더 이상 오독의 소지가 없어지게 된다.

이러한 것들은 모두 이제 그가 "노동자계급 전위의 눈"과 "엄정한 리얼리즘적 태도"를 강조하는 볼셰비키화론과 가까운 입장에 서서 단편서사시를 창작하기 시작했음을 의미하는 것이다. 그런데 문제는 실제 볼셰비키화의 또 다른 출발선인 '유물변증법적 세계관'과 '시인의 예술적 실천'이라는 측면에 대해서는 아무런 언급도 하지 않는다는 점이다. 시인은 오로지 '계급투쟁'의 관점만으로 대상을 바라보고 있다. 때문에 적과 아군의 구분은 너무나 분명하여, 논란의 여지가 없게 된다. 적과 아군이 명백하게 갈라서 있는 이러한 이분법적으로 고착화된 상황, 그것도 아군의 힘이 상대적으로 현격한 열세를 드러내고 있는 상황을 타개해 나갈 구체적인 예술적 실천의 방법에 대해서는 아무런 언급도 하지 못한다. 오직 작중 화자는 부정적인 상황에 대해 강렬한 적개심만을 드러내고 있을 뿐이다. 이것은 그가 당대의 주요한 변혁운동을 '실천'을 통해 습득한 작가의 정당한 세계관이 아니라 여전히 실천과는 유리된 '관념'에 의해서만 파악하고 있는데서 기인한다.

이것은 金大駿・赤砲彈・赤駒[柳完熙]・金海崗 등이 보여주었던 소위 '빽다귀 시'와 강렬하게 대비되면서 각광을 받았던 단편서사시의 장점이 소실됐음을 의미하는 것이다. 이것은 화자(발신자)의 어투 변화에서 극명하게 나타난다. 이전까지 단편서사시의 주조음이었던 '詩劇 등장인물 중 한 명의 목소리에 의탁하여 다른 등장인물에게 말하고 있는 시인의 목소리'는 약화되고, '청중에게 말하는 시인의 목소리'[120]가 다시 전체를 이끌게 된다.

이전의 단편서사시에서는 독자보다 의식적으로 열등하거나 또는 비슷한 수준의 화자를 등장시켜 독자들의 감성에 직접적으로 호소하고, 이를 통해 자연스럽게 독자들의 의식 전환을 유도하는 간접적인 어투를 사용했다. 때문에 이들 시에 있어서 화자의 어투는 은근하면서도 친밀하게 독자에게 스며든다. 그러나 이제 화자의 어투는 조금도 주저함이 없으며, 강하고 자신감에 차 있다. 이들은 독자보다 우월하며, 자신이 하는 일의 정당성에 대해 강한 신념을 보인다. 반면 이제 독자는 조용히 화자의 말을 경청하는 자세를 취하게 될 뿐이어서, 자발적인 의식 전환을 기대하기란 난망한 상태가 된다.

(5) 현장성의 강화와 단편서사시의 종언

이후 단편서사시는 좀더 현장성을 강화하는 방향으로 나아간다. 다음 시

---

120) T.S.Eliot, The Three Voice of Poetry(The National Book League, the University Press, Cambridge, 1953), 4쪽.

는 이 경향을 대표적으로 보여준다.

　　눈보라는하로終日　北쪽철窓을짜리고갓다
　　우리들이그날—會社뒤ㅅ 門에서「피케」를모든　그밤갓치……

　　멧번, 멧번, 그것[拷問]은왓다　팔　다리　코구녕　손싸락에—
　　그러나　나는그것이아푸고　쓰린것보다도　그뒤의일이알고십허　증말견
딀수가업섯다

　　늙은어머니들　굴문안해들이
　　우리들의마음을　틀니게하지나　안엇는가하고

　　그러나　모두들　다—산아히자식들이다
　　언제나　우리는말하지안엇니
　　너만이늙은어메나　아네를가진게아니고
　　나만이　사랑하는계집을　가진게아니라고

　　어메아베가다무에냐　계집자식이다무에냐
　　세상의산아히자식이　　엇더케××[투쟁]이보기좃케패북[패배]하는것을
눈깔노보느냐

　　올해갓치몹시　오는눈도업섯고　올해갓치　치운겨울도업섯다
　　그래도　우리들은—계집애　어린애까지가
　　다—긔게틀을내던지고　이러나지안엇니

　　東海바다를것처오는모지른바람 회사의쏨푸, 징박은구두발　휘모라치는
눈보라—
　　그속에서도　우리는二十日이나　꼿꼿히뻣대오지를안엇니

　　해고가다무에냐　쓸녀가는게다무에냐　그냥　그대로　황소갓치뻣대이고

나가자

　보아라! 이치운날　이바람부는날— 비누궤짝집신짝을신코

　우리들의　이것을　익이기爲하야

　구루마를끌고　나아가는　저—어린行商隊의少年을……

　　그러고　寄宿舍란門잠근房에서　밥도안먹고　이불도못덥고

　이것을　이것을　익이려고　울고부르짓는　저—귀여운　너의들의계집애

들을……

　감방은차다　바람과함께눈이드리친다

　그러나　감방이찬것이　지금새삼스럽게시작된것이아니다

　그래도　우리들의선수들은　멧번ㅅ재나　멧번ㅅ재나　이치운　이어두운

속에서

　다—그들의쇠의쯧을　달구엇다

　참째! 눈보라야마음대로밋처라　나는나대로쎗대리라

　깁부다　××도　×××군도　아직다무사하다고?

　그럿타　깁히깁히　다—쌍속에드러들백혀라

　으—○　아모런째　아모런놈의것이와도　쎗대자—

　나도　이냥　이대로　돌맹이붓처갓치　쎗대리라[121]

　　이 시는 부산의 <조선방직주식회사 파업 사건>(1930.1)[122]을 소재로 하
여 쓴 시로, 이 시기 임화의 시 중 가장 현장성이 두드러진 작품이다. 이
시는 파업 주동자로 참가하였다가 일경에 붙잡혀 현재 감옥에 갇혀 있는
한 노동자계급 전위가 아직 붙잡히지 않고 남아 있는 동료 노동운동가들에
게 투쟁의 용기를 잃지 말고 계속해서 굳건히 투쟁해 줄 것을 요구하는 내

---

121) 임화, 「洋襪 속의 片紙—一九三〇, 一, 一五, 南쪽 港口의 일—」(조선지광,
　　 1930.3), 109～111쪽. 전문.
122) 강창호, 「조선방직주식회사 2천2백명의 대파업」(문예전선, 1930.3)
　　 배성찬(편역), 『식민지시대 사회운동론 연구』(돌베개, 1987.6)

용을 담은 편지 형식으로 되어 있다. 그러면서 「病監에서 죽은 여석」과 마찬가지로 부제가 붙어 있어, 기본적으로 이 시가 보고적 성격을 띠고 있음을 분명히 하고 있다.

이 시는 파업 투쟁 자체의 경과를 구체적으로 담고 있지는 않다. 대신 무자비한 탄압에도 굴하지 않고 싸우는 노동자들과 그 가족들의 눈물겨운 투쟁, 일제의 가혹한 고문을 받으면서도 꺾이지 않고 자신의 신념을 재차 확인하고 있는 노동자의 모습이 잘 형상화되어 있다. 이 시는 서간체 형식을 원용하고 있으나 이전과는 달리 등장인물 상호간의 사적인 차원의 이야기가 아니라, 그들이 함께 파업 투쟁을 하던 당시의 이야기를 되새기면서 신념을 확인하는 등 지극히 공적인 이야기로 일관하고 있다. 때문에 이 시는 이전까지 단편서사시의 문제점으로 지적되어 온 감상성 시비에서 벗어나, 구체적인 투쟁 속에서 형성된 노동자들의 계급적 연대와 투쟁 의식을 그 주체의 입장에서 정당하게 그리고 있다.

이 시의 변별성은 다음 몇 가지 점에서 찾아 볼 수 있다. 우선, 제목에서 '편지'라고 밝히고는 있지만, 이 시에서 서간체의 특징적 모습들은 별반 나타나지 않는다. 이것은 「우리 옵바와 火爐」류의 단편서사시에 익숙해진 독자들을 안심시키고 독자들의 신뢰를 회복하면서, 한편으로 전달하는 메시지의 의미를 보다 강화하려는 목적에서 나온 것으로 보인다.

또한, 이 시의 발신자와 수신자는 모두 '우리'라는 일인칭 복수로 설정되어 있으며, 동시대에 큰 파문을 일으킨 구체적인 사건에 관련되어 있다. 때문에 실제 파업 현장에서 이 시가 낭독될 경우 청중은 쉽게 정서적 일체감을 형성할 수 있게 되고, 보편화된 체험으로 수용할 수 있게 된다. 김남천은 이 시에 대해 임화 자신의 심리를 노동자계급 속에 두는 계급적 실천에 의해 과거의 시에서는 볼 수 없는 새로운 경지를 개척했다고 평가하고, 평양에서 개최된 신간회 강연회와 노동조합 회의석상에서, 그리고 고무쟁의의 집회석에서 낭독되어 당시 노동자들의 열띤 호응을 얻었다고 전하고 있다.[123] 이것은 이 시가 그 만큼 강렬한 현장성을 지니고 있음을 반증하는 것이라 하겠다.

그러나 이러한 단편서사시의 변모에 대해 鄭蘆風은 「三月詩壇 槪評」을 통해 이 시의 표현 기술 미비를 문제삼아 비판[124]하고 나선다. 이 시는 프롤레타리아 전위의 생활 단상을 서사시적으로 노래한 것이지만, 시가 너무 평범하며 평면적이다. 이것은 巴人의 서사시와 비교해 볼 때 더욱 두드러진다. 이제까지 임화의 시가 독자에게 부각된 것은 그 속에 담겨진 내용 자체뿐 아니라, 제2인칭의 호소 형식을 취하고 斷想 사이의 호흡의 이완을 통해 서사시적 단조를 깨트려 버렸다는 형식의 변화에도 있었던 것인데, 이 시에서는 그런 점을 찾아볼 수 없다. 때문에 보다 큰 대중적 효과를 획득하기 위해서는 표현 기술에 대한 유의가 좀더 요구된다[125]는 것이 바로 정노풍의 견해이다.

이에 대해 임화는 「蘆風 詩評에 抗議함」(조선일보, 1930.5.15∼19)에서 정노풍이 정당한 세계관에 입각하여 비평을 하지 않고 있다고 항의한다. 이 작품에 대한 정당한 평가는 부르좌 예술의 미적 기준에 맞춰 얼마나 잘 짜여졌는가를 따지는 것이 아니라, 작품에서 전달하려고 하는 내용과 전달의 효용성, 취급하는 소재의 당대성 그리고 시인이 보여준 세계관이 정당한가를 올바로 판단하려는 자세에서 이루어져야 한다. 때문에 "이 시가 왜 「洋襪 속의 片紙」인가"에 대한 이해가 선행될 때, 비로소 이 시에 대해 올바로 평가할 수 있다. 이 점을 제대로 인식하지 못했기 때문에, 정노풍은 노동자

---

123) 김남천, 「林和에 關하야(2)−그에 對한 隨感의 이토막저토막−」(조선일보, 1933.7.23), 2면.

124) 임화의 표현 기술 미비는 그의 시 「봄이 오는구나−사랑하는 동모야−」(조선문예, 1929.5)에 대한 泊太苑[朴泰遠]의 평 「初夏 創作評(六)」(동아일보, 1929.6.18)에서도 이미 지적된 바 있다. 임화는 이에 대해 「濁流에 抗하야−文藝的인 時評−」(조선지광, 1929.8)을 통해 "그의 批判의 基準 卽 一言으로 말하면 엇더한 哲學的 基礎 우에 그가 서 잇느냐"(95쪽)하는 것을 알지 못하겠다 반박한다. 그러나 정작 초점이 되었던 '표현 기술 미비 문제'에 대해서는 아무런 반박도 하지 못했다.

125) 정노풍, 「三月詩壇 槪評」(대조, 1930.4), 40∼41쪽.

계급 전위를 나타내기 위해 사용한 '산아히'라는 용어를 '丈夫'로 쉽게 대체하여 인식해 버린 것이다. 그러나 이렇게 되면, 이를 통해 드러내려고 했던 노동자계급의 상은 塗抹되어 버린다는 이야기다.

여기서 임화는 예술에 있어서 무엇보다 중요한 것은 존재와 상황에 대한 예술가의 정당한 인식 태도 즉 세계관을 올바르게 확립하는 것이라는 점을 분명히 한다. 이처럼 세계관이 올바르게 확립되었을 때 현재 우리에게 가장 중요한 것이 무엇인가에 대한 정확한 인식, 그 인식을 토대로 역사의 합법칙성을 끌어 낼 수 있는 계급적 주체에 관한 정당한 판단, 그리고 "특정한 현재의 사회적 조건으로부터 발전된 미래 사회의 구체적 가능성의 현재화"[126) 즉 先取性을 담보할 수 있게 된다. 따라서 중요한 것은 세계관이지, 부르좌 미학에서 강조하는 언어 구사 능력이나 작시법상의 문제가 아니다.

이러한 임화의 관점은 백철의 초기시를 대상으로 한 다음 글에서도 분명하게 드러난다.

> 또 한번 이것을 明確한 말로 곳친다면 詩人이 그냥 詩를 原稿紙에다 쓰는 사람으로서가 아니라 ××[세계]의 ××[변혁]을 根本任務로 하는 커다란 實踐의 環가운데 結付된 한 機構로서 한 種子로써 詩를 노래하느냐 하는 것이다[127)

예술가가 올바른 계급적 세계관을 견지하고 시를 쓸 때 비로소 시에 '진실'을 담을 수 있는데, 이 계급적 세계관은 작가의 실천 즉 조직적 생활을 통해서만 획득할 수 있다는 말이다. 이것은 예술운동을 정치운동의 수단이나 도구로 인식하는 명백한 정치주의적 태도이다. 바로 이런 입장에 서서 임화는 작품의 진정한 가치를 발견해야 하는 평론가로서는 당연히 작가가

---

126) Thomas Metscher(이춘길 편역), 「Ästhetik als Abbildtheorie」(『리얼리즘 美學의 기초 이론』, 한길사, 1985.5), 141쪽.
127) 임화, 「同志 白鐵君을 論함―그의 詩作과 評論에 對하야―」(조선일보, 1933.6.16.)

'진실'을 표현하고 있는가를 우선적으로 살펴봐야 하는 것이지, 엉뚱하게 표현의 세련미나 언어의 조탁 등 부차적인 요소에 치중한다면 잘못된 것이라고 주장하고 있는 것이다.

임화의 이러한 태도는 정치운동에 대한 나름대로의 강한 확신, 즉 자신들이 원하는 세상을 스스로의 힘으로 이룰 수 있다는 신념에서 나오는 것이다. 그러나 이 '확신'이라는 것은 관념의 틀 속에서 형성된 것으로, 현실의 질곡에 대항해 끝까지 당당할 수 있을 만큼 강고한 것은 아니었다. 때문에 자신의 이상적 생각과 현실이 정면으로 맞설 때, 그는 감상성을 노출한다. 이것은 상황을 '실천'이 아니라 관념으로 파악하고 있는 데서 기인한다.

3. 단편서사시의 특성과 의의

1) 단편서사시의 장르적 성격

단편서사시는 전통적인 서정시와는 장르적 특질에 있어 분명히 차별성을 가진다. 대체로 서정시는 "짧은 시형 속에 특정한 한 현상 또는 사물에 의해 자극된 시인의 순간적인 감정의 촉발을 담은 것"으로 정의할 수 있다. 이것은 서정시가 현상이나 사물 자체를 사실적이고 구체적으로 충실히 표현하기 보다는, 특정한 한 시인이 가진 순간적인 감정의 진실을 토로하는 장르라는 것을 의미한다. 이러한 사고는 개개인이 살아가고 있는 세계나 환경 그 자체 보다는, 그 세계나 환경을 인식하는 주체의 시각을 중시하는 입장을 반영하는 것이다.

그런데 이와는 달리 단편서사시는 일정한 이야기를 담고 있으며, 이제까지 주변 장르로만 인식되어온 서간체 형식을 시에 원용하고, 극적인 구성 방법을 통해 낭독시적 특성을 보이고 있다. 즉 단편서사시는 화자(발신자)의 진술을 통해 동시대를 살아가는 노동자계급이 느끼고 있는 보편적인 정서 즉 동시대의 집단적 정서를 다루는 점, 등장인물에게 일정한 배역을 설정하여 이야기성을 강화하고 있는 점, 실제의 독자가 작품의 의미 해석에 동참할 수 있도록 고안되어 있는 점 등에서 서정시의 전통적인 장르적 특질과는 차별성을 가진다.

단편서사시는 전통적인 의미의 서사시와도 그 성격을 달리 한다. 서사시와 비교할 때 단편서사시는 다음 몇 가지 점에서 차별성을 가진다. 첫째, 서사시에서는 이야기 자체의 서술을 중시하는 데 비해, 단편서사시는 이야기 자체 보다는 그로 인해 환기되는 정서와 이야기를 전달하는 방식을 문제삼고 있다. 둘째, 서사시는 지난 날에 존재했던 민족 영웅의 위대한 행적을 그린다. 반면, 단편서사시는 오늘날을 살아가는 노동자계급의 애환과, 그 가운데서도 결코 좌절하지 않고 미래의 낙관적 전망을 획득해 나가는 그들의 강인함을 동시에 그리고 있다. 신경향기에 나온 김동환의 「國境의 밤」에서도 이와 비슷한 모습을 찾을 수 있다. 그러나 근본적으로 다른 것은, 단편서사시에서는 근본적으로 이야기 자체를 전달하는 데 별 관심을 보이고 있지 않으며, 무엇보다 그 길이가 단소하다는 점이다. 셋째, 서사시는 대체로 한 민족이나 국가 등 대규모적인 소재를 채택하고 그것을 공적으로 서술하려는 태도를 가지고 있다. 그런데 단편서사시는 대개 사소하면서도 구체적인 사건적 소재를 채택하여 그것을 독자 또는 청중과의 정서적 일체감을 조성하려는 쪽으로 서술해 가고 있다. 마지막으로 서사시는 구체적인 인물의 성격 설정과 그들의 행위나 대화를 통한 사건의 전개 등을 보여주나, 단편서사시에서는 사적인 편지 형식을 이용한 발화자의 정서적 반응을 제시할 뿐이다. 서정시의 양식적 특성 중 하나인 돈호법의 형식이 '발화사'로 나타나는 것도 이와 관계된 것이다.

단편서사시에 대해 최초로 주목하고 의미를 부여한 김기진은 단편서사시의 양식적 성격을 다음과 같이 규정하고 있다.

　　　그러면 푸로레타리아詩人은 무엇에 注意하여야 할가?

첫재 푸로레타리아詩人은 그 素材가 事件的 小說的인데 注意해야 한다. 그리하야 될 수 잇는 대로 그 素材의 詩的으로 必要한 部分만 추리어 가지고 適當하게 壓縮하야 事件의 內容과 事件을 中心으로 한 雰圍氣는 極히 印象的으로 鮮明, 簡潔하게 맨들기에 힘쓸 것이다. 萬一에 그러치 못하면 小說과 가티 기러질 것은 勿論이오 詩로써의 맛이 업다. 詩로써의 맛이란 「說明」의 印象的 暗示의 飛躍에 卽 「行」과 「行」間의 情緒의 飛躍에 大部分 잇는 까닭이다. [……]

둘재 文章은 小說的으로 느리고 鈍하야도 못쓰지만 그러타고 甚하게 鍊磨彫刻하야 깁고 아루색일 必要가 업다. 무슨 까닭이냐 하면 푸로레타리아는 敎養이 깁지 못하며 싸라서 知識階級이나 有産階級의 人士와 가티 洗鍊된 말과 親하지 못한 까닭이다.

우리들의 詩는 그들의 用語로 되어야 한다는 것이 쏘 한 要件이다. 그런데 그들의 用語는 大槪, 素朴하고 生硬하고 「된 그대로의 말」인 곳에 차라리 野性的 屈强味가 잇슴으로 詩人은 그들의 말에 注意해야 한다. 그리하야 勞動者들의 朗讀에 便하도록 呼吸을 調節해야 한다. 프로레타리아의 「리씀」의 創造이어야만 할 것이라는 말이다.[128]

여기서 김기진이 본 단편서사시의 양식적 특성은 다음 몇 개의 항으로 요약된다. ① 단편서사시의 소재는 사건적·소설적이어야 한다. ② 소재 중 시적으로 필요한 부분만 추려 적당하게 압축해야 한다. ③ 사건의 내용과 사건을 중심으로 한 분위기는 인상적으로 선명, 간결하게 만들어야 한다. ④ 장편서사시처럼 소설적 묘사—인물의 성격과 묘사—에 치중할 것이 아니라, 행과 행간의 정서적 비약을 최대한 살리는 데 주안점을 두어야 한다. ⑤ 문장은 프롤레타리아의 저급한 교양을 염두에 두고 써야 한다. ⑥ 야성적 굴강미가 있는 프롤레타리아의 용어로 되어야 한다. ⑦ 프롤레타리아의 리듬을 창조하여 노동자들이 낭독하기 편하도록 써야 한다.

이때 ①에서 '소설적'이라는 말은 사건의 완결성에 초점을 두는 허구적

---

128) 金基鎭, 「短篇敍事詩의 길로—우리의 詩의 樣式 問題에 對하야—」(조선문예, 1929.5), 47~48쪽.

또는 서술적이라는 이야기하기 기법상의 문제가 아니다. 독자에게 전달되는 정서적 효과에 강조점을 두는 극적 구성이 있어야 한다는 의미이다.

또한 '사건적'이라는 말도 단순히 이야기를 구성하는 요소로서 사건을 가져야 한다는 의미가 아니다. 이것은 독자들이 구체적으로 실감할 수 있는 실제적 · 객관적 · 전체적인 의미를 가진 사건129)을 다루어야 한다는 것으로 파악된다. 또한 구체적인 분석 대상으로 삼았던 「우리 옵바와 火爐」와 관련지어 볼 때, 시 속에 등장하는 여러 인물들에게 일정한 역할을 주어 이를 통해 독자에게 구체적인 실감을 던져줄 수 있어야 한다는 의미 또한 가지고 있는 것으로 보인다. 이렇다면 ①은 단편서사시는 일정한 극적 줄거리를 갖추고 있는, 독자들이 공감하는 실제적인 사건에서 소재를 찾아야 하며, 등장인물 사이에 일정한 역할 분담을 통해 전달 효과를 극대화해야 한다는 의미로 생각할 수 있다.

②와 ③은 여기서 한 단계 더 나아가 단편서사시가 사건의 내용이나 전달하는 이야기 자체가 아니라, 그 이야기(사건)의 객관적인 상황이나 그에 관한 정서—사건을 중심으로 한 분위기—를 전달하는 데 초점을 맞추는 것으로 볼 수 있다. 따라서 ①~③은, 단편서사시가 일정한 서사적 줄거리를 가지고 있는 실제적인 사건에서 소재를 구하되, 일관된 줄거리와 극적 완결성에 초점을 두기 보다는, 무엇보다 독자들의 정서적 공감을 자아내도록 짜여져야 한다는 의미로 읽을 수 있다.

문제는 ②에서 말한 '적당하게 압축하야'와 ③의 '인상적으로'의 관계를 어떻게 생각해야 하는가 하는 점이다. 여기서 '적당하게 압축해야' 한다는 말은 단편서사시를 전통적 서정시와 金東煥으로 대표되는 기존 신경향기 서사시130)의 중간 또는 그 발전적 종합으로 자리매김 할 수 있다는 의미이

---

129) 당대에서 이런 종류의 사건은 대개 프롤레타리아를 중심으로 하여 발생한, 따라서 당대의 계급 모순과 민족 모순을 첨예하게 드러내는 집단적 의의를 가진 사건, 즉 원산총파업이나 평양의 고무공장 파업, 단천의 대규모 소작 쟁의 등이 될 것이다.

다. 단편서사시는 개인의 주관적 서정이 아니라 객관적·집단적 사건을 담고 있다는 점에서 전통적인 의미의 서정시와는 다르다. 또한 ④에서 언급한 것처럼 인물의 성격·장면·사건 등의 상세한 묘사 또는 설명을 통한 소설적인 정보의 전달이 목적이 아니라, 이야기를 전달하는 화자의 태도 변화와 행과 행간에 이루어지는 정서적 비약을 통해 독자 또는 청자의 정서적 공감을 최대한 획득하는 데 주안점을 둔다는 점에서 후자와도 다르다. 리듬이나 언어 조탁을 무조건 무시하지도 않고, 그렇다고 조국을 잃어버린 유이민의 정서만을 일과성으로 노래하는 것도 아니며, '成長하는 ××××××[프롤레타리아]'의 정서를 고취하여 어느 정도 행동화하도록 조장할 수 있는 이야기를 가진 시가 바로 단편서사시인 것이다.

⑤~⑦은 표현상의 문제로, 단편서사시가 일종의 '쉽게 쓰여진 시'가 되어야 한다는 의미로 보인다. 그러나 더 이상의 구체적인 언급이 없기 때문에 정확한 의도를 파악하기는 힘들다. 단지 이때의 '쉽게 쓰여진'은 시 정신의 이완을 의미하는 것이 아니라, 대상으로서의 독자에게 나아가자는 김기진의 예술대중화론과 깊은 관련을 맺고 있는 것으로 생각된다. 다만 ⑦의 경우는 노동자들이 낭독할 수 있도록 리듬과 호흡에 신경을 써야 한다는 표면적인 의미 외에도, 이를 해결하기 위해서는 시 속에 반드시 일종의 '혁명적 노동자'의 전형을 창출해야 한다[131]는 내재적 의미를 추출할 수도 있다.

이상에서 볼 때, 단편서사시는 서정시의 한 변종이라고 보는 것이 타당할 것이다. 단편서사시란 "극적 구성 방식과 서간체 형식을 빌어 일정한 계급적 전망을 담아낸 서정시"로 정의할 수 있는데, 이것은 단편서사시가

---

130) 신경향기에 발표되었던 김동환의 『國境의 밤』(漢城圖書株式會社, 1925.3)을 대표적으로 들 수 있다.

131) 임화 시에서 이런 '혁명적 노동자'의 전형은 일종의 노동운동가 화자의 모습으로 형상화된다. 그리고 「우리 옵바와 火爐」에도 약간의 낭독시적 요소는 있으나 본격적인 것은 아니고, 본격적인 낭독시로서의 리듬은 「洋襪 속의 片紙」 등에 와서야 제대로 시도되고 있다.

당대 독자의 요구에 부응하여 자기 쇄신을 한 서정시의 한 변종임을 말하는 것이다. 단편서사시에서는 이야기 자체의 전달이 아니라, 그로 인해 촉발된 시 전체의 화자 및 편지글의 발신자가 느끼는 감정과 정서를 전달하는 데 초점을 두고 있다. 즉 시 속에 담긴 이야기 자체는 단지 소재에 불과할 뿐이며, 중요한 것은 그 소재에 대해 화자 또는 발신자가 수신자나 내포된 독자에게 어떤 감정과 정서를 전달하느냐가 핵심인 것이다.[132] 외부세계나 대상은 그 자체의 의미로 서술되지 않고, 주체의 정서적 반응을 통해서만 묘사된다. 이런 점 등으로 볼 때 단편서사시는 분명히 서정시의 하위 개념으로 인지할 수 있다.

시인이 가지고 있는 직접적 감정의 토로인 낭만적 서정시[133]만을 서정시 장르로 규정해서는 안될 것이다. 정서를 통해 현실에 대한 인식과 태도를 표현한다면, 그것이 어떤 형태적 특징을 가지고 있던 '서정시'로 보는 것이 합당하다. 시적 주체가 개인적 정서의 표현에 머무는가 아니면 집단적 정서를 대변하는가 하는 것으로 서정시 여부를 판단하는 것은 문제가 있다. 대상성이 그 자체로 외화하여 기술되지 않고 내면화되어 나타난다면, 시적 주체의 인식이 독자들의 정서적인 공감을 자극하고 유발시킨다면 광의의 서정시 범주에 포함시켜야 할 것이다.

---

132) 이 점과 관련하여 다시 생각해 봐야 할 것이, 이제까지 단편서사시의 문제점으로 지적되어 온 '감상성'의 문제이다. 단편서사시에 내재한 감상성을 부정적 의미로만 받아들이는 것은 문제가 있다. 단편서사시에 내재한 감상성은 독특한 시적 정서 형성에 일조를 하고 있으며, 전달되는 내용에 대한 독자들의 거부감을 희석하여 동조감을 획득하는 효과를 얻고 있다. 또한 감상성은 사건의 배경이나 등장인물의 심리적 정황을 알려 주어 오히려 서사성을 강화하는 측면도 있다. 즉 단편서사시가 서사성과 대중성을 획득하는데 있어 적당한 감상성의 개입은 일정한 긍정적 효과를 가지게 된다. 더구나 최재서의 말처럼 "불순하지 않은 정서를 유도하여 독자에게 올바른 탄응을 유도하는 방법"(「센티멘탈론」, 『文學과知性』, 1937, 206쪽)으로 감상성을 개입시켰다면, 바람직한 것은 아니지만 그 나름대로 의의를 가질 수는 있다고 생각한다.

133) 워즈워드가 말한 "강력한 정서의 자동적인 분출"(A good poetry is spontaneous overflow of powerful feelings)이라는 정의는 낭만적 서정시의 성격을 가장 잘 대변하는 정의이다.

한 사람의 일생을 이야기하기 위해서라면 차라리 한 편의 소설이 훨씬 뛰어난 현실적 가치를 가질 것이며, 당대 현실을 정확하게 제시하고 싶다면 당대 사회를 다룬 논문이나 신문기사가 훨씬 큰 효과를 얻을 수 있을 것이다. 시가 시로서 존재하며 그 자체로 우리에게 감동을 주는 것은, 시가 한 사람의 일생이나 당대 현실의 정확한 제시·재현의 정확성을 가지고 있기 때문이 아니라 그것에 대한 시인의 '銘頌' 즉 새기고 기리는 일에 우리가 동조하기 때문이다. 즉 우리는 시를 통한 사실 인식에 주 목적을 두는 것이 아니라, 시 속에 드러나 있는 시인 즉 서정적 주체의 태도와 거기서 감지되는 정서의 내용을 보기 위해 시를 읽는 것이다.

임화는 단편서사시를 통해 서정시의 틀에서 크게 벗어나지 않으면서도, 여기에 동시대의 근본 모순과 그 극복 방향을 제시하는 이야기를 효과적으로 담아내고 있다. 자칫하면 교술적 내용만이 두드러질 수 있는 이야기를 사적인 편지 형식에 담아 제시하는 방법을 통해 일반 노동 대중이 이해하기 쉽고 받아들이기 쉽도록 구체적으로 제시하는 것이 그 방법적 모색 과정에서 나온다. 이와 함께 내포된 작자의 의도를 직접적으로 반영하는 화자를 이면에 숨겨 버리고, 일종의 내부 액자 형식인 편지글의 발신자만을 제시함으로써 독자(청중)가 편지글의 발신자—수신자와 정서적으로 일치할 수 있게 하는 방법, 즉 낭독시 지향성을 염두에 둔 방법도 동시에 사용되고 있다.

한 마디로 말해 전통적인 서정시에 동시대의 근본 모순과 그 극복 방향을 제시하는 이야기를 사적인 편지 형식을 빌어 표현하여, 독자 대중의 의식을 효과적으로 변화시킬 수 있도록 한 낭독시가 바로 단편서사시이다. 임화가 단편서사시를 통해 진정으로 의도했던 것은 내용에 담긴 이야기 자체가 아니라, 그 이야기를 통해 환기되는 근로대중의 인식 변화였던 것이다.[134]

---

134) 이렇게 볼 때 "노동자나 혁명가의 삶이 객관적으로 진술되지 않고 <나>라는 화자의 일방적인 감정 진술에 의거하고 있기 때문에 단편서사시가 표현하고 있

2) 단편서사시의 특성과 문제점

단편서사시의 특성은 서간체 형식의 도입과 낭독시 지향성에서 찾을 수 있다. 즉, "낭독시를 지향하면서, 그 구체적인 방법의 하나로 서간체 형식을 원용"하고 있다.

서정시 장르에서 서간체 형식을 원용할 때는 다음 몇 가지 효과를 염두에 둔 것으로 봐야 할 것이다. 첫째, 독자와 시적 내용의 거리를 기본적으로 상정하면서도, 독자의 경계심을 약화시켜 동감을 획득하려는 의도로 채택된 것이다. 서간체 형식의 글을 접하는 독자는 타인의 사적인 비밀을 엿보는 듯한 묘한 기분을 느끼게 된다. 이로 인해 독자는 발신자가 전하는 이야기나 말에 대한 경계심을 풀게 되고, 그의 말이 어느 정도의 신뢰성만 유지하고 있다면 그 말이 진실일 것이라고 믿어버리게 된다.

동시에 소설에서 요구하는 서사적 완결성과는 달리 시적 암시와 서술의 비약을 통한 분위기 환기를 가능하게 해, 독자가 능동적으로 개입할 수 있는 여지를 준다. 이때 독자는 화자의 암시적인 발화 속에서 그 이야기의 체계를 세우는 작업을 선행해야만 하는데, 바로 이것이 서정시 특유의 '엿듣기'의 묘미를 더해 준다. 즉 서정시에서 서간체 형식을 원용하게 되면 서정시 자체가 가지고 있는 정서 환기력과 서간체 형식이 불러 일으키는 독자의 감정적 신뢰감이 상호 상승 작용을 일으켜, 작자의 이야기를 독자의 내면에 가장 깊숙히, 그리고 가장 감동적으로 강력히 전달하는 방식이 될 수 있다.

둘째, 작중의 편지는 대개의 경우 일종의 내부 액자의 모습을 취하게 되는데, 이 내부 액자는 작품 전체를 대표하는 화자가 처한 현재의 상태나 그의 의사를 정확하게, 그리고 감동적으로 전달하는 효과를 가지게 된다.

는 노동자들이나 혁명가의 모습이 시적 감동으로 승화되지 못하고 추상적인 외침으로 들린다."는 고형진의 설명(「단편서사시와 부유한 관념」, 현대시학, 1988.2)은 그야말로 표면적인 설명에 불과한 것이라 하겠다.

즉 내부 액자의 역할은 대개 내포된 작자의 의사를 대변하는 화자(작품 전체를 대표하는 화자)가 보내는 메시지 자체를 정확하게 전달하고 이해시키는 데에 있다. 그런데 이 내부 액자가 사적인 편지라면 메시지 자체의 의미를 전혀 손상시키지 않으면서도, 그 메시지가 어쩔 수 없이 풍기게 되는 경직성을 다소 유화하여 전달하는 효과를 갖는다. 이는 이것이 대중성 획득을 위한 효과적인 방식이 될 수 있음을 의미한다.

셋째, 내포된 작자의 의사를 직접적으로 대변하는 화자와 편지글의 발신자를 전혀 다른 인물로 설정할 경우, 작자가 전달하고자 하는 이념은 내부 액자인 편지글의 발신자가 행하는 연기를 통해 간접화됨으로써 내포된 독자가 그 전달된 이념에 대해 가질 수 있는 생경함 또는 거부감을 사전에 차단해 버릴 수 있게 된다. 더욱이 단편서사시에서처럼 외부 액자의 흔적을 거의 숨겨 버리고 내부 액자와 내부 액자의 화자만을 전면에 드러내게 될 때, 이 효과는 더욱 커지게 된다.

넷째, 서간체 형식은 그 편지를 주고받는 양자, 즉 발신자와 수신자가 서로 친밀한 관계임을 전제로 하고 있다. 그러므로 편지에 담긴 내용이 시작되기 전까지의 상황은 서로가 이미 잘 알고 있으며, 그 중 대부분은 함께 경험한 것이다. 따라서 상세한 묘사를 하지 않고도 하나의 이야기를 짧은 시행 속에 담아 낼 수 있게 된다. 즉 이야기를 서술하지 않고, 단지 제시하는 것만으로 충분히 독자의 정서적 공감을 끌어낼 수 있게 된 것이다.

마지막으로, 내포된 작자의 의사를 직접적으로 반영하는 화자가 서술의 이면으로 숨어버리고 일종의 내부 액자 형태인 편지의 발신자가 전체의 서술을 담당하는 존재인 것처럼 전면에 노출될 경우, 그가 전하는 이야기를 엿듣게 된 실제 독자 역시 수신자 또는 내포된 독자와 자기를 동일시하여 그 의미 해석에 자연스럽게 참여한다. 이것은 곧 이 방식이 실제 독자가 스스로 화자에 의해 주어진 이야기에 담긴 의미를 다각도로 파악하여 인식의 전환을 가져오고, 이를 토대로 궁극적으로는 자발적이고 능동적인 현실 참여를 하도록 조장하는 장치로 고안되었음을 의미한다.

서간체 형식을 시에 도입할 때 얻을 수 있는 이러한 효과는, 일정한 의미 단락마다 그 허두로 사용되는 발화사에 의해 더욱 증폭된다. 발신자가 수신자를 부르는 형식의 발화사는 다음과 같은 역할을 한다.

우선, 발화사는 발신자가 전달하는 화제가 일정하게 변화하는 의미 단락마다 등장하여 발신자와 수신자간의 사적인 친밀한 감정을 환기한다. 이로인해 서간체 형식과 함께 소설 양식과 비교하여 필연적으로 약화될 수밖에 없는 서정시의 이야기성을 어느 정도 보충해 주는 효과를 가지고 있다.

그리고 발화사는 이야기에 대한 독자의 집중력이 흐트러지려고 할 때마다, 이를 다시 추스려 계속 집중하게 하는 역할을 한다. 시인의 생각이나 이념을 이야기에 담아 독자에게 전달할 때, 혹시 생길 수도 있는 독자들의 거부 반응을 최대한 억제하고 선전·선동적 목표를 충실히 달성하려면 시의 장형화가 필연적이다. 일정한 발화사를 반복하는 이유는, 바로 이 경우 흔히 발생하기 쉬운 이야기 진행의 산만함이나 시적 긴장의 이완이라는 문제점을 효과적으로 해결하기 위해서이다.

또한 발화사는 발신자와 수신자간의 밀접한 사적 관련성을 맺게 하며, 이들 사이에 이미 맺어져 있는 동지적 연대감을 더욱 강화하는 효과를 가지고 있다. 또한 이 발화사는 이야기 진행 상에서 끊임없이 노출되는 사적인 표현들과 함께 선전·선동적 목표로 인해 자칫 탈각해 버릴 수도 있는 서정성을 최후까지 지탱해 주는 역할을 한다.

물론 이러한 서간체 형식의 원용만으로 시의 리얼리티를 획득할 수 있는 것은 아니다. 이런 방식이 리얼리티를 획득하는 효과적 장치가 되기 위해서는 낭독시 지향성이라는 또 다른 요소의 도입이 필요하다. 여기서 이야기하는 낭독시 지향성은 선동·선동의 대상이 될 노동자계급과 그들이 현실에서 부닥치는 현실감, 단편서사시가 불려지게 될 상황과 그 상황에서의 당파적 요구점 등에 대한 충분한 고려를 의미하는 것이다.

이와 관련하여 서술의 진행에 따라 발신자의 인식이 다소 부정적인 쪽에서 긍정적인 방향으로 변화되는 모습으로 설정되어 있다는 점을 상기할 필요가 있다. 이러한 변모는 서술되는 이야기에 대해 화자 스스로가 어떤 태도를 갖는가 하는 문제와 밀접히 관련되어 있다. 발신자에게 있어 현재는 미래에 대한 확신에 가득차 있는 자랑스러운 현재로 인식된다. 또한 이 현재는 과거에 일어났던 보편적인 의의를 갖는 사건을 이야기를 통해 자랑스러운 긍지로 재인식해 가는 과정에 토대를 두고 있다. 그리고 발신자의 이런 인식 변화는 이 시가 지닌 낭독시적 기능에 의해 수신자와 동일시된 청중의 것으로 전화된다.

이처럼 이야기 서술 진행에 따라 인식의 변모를 일으키는 인물을 설정한 것은 동시대의 프로시에서는 쉽게 찾아 볼 수 없는 사례이다. 동시대 노동운동시에 등장하는 인물들은 하나의 일관된 성격을 가지고 있어 작중에서 결코 자신의 인식이나 태도를 변화하지 않으며, 이들은 모두 현실의 그 누구보다도 도덕적 · 이념적으로 완벽한 인물로 설정되어 있다. 이런 차이는 노농대중 또는 독자(청자)대중에 접근하는 방식의 차이에서 기인하는 것이다. 동시대 노동운동시는 대개 화자가 먼저 자신의 이념이나 세계관에 입각하여 주어진 상황에 대해 '단정'을 내린다. 그리고 화자가 내린 단정을 독자(청자) 대중이 받아들이도록 '강요'하고 있다. 이것은 동시대 노동운동시가 독자대중을 시인이 의도한 길로 '인도'하는 데 초점을 맞추고 있음을 의미한다. 반면, 단편서사시는 '설득'의 양식을 취하면서, 독자(청자)들 스스로가 상황에 대해 올바른 결단을 내릴 수 있도록 '유도'하는 데 초점을 맞추고 있는 것이다.

그러나 이후 단편서사시는 자체에 내재한 감상성을 축출하고, 동시대 노동운동의 실상을 문학에서 적절히 반영하기 위해 「病監에서죽은여석」에서부터 약간의 변모를 보이게 된다. 이 변모는 서간체 형식의 원용과 낭독시 지향성이라는 중요한 특성은 그대로 유지한채, 볼셰비키화 방침에 의거하여 이념성을 좀더 강화하는 방식으로 이루어진다. 이 시기 단편서사시의 특성은 다음과 같은 점에서 찾을 수 있다.

첫째, 당대성과 현장성을 무엇보다도 강조하고 있다. 당대에 보편적 의미를 갖는 사건을 구체적인 배경으로 선택ㅎ-여, 노동자계급 전위의 의식을 선명히 드러낸다. 이것은 이전과는 달리 사적인 차원이 아니라 공적·집단적인 차원에서 이야기를 전개하고 있다는 것을 의미한다. 그러나 이로 인하여 필연적으로 독자들의 인식 전환이나 변혁운동에의 자발적 참여를 이끄는 시적 구조는 약화된다. 또한 진정한 의미의 당대성이나 현장성은 시적 주체의 실천과 결부되어야 하는 것인데, 현장에 대한 무지와 목적의식의 과다한 노출 등으로 인해 시인이 표출하려고 했던 계급의식이 실천과 결부되지 못하고 단지 그 '예감'만으로 끝나고 말아, 진정한 의미의 당대성이나 현장성은 획득하지 못하고 있다.

둘째, 이야기 서술에 따라 변화해 가는 인물이 아니라, 이미 완성된 인물들이 등장하여 자신의 신념을 강하게 표출하고 있다. 때문에 이들은 모두 긍정적 인물인 노동자계급 전위의 형상으로 나타난다. 그러나 동시에 이것은 임화가 여전히 실천과 이념이 분리된 상태에서 상황을 관념적으로 인식하고 있음을 의미한다는 점에 주의해 볼 필요가 있다. 여전히 임화 시의 등장인물들은 실제 변혁운동의 주체가 되어야 할 노농대중과는 상당한 생리적인 거리를 가진다. 때문에 시인이 가지고 있는 이상 실현의 욕구와 현실적 좌절이 겹칠 때, 시인은 쉽사리 회고의 감정에 빠지고 목소리를 낮추게 되는 것이다.

셋째, 사건 자체 서술에 있어 보다 충실한 묘사가 이루어지고 있으나, 이전에 비해 이야기성 또는 연극성은 상당 부분 축소되고 있다. 또한 제3의 등장인물이 가지는 의미가 약화되거나 소멸된다. 이것은 주제를 한 곳에 집중하고 자신이 전달하려는 이념을 선명히 하는 효과를 가지지만, 이로 인해 미처 준비되지 않은 독자를 끌어들이는 데는 부적절함을 드러낸다. 다시 말해 이것은 그가 채 각성되지 않은 노동자·농민 대중에게 다가가는 시가 아니라, 이미 생각을 같이 하고 있는 지식인 독자들을 염두에 두고 창작에 임하고 있음을 의미한다.

마지막으로, 본질적으로 대화가 아니라 화자의 일방적인 '독백 또는 다짐'이라는 형태로 담화가 이루어지고 있다. 때문에 이미 발표한 단편서사시에서 독자들의 관심을 환기시키기 위해 중요한 전환의 모두에 사용되었던 돈호법이 여기 와서는 더 이상 나타나지 못한다.

3) 단편서사시의 문학사적 의의

제1차 방향전환 이후 프로시인들에게 중요했던 것은 "척박한 시대를 살아가는 우리 민족과 근로 대중들이 겪고 있는 고통의 원인이 무엇이며, 그것을 타개하기 위해서는 어떻게 해야 하는가?" 하는 점이었다. 이와 더불어 "근로 대중에게 이런 종류의 이야기를 어떻게 효과적으로 전달할 수 있는가?" 하는 점이었다. 이것은 문학이란 기본적으로 개인의 상상 공간에서 창조되어 시인이 자족하는 것이 아니라, 동시대를 살아가는 대다수 사람들에게 도움을 줄 수 있는 효용성을 그 생명으로 해야 한다는 입장이며, 때문에 당대의 구체적인 문제를 시의 핵심 요소로 다루어야 한다는 입장이다.

여기서 임화의 단편서사시가 등장하게 된 것이다. 임화는 새로운 프로시형에 대한 당대적 요청에 대해 서간체 형식의 도입과 낭독시 지향성이라는 나름의 답을 제시한다. 물론 이것은 기본적으로 당대적 현실을 시 속에서 구체적으로 보여주고, 이를 통해 독자들의 의식 전환을 가져오기 위한 목적에서 시도된다. 이러한 시도는 커다란 대중적 성공을 거두어, 이후 단편서사시는 수많은 추종자를 만들면서 우리나라 리얼리즘시의 대표적 양상으로 이야기된다.

한편으로, 단편서사시는 근본적으로 다음과 같은 몇 가지 문제점을 가지고 있었다. 우선 표면에 드러나 있는 편지글의 발신자나 수신자가 지나치게 완벽한 인물들로 형상화되어 있다. 물론 이것은 이들이 기본적으로 메시지 전달에 초점을 둔 내부 액자의 발신자와 수신자로 설정되어 있고, 작자의 계급적 인식이 농축되어 있는 전형적 인물이기 때문에 어떤 면에서는 충분히 나올 수 있는 인물형이다. 그러나 아무리 작자의 세계관이 정당성을 가지고 있다 할지라도 인물의 형상화 과정에서 인간적인 면을 사상시켜 삶의 총체적이고도 전면적인 진실을 드러내지 못하고 있다는 것은 문제이다. 이런 것은 발신자가 서술의 진행에 따라 인식의 변화를 보이고 있지만, 여전히 어떤 계기로 인해 이러한 인식의 전환 즉 각성을 하게 되는지 그 계기나 매개에 대해서는 전혀 언급이 없어 그 가능성에 대한 신뢰감을 축소시키고 있다는 점에서도 나타난다. 이것은 근본적으로 시인 자신이 가지고 있는 현장 또는 현실 체험의 관념성, 즉 시인의 허약한 이념성에서 야기되는 것이다.

아울러 그 상황 설정이나 인물 설정에서 이미 충분히 독자의 애상을 자아내도록 되어 있는 발신자가 실제 서술의 진행 과정에서는 억지로 의연함을 가장하고 있다는 점도 문제다. 독자는 그를 통해 인식의 전환과 행동에의 욕구를 느끼기 보다는 오히려 안쓰러움을 느끼게 된다. 물론 이러한 인물 및 상황과 서술 과정의 불일치는 대중성과 목적성을 동시에 추구하던 도중에서 발생한 것으로 충분히 이해가 되나, 대중성에의 과도한 집착이라는 평가를 피할 수는 없다.

또한 서간체 형식으로 인해 발생할 수 있는 단점들에 대한 고려가 부족했다는 것도 문제점의 하나이다. 서간체 형식은 독자가 주어진 상황이나 사건에 대해 다각도로 생각해 보고 주체적으로 그 문제를 해결하려는 인식상의 변화를 끌어내는 데는 성공적이었다. 그러나 작자의 의도나 이념이 등장인물들의 구체적인 행위나 대화 등을 통해 구체화되지 못하고, 여전히 추상적이고 관념적인 접근 태도를 드러내고 있어 상당 부분 효과를 상실한다. 그리고 근본적으로 이것은 독자가 자신의 내면을 성찰하면서 답을 구하는 형태여서 낭독되는 현장의 절박성이나 흥분과는 상당한 괴리를 가진다.

게다가 발신자를 대개 당대 변혁운동의 핵심인물이 아니라 주변인물로 설정하고 있다는 점도 문제다. 이 때문에 노동운동을 다루고 있으면서도 그 현장을 충실하고 구체성있게 전달하거나 실천적 운동성을 보여주지 못하고, 발신자의 편지 화자의 개인적 감정 표명 차원에 머무르고 된다. 이것은 내포된 작자의 현실 이해 수준이 저급함을 드러내는 것이다. 발신자와 그 수신자간에 설정된 단절, 수신자를 일방적으로 영웅시하여 숭배하는 태도로 인해 독자에게 감상적이고 낭만적인 현실 파악 태도를 가지게 한다는 점은 바로 그 구체적인 증거라 할 수 있다. 반면 이 때문에 대상의 내면화와 당대 프로시의 주된 독자층이던 지식인 독자의 절대적인 지지를 획득하게 된 것 또한 부인할 수 없는 사실이다.

이상에서 살펴 본 문제점에도 불구하고, 단편서사시는 다음과 같은 문학사적 의의를 가지고 있다.

첫째, 단편서사시는 시의 산문성 도입 또는 소설화 경향을 직접적으로 보여준 리얼리즘시의 귀중한 성과이다. 똑같이 시에 산문성 도입을 꾀했더라도, 단편서사시는 동시대의 노동운동시와는 차별성을 갖는다. 노동운동시에서 중시한 것은 세계관의 정당성 확보 및 투쟁의 강렬성이었는데 반해, 단편서사시는 형상성, 즉 내용 및 표현상에 있어서의 리얼리티의 획득을 중시한다. 즉 노동운동시에서는 도덕적 정당성을 가지고 있는 화자의 일방적 교설이 시적 분위기를 주도하게 되는데, 이는 실제 청자인 노동자계급을 교화와 계몽의 대상으로만 취급한 데서 비롯되는 것이다. 이 경우 청자로서는 그 도덕적 정당성을 인정하고 묵묵히 받아들이거나, 아니면 미처 마음의 준비가 안된 상태여서 당황하고 심리적 거부 반응을 일으키거나 하는 상황에 몰리게 된다.

반면 단편서사시에서 편지글의 발신자는 오히려 수신자보다 약하고 낮은 위치에 존재한다. 때문에 발신자의 일방적 교설이 아니라 교묘히 수신자의 심리적 동감을 유발시켜 수신자가 스스로의 자발적·능동적 선택에 의해 그 내용에 공명하도록 유도한다. 즉 전자가 내포된 시인 또는 내포된 시인을 대변하고 있는 화자의 주관적 측면에 치중하여 전달 내용을 관념적으로 교설하고 있다면, 후자는 발화자와 수신자의 극적 관계 설정을 통해 수신자에게 사실적으로 전달하고 있는 것이다.

둘째, 단편서사시는 유용한 프로시의 형상화 방법으로 인정받으면서 수많은 추종자를 낳아, 이후 프로시의 중요한 한 경향을 형성했다. 실제로 1930년대 전반기 프로시 중에서 일제의 수탈에 맞서 투쟁하는 노동자·농민을 형상화한 작품들은 거의 대부분 이와 유사한 단편서사시의 양식을 채택하고 있다고 해도 과언이 아니다.

셋째, 단편서사시는 계급적 목표를 충실히 이행하면서도, 이제까지 프로시의 고질적인 병폐로 지적되어 온 예술성 부족의 문제를 어느 정도 극복한 실천적 대안이었다.

마지막으로, 단편서사시는 사회의식의 사실주의적 형상화가 아니라 그러한 의식의 로맨티시즘적 형상화를 강력히 보여 준다는 점에서, 백조파의 개인적 로맨티시즘과 이상화가 「빼앗긴 들에도 봄은 오는가」에서 보여준 민족적 로맨티시즘의 연장선상에 놓인다.[135] 다시 말해, 단편서사시는 로맨티시즘의 기조 위에 사회학적 상상력을 결합하여 리얼리티를 획득한 시 양식으로, 일종의 '사회적 로맨티시즘'의 한 모델을 형성한다.

이후에도 임화는 자신의 창작세계를 심화, 확대하기 위해 지속적인 노력을 기울였다. 볼셰비키화의 결과로 야기된 시의 도식화, 관념화에 대한 비판을 통해 새로운 창작방법을 모색하는 것이 바로 그런 노력의 일환이다. 임화는 권환 등에 의해서 씌어진 관념적이고 도식적인 시를 '뼈다귀시'로 규정하면서, 이는 근본적으로 시의 본질적 요소인 정서와 감상을 동일시한 데서 온 시의 오류임을 밝히고 과감하게 정서를 도입할 것을 주장한다. 이러한 주장은 임화 시의 감상성을 비판한 이정구의 논의에 대한 재비판을 통해 구체화되는 데, 카프 해산을 전후하여 로맨티시즘론으로 발전되면서 1930년대 후반에 씌어진 시들의 이론적 토대를 이룬다.

물론·임화가 주장한 로맨티시즘론은 시의 창작방법이라기 보다는 사회주의 리얼리즘을 빌미로 세계관과 당파성 자체를 포기하려는 우익적 경향

---

135) 이승훈, 「한국 프로시의 분석」(비교문화연구, 제5권, 1986.8), 120~121쪽.

에 대한 비판의 의미를 담고 있고, 더 나아가서는 미래에 대한 구체적 전망이 허용되지 않는 악화된 정세 속에서 미래에 대한 주체의 의지와 꿈을 고수함으로써 프로문학의 독자성을 지키려는 의도에서 나온 것이었다. 그러나 동시에 그것은 시의 양식적 특성과 서정적 본질을 규명한 것으로, 1930년대 후반에 간행된 자신의 시집 『현해탄』(東光堂書店, 1938.2)의 중요한 이론적 근거가 되기도 했다.

Ⅲ. 감정시로의 전환과 그 변모 양상

1. 전형기적 상황의 도래와 프로문학의 대응

1) 카프 해체와 전형기적 상황

1930년에 접어 들면서 예술운동의 볼셰비키화 단계론과 더불어 카프 재조직론이 프로문단의 당면 과제로 대두된다. 이들 이른의 바탕이 된 것은 <조선의 농민 및 노동자의 임무에 관한 테제>(세칭 <코민테른 12월 테제>; 1928.12.10)이다. 코민테른 제6차 대회(1928.7.17~9.1)에서 채택한 <민족 및 식민지·반식민지 테제>에 근거하여 작성한 이 테제의 요점은 '민족협동전선에 대한 일정한 평가 절하'와 '지식인 청년 위주의 운동 비판과 노농대중의 독자적인 운동 형태에 중요성 부여', '노농더중을 계급적 기초로 한 볼셰비키적 공산당의 재건 요구' 등의 세 가지이다.

<코민테른 12월 테제>로 인해 카프 문학운동은 두 가지 커다란 변화를 맞게 된다. 하나는 볼셰비키화 방침의 정립이고, 다른 하나는 이를 위한 예술운동 조직의 재정비이다. 예술운동에 있어 볼셰비키화 방침은 '노동자계급 전위의 세계관 견지'와 '당의 문학─보다 정확하게는 당 재건을 위한 선전선동의 과제를 수행하는 문학─ 수립'이라는 두 가지 명제로 귀결되는데, 그 초점은 한 마디로 문학에 대한 정치주의적 태도[1]의 확립이다. 그리고 이것은 운동사적으로 볼 때, 파스큐라계 중심의 전형적인 문인들[2]에게

서 도쿄지부측 소장파 볼세비키에게로 카프 예술운동의 헤게모니가 넘어 갔음을 의미하는 것이다.

　이런 헤게모니의 교체를 상징적으로 보여주는 것이 바로 1929년 중반부 터 말까지 전개된 김기진과 임화의 논전3)이다. 이 논전은 표면적으로는 프로문학의 대중화 방법을 둘러 싼 두 사람의 사소한 견해 차이에 기인한 것으로 보인다. 하지만 실제 이 논쟁은 예술운동의 독자성을 고수하면서 기술과 표현의 문제를 중시해 온 종래 경향과, 작가의 계급적 세계관 확립과 작품상에 작가의 당파성을 뚜렷하게 부각시킬 것을 무엇보다도 중시하는 소장파들의 새로운 경향이 공식적으로 맞부딪친 최초의 논전이라고 할 수 있다. 즉 이 논전의 초점은 대중화론 자체가 아니라 대중화론에 임하는 태도 즉 프로문학가의 현실 대응 태도의 계급적 · 당파적 명확성 여부에 놓이

1) 앞에서도 잠시 언급한 바 있지만, 예술운동에 있어 정치주의적 태도는 예술운 동을 정치운동의 수단이나 도구로 인식하는 태도를 말하는 것으로, 이전까지의 카프 예술운동을 지배해 오던 문화주의적 태도-즉, 예술운동을 정치운동의 우위에 놓는다든지, 정치운동과 다른 예술운동 고유의 독자성을 강조하는 태도 -와는 전혀 그 방향이 다른 것이다.

2) 초기 카프의 주도권을 파스큐라계가 행사했다는 것은 다음 몇 가지 사례에서도 드러난다. 첫째, 파스큐라계는 염군사계에 비해 전반적으로 문학적 기술과 창 작 능력에 있어 우위를 보였다. 둘째, 목적의식 논쟁 이전까지 카프는 사실상 <문학관이 비슷한 이들이 모인 동인 단체>의 성격이었으며, 이 상태에서는 염 군사측의 강점인 조직 능력이 발휘될 공간이 마련되지 않았다. 셋째, 카프 본부 를 파스큐라계의 정치적 후원자인 서울청년회의 회관에 두었다. 넷째, 카프의 강령이나 기관지『문예운동』의 제작 등 일체 사무를 파스큐라 출신 인사들이 전적으로 주도했다. 다섯째, 카프의 준기관지 노릇을 했던『개벽』·『조선지광』 등의 문예란을 모두 파스큐라측이 장악하고 있었다. 마지막으로, 이광수·염상 섭 등 우익측 기성 문인의 집결지인『조선문단』에 필적할 비평·창작의 주도 권을 파스큐라측의 김기진과 박영희가 가지고 있었다.

3) 이 논전은 임화가 김기진의 대중화론을 日和見主義(계급적 원칙을 포기하고서 라도 대중에게 나아갈 수 있는 작품을 창작해야 한다고 주장하는 막시즘 문학 에 있어 우파적 기회주의)라고 비판하면서 시작된다. 이후 둘은 한 차례씩 논박 을 주고 받다가, 결국 김기진이 자신의 잘못과 실수를 인정하면서 마무리된다. 임화는 이 논전이 시작되기 직전인 1929년 7월 도일하여 도쿄 이북만의 집에 머물면서 무산자사의 일을 보게 된다. 때문에 이 논전은 임화가 무산자사의 일 원이 되었음을 공표하는 최초의 사건이기도 하다.

는 것이다. 그리고 이 논전이 종래 카프 예술운동의 흐름을 대변한 김기진의 공식적인 사과로 끝나게 된다는 점은 이후 카프 예술운동의 전개 방향이 어디에 놓이게 되는지를 짐작케 한다.

한편 예술운동 조직의 재정비는 1930년 4월 카프 중앙위원회를 열어 회칙을 개정하고, 기술별로 조직을 개편하는 방식으로 이루어진다. 세칭 <제2차 방향전환>이라고 부르는 이 회칙 개정과 조직 개편의 초점은 기술부의 설치와 조직의 확대에 있다. 여기서 기술부의 설치는 제2차 방향전환이 일반 대중단체로의 성격을 지향하던 제1차 방향전환 때의 정책을 전환하여 이제 본격적인 기술가 단체를 추구한다는 것을 의미하는 것[4]이다. 이것은 일제의 거듭된 탄압으로 인해 실제로 성사되지는 못했지만, 조직의 확대와 맞물려 카프를 단순한 문학단체의 성격에서 탈피하여 진보적 예술운동의 총체적인 조직적 구심체로, 나아가 ML당의 실질적 외곽 단체로 형성하려는 의도를 담고 있었다.

그런데 이러한 급격한 일련의 변화는 식민지 자본주의화의 가속과 일제의 강화된 탄압이라는 외적 정세의 악화, 기성 문인과 신진 문인간의 예술관의 차이 등과 맞물려 조직 내의 많은 저항과 이로 인한 분열 및 분규를 부르게 된다. 제2차 방향전환 직후인 1930년 4월 21일에 발생한 신흥예술가동맹 파동이나, 동년 10월에 발생한 새로운 카프 기관지 『群旗』탈취 사건 등은 바로 이런 전선 분열의 대표적인 사례라 할 수 있다. 이로 인해 위기를 느낀 카프는 새로운 체제 정비를 위해 1931년 3월 27일 재조직을 시도하여 임화를 서기장으로 선출하나, 카프는 어느 누구도 손쓸 수 없을 만큼 내부적으로 무너져가고 있었다.

당시 서기장으로 있던 임화는 평양 총파업을 집체작 「고무」로 형상화하여

---

4) 이 점은 金斗鎔이 「政治的 視角에서 본 藝術鬪爭－運動 困難에 對한 意見－」(무산자, 1929.5)을 통해 앞서 제1차 방향전환 당시 그 이론적 구심점으로 활동하면서 예술운동의 대중적 조직론을 전개했던 李北滿의 논리를 비판하고 나선 데에서 선명히 드러난다.

새롭게 카프 예술운동을 전개해 보려 하나, 이 계획도 <제1차 검거 사건>으로 인해 무산되어 버린다. 이때부터 카프는 실제 더 이상 조직으로서의 기능을 갖지 못한다. 이후 1933년 10월에 있었던 박영희의 카프 탈퇴, 1934년 1월의 공식 탈퇴 성명, 1934년 7월에 있었던 이갑기의 카프 해소론 공개 제기, 1934년 9월부터 다음해 6월까지 이어진 <제2차 검거 사건> 등으로 이어지는 일련의 사건은 그 종말을 확인하는 수순에 불과한 것이다.

2) 풍자시와 감정시의 차별성

프로문학은 1931년 7월 하순부터 시작된 <제1차 검거 사건>을 고비로 운동의 구심점인 카프 조직이 와해되면서, 심각한 침체 국면에 빠지게 된다. 이것은 후에 임화가 지적하고 있는 것처럼[5], 무엇보다도 <만주사변> 등의 사회 정세 변화, 검열의 강화로 인해 이제까지처럼 복자 투성이로나마 목적성과 선동성을 고취하는 것마저 불가능해진 출판 사정, 그리고 천황제 사상에 대한 노골적 수용 압력 등으로 요약할 수 있는 객관적 사정의 급격한 악화에 기인하는 것이다.

그러나 문학상에서 볼 때, 이것은 기존의 유물변증법적 창작방법론과 볼셰비키화 방침의 고수로 인한 오랫동안에 걸친 프로문학측의 창작 부진과, 이를 틈타 새롭게 대두한 순수시—기교주의 시와 모더니즘시를 포함한 광의의 순수시—의 급격한 확산과도 관련이 있었다. 프로문학은 객관적 사정의 급격한 악화로 인해 더 이상 볼셰비키화 방침에 의거하여 직접적인 현장 투쟁에 돌입하거나 '무기로서의 예술'을 주장하면서 선동·선전성을 고취한다는 것이 근본적으로 불가능하게 되었다. 따라서 이제 새로운 투쟁 전략 하에 새로운 프로시 양식을 강구해야만 하였다. 또한 예술성의 결핍이라는 고질적인 문제점을 더 이상 방치할 수 없는 상황에 봉착하게 되었다.

---

5) 임화, 「進步的 詩歌의 昨今—푸로詩의 거러온 길—」(풍림, 1937.1), 13쪽.

이런 상황에서 1930년대 들어 프로시의 새로운 대응 방법으로 나온 것이 바로 <풍자시>와 <감정시>6)이다. 이것은 모두 프로문학이 자신의 계급적 신념을 변질없이 지켜나가면서 새로운 시대에 대응하기 위한 방법적 시도이다. 때문에 이들은 이제까지 형식적이나마 노동자 대중을 독자로 상정하던 데에서 벗어나, 실질적인 독자층인 지식인을 자신들의 직접적인 독자로 상정한다. 또한 추상적인 이념을 전달하는 데 그치는 것이 아니라, 시인 스스로가 가장 잘 알고 있거나 관심을 가지고 있는 일을 이야기한다.

그러나 화자와 청자의 설정 방법, 시인의 태도 등에 있어 이들은 뚜렷하게 구별된다. 풍자시는 화자와 청자 모두를 부정적인 인물로 형상화하면서, 그들을 희화화시키는 방법을 통해 종국적으로 내포된 독자의 각성을 촉구한다. 반면, 감정시는 수신자의 흔적은 지워버리고 화자 만을 남겨둔 형태로, 부정적인 데서 긍정적인 것으로 이행되어 가는 이 화자의 현실 인식의 변화를 드러내는 방식을 취하고 있다. 즉 풍자시가 청자의 희화적 형상화에 초점을 맞춘 대신, 감정시는 화자가 드러내는 인식의 정당성 표현에 초점을 맞추고 있는 것이다.

이러한 차별성은 기본적으로 더 이상 당의 공식 이념을 전면에 드러내지 못하게 된 상황에서 프로시가 취해야 할 임무에 대한 인식의 차이에 기인한다. 풍자시를 택한 이들은 1930년대 중반의 상황에서 프로시가 택할 수 있는 유일한 길은 현실의 잘못된 면을 폭로하는 것에 있다고 본 반면, 감정

---

6) 위 글에서 임화는 자신을 비롯한 이찬이나 윤곤강 등이 당시에 발표한 로맨틱한 경향의 프로시를 <감정시>라고 명명(17쪽)하고 있다. 이것은 이 부류의 시들이 "미래에 대한 불굴의 신념과 변혁의 정열을 간단없이 노래하고 있다."는 점에서 붙인 명칭이다. 카프 해체를 즈음하여 발표된 시들 중 이 부류에 속하는 것으로는 李燦의 「月夜」(조선문단, 1935.8)·「燈臺」(조선중앙일보, 1936.1.26), 尹崑崗의 「어둠ㅅ 속의 狂風」(조선중앙일보, 1935.6.27). 李貞求의 「가버린 중꼬야」(조선문단, 1935.8), 安龍灣의 「江東의 봄-生活의 江 『아라가와』여」(조선중앙일보, 1935.1.1) 등을 들 수 있다. 이 명명의 적절성 여부는 논란이 될 수 있을 터이지만, 이 시기 이후에 발표한 임화 시의 실제와 지향점을 나름대로 대변해 줄 수 있다는 생각에 이 글에서는 1930년대 중·후반 임화 시 양식을 지칭하는 것으로 이 용어를 채택하고자 한다.

시를 택한 이들은 잘못된 현실에 대한 시인의 태도를 보여주는 것에 있다고 본 것이다. 즉 전자가 리얼리즘의 방법론에 좀더 치중한 반면, 후자는 무엇보다도 '당파성'—사실은 상당 부분 '개인적인 차원의 신념'에 불과하지만—을 유지하는 것이 중요하다는 인식을 했기 때문이다.

> 伊太利의　工業콘세릉　敬愛하는　아저씨들이여!
> 記憶하나이까! 弱冠의저가　당신들의愛撫로　榮光스러운伊太利의執政者
> 가되엇슬때
> 제가　당신들에게　約束한報恩을　記憶하나이까
> 지금에야　당신들에게　報恩할때가왓습니다　보시라　당신네들의工場에
> 서는
> 검은煙氣가　힘차게　空中에　오르고잇지안습니까
> 넘녀마시라!　당신네의庫間에　滯積된商品은『나포리』의港口를　떠나
> 東阿로　東阿로　실려갈땐　머지안헛나이다
> 그리고　重工業者여러아자씨들은　당신네를爲해　計上하여준　豫算을
> 가저가십시요
> 그리고　얼마든지　만드러내십시요
> 砲身을!　그리고戰艦을!　彈子를![7]

이 시는 이 당시 풍자시[8]의 전형적인 모습을 보여주는 작품이다. 이 작품은 이탈리아의 파시스트 독재자 뭇솔리니의 발언을 통해 파시즘의 논리와 제국주의 전쟁의 실상을 폭로하고 비판하면서, 이를 통해 암묵적으로 일본 제국주의의 속성에 대해 비판하는 내용으로 되어 있다.

---

7) 李秉珏, 「『아드와』의　원수를!—뭇소리니의　부르는　노래—」(조선중앙일보, 1935.9.29), 2연.

8) 카프 해체를 전후하여 발표된 시들 중 풍자시로 거론할 수 있는 시로는 이 외에도 權煥의 「오! 享樂의 봄동산—莊介石의 부르는 노래—」(조선일보, 1933.9.16)를 비롯하여 李秉珏의 「時代의 寵兒」(조선일보, 1933.9.14), 「오즉 進軍할 다름이다!—續 뭇소리니의 노래—」(조선중앙일보, 1936.1.31) 등을 들 수 있다.

이 시는 이전 시기의 프로시, 즉 단편서사시나 노동운동시와 비교할 때 많은 차이점을 나타낸다. 우선 단편서사시에서처럼 이 시 전체의 의도를 대변하는 화자는 이면에 숨어 버리고, 내부 액자의 발화자가 전면에 등장하여 서술을 진행해 나가고 있다. 그러나 이 시에서는 서간체 형식도, 낭독시 지향성도 찾아 볼 수 없다. 그리고 단편서사시에서처럼 사건을 제시하면서 내포된 독자의 인식 변화를 유도하는 구조가 아니라, 알레고리화된 인물 및 사건을 등장시키고 그 인물의 연설조 발언을 통해 주어진 상황 전반을 풍자하는 형식을 가지고 있다.

또한 시인의 의도를 직접적으로 반영하는 화자가 표면에 등장하여 서술을 이끌어가지 않는다는 점, 복수 화자가 아니라 근독 화자를 발화자로 선택하고 있다는 점 등에서 노동운동시와도 차이점이 드러난다. 물론 내부 액자인 뭇솔리니의 말만을 대상으로 할 때, 이 시는 연설문투의 형식을 가지고 수신자에게 주어진 상황을 설명하면서, 그에게 강력하게 명령하고 권고하고 요청하는 어조를 가지고 있는 등 전반적으로 전대의 노동운동시와 흡사한 모습을 보인다. 이것은 이 시가 정치적인 비판을 주된 의도로 가지고 있다는 점에서도 확인할 수 있다.

그러나 근본적으로 이 시는 발화자와 수신자의 성격이나 그들의 관계 설정, 대상 독자의 설정 등에 있어서도 앞선 시기에 나온 프로시들과 상당한 차이를 보인다. 우선 단편서사시는 내부 액자의 발신자—수신자 모두를 긍정적인 인물로 설정하면서 이들과 내포된 독자가 정서적인 일체감을 형성하도록 조작하여, 궁극적으로는 내포된 독자가 스스로 주어진 상황에 대해 긍정적이고 적극적인 인식을 갖도록 유도하고 있다. 또한 노동운동시는 긍정적 인물인 화자가 계급적 인식에 있어 미성숙한, 때문에 다소는 부정적 인물로 형상화된 수신자를 향해 자신이 가지고 있는 생경한 이념을 직접적으로 교술하면서 내포된 독자를 선동하는 방법을 채택하고 있다. 반면 권환·이병각의 풍자시에서는 이들과는 달리 발화자—수신자 모두가 부정적인 인물로 형상화되어 있으며, 알레고리화되어 있다는 점에서 특이성을 보인다. 이것은 풍자시가 구체적인 독자를 그 알레고리와 풍자의 이면을 꿰뚫어 볼 수 있을 정도의 지성을 갖추고 있는 인물로 설정하고 있음을 의미한다.

그러나 풍자시는 당대의 지식인들이라면 쉽게 짐작할 수 있는 동시대의 일반 정치적 관심사를 주 소재로 선택했다는 점에서는 관심을 끌 수 있었지만, 근본적으로 동시대 프로시의 구체적 요청인 형상성 획득에 있어 실패하고 있었다. 동시대의 프로시는 그 이전 시기처럼 선명한 계급적 기치를 내걸고 투쟁할 수 있는 상태가 아니었고, 이 때문에 당파성이나 계급성을 일정하게 내재화하면서 이것을 시적으로 형상화할 수 있는 방법을 필요로 했던 것인데, 풍자시는 이런 시대적 요청에 부응하지 못했던 것이다.

또한, '풍자'라는 기법은 원래 현실의 중요한 정치적 또는 사회적 현안에 초점을 맞춰 그 정곡을 찌름으로써 독자들의 인식에 새로움의 충격을 줄 수 있어야 한다. 그러나 권한·이병각 등이 발표한 풍자시는 식민지 조선이 처한 당대의 구체적 관심사를 직접적으로 다루지 않고 있었을 뿐만 아니라, 지나치게 대상과 주제를 알레고리화하고 간접화함으로 인하여 전달의 명확성과 메시지에 대한 독자의 관심을 크게 획득하지 못했다.9)

그리고 시 속에 주어진 상황을 설명하는 주체 즉 발화자 자신이 풍자의

---

9) 시간의 흐름에 따라 임화는 풍자시에 대해 가치 판단의 변화를 보인다. 1933년 들어 권환·이병각 등이 풍자시를 처음 선보였을 때, 임화는 "대상에 대한 소극적 반응으로 인해 현상의 곤란을 초월하지 못하는 상태에 빠져 단순히 현상의 부정에만 머물고 만 한계를 가지고 있다"(「三三年을 通하여 본 現代朝鮮의 詩文學(完)」, 위 글)고 하여 전면적인 부정의 태도를 보인다. 그러나 나중에는 "갈 수록 옹색해 가는 환경에서 프로시가 타개할 일방 방향으로, 또 양식상의 경향으로서 높이 평가되어야 할 것"(「進步的 詩歌의 昨今-푸로詩의 거러온 길-」(풍림, 1937.1, 15쪽)이라고 하여 자기의 먼저 번 견해를 취소한다.
  풍자시에 대한 이런 가치 평가의 변화는 일차적으로 자기가 주장하고 창작했던 로맨틱한 경향의 시, 즉 감정시가 실제 창작에서 "비관적 로맨티시즘으로 치우칠 많은 위험성을 내포"(위 글)하는 등의 문제점을 드러냈기 때문에 생긴 것이다. 이와 함께, 여기에는 날이 갈수록 심화되어만 가는 일제의 폭압에 맞설 수 있는 최소한의 동지라도 확보·유지하려는 임화의 전술적 의도도 내재되어 있었다.

대상이 되면서 독자의 주의를 끌고 있어, 메시지에 대한 독자의 신뢰성을 상실한다. 이것은 주체의 상실이라는 문제와 연관되어 시대의 폭압에 맞서는 프로시의 독자성 확보라는 측면에서 결격 사유로 드러난다.

한편 임화·이찬·윤곤강 등 주로 전 시기에 단편서사시를 창작했던 시인들은 이 시기 들어 새롭게 감정시를 주창하고 나선다. 이들이 보여준 감정시는 창작의 초점을 부정적 현실의 단순한 표현이나 반영에 맞추지 않고, 그것을 바라 보는 그리고 그것에 주체적으로 대응해 나가는 인물의 내면 표현에 두었다는 점에서 풍자시와 차별성을 가진다.

> 가장 매력잇는『地區』엿다 江東은…… 그리하야 지구를 전전키두 멋번. 中部 城南 城西로—
> 城西의 四節을아름답게 물들이는『무사시노』(武藏野)벌판도 네 살림의물결! 어머님품인『아라가와』에는 비할수읩섯다.
>> ◇
> 『아라가와』여! 네상류— 물살에 단풍이 낙엽짓고 우리들의지낸날의일을 追憶의품속에 되풀이하든 가을날
> 나의 갈곳은 고향—『얄루』江畔으로 결정되엇다
> 내일생의 記錄의『페이지』에서 사러지지안혼그날! 나는 너를 버리엇다
> 그리하야 水平線아득한 玄海의 해협을 건너
> 고향의 山川도 바라볼틈업시『베르트』의 伴奏속에 너의 그리움의노래—
> 기쁨과 설움의『멜로듸-』를 부르노나
>> ◇
> 내,『아라가와』여! 오날은 어떤동무가 가뿐숨을 쉬이며 고요히 네노래에 귀를기울일지
> 너는 언제나 勤勞者의 가슴에서 버림밧지 안흐리라. 네어깨위를 제비가 날겟지…….
>> ◇
> 廣漠한 大陸의한모퉁이에긴 半島에도 봄이 차저왓다.
> 『얄루』江도녹아 떼목이 흘러나린다

江山에 뻐친 젓가슴속에 꿈을깨며 자러나는
處女地의 記錄을 따뜻한품속에안어주려고,
오! 江東이어! 나는 네回想속에 불길을 이루어간다.[10]

이 시의 화자는 일본 도쿄만내의 공장지대인 아라가와[鴨江]에서 있었던
오랫동안에 걸친 자신의 체험을 고향인 압록강변에 돌아와서 회상하면서,
새롭게 자신의 결의를 다지고 있다. 여기서 아라가와에서의 생활은 화자의
짤막한 몇 마디 언급에서 유추할 수 있을 뿐, 구체적으로 형상화되지 않는
다. 오직 힘든 현실이지만 결코 좌절하지 않고, 자신의 계급적 전망을 획득
해 나가겠다는 화자의 결의만 두드러진다. 그런데도 임화는 이 시를 "여태
까지의 朝鮮 푸로레타리아詩의 最初의 發展"이며, "眞實한 浪漫主義의 典型
的 一例"라고 평가[11]했다. 이것은 "의심할 것도 없이 이 時代的 暗雲이 우리
들의 마음에 껵은 지울 수 없는 感情으로 言語의 記念碑를 세우는 것만이
정말 詩人의 名譽"[12]라는 판단에 기인한다.

이럴 때 중요한 것은 얼마나 당대의 객관적 현실을 사실적으로 묘사해
냈느냐가 아니라, 시인의 의식을 대변하고 있는 화자가 당대의 현실을 어떻
게 느끼고 있으며 그 극복을 위해 어떤 결단과 신념, 용기를 보이고 있는가
하는 것과, 그것이 얼마나 그리고 왜 가치 있는 일인가를 보여주는 것이
된다. 다시 말해 정당한 인식 주체의 설정과 확립, 그리고 그 구체적 표현이
감정시의 핵심이 된다. 물론 이것은 직접적으로는 객관적 정세의 변화로
인해 더 이상 계급적 목적의식을 작품 전면에 내세울 수 없게 된 때문이지
만, 그러면서도 동시대 순수시와는 달리 예술성과 함께 일정한 당파성과
계급성을 견지해야 한다고 생각했던 이들 프로시인들의 생각에 기인하는
것이다.

---

10) 安龍灣, 「江東의 봄 – 生活의 江 『아라가와』여」(조선중앙일보, 1935.1.1), 6~9연.
11) 임화, 「曇天下의 詩壇 一年 – 朝鮮의 詩文學은 어듸로!」(신동아, 1935.12), 176쪽.
12) 위 글.

이로 인해 이제 감정시에는 단편서사시의 특성인 서간체 형식의 원용이나 낭독시 지향성이 더 이상 나타나지 않는다. 구체적인 사건을 담은 이야기는 대부분 없어지고, 이로 인해 개별 시행은 짧아진 대신 좀더 상징성 있고 함축성 있는 시어가 등장한다. 또한 시의 구조는 단순화되고, 고정화된 화자가 등장하여 시인의 의사를 직접적으로 대변하면서, 현실에 대한 그의 정서적 반응과 진술을 통해 당대를 살아가는 사람들이 가져야 할 태도는 어떠해야 하는지를 그려 나가고 있다. 또한 단편서사시에서 중요하게 다루어졌던 수신자의 역할이 여기서는 구체화되지 않는다는 점13)도 양자의 차이점이라 하겠다.

2. 감정시로의 변모

1) 감정시 선택의 필요성

(1) 혁명적 로맨티시즘론과 주체 재건

1930년대에 접어들면서 일제의 강화된 압력으로 인해 프로문학은 심각한 위기에 봉착한다. 이때 이러한 위기 상황을 탈출하는 데 있어 좋은 돌파구가 된 것이 바로 1933년경부터 본격적으로 논의하기 시작14)한 사회주의

---

13) 이것은 감정시가 단편서사시와는 달리 수신자 또는 독자를 막연히 진보적 노동자계급 일반으로 설정하지 않고, 화자 자신 또는 화자와 같은 생각을 가진 부류의 지식인을 직접적인 수신자로 상정하기 때문에 발생한다.

14) 우리나라에서 '사회주의 리얼리즘' 또는 '사회적 리얼리즘'이라는 용어가 최초로 등장한 것은 임화의 「濁流에 抗하야 - 文藝的인 時評 - 」(조선지광, 1929.8, 92쪽)에서이다. 그러나 이때의 '사회주의 리얼리즘'이라는 용어는 엄정한 리얼리즘적 태도와 프롤레타리아 전위의 눈으로 세계를 보라는 계급적 관점을 주장하고 있다는 점에서 藏原惟人이 주장한 프롤레타리아 리얼리즘과 전혀 구별이 되지 않는다. 이것은 프롤레타리아 리얼리즘의 인용상 착오이거나, 적어도 같은

리얼리즘(Social Realism)이다.

사회주의 리얼리즘의 특성은 프로문학 특유의 당파성과 계급적 시각을 견지하면서도 그 문학적 실천의 다양성을 인정한다는 점에서 찾을 수 있다. 때문에 이것은 프로문학가들에게 기존의 어떠한 창작 지침과도 구별되는 탄력성을 가진 새로운 창작방법론으로 받아 들여졌다. 즉, 이 시기 프로문학가들은 사회주의 리얼리즘의 수입과 그 활용을 통해, 자신들이 기왕에 가지고 있던 현실에 대한 강한 관심을 보다 다양한 방법으로 표현할 수 있게 돼, 예술을 제약하고 있는 외적 상황의 변화에 유연하게 대처할 수 있는 방법상의 한 거점을 마련하게 된 것이다.

그러나 일부15)에서는 기존의 유물변증법적 창작방법론에서 사회주의 리얼리즘론으로의 전이를 창작방법론에 있어서 유물변증법적 세계관의 포기와 계급성의 약화를 포함하는 이론으로 이해한다. 카프의 전래 방책은 근본적으로 우리 나름의 독자성이 없는 전적인 외국 모방주의에 불과하며, 그나

의미라고 할 수 있다.

　　이후 우리나라에서 사회주의 리얼리즘을 올바르게 논한 것은, 소련에서 있었던 사회주의 리얼리즘 논의를 비교적 정확하게 소개한 白鐵의 「文藝時評－辨證法的 創作方法에서 社會主義的 리알리즘으로－」(조선중앙일보, 1933.3.2~8)가 최초이다. 그런데 이 글에서 소개자인 백철은 아직 사회주의 리얼리즘을 일부 사회주의 국가에서만 한정적으로 적용될 수 있는 창작방법으로 소개하는 데 그치고 있어, 사회주의 리얼리즘에 대한 심도있는 이해를 보여주지는 못하고 있다. 사회주의 리얼리즘의 구체적 속성이 본격적으로 언급되기 시작한 것은 역시 백철이 발표한 「文藝時評」(조선일보, 1933.9.16,17,19)와 萩白[安漠]의 「創作方法 問題의 再討議를 爲하여」(동아일보, 1933.11.29~12.3,5~7) 등에 와서이다.

15) 이런 경향을 대표하는 인물들로는 朴英熙・白鐵・李甲基 등 카프 이탈파 또는 카프 비주류에 속한 일군의 비평가를 들 수 있다. 이 중 백철은 사회주의 리얼리즘 소개문인 「文藝時評」(조선일보, 1933.9.16,17,19)에서부터 사회주의 리얼리즘을 심리적 리얼리즘과 반대되는 개념 정도로 이해하면서, 기존의 유물변증법적 창작방법론에서 주장하던 '계급적 인간'을 '완전한 인간'으로 새롭게 대치하는 등의 우편향적 시각을 보이고 있다. 결국 백철의 이런 논리는 그후 휴머니즘론으로 이어지면서 더욱 방향을 달리하여 자신의 전향 논리로 활용되고 있다. 이 외에도 박영희의 공식적인 카프 탈퇴 선언문인 「最近 文藝理論의 新展開와 그 傾向」(동아일보, 1934.1.2~12)은 이들이 사회주의 리얼리즘의 도입을 대하는 시각의 문제성을 단적으로 드러내는 구체적인 사례라 할 수 있다.

마 유물변증법적 창작방법과 볼셰비키화 방침으로 인해 창작 활동이 부진했다. 따라서 이제 유물변증법적 세계관에 얽매이지 않고 자유로운 창작에 임할 수 있도록 허용하는 사회주의 리얼리즘을 받아들여야 한다는 것이 이들의 주장16)이다.

이것은 기존의 카프 활동의 의의 및 성과에 대한 전면적 부정을 의미하는 것이다. 따라서 객관적 정세의 악화 및 이를 틈탄 순수시-기교주의 시와 모더니즘 시를 포함한 광의의 순수시-의 확산과 맞물려 프로문학 진영 내에서 무엇보다도 시급히 타개해야 할 문제로 대두된다.

자기 정체성을 확인하려는 프로문학의 노력은 다음 두 가지로 집약된다. 하나는, 계급성과 당파성을 확고히 가진 주체를 확립하는 것이다. 이것은 프로문학이 침체하게 된 것은 창작의 분명한 주체가 되어야 할 작가가 현실에 대한 자신의 구체적 실천을 창작의 재료로 삼지 못했고, 직면한 상황에 대해 명확한 계급적 신념을 가지고 있지 못했기 때문이라는 분석에서 비롯된다. 때문에 이제까지 창작 주체 외부의 필요성에 의해 주어진 뚜렷한 지도 이념을 작품에 그대로 담아내기만 하던 데서 벗어나, 현실 인식 주체로서의 자신의 모습을 분명히 자각하고 현실 변혁의 매개17)로서 자신을 정초함으로써 주체를 확립하는, 즉 창작 주체의 신념18)을 문제삼는 것이다.

다른 하나는, 자신들의 변혁 열망을 불가능하게 만드는 왜곡된 현실적

---

16) 임화, 「進步的 詩歌의 昨今-푸로詩의 거러온 길-」(풍림, 1937.1), 14쪽.

17) 카프 제2차 방향전환기에 나온 볼셰비키화 방침은 현실 변혁의 매개일 뿐인 작가나 시인에게 현실 변혁의 종국적 실현 주체로 직접 복무할 것을 강요해 왔고, 이 때문에 현실적으로 이것이 불가능한 작가나 시인은 자신의 작품을 통해 그것을 증명해야만 했다. 그리하여 이들의 창작은 대개 일정한 도식화와 고정화의 함정에 빠지기 일쑤였다. 이런 가운데 새롭게 등장한 사회주의 리얼리즘을 수용하면서, 비로소 이들은 현실 변혁의 대개로서의 자신들의 역할과 위상을 정당하게 인지한다.

18) 물론 여기서 주체의 신념은 '노동자계급의 당파성을 견지'(임화, 「文壇人의 自己告白: 나의 文學에 對한 態度-眞實과 黨派性」, 동아일보, 1933.10.13, 5면)하려는 신념을 의미한다.

조건들에 대한 진지한 성찰이다. 이것은 이제까지의 프로문학이 변혁의 열정만을 표현하는 데 만족했을 뿐, 당대의 살아있는 현실을 정당하게 반영하지 못했다는 반성에서 시작된다. 변혁은 작가의 열망에서 오는 것이 아니라, 자신들을 둘러싼 삶을 제약하고 있는 구체적인 근본 조건의 천착에서 시작해야 하는 것이었다.

임화의 혁명적 로맨티시즘론과 그 문학적 실천인 감정시는 이 중 창작 주체의 신념을 주로 문제삼는 방식에서 출발한다.

> 그럼으로 푸로文學에 잇서서의 浪漫的 精神은 決코 過去 文學에서 보든 바와 갓치 寫實的인 것과 矛盾하는 것이 아니라 오히려 寫實的인 것의 完實한 理想이다 [……]
>
> 卽 이것은 『킬포-친』의 用語를 빌면 『現實的인 夢想』인 現實을 爲한 意志 그것이 이 浪漫的 精神의 基礎이다
>
> 말할 것도 업시 이 意志 그것은 (略)非科學 非現實과 關係하는 게 아니며 科學과 現實과, 未來 가운데 그 現實의 基礎를 가지고 잇는 것이다.
>
> 同時에, 重要한 것은 過去의 『레아리슴』이 沒我的 客觀主義로 말미암아 到達치 못한 客觀的 現實의 充實한 姿態를 固定한 表面的인 것만을 描寫하는 게 아니라 現實을 그 發展에 잇서서, 本質的인 諸關係에 잇서 把握하는 것이다
>
> 그럼으로, 眞實한 浪漫的 精神—歷史主義的 立場에서 人類社會를 廣大한 未來로 引導하는 精神이 업시는 眞正한 寫實主義도 또한 不可能한 것이다.
>
> 卽, 主觀과 客觀을 眞實로 統一하고 現實 가운데서 非本質的인 日常性의 俗惡한 第二義의 瑣小만에 從事하는 것이 아니라, 그것을 除去하고 或은 그것을 뚫고 들어가, 그 가운데 움죽이는 本質的 性格의 諸特徵을 把握하는 것이 우리들의 새롭은 創作理論과, 그 文學의 理想이다.
>
> 그럿지 안으면 日常性의 俗惡한 實在에 滿足하고 本質을 빼어놋코 非本質的 瑣小에만 從事하는 表面的인 空虛한 『레아리슴』에 긋치고 만다.
>
> 이것은 新文學을 날근 文學 以下의 水準으로 모라넛는 虛僞의 寫實主義이다.

『未來가 그 根本 特徵에 잇서 이만치 똑똑히 人類의 압헤 明示된 일이 업는』 이 時期에서『未來가 바로 우리들의 生活의 한가운데 잇는』 莊大한 時代의 文學이 現實의 巨大한 發展과 未來를 正確히 하고 커-다란 情熱을 가지고 把握치 안는다면 寫實主義는 不可能하다[19]

여기서 임화는 시인이 가진 현실에 대한 열정, 즉 주관을 반영한 감정적 · 정서적 요소의 중요성을 설명하고, 낭만적 정신이 사실주의를 완성시켜 주는 필수불가결한 요소라고 말하고 있다. 그리그 소련의 막시스트 이론가 킬포친이 사용한 용어를 빌어[20] 이 낭만적 정신의 기초를 '현실적인 몽상(꿈)'이며 '창조하는 몽상'[21]이라고 명명하고 있다. 그리고 문학은 단지 어떠한 상태를 긍정하는 것이 아니라 항상 의욕하는 곳에서 시작하는 것이며, 창조한다는 것은 회상하거나 긍정하는 것이 아니라 미래를 지향하는 것으로, 항상 꿈과 현실은 모순하는 것이라고 설명하고 있다. 때문에 이것은 사회주의적 리얼리즘의 불멸의 내용과 그 빛나는 일면이 될 수 있는 것이며, 리얼리즘 가운데 시를 존재케 하는 것으로, 당파적[22]일 수밖에 없게 된다.

---

19) 임화,「浪漫的 精神의 現實的 構造(六)=新創作理論의 正當한 理解를 爲하야=」(조선일보, 1934.4.25), 2면.
20) 후에 임화는「寫實主義의 再認識－새로운 文學的 探求에 寄하야－(四)」(동아일보, 1937.10.12, 4면)에서 이 당시 자신의 혁명적 로맨티시즘론 형성에 미친 킬포친의 영향을 다음과 같이 고백하고 있다.

　　單純히 잇는 것만이 아니라 잇을 수 잇는 것 認識 뿐아니라 意欲과 創造를 描寫 뿐아니라『판타지』感情 思想 主觀을 재로운『레얼이슴』은 갓지 안흐면 아니된다. 이러한『킬포-친』과『와시엡스키』의「로맨티시슴」論을 中心으로 만드러진 것이 筆者의『浪漫精神의 現實的 構造』란 論文이엇다

21) 임화,「當來할 朝鮮文學을 爲한 新提唱: 偉大한 浪漫的 精神－이로써 自己를 貫徹하라!－(上)」(동아일보, 1936.1.1), 1면.
22) 임화,「當來할 朝鮮文學을 爲한 新提唱: 偉大한 浪漫的 精神－이로써 自己를 貫徹하라!－(下)」(동아일보, 1936.1.4), 1면.

올바른 사실주의는 이러한 작자의 주관과 객관적 세계의 통일 상태를 의미하는 것[23]으로, 역사주의적 입장에서 인류 사회를 광대한 미래로 인도하는 정신인 낭만적 정신이 없으면 올바른 사실주의를 획득하기란 불가능하다. 다시 말해 정당한 당파성에 입각한 예술가의 주관적인 願望 내지 憧憬이라는 것은 자신이 살고 있는 사회적 현실의 생활 형태에 대한 올바른 인식에 기초를 두고 있기 때문에, 여기서 성립되는 혁명적 로맨티시즘이 사실주의의 본질적인 요소가 된다는 것이 임화의 생각[24]이다.

그러나 이상의 논의는 한계에 봉착하게 되었다. 임화는 사상과 이념의 정당성, 그리고 그것의 실현을 위한 실천 과정을 반추하고 반성하면서 붕괴된 주체성을 재건하는 힘겨운 일에 몰두한다. 객관적 정세가 갈수록 악화되어만 가는 시점에서 주체를 재건한다는 것은 자신이 지니고 있는 사상과

---

23) 이런 임화의 인식은 이제까지 카프 이론가들이 주장해 왔던 것처럼 주체의 외부에서 당파성이 일방적으로 주어지는 것이 아니라, 주체의 의지와 현실의 객관성 간의 상호 관련 속에서 진정한 당파성이 나오는 것임을 천명한 것으로 프로문학 이론사의 발전 단계에서 중요한 의미를 띤다.

24) 임화의 이러한 생각은 사회주의 리얼리즘과 혁명적 로맨티시즘을 동일시하는 발상으로, 소련의 비평가 부하린의 의견과 근본적으로 동일한 것이다. 부하린은 <제1차 소비에트작가전연방회의>(모스크바; 1934.8.17~9.1) 기간 중 행한 연설문 「소련에서의 문학, 시학 및 문학창작의 과제」(1934.8.28)에서 사회주의 리얼리즘의 본질적 내용인 혁명적 로맨티시즘에 관해 다음과 같이 말하고 있다.(Schmitt/Schramm 편, 『사회주의 현실주의의 구상: 제1차 소비에트작가전연방회의 자료집』, 태백, 1989.11, 368쪽)

사회주의 현실주의가 능동성과 활동성으로 특징지워지고 어떤 과정의 무미건조한 사진 같은 것을 제공하지도 않을 때, 그리고 열정과 투쟁의 세계 전체를 미래에 투사하고 영웅적 원칙을 역사의 왕위에 오르게 할 때, 이때 혁명적 로맨티시즘은 사회주의 현실주의의 한 부분을 이룬다. [……] 우리의 상황에서 낭만적인 것은 특히 영웅주의와 결부되어 있으며 결코 형이상학적 천국이 아니라 여러 가지 측면을 지닌 지상을, 즉 적에 대한 승리와 자연에 대한 승리를 지향한다. 다른 한편으로 사회주의 현실주의는 기존의 것의 한갓된 공고화가 아니다. 그것은 현실에서 발전의 실마리를 찾아내서 그것을 능동적으로 미래로 이어간다. 따라서 로맨티시즘적 현실주의와 사회주의 현실주의의 대립은 전혀 무의미하다.

신념에 대한 긍정적 확신을 놓치지 않겠다는 것에 다름아니며, 그런 시인의
신념이 실천으로 나타나지 못할 때는 사상의 내면적 공간을 확보하는 것이
필수적이다. 그 결과 이 당시 임화의 시에는 이른바 내면화 혹은 내성화라
고 볼 수 있는 경향이 두드러지게 나타난다.

그렇다면 이것은 진정한 의미의 주체 재건이 될 수 없다. 주체의 재건이
란 노동자계급의 당파성을 긍정하고 역사의 진보에 대한 신념을 바탕으로
부단히 현실과 교섭하는 과정에서 이루어지는 것이라면, 현실과의 교섭이
근본적으로 차단된 당시에 있어 주체의 재건은 사실 난망하기 그지없는 일
이다. 오직 가능한 것은 이러한 신념을 내재화하는 길뿐인데, 이때 조심해
야 할 것이 잘못된 내재화로 인해 회고적 비관주의로 빠져들거나 아니면
주체의 의식 과잉을 초래해 과도한 관념만을 프장한 시가 되는 것이다.

때문에 그는 「寫實主義의 再認識」(동아일보, 1937.10.8~14)에서 이제까
지 자신이 보여준 문학적 실천에 대해 스스로 비판을 행한다. 이 글에서
임화는 당파성이란 주체의 의지와 현실의 객관성 간의 상호 관련 속에서
추출되어야만 한다는 주장을 편다. 그리고 이러한 입장에서 1930년대 프로
시의 문제점을 객관주의적 편향과 주관주의적 편향에서 찾고, 이 둘을 모두
극복해야 한다고 역설한다.

먼저 임화는 "事物에 對한 觀照的 態度로부터 出發하야 現狀의 水泡만을
追從하는 外面的『레얼이슴』"[25]인 객관주의적 편향, 즉 파행적 사실주의를
다음과 같이 비판한다. 파행적 사실주의는 사물의 현상과 본질을 혼동하고,
전형적 성격의 창조 없이 세부 묘사의 진실성에만 매달렸다. 이것은 문학에

---

25) 임화, 「寫實主義의 再認識 – 새로운 文學的 探求에 寄하야 – (二)」(동아일보,
    1937.10.9), 4면.
    「浪漫的 精神의 現實的 構造(一)＝新創作理論의 正當한 理解를 爲하야＝」(조
    선일보, 1934.4.19, 2면)에서 "絶對客觀的 沒我의 寫實主義"라고 얼버무리던 것과
    비교해 보면 꽤 구체적인 정의이다. 이것은 전자에서는 추상적인 차원에서 파
    악하던 것을 이 시기에 오면 구체적으로 인식하기 시작했음을 의미하는 것이
    다.

있어 세계관의 중요성을 몰각한 것이어서, 이런 유의 문학은 옹졸한 트리비얼리즘으로 흐르고 만다는 것이다. 반면 "事物의 本質을 現象으로서 表現되는 客觀的 事物 속에 現象을 通하야 찾는 대신 作家의 主觀 속에서 맨드러낼랴는 것"26)인 주관주의적 편향은, 정신을 가지고 현실을 규정하려는 잘못된 방법 때문에 생긴 것이라고 비판한다. 그러나 파행적 사실주의가 외적 자기로 돌아갔다면 주관주의는 내적 자기로 돌아간 것으로, 길은 다르나 모두 본질적으로 "傾向文學의 小市民性에의 屈伏"을 보여주는 것이다.

그러나 이와 같은 주관주의 비판은 사실주의 문학에 있어 주관주의 그 자체를 전면적으로 부인하는 것은 아니다. 당시 임화가 비판한 것은 본질을 객관적 현실에서 추출하지 않고 주관 속에서 만들어내려던 주관주의에 불과한 것이다. 혁명적 로맨티시즘론에서와 달리 여기서 임화는, "우리들이 客觀的 現實의 反映으로서의 『리얼리즘』 가운데 表現할 主體性은 一個人의 局限된 主張이 아니라 現實의 模寫로서의 意識"27)이라고 하여 주체성이 객관적 현실에 종속되는 것임을 분명히 하고 있다.

이와 같은 과정을 통해 임화는 최종적으로 창작 과정 내부에서 작가의 주관적 세계관과 객관적 현실의 변증법적 통일이 이루어져야 한다는 사실의 인식에 도달한다. 이처럼 과학적 세계관과 생생한 현실을 결합시키는 예술적 실천이 바로 사실주의며, 이렇게 될 때 바로 와해되었던 주체를 올바로 재건할 수 있게 되는 것이다.

실제 이 당시 임화의 이런 의도를 반영하여 창출된 것이 바로 일련의 '현해탄'을 소재로 한 감정시이다. 이 시편들의 구체적 계기가 되는 도일 체험은 1929년 7월에 있었던 일로, 바로 이 당시 자신이 가졌던 포부와 정열 그리고 미래의 희망을 1930년대 후반의 어두운 상황 속에서 다시 상기하여

---

26) 임화, 「寫實主義의 再認識—새로운 文學的 探求에 寄하야—(四)」(동아일보, 1937.10.12), 4면.
27) 임화, 「寫實主義의 再認識—새로운 文學的 探求에 寄하야—(完)」(동아일보, 1937.10.14), 4면.

현실 극복을 위한 불굴의 정신을 강조하려는 목적으로 현해탄을 소재로 한 일련의 감정시가 창작되는 것이다.

(2) 순수문학측과의 논전

1930년대 들어 객관적 상황의 악화와 두 번에 걸친 대규모 검거 등으로 인해 프로문학이 더 이상 문단의 주도권을 행사하지 못하게 되자, 그 공백을 김기림·이상 등의 모더니즘과 서정주·김동리·오장환 등의 생명파, 정지용·김광균 등의 이미지즘 운동이 메꿔나가기 시작했다. 이들은 프로문학과는 달리 문학적 대상을 집단이 아닌 개인으로 대치하고, 창작 기술의 혁신과 언어의 조탁, 근대성의 추구를 공통조으로 강조하는 특징을 보여준다.

그리하여 전형기를 맞이한 프로문학의 제1과제는, 1930년대 중반 이후 문단의 새로운 주류로 등장한 순수문학에 맞서 프로문학의 자기 정당성을 확신하고, 열악한 환경 속에서 주체를 재건하는 것이었다. 프로문학측의 이런 노력은 순수문학측과의 여러 형태의 논쟁으로 구체화되는 데, 그 선봉에 선 이가 바로 임화이다. 당시 임화가 순수문학 진영의 논객들과 벌인 논쟁 중 가장 중요한 의미를 갖는 것은 <기교주의 논쟁>과 <세대 논쟁>[28]이다.

<기교주의 논쟁>은 카프 해산 이후 한 동안 침체에 빠졌던 프로문학측

---

28) 임화가 비프로문학측의 논자들과 벌인 논쟁은 이 이전에도 몇 차례 있었다. 아나키스트 金華山과 여러 프로문인들간의 논전에 잠시 끼어든 것(1927.9)을 제외하더라도, 구『搖籃』 동인이자 당시 아나키스트 화가로 활동하던 近園 金瑢焌과의 논쟁(1927.11), 역시 아나키스트 화가인 沈英燮과의 논쟁(1929.6), 국민문학파 鄭蘆風과의 논쟁(1930.5), 해외문학파 李軒求와의 논쟁(1932.1) 등이 바로 임화가 비프로문학측 인사들과 벌인 논전들이다. 그러나 이 논쟁들과 다음에서 다루려고 하는 <기교주의 논쟁> 및 <세대 논쟁>은 '카프'라는 조직체의 유무와 여타 사정의 변화로 인해 논쟁의 진행 과정과 그 의미에 있어 현격한 차이를 가진다.

이 자기 정체성을 확보하기 위해 나선 최초의 전면적인 반격이며, "당대에
있어 시란 무엇인가?"라는 문제를 놓고 임화와 비프로문학 계열이 벌인 최
초의 본격적인 접전이라는 점에서 주목을 끈다.

이 논쟁의 발단이 된 것은 김기림의 평론 「詩에 잇서서의 技巧主義의 反
省과 發展」(조선일보, 1935.2.10~14)이다. 이 글에서 김기림은 우선 기교주
의를 "詩의 價値를 技術을 中心으로 하고 體系化하려고 하는 思想에 根底를
둔 詩論"이라고 규정하고, 이것이 백조파의 감상적 로맨티시즘과 프로시의
편내용주의에 대한 반발에서 시작된 것임을 밝힌다. 그러면서 근대시는 이
제까지 순수화의 운동을 해왔으며, 이 순수화의 운동은 항상 기교주의의
향방을 더듬어 왔다고 설명29)한다.

김기림의 이런 자기 비판은 현대에 있어서는 "作家가 그를 에워싼 時代
의 氣象을 强烈하게 感受하고 把握하야 表現해"30)야 함에도 불구하고, 현상
에 대한 즉자적 정서의 표출에만 머물거나 혹은 그 음악성이나 그 회화성
만을 강조함으로써 모두 단순성에 떨어지고 말았다는 인식에 근거31)를 두
고 있다. 때문에 김기림은 그 대안으로 내용(사상)과 형식(기술)이 통일된
<전체시>32)의 추구를 제시하고 있다. 김기림의 <전체시> 이론은 영미 주

---

29) 김기림, 「詩에 잇서서의 技巧主義의 反省과 發展(下)」(조선일보, 1935.2.14)
30) 김기림, 「時代的 苦悶의 深刻한 縮圖」(조선일보, 1935.8.29)
　　　김기림의 이런 주장은 얼핏 임화의 주장과 유사한 것으로 보인다. 그러나 임
　　화가 이를 위해서는 작가의 구체적인 '실천'이 가장 중요하다고 말하는 반면,
　　김기림은 문학에서 가장 중요한 것은 작가의 직접적 행위가 아니라 성실한 '觀
　　察'이라고 함으로써 임화와 결정적인 차별성을 가진다.
31) 김기림의 이런 인식은 「現代詩의 技術」(詩苑, 1935.2)을 비롯하여 「午前의 詩論
　　－『第一篇』 基礎論」(조선일보, 1935.4.20~5.2), 「時代的 苦悶의 深刻한 縮圖」(앞
　　글), 「午前의 詩論 技術論」(조선일보, 1935.9.17~10.4) 등 이 시기에 발표한 일련
　　의 평론에서 대표적으로 나타난다.
32) 흔히 김기림의 <전체시>를 T.S.엘리옷의 <형이상시(metaphysical poetry)>나 I.A.
　　리차즈의 <포괄적인 시(inclusive poetry)>와 일맥 상통하는 것이라고 보고 있는
　　데, 이것은 착오가 아닌가 생각한다. 원래 리차즈의 <포괄적 시>는 "상반성
　　의 균형 즉 아이러니를 유지하는 시"를 의미하는 것으로－이 점에서 상반성의
　　관념이 부재하는 시인 <배제적인 시(exclusive poetry)>와 구별된다－, 단순히 내

지주의를 인간성과 대립하는 근대 문명의 반영이라고 보는 데서 나온 것[33]으로, 문학의 사회성과 역사성을 중시한 결과이다. 이때의 내용(사상)은 로맨티시즘의 인간성과, 형식(기술)은 고전주의의 지성과 거의 동일하게 쓰인다. 따라서 이때의 지성은 작품의 형식적 조정 원리 정도로 그 범주가 축소되어 버린다.

임화는 「曇天下의 詩壇 一年」(신동아, 1935.12)을 통해 기교주의에 대해 포문을 열기 시작한다. 이 글에서 임화는 "예전부터 詩人은 모든 藝術 가운데 가장 敏捷한 時代現實의 感知者이고 그것이 만드러내는 時代的 精神의 最良의 意味의 傳聲器라는 데서 그들은 높은 名譽를 차지해 왔다."[34]고 선언한다. 그리고는 "시의 내용과 사상을 방기하고 시적 열정은 전무한 채 오로지 언어 표현의 기교와 현실에 대한 비관심주의로 일관하면서 시의 제작만을 위해 사유한다"[35]는 말로 기교주의에 대해 철저한 비판을 가한다. 그러면서 근대시의 진정한 후계자는 기교주의 시가 아니라 프로시임을 김기림이 알아야 할 것이라고 주장한다. 이어 박용철의 반론에 대한 답변으로 발표한 「技巧派와 朝鮮詩壇」(중앙, 1936.2)에서 기교주의란 한 마디로 "시대적 의무를 망각한 1930년대판 예술지상주의"라는 말로 전면적인 부정의 뜻을 나타내고 있다.

김기림과 임화간의 논쟁은 김기림이 「詩人으로서 現實에의 積極 關心」(조선일보, 1936.1.1~5)에서 임화의 지적을 상당 부분 수긍하여 기교주의에 속하는 제파가 이제까지 모두 현실회피적 태도를 공유하고 있었다는 점을

용과 형식을 종합하겠다는 의미와는 다르다 이때 <포괄적인 시>의 핵심이 되는 '아이러니'(irony)는 엘리옷이 말한 '奇智'(wit)와 동일한 것으로, 이질적인 경험 세계를 폭력적으로 결합하여 인식의 충격을 주고자 했던 17세기 영국 형이상학파 시인들의 기법인 '奇想'(conceit)을 현괴적 이론으로 체계화한 것이다. 이승훈, 『詩論』(고려원, 1979.4), 218~222쪽.

33) 김기림, 「午前의 詩論」(조선일보, 1935.4.20~5.2)
34) 임화, 「曇天下의 詩壇 一年—朝鮮의 詩文學은 어디로!—」(신동아, 1935.12), 166쪽.
35) 위 글, 171쪽.

인정36)함으로써 종결되지만, 논쟁의 중간에 박용철이 개입하여 김기림과 임화 두 사람의 논리를 모두 공박하고 나서면서 논쟁은 박용철과 임화간에서 다시 이루어진다.

박용철은 시란 "特異한 體驗이 絶頂에 達한 瞬間의 詩人을 꽃이나 或은 돌멩이로 定着시키는 것같은 言語 最高의 機能을 發揮시키는 일"37)라고 규정한다. 그리고 임화의 논리는 表題 중시 사상에 중점을 두고 있어 시를 다만 '說明的 辯說'38)로만 보고 있기 때문에 비시적 방법이라고 비판한다. 또한 김기림에 대해서는, 시란 '지성을 가지고 고안'해 내는 것이 아니라 생리적으로 자연스럽게 나오는 것이라고 반론을 제기39)한다. 그러면서 김기림이 정작 지성을 가지고 고안해냈다고 하는 장시 「氣象圖」가 "한개의 몬티브에 完全히 統一된 樂曲이기 보다 필름의 多數한 斷片을 몬타ー쥬한 것같은 것"40)에 불과하다고 혹평을 하고 있다. 이러한 박용철의 견해는 그가 이 당시 프로문학의 政論性을 비판하면서 시문학파 중심으로 대두한 순수시운동의 변호자를 자임하고 있었던 상황을 염두에 둔다면, 그 의도가 어디에 있는지 자명하다고 할 수 있다.

박용철과 임화의 논쟁은 박용철의 「乙亥詩壇 總評」에 대해 임화가 「技巧派와 朝鮮詩壇」(중앙, 1936.2)을 통해 비판하고, 이에 박용철이 「詩壇 時評ー技巧主義說의 虛妄」(동아일보, 1936.3.18,19)에서 재반박한 것에 대해 임화가 더 이상 응대하지 않음으로써 종결된다.

이 논쟁을 통해 임화는 1930년대 들어 프로시의 쇠퇴를 틈타 문단의 새

---

36) 그러나 김기림은 「모더니즘의 歷史的 位置」(인문평론, 1939.10)에서 프로문학에서 강조해 온 '사회성과 역사성'을 1930년대 이후의 순수시(모더니즘 시) 운동을 통해 발견한 '말의 가치'를 통해 형상화할 때 제대로 된 시가 나올 수 있다고 주장하여, 여전히 1930년대 이후 다양하게 전개된 순수시 운동의 의의를 부분적으로 긍정하는 모습을 보인다.

37) 박용철, 「乙亥詩壇 總評(二)ー辯說 以上의 詩」(동아일보, 1935.12.25)

38) 위 글.

39) 박용철, 「乙亥詩壇 總評(一)ー새로 우려하는 努力」(동아일보, 1935.12.24)

40) 박용철, 「乙亥詩壇 總評(完)ー氣象圖와 詩苑 五號」(동아일보, 1935.12.28)

로운 주류로 등장한 순수시 운동의 주창자 중 한 사람에게서 자기 반성을 이끌어내는 성과를 거두고 있다. 그리고 그 동안 내용편중주의라는 비판을 받으며 1930년대 들어 한 동안 침체에 빠졌던 프로시를 재건하고 새로운 활로를 찾을 수 있는 힘을 얻고 있다. 임화가 시도한 감정시가 바로 그 구체적인 사례라 할 수 있다. 이후 임화가 순수시측의 전유물처럼만 여겨졌던 '詩語의 문제'에 관심을 기울이고[41], '형상성의 확보'를 중시하고 나서는 것은 모두 이 논전의 긍정적 영향이라 할 수 있다.

이처럼 문학의 사회적 기능을 강력히 주장한 <기교주의 논쟁>의 연장 선상에서 시작된 <세대 논쟁>은 임화·유진오 등을 비롯한 일군의 30대 비평가와 김동리·오장환·최명익 등 20대 신진작가 사이에서 <문학의 당대적 의미와 사회적 기능 여하>를 초점으로 삼아 근 1년여에 걸친 논쟁을 가리킨다. 임화는 「新人論」(비판, 1939.2), 「新人 不可畏」(동아일보, 1939.5.6), 「新世代論」(조선일보, 1939.6.29~7.2), 「第一回 新人文學 콩쿠르 審査會를 마치고」(동아일보, 1939.7.5~9), 「詩壇의 新世代」(조선일보, 1939.8.18~26), 「創作界의 一年」(조광, 1939.12), 「警戒할 亞流意識-새르운 精神과 言語를 待望」(조선일보, 1940.1.9) 등 일련의 평론을 통해 당대의 신인작가들이 가지고 있는 공통적인 문제점을 지적하고 나선다.

> 文學의 世界는 한사람의 獨制者 以外엔 그 餘의 모든 同傾向 或은 類似의 作家는 亞流의 運命을 援與하는 冷靜하고 嚴格한 法則이 支配하는 世界다.
> 여기 가도 春園, 저기 가도 民村, 앞을 보다도 芝鎔, 뒤를 보다도 泰俊,

---

41) 이 논쟁이 끝난 후 임화가 잇달아 발표한 「言語의 魔術性」(비판, 1936.3)을 비롯하여 「朝鮮語와 危機下의 朝鮮文學」(조선중앙일보, 1936.3.8~24), 「作家 生活 노-트에서-말의 貧困」(조선문학, 1936.5), 「言語의 現實性-文學에 잇어서의 言語」(조선문학, 1936.5), 「藝術的 認識 表現의 手段으로서의 言語」(조선문학, 1937.6), 「言語와 文化의 交流-藝文의 隆盛과 語文整理」(사해공론, 1938.7), 「朝鮮語의 韻律型」(매일신보, 1939.11.5) 등이 모두 시어의 문제를 논하고 있는 글들이다.

이래선 우리 文壇이란 三四人의 眞正한 作家 外에 數十數百의 無能者로 充滿해 있는 셈이다. [……]

　爲先 急務는 하로바삐 文壇에서 旣成作家의 『유니폼』을 빌어입은 『에피고-넨』群을 一掃할 것과, 通鑑도 못읽고 科擧를 보러 오는 것과 같은 三文선비의 蠻勇을, 또한 그것이 낳는 文學靑年的인 不滿을 工夫에 解消시킬 것이다.[42]

　임화는 '신인'이란 나이나 경력의 일천함 여부가 아니라 '문학의 새로움'과 기존의 공인된 문학가치나 권위에 대해 진정한 '도전 정신'을 가지고 있느냐로 따져져야 할 것이라고 말한다. 따라서 신인은 무엇보다도 조선문학의 역사와 현상에 대해 누구보다도 상세·명철한 지식을 얻기에 전력을 다할 필요가 있다고 주장한다. 그러나 많은 신인 작가들이 역사의식과 시대의식을 결여하고 있고, 몇몇 기성 문인들이 보여준 현실 도피적 태도와 예술지상주의적 문학관을 아무런 문제 의식없이 답습하고 있어 전혀 신인답지 않다고 공박[43]하고 있다. 따라서 지금 신인 작가들이 문제되는 것은 기술의 진보나 퇴보가 아니라, 한 마디로 '정신으로서의 아이디얼리즘을 결여'[44]하고 있다는 것이라고 결론을 내리고 있다. 물론 이때 임화가 말하는 '정신으로서의 아이디얼리즘'이란 혁명적 로맨티시즘에서 강조하는 미래에 대한

---

42) 임화, 「新人論-그 序章-」(『文學의論理』, 學藝社, 1940.12). 471,474쪽.

43) 신인작가들에 대한 이런 유의 공박은 이미 「文壇時感」(조선일보, 1938.7.17,19~23), 「作家氣質論」(청색지, 1938.8) 등에서부터 계속되어 온 것이다. 앞의 글에서 임화는 "문학이 문단적으로 되면서부터 이데올로기뿐 아니라 생활도 내어던졌고, 문학에서도 떠나오기 시작했다."고 파악한다. 때문에 "한 개인(혹은 개성)을 사회성의 높이에까지 승화시키는게 개인이 생존하는 궁극의 이유라면, 문학함으로써 문학을 진리의 높이에까지 높여가는게 진정으로 문학적인 문학의 본질"이라며, "문학이 문학하려는 이외에 아무런 욕구를 갖지 않는다면, 문학은 문학인 것을 그만 두게 된다. 그것은 하나의 기술로 끝이며, 작가는 장인에 머물고 말게 된다."고 주장하고 있다. 뒤의 글에서도 "우리가 문학자로서 충실한다는 것은 <장인 기질> 가운데 칩거함이 아니라, 문학자 고유의 존재로서의 사회인으로 있다는 데 있다."고 같은 주장을 반복하고 있다.

44) 임화, 「新世代論(三)-三十代의 作家와 新人」(조선일보, 1939.6.30)

낙관적 전망을 의미하는 것으로, 부정적인 현상에 머무르지 않고 그것과 직면하여 적극적으로 초극하려는 정신을 일컫는 말이다.

이상에서 볼 때, 세대 논쟁을 통해 임화가 실제 의도했던 것은 정지용·이태준 등의 문학관 공박45)이었던 것으로 보인다. 그가 '조선의 역사와 현상'을 강조하고 그에 대한 깊은 지식을 가질 것을 신진작가들에게 요구한 점은 이런 측면에서 이해해야 한다. 그리고 같은 프로문학 계열의 작가 유진오가 「「純粹」에의 志向－特히 新人 作家에 關聯하야－」(문장, 1939.6.1)에서 신진 작가들을 비판하고 나선 것46)도 이와 같은 맥락에서 파악할 수 있다.

이에 대해 신인 작가측에서는 김동리가 정면으로 반박하고 나선다. 김동리의 반박은 주로 유진오에게 맞춰진다.47) 그는 다음 두 가지 이유를 들어

---

45) 金時泰, 「世代·純粹 論議의 展開」(『植民地時代의 批評文學』, 二友出版社, 1982.4), 572쪽. 이 글에 의하면, 이 논쟁은 최재서 중심의 인문평론파와 정지용·이태준 중심의 문장파의 대리전같은 양상을 띄고 있다. 전자는 주로 외래 사조에 민감하고 개방적 세계관을 지향하는 전위적 비평가들이 주축을 이루고 있고, 후자는 보수적·퇴폐적이며 고전 취향을 강하게 지닌 시인이나 소설가들이 주축을 이루고 있었다. 때문에 양측의 문학관에는 근본적인 차별성이 있었으며, 이것이 인문평론측 비평가에 의한 문장파 신인군 비판이라는 것으로 표면화된 것이다. 임화가 전자측에 서게 된 것은 그가 대표하던 과거의 프로문학이 국제주의 노선에 입각하여 개방적 세계관을 지향한 것이었기 때문에, 자연스러운 것이라 할 수 있다.

46) 유진오는 이 글 135쪽에서 신진작가들에 대해 다음과 같이 말하고 있다.

言語의 不通이라는 것은 지난 數個月 동안 某誌上에 나타난 新人作家들의 座談會와 文壇呼訴狀이라는 것을 通讀하고 나서 느낀 첫째 感想이었다. 新人作家래서 모두 그런 것은 아니지만, 그 大部分은 오늘의 旣成文人들 그中에도 特히 三十代作家들의 苦惱의 所在를 全혀 理解하지 못할 뿐 아니라, 도리어 그런 苦惱를 갖고 있는 것을 一種의 喜悲劇으로 밖에 보지 못하는 듯하였다. 그 中에는 意氣軒昂하야 이 數年來 三十代 文人들 特히 評家들이 文學精神의 正常한 發展을 爲하야 惡戰苦鬪해 오던 그 努力을 코끝으로 웃어 버리려는 勇士도 있었다. 이런 것은 所謂 「文壇出世」에 焦急한 탓이라 하야 別로 問題삼지 않을 수도 있을 듯하나, 나로서는 그곳에 역시 어떠한 社會的 根據를 보지 않을 수 없는 것이며, 슬퍼할 言語의 不通을 느끼지 않을 수 없는 것이다.

유진오의 주장과 자신들 이전의 문학을 비판하고, 자신들의 문학을 옹호하고 나선다. 김동리는 문학적 형상화가 제대로 이뤄지지 않은 정신 혹은 이념은 무가치하다고 말하면서, 신인작가측의 순수문학은 정신과 형식의 통일을 지향하는 문학이기 때문에 정신만 승하고 형식은 미처 따르지 못한 기성측의 문학—보다 직접적으로는 프로문학—보다 우월한 것이라고 주장한다. 또한 기성문학은 사대주의에 근거한 이식문화에 불과한 데 반해, 순수문학은 주체성에 기반한 문학이며 진정한 인간성 옹호의 문학이다. 따라서 참다운 근대문학이라고 주장한다.[48]

이러한 김동리의 주장은 그 자체로 볼 때는 타당성이 있다. 그러나 과거의 프로문학운동 과정상에 나타난 일면만을 가지고 그 의의를 전면적으로 부정하고 나선 것이나, '인간의 개성과 생명의 구경적 의의를 탐구하는 것'[49]이 바로 근대문학이라고 하면서 문학의 시대적 의무를 간과하고 사회성에서 벗어난 개인의 내면과 형식 문제에만 집중한 점은 문제라 할 수 있다. 또한 이식성의 문제는 상당 부분 비단 프로문학뿐 아니라 모더니즘이나 순수문학의 여러 조류들에서도 두루 나타나는 시대적 한계에 관계된 문제

---

47) 김동리의 반박은 주로 유진오에 대해 이루어지며, 이에 대한 재반박 역시 유진오에 의해 행해진다. 다만, 김동리는 「「純粹」 異議—兪氏의 歪曲된 見解애 對하야—」(위 글)의 마지막 장(148쪽)에서 임화를 직접적으로 거명하지 않은 채 그의 <新人 不可畏>說에 대해 약간의 반박을 조심스럽게 시도하고 있다. 여기서 김동리는 문학사적 견지에서 나온 <신인 불가외>설이 일면 일리가 있다는 점을 인정하면서도, 그것이 진리라 하더라도 '진리가 하나 뿐은 아니기 때문'에 전적으로 동의하지는 못한다고 얼버무리고 있다.

48) 김동리, 「「純粹」 異議—兪氏의 歪曲된 見解애 對하야—」(문장, 1939.8, 144쪽) 및 「新世代의 文學 精神—新人으로서 兪鎭午씨에게—」(每日新報, 1940.2.21), 「新世代의 精神—「文壇 「新生面」의 性格, 使命, 其他—」(문장, 1940.5), 80~83쪽.
김동리의 이러한 주장에 대해 30대의 비평가들 가운데서 유일하게 김환태가 「純粹 是非」(문장, 1939.11)을 통해 동조하고 나서 이채를 띤다. 그러나 실상 김환태가 한때 구인회 동인으로 참가했으며, 이후 줄곧 순수문학을 옹호해 왔다는 점을 상기해 본다면 이런 김환태의 태도는 오히려 지극히 자연스러운 것이다.

49) 김동리, 「新世代의 精神—「文壇 「新生面」의 性格, 使命, 其他—」, 위 글, 83쪽.

라는 점을 굳이 외면하고 있다는 점, 동시대 한국문학의 특수성에 대한 고려를 전혀 하지 않고 있다는 점 등도 거론될 수 있겠다. 이러한 김동리의 주장에 대해 임화는 구체적인 답변을 하지 않는다.[50] 다만 임화는 한 해를 총정리하는 글을 통해 그해에 작품을 발표한 여러 작가들의 작품을 두루 다루는 자리에서, 김동리의 작품 대한 자신의 생각을 다음과 같이 간단히 밝힘으로써 김동리의 주장에 대한 반박을 대신하고 있다.

> 技術에 있어서 그中 確實한 것은 亦是 金東里氏니, 「黃土記」(「文章」五月號) 「찔레꽃」(「文章」增刊) 「玩味說」(「文章」十一月) 等은 氏의 精進을 證明하는 作品은 될 지 모르나, 固有한 世界를 가진 作家의 한 사람으로 認定하기엔 넘우나 많이 우리 文壇에 旣成 財産의 分讓物로 形成되여 있다.
>
> 新人이 새로운 精神的 世代의 主人公이 될냐면은 낡은 世代의 容喙을 許치 않는 嚴肅한 財産을 간직하고 있어야 한다. 新人이 두렵지 않다는 것도, 新人에게 覇氣가 없다는 것도 모두 이 때문이다.
>
> 覇氣란 반듯이 大言壯語를 意味함도 아니오 雜說의 濫發을 가르키는 것도 아니다. 孤高하고 默默한 가운대서도 敢히 旣成의 넘어다 보지 못할 嚴然한 世界를 保有하고 있음을 意味한다.[51]

이런 임화의 판단은 "신인 작가들에게 우리는 새로운 정신·제재·성격·세계를 요구하고 기대하지만, 그들은 기술적 미숙 이외에 아무 새로운 것도 보여주지 못하고 있다."[52]는 평가에 잇달아 나온 것으로, 바로 김동리

---

50) 이것은 일차적으로 김동리가 임화의 견해를 들어 직접적으로 반박하고 나서지 않았기 때문이지만, 이외에도 자신의 생각은 기왕의 여러 글에서 충분히 밝혔을 뿐더러, 자신의 주 공격 대상은 사실 김동리를 비롯한 일군의 신인들이 아니라 그 뒤에 버티고 앉아 잘못된 문학관을 전파하고 있는 정지용·이태준이었기 때문에 굳이 김동리라는 신인을 상대로 다시 이 문제를 거론할 필요성을 별반 느끼지 못했고, 이미 유진오가 김동리에 대한 직접적인 반박을 통해 자신의 생각과 유사한 견해를 어느 정도 반복했다는 여러 가지 이유 때문이기도 하다.

51) 임화, 「各界 一年間 總決算—創作界의 一年—」(조광, 1939.12), 134쪽.

52) 위 글, 133쪽.

의 문학 활동을 자신이 감당해야 할 시대적 소명을 방기하는 행위로 보고 있음[53]을 의미한다.

이상에서 살펴본 순수문학측과의 일련의 논전은 임화 입장에서 볼 때, 우선적으로 전형기를 맞이한 프로문학의 대타 의식 확보라는 차원에서 이루어지는 것이다. 즉 프로문학의 쇠퇴를 틈타 문단의 새로운 주류로 등장한 순수문학의 문제점을 선명하게 드러내고, 그를 통해 프로문학의 정당성을 입증하는 계기로 삼았던 것이다. 그리고 이 과정에서 임화는 '기교와 내용의 변증법적 통일'의 필요성을 절실하게 체득하여 이를 새로운 프로시 양식을 창출하는 계기로 삼고 있다. 때문에 임화가 내놓은 감정시는 순수시측과의 관계하에서 조명할 때 그 의의가 보다 분명하게 규명될 것이라 생각한다.

2) 감정시의 실제

(1) 현실에 대한 절망과 영웅적 비가

1930년대에 들어서면서 한국의 프로문학운동은 중대한 위기를 맞는다. 만주사변 등으로 인해 더욱 강화된 일제의 탄압과 두 번에 걸친 대규모 검거 사태로 인한 창작의 공백 사태, 거듭된 이탈자의 발생으로 인한 운동의 침체와 조직의 동요, 카프의 해체 등으로 그 존립의 기로에 서게 된다. 이러한 상황 속에서 프로시는 당대의 사회운동에서 제시하는 이념을 충실하게 담아내는 역할을 더 이상 수행하지 못한다. 이것은 프로시인들이 이제 노동운동이나 단편서사시를 계속해서 써 나갈 힘을 상실하게 되었다는 것[54]을

---

53) 이전에도 임화는 김동리의 작품을 '유미주의적 복고주의'(「文學上의 「地方主義」問題」, 조광, 1936.10, 479~480쪽), '낭만적 반동으로 복고주의의 철저한 문학적 표현'(「丁丑年 文壇 回顧……創作篇……: 思想은 信念化-彷徨하는 時代精神-(下)」, 동아일보, 1937.12.15) 등으로 평가한 바 있다.

54) 단편서사시의 효용성 상실 원인에 관해서는 졸고, 「단편서사시의 개념, 대상, 범주 고찰」(국제어문, 제16집, 1995.5), 360~362쪽을 참조.

의미한다. 이제 프로시인들은 종래 자신이 가지고 있던 이념을 포기하고 전향하거나, 새로운 표현 양식을 강구하여 새롭게 자신과 자신의 신념을 추스려야만 하는 상황에 몰리게 되었다. 이때 새롭게 등장한 것이 풍자시와 감정시였는데[55], 임화는 이 중 감정시를 새로운 대안으로 선택한다.

임화가 당시 감정시를 동시대의 부정적 현실에 맞설 새로운 대안으로 선택한 것은 무엇보다도 그가 자신이 직면한 현실에 대해 극도로 절망하고 있으면서도, 여전히 현실에 대한 깊은 관심과 변혁에의 정열은 포기할 수 없다고 판단했기 때문이다. 그러나 이미 1930년대 중반의 현실은 한 시인으로서는 시대의 전반적 성격을 정확히 파악하기 어려운 시기였고, 더욱이 이 당시 중병을 앓고 생사의 기로에 놓였던 임화에게 이것은 불가능한 일이기도 했다.

때문에 그는 이제 현실을 추상적으로 논의하는 데 그칠 것이 아니라, 그 시대 현실을 자기의 삶 속에서 구체적으로 체험하고 있는 한 개인이 자기를 표현해야 한다고 생각한다. 즉 가중된 외적 폭압으로 인해 더 이상 직접적인 선동·선전시를 발표할 수 없게 된 상태에서 시인이 자신의 신념을 독자에게 전달할 수 있는 가장 효과적인 방법으로 선택한 것이 바로 감정시인 것이다.

그러나 실상 감정시로의 전환을 보이는 초기에는 감정을 그대로 토로해 버리는 모습을 보인다. 이것은 일제의 격화된 탄압, 조직원들의 잇단 수감, 조직의 동요와 와해로 이어지는 일련의 사태를 맞아 책임자 자리에 있으면서도 이런 파도를 되돌릴 수 있는 아무런 일도 할 수 없다는 무력감에 기인

---

55) 대체로 이전까지 노동운동시를 즐겨 사용하던 이들(권환·이병각 등)은 풍자시를 선호하고, 단편서사시를 즐겨 사용하던 이들(임화·이찬·윤곤강 등)은 감정시를 선호하는 모습을 보인다. 이들은 더 이상 당의 공식 지도이념을 전면에 드러내지 못하게 된 상황에서 각기 <리얼리즘적 방법론>과 <당파성>을 우선시하는 데서 차별성을 가진다. 좀더 정확히 말하자면, 풍자시를 택한 이들은 가급적 현실의 문제점을 보여주는 데 초점을 두었다면, 감정시를 택한 이들은 그 현실을 바라보는 또는 그 현실에 대한 시인의 감정과 태도를 드러내는 데 초점을 두었다고 할 수 있다.

한 것이다. 여기에다 쉽게 치유될 가망성을 보이지 않는 身病[56]과 이혼[57] 등의 개인적 불행이 중첩되면서 당면한 현상의 본질을 정확하게 파악할 힘을 상실해 버렸던 것도 이런 경향을 초래하는 한 원인이 된다.

오오 이제는업는가?   暗黑의以外에!
오오 드듸어 暴風이 宇宙의 支配者인가?

[……]

깊은 落葉松의密林과 두터운안개에쌓인
저 험한溪谷아래
지금 이 여윈 蒼白한새(鳥)는 나래를퍼덕이며
숨소리좃차죽은 미직은한 가슴우에 두손을얹고
어둠의恐怖 絶望의嘆息에 떨고잇다
―아무곳으로도 길이열리지않는 暗黑한溪谷에서.

[……]

영리한새여!   아즉도 良心의불씨가 꺼지지않은 조그만 心臟이여!
불룩내민 그 貴여운 가슴을 두드리면서
이러케!   소리쳐라!

「오라! 어둠이여! 우러라! 暴風이여!
怒呼하라! 死와 暗黑의「마르세이유」여!」[58]

전체 24연 84행에 이르는 이 장시[59]에서 시인은 자신을 '孤兒인 벌거버슨

---

56) 永郞, 「夭折한 그들의 面影―人間 朴龍喆」(조광, 1939.12), 320쪽.
57) 閔丙徽, 「그리운 文友들=젊은 文化人 林和君=」(청색지, 1938.11), 74쪽.
58) 임화, 「暗黑의 精神(未定稿)」(청년조선, 1934.10), 98,101쪽. 5,8,20,21행.

가지'(1연 4행), '손톱같이 여위인 단한개의 초생달'(2연 3행), '치위에 떠—
는 나무가지'(4연 3행), '여윈 蒼白한새(鳥)'(8연 3힝), '瀕死의새'(11연 1행),
'蒼白한새'(14연 1행), '노래를 이즌피리'(동 2행) 등으로 상징화하고 있다.
그리고 그를 이렇게 만든 시대적 상황을 '雷鳴과같은 暴風'(4연 4행), '猜疑
의구름'(7연 4행), '死의暗黑 滅亡의바람'(동 5행), '밋친 無秩序의狂亂'(15연
1행), '죽엄의運命을 우리들의 얼골에 메다치는 暗黑'(동 2행)이라는 부정적
이미지로 표현하고 있다. 이것은 한 마디로 그가 자신이 살고 있는 세계를
'아무곳으로도 길이열리지않는 暗黑한溪谷'(8연 6행), '死와 暗黑의「마르세
이유」'(21연 2행) 등으로 인식하고 있는 테서 기인한다.

이처럼 이 시는 자신이 살고 있는 세계를 암흑이 지배하는 시공간으로
파악하고, 이 속에서 어찌할 바 모르고 절망에 빠져 있는 나약한 한 인간의
비관적 세계 인식을 보여주고 있다. 이러한 비유는 이전 신경향시에서 흔히
나타나던 도식적인 이분법적 분류와 동일한 발상으로, 생생한 현실에 대한
리얼리티를 획득하지는 못한다.

물론 시인은 '영리한새'(20연 1행)이며, '아즉도 良心의불씨가 꺼지지않은
조그만心臟'(동)이어서 이런 절망적 상황에 그대로 동화되지 못하고 '巨大
한苦痛'(17연 1행)을 느끼며 그 타개책을 찾고 있다. 그러나 그가 생각한 타
개책은 절망하지 않고 상황에 대결하려는 신념을 가지라는 추상적인 언술
(13연)의 나열이나, 참고 견디라는 이야기(17연) 이상이 되지 못한다. 미래에
대한 낙관적인, 그리고 구체적인 전망은 전혀 보여주지 못한다.

이것은 화자가 대상을 다루는 데 있어 객관적 정신을 가지고 있지 못하

---

59) 여기선 무려 84행이나 되는 긴 행으로 이루어졌기 때문에 편의상 '장시'라고
했지만, 시행의 길이와 이야기성의 확보는 사실상 별개의 문제이다. 이 시를 비
롯하여 1930년대 중반 이후에 쓰여진 시들이 대체로 긴 행으로 이루어진 것은
이야기를 내포하고 있기 때문이 아니라, 시적 주체가 불만족스러운 외부 세계
에 대해 격정적으로 그리고 주관화된 관념으로만 반응하고 있기 때문에 자연발
생적으로 생기게 된 호흡의 확장을 내포된 시인이 제대로 추수리지 못한 결과
일 뿐이다.

였고, 자신들의 내적인 목소리에 이끌려 자신이 가지고 있는 신념을 정당하게 표출하지 못하는 낭만적 오류(romantic fallacy)[60]에 빠졌기 때문이다. 이것은 임화 자신도 인정[61]하듯이, 일차적으로 현실적 상황에 대한 과도한 주관적 과장에 기인하는 것이다.[62]

그러나 다음 시에 오면 시인은 과도한 세계의 압력에 대응하여 자신의 주체를 새롭게 확립하려는 모습을 보여주게 된다. 그리고 그는 포악스러운 시대의 압력에도 결코 굴하지 않는 주체의 존재를 과시한다.

> 오늘도 옥窓에는 힌 구름지내가고
> 새들이 꾀꼬리처럼 짖어귄다
> 모란꽃이 붉든 昨年五月
> 지금은 記憶까지가 拘禁되어있다
>
> [……]
>
> 그러나 한개 여위인囚人은 아직살었고 또다시 우리집林檎은익어
> 가을이되겠지? 눈속을흘러 가는샘이 大海에나가 波濤를이루울때.
> 一年이여! 오오 너는 그들을爲하야 軍號를 부르리라[63]

이 시는 카프 해체의 직접적 원인이 된 <제2차 검거사건>(1934.5) 1주년

---

60) T.S.Eliot, 「Preface」, 『The Sacred Wood』(London: Methuen & Co.Ltd., 1960), p.ix.

61) 「曇天下의 詩壇 一年－朝鮮의 詩文學은 어듸로!－」(신동아, 1935.12)에서 임화는 이 시에 대해 "시대적 암흑의 과중 평가와 시적 과장은 단순히 주관적 과장의 전형적인 모습일 뿐"이라고 고백하고 있다.

62) 이러한 점은 「永遠한 靑春－세월」(문학창조, 1934.6)이나 「주리라 네 탐내는 모－든 것을－故友 金의 墳土 우에－(중앙, 1935.7), 「옛冊(밤 三題 中의 其二)」(신동아, 1935.9), 「나는 못 믿겠노라」(『현해탄』, 동광당서점, 1938.2) 등에서도 동일하게 변주되어 나타난다. 독자가 이 시들에서 느낄 수 있는 것은 오직 시인 자신과 일체화된 화자의 운명론적인 비애감의 감지 이상이 아니다.

63) 임화, 「一年」(조광, 1935.12), 88~89쪽. 2,6연.

을 맞는 시점에서, 미래에 대한 긍정적 전망을 실현하기 위해 노력하고 있
는 화자의 모습을 담고 있다.

여기서 시인과 동일시되고 있는 화자—한개 여위인囚人[64]—은 자신이
지니고 있는 이념의 대한 강한 긍정과 필연적으로 오고야 말 미래에 대한
확신[65]을 표명하고 있다. 이는 열악한 환경과 대결하기 위한 최소 단위인
주체의 확립을 의미하는 것이며, 이것이 이 열악한 환경을 변개하고 반드시
오고야 말 미래를 부르는 가장 중요한 일이라는 것이다.

> 나는 묵어운 다리를 잇쓰을러 山빗탈을 올나가면서
> 「꿈 꾸지말고 時代의 한가운데로 드러오라」는 植物들의 흔드는손을
> 보앗다
> 「너는 아즉도 죽지 안엇섯구나」 하고
> 원추리가 多情스레히 웃는 얼골을 보앗다

---

64) 이 당시 임화 시에는 이처럼 화자가 자기 자신을 감옥에 갇힌 죄수의 형상으로
묘사하는 경우가 자주 등장한다. 임화 시에서 이런 표현은 「洋襪 속의 片紙」(조
선지광, 1930.3)에서 최초로 나타나 「오늘밤 아버지는 퍼렁 이불을 덥고」(제1선,
1933.3) 등에서 이미 몇 차례 사용되었던 것이다. 다만 그 전과는 달리 여기에
'여위인'이라는 수식어가 첨부된 것은 일차적으로 그 자신이 병석에 있음을 나
타낸 것이며, 나아가 시대의 폭압 속에서 실천적 행동을 상실해 버린 창백한
지식인의 형상을 동시에 보여주기 위해서이다. 「暗黑의 精神」(청년조선,
1934.10)에서 '암흑의 끝없는 洞穴', '두터운 안개에 쌓인 / 저 험한 溪谷', '死와
暗黑의 「마르세이유」'와 이와 대조적으로 암흑의 현실 속에서 두려움에 떨고
있는 '瀕死의 새'라는 설정은 이런 비유가 갖는 상징성이 어디에 있는가를 쉽게
짐작케 한다.

65) 여기서 말하는 미래에 대한 확신은 토마스 메쳐가 말하는 "특정한 현재의 사회
적 조건으로부터 발전된 미래 사회의 구체적 가능성의 현재화"(『리얼리즘 美學
의 기초이론』, 한길사, 1985.5, 141쪽), 즉 先取性(Antizipation)과는 다르다. 임화가
「偉大한 浪漫的 精神—이로써 自己를 貫徹하라!—」(동아일보, 1936.1.1~4)나 「寫
實主義의 再認識—새로운 文學的 探求에 寄하야—」(동아일보, 1937.10.8~14) 등
에서 강조한 '창조하는 몽상', '현실적인 꿈'은 선취성과 동일한 범주의 개념이라
고 할 수 있다. 그러나 시적 주체가 과학적 세계관을 가지고 현실에 내재된 본질
적 구조를 분명하게 인식해 내지 못하고 다만 관념적·추상적으로만 반응하고 말
때에는, 개인적 차원의 신념을 토로하는 것에 머물고 만다. 따라서 이것은 일종의
윤리적 결단으로서만 그 최소한의 의미를 가지게 된다.

나는 잠간 얼골을 불키고 머리를 숙엿다가
다시 고혼나비와 무성한식물들의 겨우사리를 생각하며 고개를들엇다

그때 나는 아즉 사라잇는幸福이 물결처럼 가슴에 복밧침을 늣기엇다.[66]

이 시는 폐결핵이 극도로 악화(폐병 3기)되어 신설동 탑골승방에서 요양
하던 1935년 4월을 그 시간적 배경으로 한다. 여기서 우리가 주목해야 할
것은, 이 경우 임화에게 있어 자신을 속박하고 있는 현실에 맞서는 출발선
으로서의 주체 세우기가 무엇보다도 '부끄러움'에 대한 인식과, 이에 이어
지는 "부끄러움 없는 삶을 살겠다."는 식의 윤리적 결단으로 시작되고 있다
는 점[67]이다. 이것은 막시스트적인 자세라기 보다는, 다분히 전통적인 조선
조 유학자의 태도에 가깝다고 할 수 있다.

물론 이것은 기본적으로 이제까지 자신의 신념을 든든하게 지탱해 주던
조직이 무너지고, 함께 변혁운동에 종사하던 동지들조차 주변에서 사라져
버린 상태에서 혼자의 힘으로 거대한 현실의 압력에 맞서야 한다는 버거움
에 기인하는 것이다. 그리고 자신이 직면한 시대의 전반적 성격을 정확하게
파악하기도 어렵거니와, 실상 그 질곡을 타개할 방법을 잘 찾을 수도 없다
는 안타까움에서 나온 것이기도 하다. 이러한 어려움 속에서 자신이 가지고
있던 기왕의 신념을 유지할 수 있는 가장 간단한 방법은 현실적 구도를 가
능한한 단순화시켜 인식하는 것이다. 이 때에야 화자는 이제까지의 절망적
인식 토로에서 한 걸음 더 나아가 윤리적 가치 평가를 통한 주체의 확립을
도모할 수 있게 있다.

---

66) 임화, 「낫(午)」(삼천리, 1935.8), 70쪽. 13~14연.
67) 이런 종류의 '부끄러움에 대한 인식'이나 '윤리적 결단의 모습'은 茶山 丁若鏞을
    비롯한 조선조 유학자들의 한시에서부터, 가까이로는 구한말의 유학자 梅泉 黃
    玹이 쓴 「絶命詩」 4수나 동시대 시인 윤동주의 「序詩」 등에서 흔히 발견할 수
    있는 것들이다.

오오 그립은 내故鄕의거리여! 여긔는鍾路네거리

나는왓다 멀리駱山밋 오막사리를나와 오즉네가 네가보고십흔마음에— 널븐길이어 단정한집들이어

놉흔한울 그밋을 오고가는 허구한 내 行人들이어

다잘잇섯는가

오 나는이가슴 그득찬반가움을 엇지다내토를할가

나는 손을들어 몟번을 인사햇고 모든것에게 우서보엿다

번화로운거리여! 내故鄕의鍾路여!

웬일인가? 너는 죽엇는가 모르는사람에게팔렷는가

그럿치안흐면 다 이젓는가?

나를! 일즉이 뛰는가슴으로 너를노래하든 사나희를

그러고 네가슴이 메여지도록 이길을홀러간靑年들의 거세인물결을

그때 내불상한順伊는 이곳에업더저 울엇섯다

그립은 거리여! 그뒤로는 누구하나 네우에서 靑年을××[빼앗]긴원한에 울지도안코

낫닉은行人은 하나도 지내지안튼가?

[……]

오오 情다웁고 그리운 故鄕의거리여!

너는 내貴한 동생順伊와가티

그가 사랑한勇敢한 이나라靑年과가티

怒하고 즐기고 爲하고 싸홀줄알며 네우를덥흔 거먼××을 ×[맹]수처럼××[포효]하든

저偉大하고 아름다운 靑年들의 발길을 대체 오늘날까지 몟사람이나 맛고보냇는가

故鄕의거리여— 나는 지금

네우에서 한사람의 낫닉은얼골도 차즐수가업다[68]

---

68) 임화, 「다시 네거리에서」(조선중앙일보, 1935.7.27), 4면. 4,6연.

이 시는 화자를 비롯한 등장인물, 배경의 설정을 볼 때 단편서사시의 대표작 중 하나인 「네街里의 順伊」의 연장선상에 놓이는 작품이다. 그러나 이 두 작품 사이에는 간과할 수 없는 차이점이 있다.

두 작품의 가장 두드러진 차이점은 화자를 비롯한 등장인물의 설정에서 찾아볼 수 있다. 우선, 이 시의 화자는 「네街里의 順伊」에서와는 달리 노동운동가로서의 모습은 거세된 채, 오직 변혁운동에 종사했던 지난날의 경험만을 소중하게 간직하고 있는 창백한 지식인으로 설정되어 있다. 그리고 지난날 단편서사시에서 중요한 역할을 담당했던 청자(수신자)의 모습을 이 시에서는 찾아보기 어렵다.

또한 「네街里의 順伊」의 등장인물들은 강고한 혈족애와 동지적 연대감으로 결속되어 있으며 자신들의 행동에 대해 강한 긍정을 하고 있는 반면, 이 작품의 등장인물은 소외와 분리·박탈감에 빠져 단지 소극적 반응만을 보일 뿐이다. 때문에 화자의 시선은 외부로 확산되지 못하고 자꾸만 자기 내부로 잦아든다. 그리고 자신이 가지고 있는 사상과 신념에 대한 확신에서 나온 강한 주장을 펼치지 못하고, 다만 그것을 빼앗기거나 상실하지만 않으려 하는 소극적 방어와 현실 타협에 대한 거부를 다짐하는 차원에 머물고 만다.

이와 함께, 계급성의 약화 현상 또한 빼놓을 수 없다. 「네街里의 順伊」에서는 노동자계급이 가진 삶의 건강성과 불굴의 변혁 의지를 다루고, 이것을 주로 등장인물 상호간에 이루어지는 사적인 대화 양식을 통해 호소력있게 전달하고 있다. 그러나 이 작품에서는 지식계급인 화자가 등장하여, 자신이 지난날 활동했던 투쟁 공간을 되돌아보며 느끼는 회고와 감상만을 볼 수 있다. 물론 화자는 이런 회고와 감상에 머물지 않고 새롭게 자신의 의지를 가다듬는 모습을 보여 준다. 하지만, 이런 변화는 변혁운동에 대한 계급적 확신이 이제 개인의 결단의 차원으로 후퇴했음을 의미하는 것이다.

두 작품의 공통 배경인 '종로 네거리'[69]의 의미 변화도 유념할 필요가 있다. 「네街里의 順伊」에서 종로 네거리는 "눈바람찬 불상한都市 鐘路복판"(2연 1행)이라는 표현에서도 알 수 있듯이, 일제의 강압적 통치에 시달리는 식민지 조선의 암울한 모습을 나타낸다. 그러면서도, '거문골목'(8연 2행)으로 상징된 것처럼, 젊은이들의 변혁 운동이 활발히 전개되는 열린 공간이기도 하다.70) 그러나 「다시 네거리에서」에 등장하는 종로 네거리는 "네거리복판에 文明의新式긔계가 / 붉고 푸른 예전旗ㅅ 발대신에 / 이리 저리 고개를돌린다"(2연 1~3행)에서 나타나듯이, 자본주의의 침윤을 짙게 받고 있는 곳으로 이야기된다. 그리고 "너는 죽엇는가 모르는사람에게팔렷는가 / 그럿치안흐면 다 이젓는가?"(4연 8~9행)라는 표현에서 보듯이 자본주의를 통한 일제의 침투가 더욱 심화된 장소이며, 이에 반발하던 젊은이들이 사라져버렸는데도 아무도 의미있는 눈길을 주지 않는 닫힌 공간, 소외의 공간으로 나타나고 있다. 즉, 이전에는 가능성과 신념의 공간였던 종로 네거리가, 이제는 잊혀져 버린 추억만 남아 있는 소외와 죽음의 공간으로 변해버린 것이다.

이상에서 볼 때, 이 시기 임화의 감정시는 ① 구체적인 대화 상대자로서의 대상 및 청자의 소멸 및 내포된 시인과 동일시된 화자의 목소리 극대화, ② 관념적이고 추상화된 세계 인식으로 인한 이야기성의 소멸, ③ 상황의 제시를 통한 독자의 인식 전환이 아니라 상황의 설명을 통해 대상에 대한 시인 자신의 정서 전달, ④ 객관적 현실의 반영이 아니라 주관적 신념의

---

69) 종로 네거리를 주 소재로 채택한 것으로는 이 외에도 「九月 十二日――一九四五年, 또다시 네거리에서―」(『讚歌』, 白楊堂, 1947.2)라는 시가 하나 더 있다. 이들 세 편의 시는 각기 임화 시작에 있어 의미있는 시기에 발표되고 있으며, 이 때문에 김윤식은 이 '종로 네거리'가 가지고 있는 상징성에 주목하여 이 상징이 임화 시에 일종의 전환점(turning point)를 이루는 것으로 보고, 이를 통해 임화의 전 시작 단계를 구분하고 있다. 김윤식, 『韓國 近代文藝 批評史 硏究』(一志社, 1976.12), 561쪽.

70) 이러한 설정은 「봄이 오는구나―사랑하는 동모야―」(조선문예, 1929.5)에서도 동일하게 나타난다. 즉, 이 작품에서는 종로 네거리를 "너와내가 젊은긔운이타오른××[전장]에로 발길을날니든"(5연 3행)이라고 하여, 「네街里의 順伊」와 동일한 인식을 보인다.

토로를 위한 서정시 지향, ⑤ 선동성의 직접적 표출 제약으로 인한 낭독시 지향성의 상실, ⑥ 동시대적 사회운동의 필요성에서 나온 이념이 아니라 자신의 사적 경험을 시적 체험으로 삼는 소재 선택의 변별성 등의 특성을 가진다.

그러나 이 시기 감정시는 객관적 현실에 대한 주관의 절대적 우위, 즉 주관주의적 편향이라는 새로운 문제점을 야기할 위험성이 짙었다. 이런 문제는 대부분 객관적 현실의 합법칙성에 근거하여 주체를 정립하지 않고, 시적 주체의 도덕적인 신념과 결단의 차원에서 현실을 바라보려고 할 때 발생한다. 이렇게 되면 시적 주체의 어조는 과거에 대한 회고적이며 고백적·자전적인 차원의 탄식으로 고정되면서, 회상적 센티멘탈리즘을 강하게 표출하게 된다. 때문에 이 시기 임화 시에 대해 김기림은 다음과 같이 혹평한다.

오래인『푸로』詩人 林和君은 荒漠한 廢墟에서 혼차 소리를 높여 어두운 노래를 부른다.
이때 나로는 哀切慘切한 回想의 노래는 늘 老戰士의『白鳥의 노래』를 聯想시켜서 읽는 사람의 가슴을 에이나 그것은 그의 詩에 엉크러 있는 個人的 社會的 傳說 때문이고 그 詩境은 依然히『센티멘탈·로만티시즘』이여서 詩의 進步에는 얼마 關聯하고 있지 않은 것같다.[71]

문제는 현실에서 오는 위기 의식을 객관적인 현실의 합법칙성이나 구체적 현상 속에서 극복해 내지 못하고 일면적으로 주체의 신념만을 강화하여 극복해 내려 했던 데에, 즉 소박하게 주체의 신념만을 내세웠던 것에 있었던 것이다.

물론 이러한 경향을 반드시 부정적으로만 볼 것은 아니다. 그것은 한편으로 이전에 있었던 도식성이나 관념성 혹은 공식주의를 탈피하여, 사상적

---

71) 金起林, 「乙亥年總觀 : 乙亥年의 詩壇」(학등, 1935.12), 17쪽.

으로나 시적으로보다 성숙하게 만들어 주는 계기로 작용한다. 임화에게 있어 새로운 세계에 대한 꿈과 열망은 퇴화해 버려서 흔적만 남은 그런 것이 아니라, 자신이 살고 있는 현실을 비추어 보는 거울로서 혹은 가혹한 현실 속에서 자신을 잃지 않도록 지탱해 주는 내적인 동력으로 작용하였다.

또한 이것은 이제까지 어떤 의미에서든 실제의 향유층과는 상당 부분 무관한 당위로서의 독자인 노동자·농민을 지향하던 시에서, 이제부터는 실존하는 존재로서의 독자인 식민지 지식인 청년을 지향하는 시로의 변모를 이야기하는 것이다. 즉 당위로서의 독자에게 나아가기 위해 그들에게 설득하고 충고하고 계몽하고 호소하던 시에서 벗어나, 보다 현실적인 문제인 구체적 인간의 고통과 번민 그리고 갈등을 토로하고 그 진정한 탈출구 모색 및 이를 위한 자신의 점검 등을 이야기하고 노래하는 시로 변화한 것이라는 점에서 이 시기 감정시 선택에 담긴 의미를 찾을 수 있다.

(2) 당대 현실의 사실적 형상화

실제적인 변혁은 한 개인이 가지고 있는 현실에 대한 관념에서 나오는 것이 아니라, 구체적인 상황을 토대로 해서 이루어지는 것이다. 그렇다면 주체의 관념을 토로하는 것이 아니라, 현실 자체의 구조적 문제를 드러내는 것이 무엇보다도 중요하다. 이렇게 할 때 리얼리티를 성취할 수 있게 된다.

> 해는 벌서 버드나무우에 이글이글하다
> 그위에를 달리고잇는 까아만머리알어 가는목덜미 말은장등이가 가
> 죽처럼탓구나
> 잠뱅이만입고 아이들아! 너의는 저고리를 이젓니?
> 아아 궁딍이가 뚜러젓구나
> 그럼 필연코 너의들은 해어진 잠뱅이박게 업든게구나
>
> 박아지 모자를쓴 紳士어른들도 잠뱅이를입엇다

허나 누으런 빗 월천군 이 바지는
　　몹시 갑진 옷감이다
　　그이들이 앗가 공채를둘너매고 自動車로왓다
　　勿論 新女性이 억개에 매여달녀 달게웃고
　　네들을 욕하든 뽀이놈이 나라갈듯 인사햇다

　　　　　　　[……]

　　웨 이러케 넓은곳에 곡식을 심지안헛슬가? 고개를개웃거리며 무러
보든 네아오에게
　　착한 아이들아! 네들은 무어라 대답햇니?
　　이곳은 우리들의 미움을 심는곳!
　　그리고…… 가만이 귓속해줄제 고혼풀닙들은 즐거움에 떨엇다
　　네귀여운동생은 네가슴에 안기며 머리를 꼭박고 언니 우리한푼도
쓰지말고 압바갓다가줍시다……
　　네 불상한 동생은 눈깔사탕을 단념햇다[72]

　　이 시는 골프장에서 어른들이 친 골프공을 주어다 주고 돈을 받아 살아
가는 어린이들의 모습을 그리고 있다. 여기서 양자는 부르좌와 프롤레타리
아로 단순 대비되고 있으며, '골프공'은 어른들에게는 유희의 대상이지만
아이들에게는 생계의 수단이라는 점에서 계급모순의 현실을 적나라하게
표출하고 있는 일종의 객관상관물이라 할 수 있다. 즉 시인은 이 시를 통해
섣불리 자신의 관념으로 현실을 재단하려 하지 않고, 골프공을 매개로 하여
전개되는 부르좌와 프롤레타리아라는 두 계급의 사회적 모순과 대립을 보
여주려 한 것이다.
　　그런데 유의할 것은 이런 대립이 이루어지는 곳은 현실적인 공간이 아니
라, 사실상 시인의 내면적 공간에 불과하다는 점이다. 이것은 이러한 현장

---

72) 임화, 「꼴푸場─아이들에게─」(조선중앙일보, 1935.8.4), 4면. 5~6,11연.

이 실제의 현실에 존재하지 않거나 존재할 수 없다는 의미가 아니다. 단편 서사시에서처럼 현실의 본질적 모순을 첨예하게 드러내는 공간으로 살아 나지 못하고 있다는 뜻이다. 부르좌와 프롤레타리아의 대립이라는 지극히 표면적이고 관념적인 일차적 변별점만이 강조되어 나타나고 있을 뿐이다.

또한 부르좌는 어른으로 프롤레타리아는 어린이로 비유하면서 프롤레타 리아를 불쌍하고 나약한 존재로 그리고 있기 때문에, 이들 양자간에 내재한 본질적, 계급적 대립 관계를 형상화하지 못하고 그에 대한 일차적인 반응만 을 도출한다. 그리고 프롤레타리아 계급에 내재해 있는 변혁의 역량을 제대 로 파악하지 못하는 잘못을 범하고 있다. 시인은 골프공을 주어다 주고 생 활을 해나가는 가난한 어린이들의 비참한 삶의 한 편린을 그리는데 만족하 고 있다. 이 비참한 현실을 타개하려는 이들의 주체적 의지를 보여주지 못 하고, 또한 미래에 대한 전망을 제시하지 못하고 있다.

또한 아이들로 표상된 프롤레타리아에 대한 화자의 태도는 무력한 소시 민적 지식인의 모습을 여실하게 드러내고 있다. 때문에 화자는 객관적인 관찰자에 머무는 존재로, 그의 어투는 상황에 대한 간접적이고 객관적인 보고 형태를 띨 뿐이다.

사투리는 매우 알아듣기 어려웁다
허지만 젓가락으로 밥을나르기는 어색한모양은
그 까아만 얼골과 더부러 몹시 낯익다
너는 내方法으로 내어버린 벤또를 먹는구나

숟갈이나 거더가주올게지……
허를차는 네 늙은 아버지는
자리가없어 일어선채 부채질을한다
글세 옆에앉은 점잖한사람이 수건으로 코를 막는구나

아즉멀엇는가 秋風嶺은……

그믐밤이라 停車場 標ㅅ 말도 안보인다
답답워라 山인지 들인지 대체 지금어디를 지내는지
나으리들뿐이라 누구한테 엄두를내여
물을수도없구나

다시한번 손목時計를 드려다보고 洋服쟁이는 모를말 지저귄다
아마 그사람들은 모든것을 다 아나보다
되놈의 땅으로 농사가는줄을 누가모르나
面所에서준 票紙를보지 하도 지척도안뵈니까 그러치

車가 덜컹 소리를치며 엉덩방아를 쩠는다
필연코 어제 아이들이 돌멩이를 노코 달아난게다.
가뜩이나 무거운짐에 너 그사이다병은 집어너허 무얼할래.
오호 착해라 그래도 누이 시집갈제 동백기름병을달라고.

怒하지마라 너의 아바지는 소같구나
네가 잠결에 기대인 늙은이내 머리를 밀처도
엄마도 아빠도 말이없고 허리만 굽히니……
오오 물소리가 들린다 넓고기인 洛東江에……

대체 어디쯤가야 이밤이 새일가
애들아 서잇는 네다리가 얼마나 아프겟니
車는 한창 江가를 닫는지 물소리가
몹시 情다웁다.
필연코 故鄕의 강물은 이꼴을보고 怒햇을게다.[73]

　　이 시의 등장인물들은 농토를 빼앗기고 고향을 떠나 만주땅으로 가고 있
는 농민 가족과 '점잔한 사람', '나으리', '洋服쟁이' 등으로 형상화된 가진

---

73) 임화, 「夜行車 속」(동아일보, 1935.8.11), 전문.

자들이라는 두 부류로 나눠져 상호 대립적 양상을 보이고 있다. 화자는 이들 중 순박한 농민 가족74)에게 동정적인 입장에 서서 당시 조선 민중의 처참한 삶을 그린다.

시인은 주변 인물들간에 오가는 대화나 행동들을 통해 부정적 현실을 구체화하고 있다. 즉 도시락 냄새에 손수건으로 코를 막고(2연 4행), 어디쯤 왔느냐는 질문에 面所에서 준 票紙를 보라고 면박을 주며(4연 4행), 어린아이가 졸다 잠결에 설핏 고개를 기대자 '빠가'라고 소리치며 머리를 밀치는(6연 2행) 등의 행동을 그림으로써 가진 자들의 반민중성과 몰자각을 선명하게 드러내는 것 등이 바로 이런 것이다. 이런 점에서 이 시는 식민지 조선의 당대적 현실을 사실적으로 형상화한 작품이라고 할 수 있다.

그런데 양자의 대립은 더 이상 본질적인 의미의 계급적 대립으로 진전되지 못한다. 또한 그 원인에 대한 고찰도, 이런 상황을 극복하기 위한 의지도, 미래에 대한 낙관적 전망도 전혀 보여주지 못하고 있다. 이것은 이 시의 화자가 「꼴푸場」의 화자처럼 아이의 행동을 중심으로 단지 상황을 관찰하고만 있는 화자로 설정되어 있는 데서 기인하는 것이다. 그의 태도는 유보적이며, 미정적이다. 때문에 이런 당대의 부정적 현실에 대해 비판적 시각을 가지고 있는 것으로 설정된 화자가 "필연코 故鄕의 강물은 이꼴을보고 怒햇을게다"(7연 5행)라는 한탄과 "대체 어디쯤가야 이밤이 새일가"(7연 1행)라는 전망 부재의 심사 만을 토로하고 있을 뿐, 그 이상 별 다른 실천 의지를 보여주지 못하고 있다.

이상에서 보듯, 이 작품들은 기본적으로 단편서사시 양식에서처럼 조선조 서사한시의 전통에 힘입고 있다. 서사한시의 독특한 구성 방법인 3부 구성법75)을 채택하고 있는 점이나 하나의 서사 무대에 시공을 집약하여 보여

---

74) 이들은 "허지만 젓가락으로 밥을나르기는 어색한모양은 / 그 까아만 얼골과 더부러 몹시 낮익다"(1연 2～3행)라는 표현을 통해 개별적 존재에서 '수난 당하는 우리 민족'이라는 보편적 존재로 의미가 확산되어 독자에게 인식된다.

75) 이에 관한 상세한 내용은 본고 앞 부분의 <서사한시 전통과의 관련성>(66～70

주는 방식, 인식 주체를 당대의 소외된 지식인으로 설정하고 있다는 점 등은
서사한시의 그것과 크게 다를 바 없다. 한편, 단편서사시와 이 시들은 다음
몇 가지 점에서 차별성을 보여준다. 우선 단편서사시에서는 능동적이고 현
실 참여적인 화자가 편지글의 발신자로 등장하여 당대의 부정적 현실과 투
쟁하여 미래의 전망을 획득해 나간다. 그러나 여기서는 여타 등장인물들과
강한 정서적 유대감을 가지고 이들이 처한 문제적 상황에 대해 감정적으로
분노하는 화자가 등장하면서도, 단지 피상적으로 관찰하는 데 그치는 무력
한 화자로 설정되어 있다. 또한 단편서사시가 노동 현장의 모습과 분위기를
구체적으로 담아 나가려고 하고 있는 데 반해, 이 시에서는 유이민이나 농민
들의 뿌리뽑힌 삶에 대한 동정만을 보이는 데 그치고 있다. 마지막으로 단편
서사시가 근본적으로 대중성을 가미한 선동시의 형태라면, 이 시들은 시인
의 내면적 독백을 담은 전형적인 서정시의 형태를 취하고 있다.

(3) 내적 대화체의 도입

당시 임화의 시에 등장하는 시적 주체는 왜소화되고 나약한, 그리고 고
립된 존재로 묘사된다. 이 때문에 이 당시에 발표된 시들에는 거대한 악
또는 어둠으로 추상화된 현실에 대한 주체의 즉자적인 절망 토로가 나타나
게 된다. 따라서 현실의 구체적 파악이 불가능하게 된 시인은 이제 시적
대상에 대한 주체의 반응과 고도의 정신성, 즉 시적 주체의 윤리적 결단을
그 무엇보다도 강조하고 나서게 된다.

이런 시적 주체의 윤리적 결단을 보여주는 수단으로 임화는 '내적 대화'
라는 기법을 도입한다. 이때의 '내적 대화'란 흔히 소설에서 의식의 흐름을
제시하는데 사용하는 <내부 독백(monologue intérieur)>76)과는 다른 것이다.

쪽)을 참조하기 바란다.

76) 험프리는 『Stream of Consciousness in the Moderen Novel』(California University Press,
1954; 千勝傑 역, 삼성미술문화재단, 1984.8, 50쪽)에서 문학에서 '의식의 흐름'을

내적 대화는 "화자가 자신이 가지고 있는 생각의 정당함을 주장하기 위해 이미 세간에 잘 알려져 있는 유명한 선언이나 특정 인물의 말을 제시하고, 그 언술들과 화자간에 오가는 일정한 대화 또는 화자의 일방적 해석을 통해 양자의 인식 차이를 드러내 보여주는 방식"으로 정의할 수 있다. 이때 '대화'의 쌍방이 모두 일정한 역할을 가지고 등장하여 동등한 정도로 자신의 생각을 밝히는 것이 아니라, 거론된(또는 상정된) 언술 주체의 반론 기회는 주어지지 않고 시적 주체가 거의 일방적으로 그 언술에 대해 자신의 해석을 가하기 때문에 '내적'이라는 한정어를 덧붙이는 것이다.

임화가 선택한 내적 대화의 기법은 세 가지 양상으로 나타난다. 첫 번째는, 시적 주체의 내면에서 흘러나오는 소리를 주변의 자연 사물을 통해 드러내면서 현재의 자신을 반성하고 추스리는 방식으로 이 기법을 사용하는 경우이다. 주로 「낮(午)」, 「버러지」 등의 작품에서 이런 양상을 찾아 볼 수 있다. 두 번째는, 「敵—사랑합시다, 敵을!」이나 「地上의詩」 등에서 볼 수 있는 것처럼, 특정한 권위를 가진 언술을 거론하고 자신의 생각을 곁들여 이 언술을 새롭게 해석하는 방식으로 이 기법을 적용하는 경우이다. 마지막으로, 시적 주체 자신이 부정하고 싶은 인물이 쓴 글이나 말 또는 시의 특정 부분을 들어 비판하는 방식으로 이 기법을 적용하는 경우이다. 첫 개인 시집인 『玄海灘』(東光堂版, 1938.2)에 수록된 「나는 못 믿겠노라」나 「밤 甲板 위」, 「月下의 對話」, 「玄海灘」 등의 작품이 이런 식으로 내적 대화의 기법을 사용한 예이다.

어느 경우든 기본적으로 이 세 가지 양상은 모두 현상에 대한 시적 주체의 즉자적 반응을 그대로 시로 표출함으로 인해 자칫 센티멘탈리즘에 함몰되기 쉬운 폐단을 방지하는 한편, 자신의 생각을 좀더 분명하게 정리하여 자신의 신념을 확고히 하고, 독자들에게 자신의 생각을 설득력있게 전달할

제시하는 데 사용되는 기본적인 기교로 <직접 내부 독백(direct interior monologue)> 과 <간접 내부 독백(indirect interior monologue)>, <全知 視點의 記述(omniscient description)>, <독백(soliloquy)>의 네 가지를 들고 있다.

수 있는 방법으로 고안된 것들이다.

> 내가 한마리 이름없는 버레와 다른게 무엇이냐.
> 고지식한 마음이 提出하는質問의 對答을 찾을랴고
> 한참을 머뭇거리다 한울을向하야 고개를 들었을제
> 甚히 怒한 太陽의表情에
> 두손으로 나는 얼굴을 가리었다.
>
> 이때 물결이 어머니처럼 일느기를
> 사람은 봄에낫다 가을에죽는 버레는 아니니라.
>
> 버러지도
> 밟으면 꿈틀한다는 俗談이 이젠 소용이없는가
> 浦口저쪽으로 물결은 돌아갓다.[77]

 좌절감에 빠져 있는 화자가 태양과 물결의 질책을 듣고 '부끄러움'을 느끼는 모습을 그린 장면이다. 이때 화자가 보고 들은 태양과 물결의 질책은 바로 자기 자신의 내면에서 우러나온 '양심'의 소리에 다름 아니다. 그리고 이 양심의 소리는 현실적인 좌절감으로 인해 체념 상태에 빠져 있는 화자를 다시 일으켜 세우는 힘으로 다가선다.

 문제는 화자가 현실적 구조에 대한 어떠한 형태의 천착 또는 탐구의 노력도 하지 않고, 개인의 양심에서 우러나온 '부끄러움'의 인식과 이를 근거로 한 윤리적 결단을 강조하는 상태에만 머물고 있다는 것이다. 실제 자신이 타파해야 할 대상이 무엇인지, 무엇이 잘못된 것인지, 왜 타파해야 하는지 등에 대해 이 시는 구체적으로 설명하지 않는다. 때문에 선언적인 차원에서라도 적의 실체를 분명히 할 필요가 생긴다. 그리하여 임화는 몇 개의 부정적인 명제나 글을 제시하고, 이에 대한 비판을 통해 프로시의 대타성을

---

 77) 임화, 「버러지」(신동아, 1935.12), 6~8연, 75쪽.

확보해 나가게 된다.

太初에 말이 잇느니라……
人間은 고약한傳統을 가진 動物이다
行動하지 않는 말
말을 말하는 말
이브가아담에게 따준 無花果의秘密은
실상 智慧의 온갖 수다속에 잇섯다

飽滿의 이야기로 飢餓를
天上의노래로 地獄의苦痛을
어리석게도 人間은 곳잘 박구엇섯다
그러나 地上의팡으로 배부른사람은
果然하나도 업섯든가
神聖한智慧여 光榮이 잇스라

온전이 運命이란 말以上이다
단지 사람은 말할수잇는 運命을 가진것
運命을 이얘기할수잇는 말을 가진것이
沈默한行爲者인 도야보다 優越한點이다

말을 行爲로
行爲를 말로
自由로 飜譯할수잇는 機能
그것이 詩의 最高의 原理
地上의 詩는
智慧의 虛僞를 깨트릴뿐 아니라
智慧의 悲劇을 救한다
分明히 太初의 行爲가 잇다……[78]

---

78) 임화, 「地上의 詩」(풍림, 1937.2), 10,11쪽. 전문.

이 시에는 "太初에 말이 잇느니라"는 기독교의 명제(요한복음 1장 1절)와 "分明히 太初의 行爲가 잇다"는 화자의 선언[79]이 대척점으로 등장하고 있다. 여기서 시인은 전자를 반박하면서 후자를 두둔하고 있다. 이런 화자의 선언은 필연적으로 이 기독교의 명제와 이데올로기적 갈등을 빚게 되는데, 이러한 갈등을 극복하고 해소하는 과정을 통해 시인은 자신의 사상적 신념을 보다 효과적으로 전달한다.

이 시의 화자가 말하는 동시대 시의 최고 원리는 "말을 行爲로 / 行爲를 말로 / 自由로 飜譯할수잇는 機能" 즉 행위(현실속의 실천, 변혁에의 열망)와 함께 하는 말이 되려고 하는 것으로, 이런 말로 이루어진 것이 바로 '地上의 詩'이다. 이 '지상의 시'는 '행동하지 않는 말 / 말을 말하는 말', '포만의 이야기', '천상의 노래' 등과 대척점에 서는 것으로, '기아'와 '지옥의 고통', '지상의 빵'을 노래하는 것이다. 이때 시는 '知慧의 虛僞를 깨트릴' 수 있고 '知慧의 悲劇을 救'할 수 있게 된다. 다시 말해 동시대인들의 삶과 그들이 겪는 삶의 고통을 시 속에 표현하려고 할 때, 비로소 시는 가치있게 된다는 말이다.[80] 이 모든 것은 '사람은 말할수잇는 運命을가진것'이며 '運命을 이

---

79) 이 두 선언의 대립은 괴테의 2부작 극시 「파우스트」(Faust; 1774~1831)에서 파우스트 박사가 <신약성서> 요한복음 1장 1절을 번역하는 장면을 연상시킨다. 이 극시의 시작 부분에서 파우스트 박사는 "태초에 말씀이 있었다."에서 라틴어로 된 '말씀'(logos)을 독일어로는 어떻게 표현하는 것이 가장 적합한가를 놓고 고민한다. 그리고는 '말→뜻→힘' 순으로 계속 고쳐나가다 결국 '행동'(Tod)라는 말로 고쳐 놓고는 흡족해 하고 있다. 교부 시대에 "인간에게 자유 의지가 있는가?"를 두고 아우구스티누스와 펠라기우스간에 치열하게 전개되었던 신학 논쟁에 바탕을 둔 이 장면은 파우스트 박사가 이제까지 그가 탐닉했던 로고스의 세계에서 벗어나 '행동의 세계'로 옮겨간 것을 시사하는 것으로, 이후 악마 메피스토펠레스와의 계약과 연구실에서 뛰쳐나와 벌이는 갖가지 행위들의 의미를 설명하는 중요한 입지점이 된다.

80) 이러한 임화의 시관은 한시에서 흔히 말하는 '變詩'의 그것과 유사한 모습을 가지고 있다. 「毛詩大序」에 의하면 시는 시대상황과 밀접한 관계를 맺고 있는 것으로, 治世에는 밝고 명랑한 正詩가 나오며, 亂世에는 백성의 풍속이 달라져 어둡고 우울한 變詩가 나온다고 하였다. <治世之音安以樂其政和 亂世之音怨以怒 其政乖 亡國之音哀以思其民困>(올바른 정사를 펴는 시대의 노래는 평안하고 즐거우니 그 정치가 조화를 이루고 있는 때문이요, 정사가 혼란한 시대의 노래는

얘기할수잇는 말'을 가졌다는 점을 인식할 때만 가능해진다. 즉 시인이 자신이 살고 있는 세계와 그 속에서 부대끼며 살아가는 인간의 고통을 명확히 인지하고, 그것을 노래하며 해소 또는 극복하려고 노력할 때 비로소 올바른 시(地上의 詩)가 나온다는 것이며, 그것이 바로 시인과 시의 진정한 운명이라는 이야기다.

여기서 '행동하지 않는 말 / 말을 말하는 말', '飽滿의 이야기', '天上의노래' 등의 표현은 무엇보다도 동시대 순수시파를 염두에 두고 하는 말이라고 할 수 있다. 1930년대 들어 프로문학의 政論性을 비판하면서 <시문학파>를 중심으로 하여 전개된 순수시 운동의 지향점과 성격은 다음과 같은 말 속에서 선명하게 드러난다.

> 詩라는 것은 詩人으로 말미아마 創造된 한낫 存在이다 彫刻과 繪畵가 한 개의 存在인 것과 꼭가티 詩나 音樂도 한낫 存在이다 우리가 거긔에서 밧는 印象은 或은 悲哀 歡喜 憂愁 或은 平穩 明淨 或은 激烈 崇嚴 等 眞實로 抽象的 形容詞로는 다 形容할 수 업는 그 自體數대로의 無限數일 것이다 그러나 그것이 엇더한 方向이든 詩란 한낫 高處이다 물은 놉흔 데서 나즌 데로 흘러 나려온다 詩의 心境은 우리 日常生活의 太平 情緖보다 더 高尙하거나 더 優雅하거나 더 纖細하거나 더 壯大하거나 더 激越하거나 엇더튼 『더』를 要求한다 거긔서 우리에게까지 『무엇』이 홀러 『나려와』야만 한다[81]

이것은 당시 순수시 운동의 변호인 역할을 하던 박용철이 쓴 글로,『시문학』의 창간(1930.3.5)을 맞아 그 정신을 밝힌 '선언'[82]과 같은 글이다. 여기

원망과 노여움을 담고 있으니 그 정치가 사리에 맞춰 시행되지 않기 때문이고, 나라를 잃은 시대의 노래는 슬프고 근심을 자아내게 하니 이는 사람들이 살아가기 힘든 때문이다)라는 구절은 바로 시대 상황의 변화와 시 내용의 변화를 적절하게 설명하고 있는 구절이다. 이 시에서 임화가 동시대 사람들의 삶의 고통과 아픔을 담아야 올바른 시라고 외치는 것은 바로 이런 變詩 사상과 유사한 것이라 할 수 있다.

81) 朴龍喆, 「『詩文學』 創刊에 對하야」(조선일보, 1930.3.2), 4면.
82)『시문학』 동인들은 공식적으로 자신들의 성향과 지향점을 밝히는 글을 발표하

서 박용철은 존재로서의 시론을 전개하면서, 예술 자체의 독자성을 주장[83]하고 나선다. 그리고 이후 그 연장선상에서 시의 정서적 效果를 강조[84]하고, 생리적 필연의 시[85]를 외치는 것이다. 이러한 박용철의 견해는 대부분 인상주의적 한계를 넘어서지 못하는 것들이지만, 예술성의 결핍이라는 프로시의 고질적인 문제점과 맞물려 상당한 반향을 얻는다.

바로 이에 대해 임화는 시문학파를 중심으로 한 순수시 운동이 근본적으로 문학의 영역을 제한하고, 김기림도 시인했던 것처럼[86], 현실에 대한 퍼스펙티브를 결여한 채 문학을 기교의 차원으로 끌고 갔다는 점을 들어 비판에 나선다. 그리고 언어의 조탁도 좋겠지만, 동시대의 시가 담당해야 할 임무는 당대인들의 삶의 고통과 그 원인을 직시하고, 그 정체를 드러내는 것이 아니겠느냐고 말하는 것이다. '地上의 詩'란 바로 이와 같은 시를 말하는 것이다. 때문에 그는 다음과 같이 노래한다.

어느 누군 사랑엔 입맛도 잃는다더라만,
이 바다 위 그대를 생각함조차 부끄럽다.[87]

인용한 부분 중 첫 구절은 정지용의 종교시 「또 하나 다른 太陽」(가톨닉 靑年, 1934.2) 중에 나오는 한 구절을 연상시킨다. 정지용은 이 시에서 "나는

지 않는다. 따라서 이 동인지에 적극 가담했으며, 이후 주로 『시문학』 동인들을 중심으로 하여 다양하게 순수시측의 공식 변호인 역할을 해 온 박용철의 이 글이야 말로 이들의 성향과 지향점을 분명히 밝힌 <선언>과 같은 것이라 할 수 있다. 이 글은 자신이 『시문학』 창간호 <후기>(39쪽)에 쓴 것과 일맥상통한 것으로, 그 내용을 좀더 분명하고 자세하게 재천명한 것이다.

83) 유윤식, 「시문학파 연구」(한양대, 박사학위논문, 1988.7), 59쪽.
84) 박용철, 「效果主義的 批評 論綱」(문예월간, 1931.11)
85) 박용철, 「乙亥 詩壇 總評」(동아일보, 1935.12.24~28), 3면.
86) 김기림, 「詩人으로서 現實에의 積極 關心」(조선일보, 1936.1.1~5) 및 「모더니즘의 歷史的 位置」(인문평론, 1939.10)
87) 임화, 「밤 甲板 위」(『현해탄』, 동광당판, 1938.2), 12연. 149쪽.

나의 나히와 별과 바람에도 疲勞웁다."(2연)면서 뒤를 이어 "사랑을 위하얀 입맛도 일는다."(5연)는 말을 하고 있다. 물론 이때의 '사랑'은 성모 마리아를 향한 것으로, 현실에 대한 퍼스팩티브는 상실한 채 오직 개인의 구원만을 염두에 둔 듯한 정지용의 이 같은 발언은 임화의 좋은 비판거리가 된다.

이 시에서 '그대'는 정지용의 '성모 마리아'와 대비를 이루는 인물로, 조국의 독립을 위해 자기 한 몸을 바치리라는 결심을 하고 자신과 함께 현해탄을 건너갔던 사람이지만 지금은 소식이 끊겨 생사 조차 모르는 것으로 설정된 인물이다. 따라서 성모 마리아와 '그대'는 성과 속, 개인적 구원의 상징물과 우리 민족이 처한 고난을 해결하기 위해 스스로를 던진 상징적 존재로 선명하게 구별된다. 때문에 임화는 정지용의 사치스런 감정을 슬며시 꼬집으면서, '그대'처럼 행동에 선뜻 나서지 못하는 자신의 나약함과 소시민성을 우선 부끄러워 해야 하는 것 아니냐고 이야기하는 것이다.[88]

> 아무러기로 靑年들이
> 平安이나 幸福을 救하여,
> 이 바다 險한 물결 위에 올랐겠는가?
>
> 첫번 航路에 담배를 배우고,
> 둘잿번 航路에 戀愛를 배우고,
> 그 다음 航路에 돈맞을 익힌것은,
> 하나도 우리 靑年이 아니었다.[89]

인용한 부분은 뒷 부분은 역시 정지용의 시 「다시 海峽」(조선문단,

---

88) 당대 지식인의 소시민성에 대한 임화의 이런 비판은 이외에도 시집 『현해탄』에 수록된 「현해탄」이나 「月下의 對話」에서도 계속된다. 전자에서는 역시 정지용의 시구를 들어 거기에 담긴 그의 몰역사성을 비고면서 비판하고 있고, 후자에서는 1926년에 현해탄 위에서 있었던 金祐鎭과 尹心悳의 情死 사건을 들어 '有名한 春花'(197쪽)라는 표현으로 부르좌의 허위 의식을 고발하고 있다.

89) 임화, 「玄海灘」(『현해탄』, 동광당판, 1938.2), 5,6연. 216,217쪽.

1935.8.1)의 마지막 연인 "수물 한살 적 첫 航路에 / 戀愛보담 담배를 먼저 배웠다."를 염두에 두고 쓴 것이 분명하다. 「다시 海峽」의 마지막 연인 이 부분은 7연의 "海峽의 七月해서 살은 / 달빛 보담 시원타."라는 구절과 연결 되어, 정지용의 몰역사성을 보여준다. 어떻게 변혁을 향한 정열을 가슴에 안고 현해탄을 건너는 청년들과 3등 선실을 메운 동포들의 가슴어린 사연 들을 도외시한 채, 이처럼 한가한 소리만 하고 있느냐는 말이다. 때문에 그 는 정지용의 시에 '돈맛'이라는 구절까지 첨가하여 그의 허위 의식을 통박 하고 있는 것이다.

이상에서 살펴 본 것처럼, 내적 대화 기법은 시적 주체가 자기 내면에서 우러나오는 부끄러움에 대한 인식을 바탕으로 하여 이를 윤리적 결단으로 연결시켜 자기 자신의 신념을 다잡는 한편, 동시대 순수시파의 몰역사성과 허위 의식을 비판하여 프로시의 대타 의식을 보다 공고히 하는 데 유용하 게 사용되고 있다. 다시 말해 이 기법은 바로 어려운 당대의 현실 속에서 임화 자신의 시 창작이 지니고 있는 의미를 재확인하고, 그를 위한 주체 확립의 모색을 위해 채택한 것이라 할 수 있다.

그러나 이것은 현실에 대한 구체적 천착을 배제한 상태에서 시작된 것이 어서, 현상 자체의 전면적 부정은 가능하겠지만 미래에 대한 낙관적 전망을 획득한다는 것은 전혀 불가능해진다. 따라서 필연적으로 현실에 대한 보다 구체적인 인식을 전제로 한 새로운 변화가 필연적으로 요구되었는데, 이때 시인이 선택한 것은 자신이 전체상을 파악하기 어려운 현실 그 자체가 아 니라 동시대인들의 보편적 체험이면서 자신의 구체적 체험이기도 한 도일 체험을 소재로 하여 거기에 정당한 역사의식을 부여하는 방법이다.

(4) 「현해탄」에 담긴 이중적 역사의식

임화의 의도를 충실히 반영하여 나온 것이 소위 <현해탄 시>[90]이다. 이 현해탄 시편들의 소재가 되는 임화의 도일 체험은 1929년 7월말에 있었던 일[91]로, 그 당시 자신과 자신의 동료들이 가졌던 포부와 정열 그리고 미래에의 희망을 1930년대 후반이라는 어두운 상황 속에서 환기하고, 이를 통해 현실을 극복하기 위한 불굴의 정신을 가질 것을 목적으로 현해탄 시편을 발표하는 것이다.

현해탄 시는 대체로 '그' 또는 '청년(들)'을 서정적 주인공으로 설정하고, 조선과 일본을 연결하는 <현해탄>을 공간적 배경으로 하여, 화자가 전지적 시점에서 서정적 주인공의 생각을 들려주는 형식을 취하고 있다. 이때 이 서정적 주인공은 화자 자신, 그리고 근대 이래 변혁을 꿈꾼 조선의 지식인 청년 일반과 동일시된다.

이러한 방법은 얼핏 단편서사시에서 사용했던 방법과 비슷해 보인다. 그러나 단편서사시가 등장인물의 말을 통해 독자에게 상황을 간접적으로 알려주면서 서술의 진행에 따른 등장인물의 의식 변화를 통해 독자들의 인식 변화를 유도하고 있는 반면, 여기서는 전지적 시점을 가진 화자가 서술의 진행에 따라 점차 변해가는 등장인물의 생각과 심정을 따라가면서 그대로 드러내 보여주고 있다는 점에서 결정적인 차별성을 가지고 있다.

<현해탄> 시편들의 공간적 배경인 현해탄은 우리에게는 이중적인 공간으로 드러난다. 무엇보다 현해탄은 식민지적 질곡에 놓여 있는 조선의 현실을 극복할 수 있는 방법을 배워 올 수 있는 거의 유일하게 열려 있는 통로이다. 때문에 현해탄은 변혁을 꿈꾸는 조선의 청년들에게는 그들의 희망과 이상, 열정, 그리고 동경을 실현할 수 있는 희망찬 통로로 인식된다.

---

90) 여기서 <현해탄 시>라고 하는 것은 특정한 장르나 양식을 지칭하는 용어로 쓰이지 않았다. 동시대의 지식 청년들이 꿈과 이상을 가지고 건너가고 건너왔던 현해탄을 공간적 장소로 하여, 여기에 일정한 역사의식을 부여한 시들을 분류의 편의상 나눠 명명한 용어에 불과하다.

91) 임화의 정확한 도일 시기에 대해서는 여러 가지 이견이 있다. 그러나 임화 자신의 회상 「玄海灘의 白日夢」(동아일보, 1934.7.14, 3면)이나, 김남천의 「林和에 關하야-그에 對한 隨感의 이토막 저토막-」(조선일보, 1933.7.22)을 볼 때, 1927년 7월 말경으로 보는 것이 옳을 듯하다.

藝術 學問 움지길수없는 眞理 ………
그의 꿈꾸는 思想이 높다랗게 구비치는 東京
모든것을 배워 모든것을 익혀
다시 이바다 물결우에 올랐을때
나는 슬픈故鄕의 한밤
해보다도 밝게 타는 별이되리라
靑年의 가슴은 바다보다 더 설레었다

                [……]

「반사―이」! 「반사―이」! 「다이닛……」……
二等캐빈이 떠나갈듯 한 아우성은
感激인가?   협위인가?
旗ㅅ발이 「마스트」 높이 기여올라갈제
靑年의 가슴에는 굵은 돌이 나려앉었다

어떠한 불덩이가
과연 층게를나려가는 그의 머리보다도
더 뜨거웠을가
어머니를 부르는 어린애를 부르는
南道사투리

오오 웨 그것은 눈물을 자아내는가[92)]

　　전체 14연 64행으로 되어 있는 이 시는 부산을 떠나 칸몬[關門] 해협을
거쳐 도쿄까지 가는 여객선을 탄 조선의 한 청년을 서정적 주인공으로 하

_____

92) 임화, 「玄海灘」(중앙, 1936.3), 41～44쪽. 5연 및 10～12연. 임화의 첫 개인 시집인
　　『玄海灘』(동광당판, 1938.2)에는 같은 시를 「海峽의 로맨티시즘」으로 개제하여
　　재수록하고 있다. 이때의 '로맨티시즘'은 혁명적 로맨티시즘을 의미하는 것으
　　로, 변혁에의 정열 또는 미래에 대한 낙관적 정열을 뜻한다.

여, 화자가 그의 의식을 빌려 동시대 조선의 청년들이 어떤 심정으로, 어떤 생각을 가지고 현해탄을 건너다녔는지를 이야기하는 형식을 취하고 있다.

이 시 전체를 통해 서정적 주인공인 '청년'은 한 차례의 중대한 정서상의 변화를 보이고 있다. 우선 7연까지의 전반부에서 청년은 일본에 가서 많은 것을 배워 "슬픈故鄉의 한밤 / 홰보다도 밝게 타는 별이되리라"(5연 5~6행)는 생각에 가슴 벅차 있는 모습을 보인다. 청년의 이러한 흥분된 마음은 "그의 발밑 / 하눌보다도 푸른 바다 / 太陽이 기름처럼 풀려 / 뱃전을 치고 뒤으로 흘러가니 / 옷깃이 머리칼처럼 바람에 흣날린다"(3연)[93] 등의 감각적 표현에서 보듯, 지극히 밝고 건강하며 활기찬 이미지들에 의해 뒷받침되어 더욱 확산된다.

그런데 후반부(8~14연)로 가면서 청년의 마음은 점차 무겁게 가라앉는다. 이것은 2층 캐빈이 떠나갈 듯한 일인들의 만세소리와 이와 대조적으로 3등 선실 밑에서 서로를 찾는 우리 동포들의 낮은 목소리에 기인하는 것으로, 암담한 조국의 현실이 그의 마음에 새롭게 각인되었기 때문이다. 마지막 연에서 "三等船室밑 / 똥그랑 유리창을 내다보고 내다보고 / 손까락을 입으로 깨물을때 / 깊은 바다의 검푸른 물결이 왈칵 / 海溢처럼 그의 가슴에 넘쳤다."는 표현은 이런 청년의 착잡한 심정을 잘 표현하고 있는 구절이다.

그런데 청년이 보여주는 이러한 정서상의 변화가 무엇보다도 일본땅이 그의 시야에 들어오고 난 이후에 벌어지는 것이라는 점에 좀더 관심을 둘 필요[94]가 있다. 한 동안의 여행 끝에 일본땅이 보이자 2등 캐빈에서 일본인

---

93) 이런 유의 묘사 기법은 사실 이전까지의 임화 시에서는 쉽게 볼 수 없었던 것으로, 임화가 김기림·박용철 등과의 <기교주의 논쟁>을 통해 얻은 긍정적인 결과물의 하나이다.

94) 여기서 청년의 고향인 조선과 일본은 각기 맑게 개인 새파란 하늘에 높이 해가 떠 있는 정오와 한낮이 꿈같이 허물어지그 난 저녁 무렵, 고요하게 바람잔 바다와 물새들이 놀라 흩어지고 높은 물결이 이는 바다, 바람잔 바다에서 점차 높아지는 물결에서 보듯 대조적으로 그려져 있다. 그것도 전자는 긍정적으로, 후자는 부정적으로 형상화되어 있어 시인이 가지고 있는 감정의 일단을 확인할 수

들이 만세를 부르고, 조선인들이 많이 탄 3등 선실에서는 이런 일본인들의
만세소리에 놀란 어린아이가 어머니를 찾으며 보채고 다시 어머니가 어린
아이를 달래는 소리가 들린다. 이런 대조적인 광경을 보면서 청년은 현재의
비참한 조선의 현실을 다시 한 번 구체적으로 생각하고, 새롭게 결의를 다
지게 되는 것이다.

　이것은 화자가 현해탄을 계급모순의 공간이라기 보다, 민족모순이 적나
라하게 드러나는 공간으로 인식하고 있음을 의미한다. 현해탄은 이국의 땅
이자 침략자의 땅인 일본과 조국 땅 사이에 가로 놓여 그들을 실의와 좌절
과 죽음으로 몰아가는 슬픈 조국의 현 상태를 일깨워주고, 이를 통해 우리
의 쓰라린 역사와 삶의 의미를 새롭게 발견하게 해 주는 장소이기도 하다.
결국 이 시의 서정적 주인공인 '청년'을 사로 잡고 있는 감정은 뜨거운 민족
적 감정이다.

　그가 일본으로 가는 것도 '그의 꿈꾸는 思想이　높다랗게　구비치는' 곳
이 바로 그곳이기 때문에 거기에서 식민지적 질곡을 타파할 수 있는 진리
를 배워 오기 위해서이다. 또한 거기서 우선적으로 느끼는 것도 자신이 식
민지 조선의 한 존재요, 그것도 오늘과 미래를 책임질 청년이라는 점이다.
즉 여기서 '청년'은 식민지적 상황을 타파해야 할 시대적 사명을 분명히 인
식하다.

　　　두번　고치지못할　운명은
　　　이미　바다　저쪽에서　굳엇겟다
　　　바라보이는것은　한가닥　길뿐
　　　나는 半島의　새地圖를　폈다

　　　나의눈이　外國사람처럼
　　　서툴러　방황하는　지도우에

있다.

몇번 새시대는 제烙印을 찍엇느냐
꾸긴地圖를 밟앗다 놋는
손발이 내억개를 누르는묵에가
분명이 心臟속에 파고든다

[……]

한번도 뚜렷이
한번도 뚜렷이 불녀보지못한채
청년의 아름다운이름이 땅속에 뭇찰지라도
지금 우리가 일로부터 맨들어질
새地圖의 젊은 畵工의한사람이란건
얼마나 즐거운 일이냐[95]

화자는 자신이 막시즘을 선택하고 변혁 운동에 종사하게 된 것을 '두번 고치지못할 운명'이라고 이야기하고 있다. 그리고 그는 그 운명을 즐겁게 받아들이고, 기꺼이 우리나라의 새 지도를 그리는 젊은 화공이 되려고 한다. 그러나 그가 받아들인 '막시즘'은 실상 유물변증법적 세계관에 충실히 입각한 과학적인 논리라기 보다는, 다분히 민족주의적으로 채색된 것이라 할 수 있다. 우선 서정적 주인공으로 현해탄 시편에서 공통적으로 등장하는 '청년'이 계급투쟁론에 입각한 프롤레타리아 혁몆을 외치기 보다는 빼앗긴 '고향'을 되찾아야 한다는 강한 역사적 소명 의식을 보이고 있다. 또한 이것은 변혁의 주체로 설정된 '청년'이 역사으 창조자로서의 민중의 힘을 믿는 볼셰비키의 모습이라기보다, 다분히 신채호류의 영웅사관에 입각한 민족영웅의 모습을 띄고 있는 데서도 쉽게 확인할 수 있다.

물론 이러한 일련의 현해탄 시편에서 임화가 보여준 시각에는 몇 가지 무시하지 못할 근본적인 문제점이 내재되어 있다 우선 변혁의 정열을 가슴

---

95) 임화, 「地圖」(동아일보, 1937.11.3), 4면. 1,2,10연.

에 품고 현해탄상에 오른 청년이 자신이 직면한 동포들의 비참한 삶의 현장에 대해 감상적이고 즉자적인 반응만을 보이고 있을 뿐이다. 이것은 임화가 여전히 현실에 대해 관념적이고 추상적인 접근 자세를 가지고 있음을 의미하는 것이다. 때문에 그는 3등 선실을 가득 메운 동포들이 무엇 때문에 고향을 버리고 일본으로 갈 수밖에 없게 되었는지에 대해서는 별반 관심이 없다. 그저 "어머니를 부르는 어린애를 부르는 / 南道사투리 // 오오 웨 그것은 눈물을 자아내는가"[96], "나는 울음 소리를 무찌른 / 외방 말을 歷歷히 기억하고 있다."[97] 등의 감상적인 반응만을 보이고 있을 뿐이다.

둘째, 현해탄 시편의 서정적 주인공으로 설정되어 있는 청년 또는 그의 동료들은 동포들의 삶의 현장에서 한 걸음 물러선 것처럼 보인다. 다시 말해 이들은 변혁을 이야기하면서도, 실상 동포들과 같은 자리에 서기 못하고 그들의 삶을 우월적인 위치에서 '바라만 보는' 듯한 입장을 견지하고 있다는 것이다. 이것은 그와 그의 동료들이 동포들의 삶과 유리된 상태에서 자신들의 운동을 전개하고 있음을 의미하는 것이다.

셋째, 현실 자체의 본질에 대한 천착을 통해, 그리고 당대의 사회운동이나 노동운동과의 연대를 통해 그 극복 방법을 구체적으로 강구하지 않는다. 단지 민족영웅으로 형상화된 '청년'들이 개별적으로 보이고 있는 영웅적인 의지와 윤리적 결단에 의해서만 상황을 변개하려고 한다.

(5) 고행자 이미지로서의 청년상

1930년대 후반으로 가면서 더욱 악화되어만 가는 국내외 정세로 인해 임화는 더 이상 자신의 신념을 견지할 의욕을 잃어버린다. 「바다의 讚歌」(조선일보, 1937.6.23) 이후 일제 강점하에서 시를 발표하는 마지막 해인 1939년까지 발표된 <찬가> 계열의 시는 바로 이런 임화의 상황을 알려주는 좋은

---

96) 임화, 「玄海灘」, 앞 책, 11연 4~5행 및 12연, 44쪽.
97) 임화, 「玄海灘」(『玄海灘』, 동광당판, 1938.2), 15연 7~8행. 221쪽.

사례가 된다.

이 계열의 시는 다음 몇 가지 점에서 공통점을 가지고 있다. 우선 이 계열의 시에서는 이념의 내면화를 통하여 '전향'의 문제를 극복하고, 현실에 대한 시인의 응전력을 확보하는 것이 주된 관심이 된다. 그러나 시인의 체험 영역은 폐쇄적인 개인적 체험 즉 '나의 경험'에만 정향되고, 자신이 속한 집단에서 소속감을 잃은 시인의 운명론적 사고와 이념의 내면화, 내적 성찰을 통해 윤리를 견지하려는 시인의 전망 부재 의식만이 표현되어 있다. 따라서 주제는 보다 사적인 경향에 치우쳐 시인의 조기적인 요인에 의해 결정된다.

이 계열의 시에서 독자는 시인의 독백을 엿듣는 기능만을 담당한다. 화자의 언술은 독자에게 향하는 것이 아니라 자기 자신에게로 향한다. 때문에 독자는 화자의 태도에 동조거나, 아니면 거부하는 두 가지 입장 중 하나를 택할 수밖에 없게 된다. 화자의 독백을 통해 독자의 의식이 새로운 각성에 이르게 된다거나 현실 의식이 예민해지기를 기다리는 것은 도로에 불과하다. 그러나 화자가 고민하고 있는 내용이 당대 지식인들에게 가장 보편적인 의미로 다가섰던 전향의 문제와 막시즘이냐 천황제냐 하는 사상 선택의 문제라는 점때문에 독자들―이들 역시 화자와 동일한 계층 또는 부류로 생각하는 것이 일반적이다―은 대개 전자의 입장을 선택한다.

바람
눈보라가 친다
앞길 먼산
한을 에
아무것도
안보이는 밤

아 몹시 춥다

개한마리 안짓고
등불도 꺼지고
가슴 속
숲 이
호을노
흐득이는 소리

독개비 라도 만나고싶다

죽는게
살기 보다도
쉬웁다면
누구가
벗도 없는
깊은 밤을……

참말 그대들은 얼마나 갔는가

발자욱 을
눈이 덮는다
소리를 하면서
말소리를 듣재도
작구만
바람이 분다

오 밤길을 것는 마음…….98)

　　이 시에 표현된 것처럼, 화자는 자신이 직면한 현실을 짙은 어둠이 깔린

────────────

98) 임화, 「밤길」(조광, 1937.6), 74~75쪽. 전문.

채 바람과 눈보라가 치는, 그렇지만 희망을 주는 한 줄기 등불조차 발견할 수 없는 상태로 인식한다. 화자는 이런 상황 속에서 자꾸만 추위와 외로움을 느끼면서도 포기하지 않은채 홀로 밤길을 걷고 있다. 그는 죽을 수도 없는 상태라고 자신의 심정을 토로하고 있다. 외부 상황에 대한 묘사에 치중하고 있는 1, 3, 5, 7연과 떨어져 독자적인 한 연의 형태로 화자의 탄식과 외침—"아 몹시 춥다", "독개비 라도 만나고싶다", "참말 그대들은 얼마나 갔는가" 등—을 드러내는 방식은 이런 중에서 화자가 느끼는 절박함을 사실적으로 전달해주는 매우 효과적인 기법이라 할 수 있다.

자신과 함께 길을 가던 동료들의 소식도 이제 소식을 들을 수 없을 정도로 상황은 절망적이고, 화자는 외로움을 탄다. 이것은 자신의 신념을 자꾸만 방해하는 객관적 현실에 대한 두려움이고, 그 두려움에 자신의 신념이 꺾일지도 모른다는 심정의 토로이다. 이것은 현실에 대한 시인의 응전력 상실에서 비롯된다.

자고 새면
異變을 꿈꾸면서
나는 어느날이나
無事하기를 바랬다

幸福되려는 마음이
나를 여러차례
죽엄에서 救해준 恩惠를
잊지 않지만

幸福도 즐거움도
無事한 그날 그날 가운데
찾어지지 아니할때
나의 生活은

꽃 진 薔薇넝쿨이었다

푸른 잎을 즐기기엔
나의 나히가 너무젊고
더구나 마른 가지를 사랑키엔
내 마음이 너무나 애뙈

그만 인젠
살랴고 無事할랴던 생각이
믿기어려워 恨이되어
몸과 마음이 傷할
자리를 비어주는 運命이
愛人처럼 그립다.[99]

　　<현해탄> 이후의 시들에서 임화는 이러한 주체의 패배를 자주 '운명'이
라는 말로 요약하고 있다. 이때 임화가 말하는 '운명'이란 합리적인 인식과
극복이 불가능한 어떤 절대적인 힘이나 질서를 의미하는 것으로 파악된다.
말하자면 주체의 패배는 운명에 의해서 이미 예정되어 있는 필연적인 결과
라는 것이다. 이처럼 정당한 가치를 실현하기 위한 영웅적인 투쟁에도 불구
하고 끝끝내 운명의 질서와 힘 앞에서 무기력하게 붕괴되고 마는 주체의
모습은 비장한 것일 수밖에 없고, 그러한 주체의 내면을 형상화한 시들은
비가적인 성격을 띠지 않을 수 없게 된다. 그리하여 여기에서 주관화된 형
태로나마 제시되었던 시적 전망도 거의 자취를 감추고 오로지 승리를 기약
할 수 없는 절망적인 몸부림만이 시적 형상화의 대상이 된다.

　　그럼으로

---

99) 임화, 「失題-벗이어 나는 이즈음 자꾸만 하나의 運命이란것을 생각코 있다」(문
장, 1939.2), 126~127쪽. 전문.

사랑은　亦시
죽엄보다도
괴로운것이
아니냐
온전한
愛情의　幸福이
누리어　지는곳은
뮤－즈여
우리들의　적의
모든　일홈이
地下에　뭇치고
白骨이
자갈이되어　굴으는
아……
그　莊大한
憎惡의平原이　아니냐[100]

　이때의 '적'은 일제일 수도, 부르좌 자본가일 수도 있다. 마찬가지로 '애
인'은 식민지 조선일 수도, 핍박받는 프롤레타리아일 수도 있다. 그 어느
쪽이든 시인은 후자에 대한 자신의 사랑이 완전해지려면 전자의 완벽한 소
멸이 전제되어야 한다고 이야기하고 있다. 그리고 진정한 시라면 그 속에
바로 이러한 사랑의 마음이 담겨야 한다는 것이다. 때문에 전자가 지배하고
있는 현실은 시인에게는 적대적이다. 현실에서는 후자가 아니라 여전히 전
자가 강성하며, 시인에게 전자에게 사랑을 보낼 것을 요구하고 있다. 여기
서 중요한 것은 자신의 결단이다. 둘 다에게 사랑을 보내는 척하느냐, 아니
면 사랑을 할 대상과 증오를 보낼 대상을 명확히 구분하고 그에 따라 행동
하느냐 하는 선택은 바로 시인 자신의 몫이다. 후자를 선택할 때 시인은

---

100) 임화, 「사랑의 讚歌」(조광, 1938.4), 188～191쪽. 7연.

월계관을 버릴 수밖에 없게 된다. 그것만이 시를 살리는 길이고, 그 마음을
지키는 유일한 방법이기 때문이다.

> 닭이 울면
> 도라가는 별들이다
> 먼동이 트고
> 이 한밤
> 별아레 남길
> 碑石우에
> 너의들은
> 무었을 기록할지
> 누구가 알야만
> 너의들은
> 太陽의 아들이라
>
>   [……]
>
> 아 ……
> 그 다음일은
> 오로지
> 밝는날의 운명이니
> 최후의 순간
> 自己의 노래를 위하야
> 잉크대신
> 피를 선택한
> 어떤 詩人의 故事는
> 총총한 눈알들아
> 얼마나
> 아름다운 傳說이냐[101]

이 시는 1935년 5월 21일 카프가 공식적으로 해체된 후 구심점을 상실한 채 어찌 할 줄 모르고 있는 시인들에게 보내는 임화의 메시지로 해석할 수 있다. 여기서 임화는 절망하지 말고, 밝은 내일이 오리라는 희망을 가지고 살라는 이야기를 한다. 여기서 임화는 스스로가 잉크 대신 피를 선택하고 있음을 언명한다. 이것은 그의 절필 선언, 다시 말해 이제 시를 포기했음을 의미하는 것이다.

3. 감정시 선택의 의의와 한계

1) 감정시의 특성과 문제점

일제 강점기 우리나라 진보적 문학의 조직적 구심점이었던 카프가 해체되던 무렵부터 임화는 새로운 프로시 유형으로 <감정시>를 창작한다.[102] 카프 해산 전후에 임화가 발표한 일련의 시들은 감정시의 지향점, 특성, 문제점을 총체적으로 드러낸다. 이 시기 임화의 감정시에는 관념적·추상적인 현실 인식 태도, 구체적 현실을 거세시키고 그 현실에 의해 촉발된 자신의 정서만을 일방적으로 다루는 주관적 편향, 이로 인해 시적 긴장을 상실하고 채 정제되지 않은 소재 차원의 정서를 표출하기 때문에 나타나는 장시화 경향[103], 절망 속에서도 자신과 미래에 대한 낙관적 전망을 상실하지

---

101) 임화, 「한녀름밤의 꿈」(조선문학, 1939.3), 90쪽. 12,14행.
102) 이와는 달리 권환·이병각 등은 풍자시를 선택한다. 임화와 이들은 '당파성'을 중시(감정시)하느냐, 아니면 '리얼리즘적인 방법'(풍자시)을 중시하느냐에 따라 차별성을 보이는 것이다. 그러나 실제 창작에서 감정시는 개인적 '신념'의 차원을 넘지 못해, 진정한 당파성을 확보하지는 못한다.
103) 1930년대 중반 이후의 임화 시가 대체로 긴 행으로 이루어진 것은 시적 주체가 자신이 직면한 외부 세계를 정확히 파악하지 못하고, 단지 자신의 주관을 통해 파악된 그 불만족스러움과 부정함에 대해 격정적으로, 그리고 관념적·추상적

않으려는 시적 주체의 필사적인 노력 등이 담겨 있다.

<현해탄 시>를 발표하기 이전의 임화 시는 절망적 현실에 대한 영웅적 비가의 전형적인 양상을 보여주고 있다. 여기서 시인의 정서 속에 흡입되면서 관념화되고, 추상화하여 표현되는 외부 현실은 황무지[104]의 이미지로 표현된다. 그리고 이런 시대적 상황 속에서 시인과 동일시된 시적 주체의 이미지는 '날지 못하는 새'나 '瀕死 지경의 새'[105] 또는 '한개 여위인 囚人'[106] 등으로 형상화된다.

이때 시적 주체가 '瀕死 지경의 새'로 형상화된 것은 좀더 주의해서 볼 필요가 있다. 새는 '飛翔'을 전제로 하는 것으로, 모든 종류의 지상적인 무거움과 굴레에서 벗어나려는 마음 즉 '자유'를 지향하는 마음을 담은 전형적인 시적 상징이다. 물론 임화에게 있어 이러한 마음은 흄의 지적을 염두에 둔다면 낭만주의자의 것이 아니라, 고전주의자에 가깝다.[107] 즉, 그의 시선은 항상 현실을 주시하며, 그 현실 속에서 한 개인이 어떻게 하면 자신의 신념을 포기하지 않으며, 어떻게 해야 자신의 신념을 실현할 수 있는지에 맞춰져 있다.

자신이 살고 있는 세상을 '감옥'의 형상으로, 자신을 '囚人'으로 표현하는 것은 단편서사시 이래 임화가 즐겨 사용해오던 상용 표현이다. 다만 단편서

으로만 반응한 결과라고 할 수 있다.

104) 이러한 시대 인식은 「暗黑의 精神」(청년조선, 1934.10)을 비롯하여 「주리라 네 탐내는 모-든 것을」(중앙, 1935.7), 「다시 네거리에서」(조선중앙일보, 1935.7.27), 「옛 冊」(신동아, 1935.9), 「最後의 念願」(조광, 1935.11.1), 「안개」(조광, 1935.11), 「一年」(조광, 1935.12) 등 임화가 이 당시 발표한 대부분의 시에서 공통적으로 찾아 볼 수 있다.

105) 「暗黑의 精神」(청년조선, 1934.10)에서는 '瀕死의 새'(11연 1행)·'노래를 이즌 피리'(14연 2행) 등으로 시적 주체를 표현하고 있고, 「낫(午)」(삼천리, 1935.8)에서 꼬리를 건드리고 머리를 만저도 움직이지 않는 '잠자리'(6연) 등의 객관상관물을 통해 자신의 상태를 드러내고 있다. 이처럼 새의 이미지를 빌어서 飛翔을 꿈꾸는 것은 로맨티시즘이 지녀온 오랜 전통의 하나이다.

106) 임화, 「一年」(朝光, 1935.12), 6연. 89쪽.

107) T.E.Hulme(박상규 역), 『휴머니즘과 예술철학』(삼성미술문화재단, 1984.4), 114쪽.

사시에서는 주로 화자 자신이 아니라 그가 신뢰하고 존경하는 제3의 인물이 구금되어 있는 존재로 나타나며 감옥 자체도 한정된 일정한 공간을 가리키고 있는데[108] 반해, 이때에 오면 화자 자신이 囚人의 이미지로 등장하며 감옥도 특정한 공간이 아니라 화자가 삶을 영위하고 있는 장소나 그를 둘러싸고 있는 모든 것으로 확산되어 나타나고 있다는 점에서 중요한 차별성을 보인다. 이것은 단편서사시를 쓰던 시기에는 변혁운동의 실천적 가능성이 조금이나마 열려 있던 반면, 이 시기에 오면 이것이 거의 불가능해졌다는 현실 인식에 기인하는 것이다.

물론 무엇보다 이것은 현실 자체의 폭압에 기인하는 것이겠지만, 임화에게 있어 더욱 문제가 되는 것은 이런 현실을 '절망'으로만 인식하고 마는 시적 주체의 나약함이다. 한 순간에 어찌할 수는 없는 현실 자체에 대해서 분노하는 것이라기 보다, 상황이 이전보다 열악해졌다고 해서 쉽사리 자신이 가지고 있던 변혁에의 열망과 신념을 일순간에 포기하는 동시대인들의 소시민성이 그의 직접적인 비판의 대상이 된다.

때문에 얼어붙은 현실, 황무지적 상황을 극복하기 위해 시인은 얼음을 녹이고 다가오는 봄처럼, 거칠 것 없이 밀어닥치는 '세월'을 기다린다.[109] 물론 이것은 시적 주체의 개인적 '기원'의 마음일 뿐, 미래에 대한 진정한 확신이라고는 볼 수 없다. 더욱이 지난 시절 보여주었던 볼셰비키적 투사의 모습은 더욱 더 아니다.

이러한 임화의 태도는 당시의 개인적인 병약함과 두 차례의 검거로 인한 프로예술운동의 전반적 침체, 이제까지의 조직적 구심체였던 카프의 해체

---

108) 「네街里의 順伊」에서의 누이동생 순이의 연인이자 시적 화자의 동지인 '勤勞하는 靑年'이나, 「우리 옵바와 火爐」에서의 '옵바' 등이 그 대표적인 사례이다. 다만 1930년대 이후에 발표된 작품인 「洋襪 속의 片紙」와 「오늘밤 아버지는 퍼렁 이불을 덥고」에서는 시적 화자 자신이 옥에 갇힌 것으로 표현하고 있다. 이것은 시인이 직면한 외적 상황이 더욱 열악해졌음을 의미하는 것이며, 상황의 변혁을 위한 실천적 행동이 이제 거의 불가능한 상황에 직면했음을 암시하는 것이다.

109) 임화, 「永遠한 靑春―세월」(문학창조, 1934.6), 36~39쪽.

라는 격변기를 맞이한 암담한 현실 인식에서 기인하는 것이다. 그리고 무엇보다 현실에서 한 걸음 물러서 객관적으로 바라 볼 만한 여건이 되지 않았기 때문이다.

결국 이러한 정체성의 위기와 그 획득을 향한 모색의 시기에서 "어떻게 살 것인가?"의 문제에 당면한다. 때문에 <길의 모색 혹은 구도적 자세>가 당시 임화 시의 특징이 된다. 여기서 그는 "부끄러움 없는 삶을 살겠다."라는 윤리적 결의를 한다. 이런 식의 윤리적 결의는 유가적 전통의 핵심을 이루는 것이다. 이러한 내면의 도덕률이 도덕적 충동의 계기이며, 그의 윤리적 충동을 강화해 준다.

이 과정에서 중대한 역할을 하는 것이 1935년부터 1936년간에 걸쳐 순수시측의 대표적 이론가인 김기림 · 박용철 등과 벌인 <기교주의 시 논쟁>이다. '예술의 당대적 의미와 역할'이라는 문제를 놓고 1930년대 이후 새로운 주류로 등장한 순수시의 문제점을 짚어 본 것이 바로 이 기교주의 시 논쟁으로, 이를 통해 임화는 흔들리고 있던 자신의 주체를 재건하는 계기로 삼는다. 때문에 이로 인해 임화 시에는 변화가 나타나게 되는데, 그 대표적인 것이 바로 '내적 대화'로 명명할 수 있는 기법의 사용이다.

이 기법은 시적 주체의 윤리적 결단을 보여주는 효과적 수단으로 사용되는데, 대체로 다른 이들의 현실 인식 태도를 선명히 드러내는 말을 제시하고 이에 대해 반박하는 형태를 취한다. 이때 주 공격 대상이 되는 것은 순수시, 그 중에서도 대표격으로 지목되는 정지용의 몰역사성이다. 이러한 내적 대화 기법을 선택함으로써 임화는 이제 부정적 현상에 대한 시적 주체의 반응에서 비롯된 센티멘탈리즘에 더 이상 함몰되지 않는다. 그리고 자신의 생각을 분명하게 정리하여 자신의 신념을 재확인하고, 이런 자신의 생각을 좀더 설득력 있게 전달한다.

하지만, 타파되거나 수정되어야 할 것들을 단순히 "다르다!"라는 사실을 확인하는 차원에 그치고 있는 점은, 그가 여전히 추상적이고 관념적인 현실 인식에 근거하고 있음을 보여준다. 이런 상태에서는 미래에 대한 구체적 전망을 획득한다는 것이 불가능해진다. 이 당시 쓰여진 것이 일련의 <현해탄 시>이다.

이 시편들은 자신이 가졌던 포부와 정열 그리고 미래에의 희망을 1930년 대 후반의 어두운 상황 속에서 다시 상기하여 불굴의 정신을 강조하려는 목적으로 창작되는 것이다.

현해탄 시는 대체로 '그' 또는 '청년(들)'을 서정적 주인공으로 설정하고, 조선과 일본을 연결하는 <현해탄>을 공간적 배경으로 하여, 화자가 전지적 시점에서 서정적 주인공의 생각을 들려주는 형식을 취하고 있다. 이때 이 서정적 주인공은 화자 자신, 그리고 근대 이래 변혁을 꿈꾼 조선의 지식인 청년 일반과 동일시된다. 서정적 주인공인 '청년'의 형상과 '청년'이 지니고 있는 이데올로기적 정당성 및 역사적 의미를 재확인하는 것이 된다.

감정시는 특별한 사물이나 현상에 의해 촉발된 개인의 서정적 감정을 노래하는 전통적 의미의 서정적 장르에 속하면서도, 다음 몇 가지 점에서 차별성을 갖는다.

우선 감정시는 궁극적으로 자기 자신이 가지고 있는 불굴의 정신을 표출하는 데 목적을 두고 있다. 즉 감정시는 전통적인 서정시와는 달리 사회의식을 견지하고 있으며, 현실에 대한 대결 의식, 전망을 담은 심정적 저항 양식이라는 점에 특징이 있다.

이러한 감정시 양식이 리얼리즘시의 한 양상일 수 있는 것은 다음과 같은 이유 때문이다. 첫째, 감정시는 동시대인의 공동 체험, 즉 일본 유학과 일본에 대한 복합적인 심리를 그리고 있다. 둘째, 당대의 전형적 인물이면서 '영웅'적 삶을 살아가는 <청년>을 주인공으로 하여 불굴의 신념을 노래하고 있다. 셋째, 현실과 주체의 내면에 이루어지는 '긴장'과 '갈등'을 생명으로 하고 있다. <현해탄>의 이중성이 바로 여기에 있다. 마지막으로 비록 한 순간 비관적 현실 인식 태도를 보이기도 하지만, 궁극적으로 미래에 대한 낙관적 전망을 끝까지 버리지 않고 있다.

2) 감정시의 문학사적 의의

1930년대에 들어서면서 카프를 비롯한 진보적 문학은 존립의 위기 상황을 맞아 시급히 정체성을 확인해야만 하게 되었다. 이런 상황 속에서 임화는 다음 세 가지를 진보적 문학의 당면 과제라고 생각하고, 이를 해결하기 위해 노력한다.

우선 그는 가장 시급하고도 중요한 것은 기존의 진보적 문학 진영 내에서 발생했던 창작 방법의 고정화 현상과 창작의 부진 상태를 해소하는 일이라고 생각했다. 1930년대 초반까지 발표됐던 카프시인들의 프로시는 사실상 리얼리즘 시로서의 허다한 결격 사유를 가지고 있었다. 도구주의적 문학관과 표현주의적 문학이론이 카프의 공식적 입장을 대변하게 되었고, 문학은 단순한 정치투쟁의 도구로 전락하고 말았다. 그러므로 "당의 슬로건을 대중의 슬로건으로!"라는 볼셰비키화론의 기치가 바로 진보적 문학의 지침으로 작용했던 것은 필연적인 결과였다.

따라서 전형기를 맞아 기회주의적 우편향에 적절히 대응하면서, 리얼리즘시로서의 정체성을 확인해야 한다는 두 가지 요구가 당면 과제로서 제시되었다. 직접적으로는 노동운동시의 경직성과 단편서사시류의 근저에 있는 센티멘탈리즘을 어떻게 극복하고 건전한 서정성을 가진 본격적인 리얼리즘 시를 창출할 수 있을 것인가? 하는 것이 여기서 가장 중요한 문제로 떠오르게 된다.

다음으로 그가 문제삼는 것은 전형기를 맞아 왜소화되어 붕괴해 버리고 말았던 주체를 재건하는 일이었다. 카프라는 조직적 구심체가 없어진 상태에서 진보적 문학이 택할 수 있는 길은 전향하거나, 은둔하거나, 현실에 대한 응전력을 재건하여 다시 시작하는 세 가지 방법밖에는 존재하지 않는다.

이때 세 번째 방법에는 자기 자신에 대한 냉철한 점검과 정당한 세계관과 당파성의 견지를 위한 주체성의 명확한 확립이 필수불가결하다. 임화에 있어 주체 재건의 문제는 기존에 창작되었던 진보적 문학에 대한 자기 검증과 반성, 그리고 이를 통해 정당하게 자신을 정초시키려는 신념과 결단의 재정립이라는 두 가지 논점으로 제시된다.

마지막으로 문제되는 것은 카프의 해체와 함께 시작된 범문단적인 이념의 공백화 현상, 그리고 뒤따르는 여러 전형기적 현상들에 대한 비판적 안목에서의 문제 제기이다. 여기서 직접적으로 문제되는 것은 모더니즘-주지주의 · 이미지즘 · 초현실주의 · 심리주의 · 감각주의 등-과 자연주의에 대해 진보적 문학이 가져야 할 대타 의식의 확보이다.

이 시들과 단편서사시의 가장 큰 차별성은 미래에 대한 전망을 보여주지 못하고 있다는 점이다. 또 다른 차별성은 이야기성이 상실되고 있다는 점이다. 이 시들에 등장하는 인물들은 모두 이야기를 구성하는 역할을 담당하지 않고 있다. 이 점에서는 화자도 마찬가지다. 독자의 입장에서 볼 때 이 시들을 통해 들을 수 있는 것은 오직 화자의 일방적인 독백뿐이다.

마지막으로 거론할 수 있는 것은 시 속에서 현실의 구체적 모습이 점차 사상되어 버리고, 오직 부정적인 현실을 견뎌나가는 화자의 윤리적 결단만이 부각되고 있다는 점이다.

임화의 시는 1930년대 말로 갈 수록 낭만적인 비가의 성격을 띠게 된다. 현해탄 시들은 상징적이고 암시적인 방법으로 현실을 드러내는 한편, 암흑의 시대를 지탱하는 주체의 의지와 정열 그리고 미래에 대한 영웅적인 꿈을 형상화하는 데 초점을 맞추고 있다.

이 시절에 발표된 임화의 시는 단편서사시를 통해 보여주었던 리얼리즘 시의 형식을 계승, 발전시켜 나가지 못하고 오히려 전통적 서정시로 환원하는 모습을 보여 준다. 이 시기에 와서 임화의 시에는 산문적 진술이 사라지고, 이와는 반대로 짧은 호흡을 바탕으로 한 시적 긴장을 찾아볼 수 있다.

현해탄상에 오른 청년들이 품은 심사를 형상화하면서, 임화는 이들이 고향을 떠나 현해탄상에 오른 것을 한 마디로 "山불이 / 어린 사슴들을 / 거친 들로 내몰은게다."[110]라고 말하고 있다. 그렇기 때문에 이들에게 있어 '고향'은 반드시 다시 돌아와야 할 곳으로 설정되며, "-정녕 이곳에 고향으로 가지고갈 보배가 있는가? / ─나는 학생으로부터 무엇이 되어 돌아갈것인가?"111)라는 시대적 고민을 가슴 속에 안고 일본으로 가서 "이름도없는 一靑年이 바야흐로 / 어떤都市우에 자기의이름자를 부처 / 不滅한 記念을 삼으랴는"112) 결의를 다지고 돌아오는 것이다. 그리고 이러한 이들의 결의는 항상 다음에서 보듯, 미래에 대한 강한 확신에 의해 뒷받침되고 있다.

오오! 어느날,
먼 먼 앞의 어느날,
우리들의 괴로운 歷史와 더불어
그대들의 不幸한 生涯와 숨은 이름이
커다랗게 記憶될것을 나는 안다.
　一八九〇年代의
　一九二〇年代의
　一九三〇年代의
　一九四〇年代의
　一九××年代의
　………………
모든것이 過去로 돌아간
廢墟의 거칠고 큰 碑石 위
새벽 별이 그대들의 이름을 비칠 때,
玄海灘의 물결은
우리들이 어려서
고기떼를 쫓던 실내처럼
그대들의 一生을
아름다운 傳說 가운데 속삭이리라.113)

110) 임화, 「玄海灘」(『玄海灘』, 東光堂版, 1938.2), 215쪽. 2연 3~5행.
111) 임화, 「海上에서」, 상동, 153쪽. 6연.
112) 임화, 「地圖」(동아일보, 1937.11.3), 4면. 6연.
113) 임화, 「玄海灘」(『玄海灘』, 상동), 223쪽, 18연.

이상과 같은 시적 변모는 리얼리즘의 후퇴라는 측면에서 비판적으로 검토되어야 할 것이지만, 그 과정에서 임화가 보여준 새로운 창작방법은 시의 창작방법을 확대한 것이라는 점에서 평가가 가능하다. 즉 1930년대 후반 임화의 시는 사상성의 감퇴라는 한계에도 불구하고, 새로운 창작방법을 개척함으로써 단편서사시나 혹은 관념과 도식에 과도하게 의존하던 여타 노동운동시의 한계를 넘어 섰다고 할 수 있다.

감정시는 한편으로 카프 시절에 철저히 무시되거나 배척되었던 시의 서정성을 회복하려는 노력에서 나온 것이다. 임화는 자신의 시에서 낭만성과 현실성을 조화롭게 결합시킴으로써 이전 노동운동시의 메마른 관념성과 도식성에서 벗어나려고 했던 것이다. 그런 점에서 '낭만정신론'에 기초하여 씌어진 임화의 새로운 시 경향은 노동운동시의 공식성과 도식성에 대한 반성과 비판으로서 의의를 지닌다. 이처럼 시 본래의 서정성을 회복하려는 노력을 보여 주고 있다는 점과 상징과 암시 등 종래의 프로시에서 찾아 보기 어려웠던 새로운 형상화 방법을 동원하는 등 다양한 창작방법을 모색함으로써 시적 형상성을 확보하는 데 어느 정도 성공한 점, 그리고 장시의 가능성을 보여준 점 등은 『현해탄』을 비롯한 1930년대 후반기 임화의 시가 거둔 가장 중요한 성과라고 할 수 있다.

또 비록 내면화되고 주관화된 것이기는 하지만 영웅적 격정과 불굴의 정신으로 민족 해방의 전망을 끝까지 포기하지 않고 고수함으로써, 동시대를 살아가는 독자들의 용기를 북돋우며 또한 자신도 그로부터 시 창작의 동력을 얻고 있는 점 역시 카프 시의 연장선상에서 임화의 시를 논할 수 있는 근거를 제공해 준다. 그리고 그것은 임화가 해방 후 다시 진보적 문학운동의 일선에서 활발히 전개했던 창작과 비평 활동의 원동력이 되기도 한다는 점에서 의미를 지닌다.

Ⅳ. 임화 시의 시사적 위상

1. 전통의 내재적 계승

우리의 근대문학은 이제까지 서양화된 일본문학의 강력한 자장 속에서, 그것을 일차적으로 모방하면서 성장해 온 것으로 인식되어 왔다. 그 중에서도 프로문학은 강력한 모방 성향을 띤 대표적 사례로까지 이야기되어 왔다.[1] 이런 시각에서 보면 한국 프로문학은 일본 프로문학의 복사품에 불과하며, 나름대로의 독자적인 성격은 별반 지니지 못했던 것으로 말할 수밖에 없다.

그러나 특정 시기의 문학이 겉으로 볼 때 기존의 문학사와 현격한 차별성을 가지고 있고, 그 창작 주체가 전통과의 의식적 단절을 외쳤다고 해서 그 문학을 외세 추종주의로만 보는 것은 많은 무리가 있다. 특정 시기의 문학이 그 전 시대 문학의 비판적 계승일 수는 있어도, 전혀 엉뚱한 돌연변이일 수는 없기 때문이다.[2] 때문에 특정 시기의 문학이 전 시대의 문학에서

---

1) 이런 시각을 가지고 있는 대표적인 저술 및 논문은 다음과 같다.
　金允植, 『한일문학의 관련양상』(一志社, 1974.5)
　임규찬(편저), 『일본 프로문학과 한국문학』(연구사, 1987.4)
　金允植, 「현해탄의 사상과 品川驛의 사상」(『韓國近代文學思想史』, 한길사, 1984.6)
　高英子, 「中野重治と林和」(용봉논총 – 인문과학연구, 제20집, 전남대 인문과학연구소, 1991.12)

어떤 각도로, 또한 얼마나 이탈했는가, 그리고 어떻게 후대에 계승되었는가를 충실히 고찰해 낼 때 비로소 그 문학을 한국문학사에서 올바로 자리매김할 수 있다고 생각한다.

이런 점에서 임화의 시는 우리에게 중요한 시사점을 형성해 준다. 주지하다시피 임화는 당시의 다른 근대문학가들과 마찬가지로 우리의 근대문학을 기본적으로 '이식문화론'3)이라는 틀에서 바라본 인물이다. 그가 한 시

---

2) 한국의 근대문학사는 서로 다른 두 충동이 대치하는 모습을 보인다. 즉, 서구문학을 텍스트로 삼고 거기서부터 우리 시대의 발판을 탐색하려고 하는 외향적 충동과, 이와는 다른 각도에서 자국 문학의 전통을 계승 또는 재구하려는 내향적 충동이 그것이다. 이와 같은 두 충동의 대립과 마찰, 갈등은 시기에 따라 각각 다른 양상을 띠고 있다고는 하지만 현재까지도 끈질기게 작용하고 있는 것으로 우리 문학의 전반적인 현상을 지배하고 있는 것이 사실이다. 김시태, 『現代詩와 傳統』(成文閣, 1981.3), 12쪽.

3) 「槪說 新文學史」에서 임화는 "신문학이란 개념은 그러므로 일체의 구문학과 대립하는 새 시대의 문학을 형용하는 말일 뿐더러, 형식과 내용상에 질적으로 다르고 새로운 문학을 의미하는 하나의 개념이 될 수 있다. 따라서 신문학사는 조선에 있어서의 서구적 문학의 이식으로부터 시작되는 것이다."(조선일보, 1939.9.7)라고 이야기하고 있다. 또한 「新文學史의 方法論」에서는 "근대 정신을 내용으로 하고 서구문학의 장르를 형식으로 한 조선어문학"이 바로 조선의 근대문학이라고 정의(제1회, 동아일보, 1940.1.13)하고 있다. 임화가 이처럼 신문학사를 이식문학사로 규정하는 이유는, 조선에서는 개혁과 자각이 자력으로 수행되지 않았다고 인식하고 있기 때문이다.

하지만 우리는 여기서 임화의 이식문화론이 외세모방주의를 긍정적으로 옹호하려는 노력과는 다르다는 점을 분명히 인식할 필요가 있다. 「新文學史의 方法論」 제4부 <전통> 항목(동아일보, 1940.4.18)에서 임화는 "문화의 이식, 외국문학의 수입은 이미 일정 한도로 축적된 자기 문화의 유산을 토대로 하지 않고는 불가능하다"고 말한다. 그리고 이어서 "문화교류에 있어 일방적 교섭은 정치적 침략의 정신적 표현에 불과하며, 문명인과 야만인 사이에서만 그러한 침략이 완전히 수행될 수 있을 것"으로 "동양 제국과 서양의 문화 교섭은 일견 순연한 이식문화사를 형성함으로 종결하는 것 같으나, 내재적으로는 이식문화사를 해체하려는 과정이 진행되는 것"이라고 주장한다. 그리고 이것이 바로 이식된 문화가 고유의 문화와 심각히 교섭하는 과정이요, 또한 고유의 문화가 이식된 문화를 섭취하는 과정이라고 말하고 있다.

이것은 임화가 이식문화론이 동시대의 대세임을 현실적으로 인정하고 있지만, 그 상황이 긍정적인 것은 아니며, 그것을 극복하기 위해서는 문학 주체들의 창조적 노력이 뒷받침되어야 한다는 것으로 보고 있음을 의미하는 것이다. 이

기 주도했던 프로문학은 외견상 이식문화론의 정당함을 뒷받침해 주는 것으로 보이는 갖가지 사례로 가득차 있다. 또한 그의 시나 비평은 일견 동시대 일본 프로문학의 그것을 상당 부분 그대로 옮겨다 놓은 듯한 느낌을 주는 것이 사실이다.

그러나 그 가운데서도 그의 시나 비평에는 동시대 일본 프로문학에서는 쉽게 찾아 볼 수 없는 독특함이 나타난다. 강한 정론성의 표출, 주체의 윤리적 결단 강조, 생래적인 독자지향성 등이 바로 그것이다. 이런 독특함은 일차적으로 근대문학에 대한 그의 이중적 지향성에서 비롯된다. 즉 한편에서는 '근대화＝서구화'라는 의식을 가지고 서구 문학의 양식·기법·사상 등을 일본을 통해 받아들여 근대화를 지향하려 하는 동시에, 다른 한편에서는 정작 그 일본에 대해 강한 민족적 적대감을 가질 수밖에 없었던 것이 당시 임화를 비롯한 우리 문학가들이 처한 보편적 상황이었다.

임화의 시와 비평에는 강력한 서구지향성(근대 지향성)이 드러난다. 이것은 그의 일생을 통해 가장 강력하게 외면화되었던 지향성이다. ① 보성고보 재학 시절 한국 최초의 서양화가 高義東에게 배웠던 근대 서양 미술 ② 아나키즘과 전위예술 등에 심취했던 젊은 날의 독서 체험 ③ 카프 가입 후 한 동안 열중했던 배우 수업 ④ 급작스런 고보 중퇴와 그 뒤를 이은 돌연한 가출 ⑤ 전위예술 심취의 연장선상에서 이루어진 막시즘 공부 ⑥ 전위성만을 추구하여 별 다른 고민없이 자신이 택할 문학의 사조와 경향을 쉽게 바꾸고 있는 것 등이 그 증거이다.[4]

런 점을 고려할 때 임화를 일방적으로 '이식문화론자'로만 단정해 버리는 것은 좀더 생각해 볼 문제이다.

4) 이러한 흔적들은 아래 글에서 확인할 수 있다.

金南天, 「林和에 關하야-그에 對한 隨感의 이토막 저토막-」(조선일보, 1933.7.22)

_____, 「作家 生活의 回顧-十年前」(博文, 1939.10)

一記者[李學仁], 「시인 임화의 부부는 그 뒤에 엇찌되엿나」(조선문단, 1935.8)

一記者, 「文人 林和氏와의 雜談錄」(신인문학, 1936.10)

임 화, 「作家 短篇自敍傳」(삼천리문학, 1938.1)

그런데 이처럼 서구지향성으로 점철된 혼란한 오양에도 불구하고 그의
문학의 내면에는 전통적인 문사 의식, 그 중에서도 조선조의 소외된 지식인
인 외방인 작가의 의식이 굳건하게 자리잡고 있었다. 시와 시인을 분리하지
않고 시인을 일종의 '지사'로 본다든가[5], 시를 예언자적인 목소리의 일종으
로 보고 있는 점[6], 현실의 집권층에 대한 강력한 반발과 비판을 보이고 있
는 점 등은 바로 외방인 작자의 모습 그대로다. 또한 이데올로기면에 치중
해 교육적·계몽적인 내용을 시에 끊임없이 담아 나가고 있는 점[7]이나 독
자의 반응을 중심으로 해서 문학의 사회적 의의와 그 기능을 더듬고 있는
점 역시 동일한 범주로 볼 수 있다.

특히 당대의 사회상을 사실적으로 드러내거나, 사회의 현실을 직시하여
새로운 각성에 이를 것을 촉구하는 내용으로 되어 있는 그의 시에 담긴 정
신은 외방인 작가들이 즐겨 창작했던 서사한시에 담긴 정신과 동일하다.
그가 1930년대 들어 시에서의 근대성의 범주 중 하나인 기교주의 시를 집중

_____, 「나의 文學 十年記-어떤 靑年의 懺悔-」(문장, 1940.2)

李軒求, 「片片山舟」(사상계, 1966.10)

高　銀, 『李箱評傳』(민음사, 1974.11)

5) 星兒[임화], 「無産階級文化의 將來와 文藝作家의 行程-行動, 宣傳, 其他-」(조선
　　　일보, 1926.12.27,28), 3면.

林和, 「蘆風 詩評에 抗議함」(조선일보, 1930.5.15~19)

　　후자에서 평가 자체가 얼마나 객관적이며 정당한가가 아니라, <評者의 정치
적·도덕성과 자격 여하>를 먼저 따지고 나서는 것은 좋은 시사점이 된다.

6) 임화, 「曇天下의 詩壇 一年-朝鮮의 詩文學은 어드로-」(新東亞, 1935.12), 166
쪽.

7) 임화, 「現階段의 朝鮮사람은 엇더한 藝術을 要求하는가-效用을 爲한 文學」(朝
　　　鮮之光, 1928.1)

雙樹台人[임화], 「朝鮮的 批評의 精神」(조선중앙일보, 1935.6.25~29)

象海, 「文人 林和氏와의 雜談錄」(新人文學, 1936.10)

임화, 「作家 短篇自敍傳」(三千里文學, 1938.1)

　　이런 부분은 조선조 유학자들의 <載道之器 문학관>(文以載道說)과 유사하
다. <재도지기 문학관>은 시가 정치와 사회 비평을 겸해야 하는 양면성을 가
지고 있다고 주장하는 공리주의적 문학관으로, 임화가 이 당시 시를 바라보던
관점도 근본적으로 이와 유사한 입장에 서 있다.

적으로 공격하고 나서는 이유도, 바로 그것이 시대 상황과 걸맞지 않게 가치중립적 성격을 가지고 있기 때문이었다는 점을 상기해 보는 것도 좋을 것이다. 이 점에서 그는 매천 황현이나 이육사·한용운 등과 같은 자리에 놓인다.

이와 같은 문학관의 유사성뿐만 아니라, 구체적인 시 작품에 있어서도 조선조 외방인 작가들의 시와 임화의 시는 일정한 관련성을 보인다. 조선조의 서사한시는 "개별화된 인물의 형상을 구체적으로 그리고, 비록 짧은 편폭이지만 거기에 당대성을 가지고 있는 이야기를 담은 한시"로 정의할 수 있는데, 이것은 우리나라 근대 서사시와 리얼리즘시의 본격적 출발점을 형성한다. 반면 단편서사시는, "극적 구성 방식과 서간체 형식을 빌어 일정한 계급적 전망을 담아낸 서정시"[8]로 정의할 수 있는 것으로, 이제까지 우리나라 근대 리얼리즘시의 본격적 출발을 알리는 것으로 인정되어 왔다.

서사한시와 단편서사시는 다음과 같은 공통적 특질을 가지고 있다. 우선 핍박받는 자의 편의 서서, 그들의 실상을 다루고 있다. 서사한시의 절대 다수는 <체제 모순과 삶의 갈등>을 다룬 것이다. 이때의 '체제 모순'이란 국가적 기반(國者民之國)인 '民'(良民=常民)과, 그들을 보호와 收取의 대상으로밖에 인식하지 않는 지배 체제 사이에서 발생한 것이니, '삶의 갈등'은 다름 아닌 '民'의 문제를 말하는 것이다. 즉 동시대적 모순의 구체적 체현자인 民에 대한 문학적 인식이 서사한시의 출현으로 연관된 것이며, 체제 모순의 심화와 그에 맞서 생존을 위해 고투하는 인민의 형상이 바로 서사한시의 내용을 형성한다. 한편 단편서사시 역시 식민지적 현실에서 발생하는 총체적 모순의 체현자인 공장노동자에 대한 문학적 인식에서 비롯한 것으로, 그들이 동시대의 모순에 맞서 자신들의 생존을 위해 싸워 나가는 모습을 그 내용으로 하고 있다는 점에서 유사함을 보인다.

둘째, 서사한시의 서술 방식은 화자와 주인공의 대화적 서술, 작중 주인

---

8) 졸고, 「단편서사시의 개념, 대상, 범주 고찰」(국제어문, 제16집, 1995.5), 361쪽.

공의 고백적 서술, 객관적 서술의 셋으로 나눠 볼 수 있다. 이것들은 모두 기본적으로 <서사적 현장에 접근하는 서두와 현장 인물에게 사연을 듣는 본장을 거쳐 시인의 정회로 자연스럽게 끝맺음하는> 3부 구성법을 근간으로 한다. 그리고 "서사적 진행에 어떻게 정회의 요소를 배합하느냐?"를 예술적 성취의 한 관건으로 삼고 있다. 단편서사시도 이런 세 가지 방식의 서술 방법을 적절히 섞어서 사용하는 한편, 기본적으로 사건의 제시와 전후 사연의 서술, 그리고 작중 주인공의 정회 표출이라는 3부 구성법을 채택하고 있다는 점에서 유사성이 있다.

단편서사시에서 서사한시의 첫 번째 서술 방식(화자와 주인공의 대화적 서술 방식)9)은 작중에서 끊임없이 반복되는 발화사에서 그 흔적을 찾을 수 있다. 서사한시에서 주로 채택한 이 방식은 주인공이 자신의 사연을 말하고, 그에 대한 화자의 소회와 평결을 제시하는 형태이다. 이때 주인공이 술회하는 사건은 시인의 전면적인 수긍으로 인해 쉽사리 독자의 공감을 얻게 되며, 화자의 소회와 평결은 독자의 인식 변화를 촉구하게 된다. 때문에 이 방식은 주인공이 술회하는 사건 자체 보다는 그 이야기에 대한 화자의 정서적 반응과 인식 상태에 초점을 둔다. 단편서사시에서 이 역할을 담당하는 것이 바로 발화사이다. 발화사는 작중 화자가 누군가(형님 · 오빠 · 누이동생 · 어머니 · 동지 등)와 대화를 나누고 있다는 전제를 기본적으로 깔고 있는 것이다. 그리하여 화자가 소개하는 사건에 대해 독자의 공감을 획득하고, 나아가 화자의 정서와 청자의 정서를 일치시켜 청자의 인식 전환을 유도하는 역할을 한다. 바로 이 점에서 이것은 서사한시에서 채택했던 첫 번째 방식의 창조적 이탈이라 할 수 있다.

서사한시의 두 번째 서술 방식(작중 주인공의 고백적 서술 방식)10)은 일

9) 임형택은 이것이 서사한시가 가장 일반적으로 취했던 방식이라고 설명하고, 그 예로 김성일의 「母別子」, 허균의 「老客婦怨」, 권헌의 「寺奴婢」 등을 제시한다. 앞 책, 26쪽.
10) 임형택은 권헌의 「女掃米行」, 백광훈의 「龍江詞」, 신국빈의 「懊惱曲」 등을 그

종의 대리 진술 방식, 즉 작중 주인공 또는 화자의 입을 빌어 내포된 시인이 하고 싶은 말을 하는 방식이다. 이러한 방식은 작중 주인공의 술회를 통해 억울하고 애달픈 사건의 전모를 이야기하고, 독자들의 감정을 자극하여 호소력을 높이려는 목적에서 나온다. 「病監에서 죽은 여석」이나 「어머니!」 등이 그 좋은 예라 할 수 있다.

서사한시의 세 번째 서술 방식(객관적 서술 방식)[11]은 좀더 사건 자체의 기술에 초점을 맞춰 그 참상을 전면화하고, 나아가 독자의 각성을 강력히 촉구할 목적에서 이뤄진다. 단편서사시에서는 감상성에 함몰됨이 없이 투쟁 현장의 의기를 고취하려는 목적으로 쓰여진 일련의 시들(「洋襪 속의 片紙」, 「오늘밤 아버지는 퍼렁 이불을 덥고」 등), 즉 선동성이 두드러진 시들에서 이런 방식을 주로 찾아 볼 수 있다.

셋째, 서사한시는 사건의 순차적 진행을 따라 시공이 흘러가는 방식이 아니라, 하나의 서사적 화폭 속에 시공을 모으는 구성법을 채택하고 있다. 이것은 과거 다른 공간에서 일어났던 일들을 한 화면 속에 축약하는 방식으로, 단막극의 시공 처리법과 유사하다. 이러한 극화 수법은 서사의 내용을 보다 밀도 높고 선명하게 제시하는 효과를 얻을 수 있다. 이 수법은 원래 서사한시가 <目睹耳聞의 결과물>이라는 사실과도 관련이 깊다. 즉 전형적인 3부 구성법을 취한 경우 서사는 하나의 장면에서 시작하여 그 장면에서 결말이 나기 마련인데, 이 때문에 하나의 서사 무대에 시공을 집약하는 방식을 취한 것이다. 단편서사시도 이와 마찬가지로 일종의 단막극 형식을 채택하고 있다. 서양의 서사시는 변화·발전하는 사건을 취급하는 것이 정식이지만, 단편서사시에서는 이와 달리 사건은 고정되고 의식이 변화하는 모습을 보여주는 것은 이런 방식의 선택에 기인한다.

마지막으로, 서사한시와 단편서사시의 창작 주체는 모두 동시대적 상황

예로 들고 있다. 위의 책, 26쪽.
11) 신광수의 「採薪行」, 최경창의 「李少婦詞」, 조석윤의 「買客行」, 김만중의 「端川節婦詩」 등이 이 범주에 드는 작품이다. 임형택, 위의 책, 26~27쪽.

에 불만을 느끼고 있던 비판적 지식인이다. 그리고 둘 다 일종의 엘리트주의적 발상으로 인한 <위로부터의 개혁>을 시도하고 있다는 점도 양자의 유사성을 더욱 깊게 해 주는 사례이다.

물론 서사한시와 단편서사시는 그 창작 시기의 상위성만큼이나 큰 차별성을 가지고 있는 것이 사실이다. 무엇보다도 단편서사시에는 뿌리 뽑힌 고아 의식과 민족적 분노를 내재하고 있으며, 공장노동자와 노동운동가를 등장인물로 선택하고 있고, 무엇보다도 계급적 전망을 전면에 내세우고 있다는 점에서 서사한시와는 본질적인 차별성을 가진다. 그러나 단편서사시가 어느 날 갑자기 나온 것이 아니라, 일정한 문학적 전통에 기인하는 것임에 틀림없는 것이라면, 서사한시의 전통이 가장 강력한 영향을 미쳤으리라고 보는 것이다.

1930년대 중반 이후 임화가 발표한 감정시에서도 이러한 전통의 영향은 쉽게 찾아 볼 수 있다. 이 당시는 객관적 상황의 악화와 거듭된 검거, 카프 해체 등으로 프로문학 전체가 암담한 상태에 놓이고, 임화 스스로도 심각한 지경에 빠진 신병 치료와 이혼 등으로 인해 고생하던 시기[12]이다. 때문에 이 시기 임화는 이러한 위기 상황을 충실히 반영하고, 그 극복책을 마련하는 데 총력을 기울여 <감정시>라는 새로운 프로시 형태를 주창하고 나선다.

감정시는 정체성의 위기와 그 재획득을 향한 모색의 일환으로 창출된 것으로, "어떻게 살 것인가?"에 대한 진지한 윤리적 질문과 응답이 그 주조가 된다. 여기서 임화는 윤동주가 「序詩」에서 했던 것처럼 "부끄러움 없는 삶

---

12) 당시 鄭芝鎔·朴龍喆 등과 함께 탑골승방에서 요양하고 있던 임화를 방문한 金永郎에 의하면, 당시 임화는 폐병 3기로 아주 위험한 상태였다 한다.(永郎, 「夭折한 그들의 面影—人間 朴龍喆」, 조광, 1939.12, 320쪽). 또한 이때 부인 李貴禮와도 결별하는 가정적 불행도 겹치게 된다. 이귀례와의 결별은 임화가 폐병 치료차 평양의 실비병원에 있을 때(1934년 겨울부터 병원이 경영난으로 문을 닫은 그해 겨울까지) 이귀례가 '삐뚤은 길을 걸었기 때문'(閔丙徽, 「그리운 文友들＝젊은 文化人 林和君＝」, 청색지, 1938.11, 74쪽)이라고 알려져 있다.

을 살겠다."라는 식의 윤리적 결단을 통해 자신의 정체성을 확인하는 모습을 보이는데, 이런 식의 윤리적 결단이야 말로유가적 전통의 핵심을 이루는 것이며 비판적 지식인인 방외인의 기본적 태도라 할 수 있다. 이러한 내면의 도덕률이 도덕적 충동의 계기이며, 인간 및 세계의 이원성의 파악이 그의 윤리적 충동을 강화해 준다.

이러한 모습은 동시대 러시아나 서구의 리얼리즘의 진행 방향과는 상당한 차이가 있다. 이 시기 서구에서는 비참의 현실을 이상주의(Idealism)가 아니라 객관적 리얼리즘의 시로 나타내고 있다. 스펜더나 오든을 비롯한 뉴컨트리파나, 앙드레 지드, 샤르트르 등이 그 대표적인 인물들로, 이들은 당시 민중들이 처한 비참의 실상을 그대로 표현하면서 관찰과 묘사를 철저히 밀고 나간다. 또한 이 시기 러시아는 이들과 비슷한 발상을 보이지만, 계급적 전형을 창조하고 이를 통해 계급의 희망을 보여주며, 모든 것을 계급운동과 연결지어 많이 생각하고 있다는 점에서 차별성을 가진다.

반면 이 시기 임화는 시인 자신에게로 돌아오는 모습을 보인다. 즉 지식인의 내면 표백으로 나와, 더 이상 객관적 리얼리즘으로 나아가지 않는다. 이것은 그가 비참의 실상 그 자체가 아니라, 그에 대한 시인 또는 시인과 일치된 화자의 '태도'를 더욱 중시하는 과거 지식인 문학의 전통과 맥을 같이 하기 때문이 아닌가 생각한다.

2. 한국 리얼리즘의 시적 특성

신경향시는 일제의 혹독한 식민지적 억압과 착취로 인한 농촌의 피폐화와 농민들이 처한 궁핍상 등을 고발하고, 그에 대한 개인적 차원의 정회를 토로하는 차원에 머물고 있었다. 이것은 신경향시가 비록 외형적으로는 자유시의 형태를 취하고 있지만, 내적으로는 조선조 서사한시의 창작 주체들과 거의 비슷한 문학관을 바탕으로 하고 있음을 의미한다. 그리고 어느 면에서는 조선조 서사한시가 보여주었던 이야기성을 제대로 계승하지 못하고, 오히려 이전보다 후퇴한 모습을 보이고 있다.

우선 초창기 신경향시들은 거개가 소박한 리얼리즘의 양태를 보이고 있다. 이 당시 시들은 과도한 현실의 폭압과 비참함에 시인이 압도되어 시인 자신이 보거나 들은(目睹耳聞) 상황을 보고하고 기록하며, 그에 대한 개인적 정회를 토로하고 있다. 문제는 이때 시적 대상들이 처한 상황이 단발적이며 파편화된 상태로 제시되기 때문에 득자들에게 현실에 대한 정확하고도 본질적인 이해와 새로운 각성을 주지 못한다는 점이다.

이 뒤를 이어 나온 것이 바로 李相和이다. 이상화는 현실적 상황에 대한 단순한 보고와 기록에 머물지 않고, 여기서 한 걸음 더 나아가 잘못된 현실에 대해 강력하게 문제 제기를 한다. 그러나 이러한 문제 제기가 현실 자체의 본질적 구조에 대한 천착에서 이루어지지 못하고, 시인 자신의 개인적 '신념'에만 근거하여 휴머니티와 도덕성을 강조하고 나서는 차원에서 이루어지고 있다는 점에서 일종의 이상주의(Idealism)적 양태를 보인다. 이상화는 이념을 제대로 육화하지 못해 사물을 정확하게 보지 못하고 '적당히' 혹은 '자기가 보고 싶은 대로' 보는 차원에 머물고 있다. 즉 있는 그대로의 모습을 객관적으로 제시하는 데 그치지 않고, 현상을 뛰어넘어 자신의 신념을 표출하고 나서는 것이 이상화가 쓴 시의 공통적인 모습인데, 이상화가 보여준 이러한 모습은 이후 한국 프로시의 기본적 태도를 형성한다.

이상화 이후 프로시는 발전, 변화하는 현실을 계급적 시각으로 포착하여 문학에 올바로 형상화하는 데 초점을 둔다. 때문에 도시의 공장 노동자를 시적 대상으로 삼고, 그들의 삶을 통해 계급적 전망(패러다임)을 지향하여 낙관론으로 이어지는 모습을 보여주려고 노력한다. 이때에도 비참한 현실을 객관적으로 관찰하고 묘사하는 데 머물지 않고, 독자에게 그런 현실을 극복해 나갈 수 있으리라는 확신을 주는 데에 중점이 놓인다. 때문에 이들의 프로시는 노동자에게 희망을 언제나 제시하는 것으로 마무리되는 데, 바로 이 점이 백조파 로맨티시즘과 프로시가 근본적으로 차별성을 갖는 부분이다. 「우리 옵바와 火爐」에서 화로가 깨어진 사건이 파탄과 절망 그 자체를 의미하는 것이 아니라, 오히려 등장인물들간의 동지애를 더욱 강화하는 계기로 작용하고 있는 점은 그 대표적 사례라 할 수 있다.

바로 이 시기에 나타난 프로시의 대표적 시형인 단편서사시는, 다음 몇 가지 점에서 우리나라 근대 리얼리즘시에서 중요한 의미를 가지고 있다. 우선 단편서사시는 소재나 주제뿐만이 아니라 시의 양식적 차원에서도 이제까지의 여타 부르좌 시와는 분명하게 구별되는 최초의 프로시[13]라는 점을 들 수 있다. 둘째로, 이전까지의 신경향시나 프로시처럼 개인적 차원의 정회를 토로하는 것이 아니라, 순간적 경험 속에 당대의 역사적 상황에 대해 집단화된 계급적 정서를 집약하여 형상화해 내고 있다는 점[14]을 빼놓을 수 없다. 셋째, 노동자계급을 동시대적 본질 모순(민족모순과 계급모순)의 집약점으로 설정하고 이들이 행하는 현실 변혁운동의 정당성을 그들의 생활과 정서의 묘사를 통해 구체적으로 인지시키고 있다는 점을 들 수 있다. 넷째, 시인의 주장을 구호적 차원에서 강요하는 것이 아니라, 등장인물의

---

13) 앞에서도 상세히 언급한 바 있지만, 단편서사시의 독특한 양식적 특징은 낭독시 형태의 지향과 서간체 형식의 도입이라는 두 축에 의해 두드러진다.

14) 이와 관련하여 G.M.Fridlender는 『Poetika Russkovo Realizma』(1971; 李恒在 역, 열린책들, 1986.7, 236쪽)에서 다음과 같이 말하고 있다.

　　모든 서정시는 사람들의 실제 생활이 그들에게서 불러 일으킨 사상과 감정을 표현하며, 외적 세계가 그들에게 끼친 영향을 표현한다. 그러나 이러한 사상과 감정은 개인적인 것이 아니라 <집단적인 것>이다. 즉, 그것은 한 인간에 의해서가 아니라 주어진 순간에 동일한 경험에 의해 직접적으로 관련되고 하나의 보편적인 감정에 의해 결합된 전 집단의 사람들에 의해 경험된 것이다. [……] 독특한 형태―개인적이 아닌 집단적이거나 <합창적인>―의 서정시들은 전체 우정 관계나 서로 가까운 사람들의 사상과 감정을 표현한 것이다.

진술을 통해 독자들의 인식 전환을 유도하고 있다는 점을 들 수 있다. 다섯째, 등장인물이나 이야기의 주요 소재를 당대를 살아가는 조선인이라면 누구나 공감할 수 있는 곳에서 채택하여 독자들의 인지도를 높이고[15], 선명한 대립 구조를 통해 투쟁의 목표를 구체화하고 있다는 점 등을 들 수 있다. 마지막으로, 사회의식의 사실주의적 형상화가 아니라 그러한 의식의 로맨티시즘적 형상화를 통해 시의 리얼리티를 확보하는 한 모델, 즉 사회적 로맨티시즘이라는 특이한 양식을 보여주었다는 점을 들 수 있다. 이 점은 서구나 러시아의 리얼리즘시와는 다른 우리의 독특한 시 양식으로 이후 시인들에게 지대한 영향을 미치게 된다.

이처럼 단편서사시는 동시대의 소설계에 대응하는 바로서의 시적 사실주의를 의도한 창작적 성과로서, 프로시의 고질적 취약점으로 지적되던 예술성의 결여를 어느 정도 극복하면서 시로써 당대 현실에 대응하는 방향을 진지하게 모색한 결과라는 점에서 많은 이들의 절찬과 공감을 획득하게 되었다. 그리고 이에 따라 이후 수많은 에피고넨이 형성되면서 시단의 중대한 한 경향을 이룬다.

1930년대 들어 임화는 단편서사시에서 감정시로 중대한 시 양식상의 변화를 보인다. 이것은 일차적으로는 카프의 해체와 더욱 강화된 일제의 탄압 등 외적 요인이 작용한 것이지만, 내적으로는 리얼리티 확보를 위한 불가피한 선택이라는 일면도 있다고 생각된다. 단편서사시는 그 자체로 리얼리즘시로서 중요한 의의를 갖지만, 종종 등장인물에 대한 거리의 서정적 결핍을 드러내어 서사적 지향성은 약화된 채 감상적 정서 자체의 표현에 몰두하는 경향을 보였다. 이 때문에 단편서사시는 형태상 다소 불안정한 상태를 보이며, 구체적 현실의 객관적 관찰과 묘사가 아니라 여전히 시인 자신의 신념을 우선적으로 앞세우는 모습을 드러내는 등의 문제점을 드러내게 된다. 때문에 객관적 상황의 변화와 맞물려 새로운 프로시를 구상할 필요성을 가

---

15) 이것은 단편서사시가 채택한 사건과 인물, 그리고 상황 등이 모두 당대의 집단적 전형성을 확보함으로써 집단적 정서를 환기하고 있다는 의미이다.

지게 되었고, 그것이 감정시로 구체화된 것이다.

단편서사시가 기법·소재적 측면에서 리얼리티를 얻고자 했던 반면, 감정시는 시인의 '시각'이라는 측면에서 리얼리티를 획득하려 한다. 이런 점에서 생각하면, 임화에게 있어 1930년대는 이제까지의 통념처럼 '이야기성의 상실'만을 보여주는 쇠퇴기가 아니라, 오히려 자신에게 채 육화되지 않았던 낯선 소재에 자신의 이념에서 우러나온 신념만을 실어 주절거리던 단계에서 벗어나 이제 자신에게 친숙한, 따라서 그 누구보다도 잘 알고 있는 소재를 선택하여 거기에 자신의 체험과 삶의 '진실'을 담아내는 새로운 발전 단계로 볼 수 있다.16)

노동자대중 일반의 선동을 목표로 시를 쓰는 것보다 임화에게 있어서는 실제의 독자인 자기 자신이나 자신과 같은 부류의 지식인들을 목표로 하여 시를 쓰는 것이 훨씬 진실된 것이었다. 사실 문학이란 그 창작 주체의 진실한 내면성의 확보 없이는 어떠한 외면적 현실성도 마련할 수 없다는 특성이 있다. 때문에 개인적 진실성을 확보하는 자기 비판이야말로 자신이 직면한 현실을 진실되게 형상화할 수 있는 문학 창작의 계기가 되는 것17)이다. 즉 세계관을 공식주의적으로 적용하는 태도에서 벗어나 현실의 변화에 대한 시인 자신의 내면적 진실을 형상화해 내야 올바른 시를 만들 수 있는데, 이러한 내면적 진실을 획득하기 위해서는 우선 시인 스스로 자신에 대한 내밀한 비판을 통해 스스로의 문제성을 극복하는 노력이 선행되어야 하는 것이다.

이런 노력들은 새로운 현실에 맞서 자신의 정체성을 확인하려는 소시민

---

16) 1930년대 영국 막시즘 시인 스펜더는 이 문제에 대해 자서전 『World within World』(London, Hamish Hamilton, 1951)를 통해 "시는 이론이나 철학을 전개하는 것이 아니라, 개인 경험의 진술한 기록이어야 한다."(59쪽)고 말한 바 있다.

17) 이 점과 관련하여 김기림은 「批評의 態度와 表情」(조선일보, 1934.3.30)에서 "진실성이란 작가가 프롤레타리아냐 아니냐 하는 단순한 모랄에 따른 판단이 아니라, 한 사람의 작가가 그가 사는 사회와 시대의 모순을 어떻게 예술 속에서 몸으로써 고통하였느냐 하는 것"이라고 주장하고 있다.

지식인의 고뇌어린 과정을 진지하게 보여주는 것이다. 그러나 현실의 보다 능동적이고 진보적인 측면의 전형성을 사상해 버리는 문제점을 노출하는 것 또한 사실이다. 그렇지만 이러한 문학이 리얼리즘의 전통 위에 설 수 있는 것은 무엇보다도 임화가 회피하거나 체념하지 않고[18], 자신이 처한 사회적 현실에 대해 집요한 대응하려는 시 정신을 끊임없이 보여주고 있다는 점에서이다. 시적 리얼리즘의 성취는 주체와 세계 사이의 긴장된 상호작용을 전제로 하는 것으로, 정당한 역사적 안목의 획득은 주체가 세계 현실에 대응하는 데 갖춰야 할 기본적 덕목이다. 그리고 바로 이런 시 정신이야말로 이후 우리나라 리얼리즘시의 기본적 요소를 이루는 부분이라 할 수 있다.

---

18) 이 당시 정지용은 「長壽山」(문장, 1939.3)에서 "오오 견듸란다 차고 兀然히 슬픔도 꿈도 없이 長壽山속 겨울 한밤내ㅡ"(121쪽)라고 외치고 있었다. 이 '침묵'의 의미를 혹자는 시대의 전형이라고 설명하지만, 임화측의 시각에서 볼 때 사실 이것은 일종의 사치에 불과하다. 이것은 시대의 망각이며, 지성의 포기라고 할 수 있다.

V. 맺음말

　본고는 임화 시 양식의 변화에 내재한 의미를 고찰하는 데 중점을 두었다.

　II장에서는 단편서사시를 대상으로 그 연원과 양식적 특성, 시사적 의의를 살펴보았다. 단편서사시는 기존 한국문학사의 전통과 임화의 실천적 경험이 어우러져 탄생한 것으로, "극적 구성 방식과 서간체 형식을 빌어 일정한 계급적 전망을 담아낸 서정시"를 의미한다. 단편서사시 양식은 많은 부분 과거 문학의 전통에 힘입고 있다. 즉 단편서사시 양식은 과거 문학의 전통 위에 막시즘적 요소를 첨가하여 만들어진 것이라 할 수 있다.

　서간체 형식과 여성 화자의 채택은 전통적인 내간체 문학, 최서해의 서간체 소설, 이상화의 「나의 寢室로」 등과 밀접한 관련성을 가진다. 그리고 서술 구조와 시각은 많은 부분 조선조 서사한시와 유사성을 보인다.

　단편서사시의 양식적 특성은 서간체 형식의 도입과 낭독시 지향성이라는 두 축을 기저로 하여 발생한다. 서간체 형식의 도입으로 인해 단편서사시는 ① 대중적 전파력 획득 ② 이념 전달의 경직성 탈피 ③ 리얼리티 획득 ④ 독자의 자발적이며 능동적인 현실 참여 등을 끌어낸다. 이러한 효과는 일정한 의미 단락마다 그 허두로 사용되는 발화사와 등장인물들의 관계 설정 등을 통해 증폭된다.

　낭독시 지향성은 선전·선동의 대상이 될 노동자계급과 그들이 현실에서 부닥치는 현실감, 단편서사시가 불려지게 될 상황과 그 상황에서의 당파적 요구점 등에 대한 충분한 고려를 말한다. 이것은 일차적으로 의사 화자 (발신자)와 의사 청자(수신자)의 채택에서 시작되는데, 이것은 작자가 화자를 특정화하여 직접적인, 그리고 의문의 여지없는 자신의 대변인으로 설정하지 않고 있다는 것을 의미한다. 그리고 이것은 일반 독자나 청자를 단순히 음미하는 자가 아니라, 시 속에 전개되는 이야기에 동참하는 자로 만들려는 의도라고 할 수 있다.

이상의 고찰을 통해 볼 때, 단편서사시의 문학사적 의의는 다음과 같다. ① 동시대 시인들에게 지대한 영향을 끼쳐 이후 한국 프로시의 독특한 한 경향으로 자리잡았다. ② 시의 산문성 도입 또는 소설화 경향을 직접적으로 보여주고 있다. ③ 프로시의 고질적 취약점으로 지적되어 온 예술성의 결여라는 약점을 어느 정도 극복하면서, 형상성 즉 내용 및 표현상의 리얼리티를 획득한 최초의 프로시이다. ④ 당대 프로시의 창작 고정화 현상을 극복한 실천적 대안이었다.

Ⅲ장에서는 감정시의 양식적 특성과 시사적 의의를 살펴보았다. "미래에 대한 불굴의 신념과 변혁의 열정을 노래한 서정시"로 정의할 수 있는 감정시는 혁명적 로맨티시즘론의 문학적 실천이며, 등시에 예술성 결여라는 프로시의 전래적 결함을 극복하려는 의도가 구체적으로 드러난 시적 산물이다.

감정시의 독자적 특성은 내적 대화의 기법과, 중심인물인 '청년'의 설정에서 찾을 수 있다. 내적 대화 기법은 주체의 윤리적 결단을 보여주는 효과적 수단으로 사용되는 데, 대체로 다른 이들의 현실 인식 태도를 선명히 드러내는 말(또는 시)을 제시하고 이에 대해 반박하는 형태를 취한다. 이때 주 공격 대상은 순수시, 그 중에서도 순수시의 대표격인 정지용의 몰역사성이다. 내적 대화 기법을 선택함으로써 임화는 자칫하면 센티멘탈리즘에 함몰되기 쉬운 문제점을 효과적으로 방지하는 한편, 자신의 생각을 좀더 분명하게 정리하여 신념을 확고히 하고, 독자들에게 자신의 생각을 좀더 설득력 있게 전달할 수 있게 된다.

감정시의 서정적 주인공인 '청년'은 민족적 울분을 간직한채 일제 강점기를 살아간 우리나라 지식인의 보편적 모습이다. 이런 인물의 설정을 통해 임화는 ① 한 개인의 신변사나 사적인 감정이 아니라 동시대적 공동 체험을 효과적으로 표현하고, ② '청년'이 가지고 있는 불굴의 신념을 노래하여 동시대인들의 각성을 유도하며, ③ 현실과 주체의 내면 간에 이루어지는 '긴장'과 '갈등'을 적절하게 표현할 수 있게 된다.

감정시는 카프 시절에 철저히 무시하거나 배척했던 서정성을 회복하려는 프로시의 새로운 시적 노력이었다. 임화는 자신의 시에서 낭만성과 현실성을 조화롭게 결합시킴으로써 이전 노동운동시의 메마른 관념성과 도식성에서 벗어나려고 했다. 그런 점에서 낭만정신론에 기초한 임화의 새로운 시 경향은 노동운동시의 공식성과 도식성에 대한 반성과 비판으로서 일정한 의의를 지닌다. 이처럼 시 본래의 서정성을 회복하려는 노력을 보여 주고 있다는 점과 상징과 암시 등 종래의 프로시에서 쉽게 찾아보기 어려웠던 새로운 형상화 방법을 동원하는 등 다양한 창작방법을 모색함으로써 시적 형상성을 확보하는 데 어느 정도 성공한 점, 그리고 장시의 가능성을 보여 준 점 등은 이 시기 임화 시가 거둔 가장 중요한 성과이다.

또 비록 내면화되고 주관화된 것이기는 하지만 영웅적 격정과 불굴의 정신으로 민족 해방의 전망을 끝까지 포기하지 않고 고수함으로써, 동시대를 살아가는 독자들의 용기를 북돋우며 또한 자신도 그로부터 시 창작의 동력을 얻고 있는 점 역시 카프 시의 연장선상에서 임화의 시를 논할 수 있는 근거를 제공해 준다. 이것은 임화가 해방 후 다시 진보적 문학운동의 일선에서 활발히 전개했던 창작과 비평 활동의 원동력이 되기도 한다는 점에서도 의미를 지닌다.

이상의 논의를 바탕으로 IV장에서는 전통의 내재적 계승과 한국 리얼리즘의 시적 특성이라는 두 측면으로 나누어, 임화 시의 시사적 위상을 총체적으로 정리해 보았다.

서구지향성으로 점철된 현란한 외양에도 불구하고 임화 시의 내면에는 여전히 전통적인 문사 의식이 굳건히 자리잡고 있다. ① 시와 시인을 분리하지 않고 시인을 일종의 '지사'로 보고 있는 점 ② 시를 예언자적인 목소리의 일종으로 보고 있는 점 ③ 이데올로기면에 치중하여 교육적·계몽적인 내용을 끊임없이 담아 나가고 있는 점 ④ "부끄러움 없는 삶을 살겠다."라는 윤리적 결의를 통해 자신의 내면을 가다듬는 모습 등이 그 증거이다. 특히 조선조 서사한시는 단편서사시와 많은 유사성을 보인다.

감정시에서도 이러한 유사성을 쉽게 확인할 수 있다. 객관적 상황의 단순한 묘사가 아니라 이를 시인의 내면으로 끌어들여 다루는 방식은 <目睹耳聞의 결과물>로서의 서사한시에서 즐겨 쓰는 방식으로, 양자의 관련성을 생각게 하는 부분이다. 이외에 지식인 화자가 창작 주체로 여전히 등장하는 점, 주체의 윤리적 결단을 통해 불만족스러운 상황에 대처하는 모습을 보이는 점 등도 유사성으로 지적할 수 있다.

단편서사시는 한국 리얼리즘시사에서 중요한 의미를 가지고 있다. ① 단편서사시는 소재나 주제뿐만이 아니라, 양식적 차원에서도 이제까지의 여타 부르좌 시와 분명하게 구별되는 최초의 프로시이다. ② 개인적 차원의 정회가 아니라, 순간적 경험 속에 당대의 역사적 상황에 대한 집단화된 계급적 정서를 집약하여 형상화해내고 있다. ③ 노동자계급을 동시대적 본질모순의 집약점으로 설정하고, 이들이 행하는 현실 변혁운동의 정당성을 그들의 생활과 정서의 묘사를 통해 구체적으로 인지시키고 있다. ④ 구호적차원에서 시인의 이념을 강요하는 것이 아니라, 등장인물의 진술을 통해 독자들의 인식 전환을 유도하고 있다는 점을 들 수 있다. ⑤ 등장인물이나 이야기의 주요 소재를 당대를 살아가는 조선인이라면 누구나 공감할 수 있는 곳에서 채택하여 독자들의 인지도를 높이고, 선명한 대립 구조를 통해 투쟁의 목표를 구체화하고 있다.

또한 감정시는 이제까지의 통념처럼 이야기성의 상실로만 생각할 것은 아니다. 오히려 자신에게 채 육화되지 않았던 낯선 소재에 자신의 이념에서 우러나온 신념만을 실어 주절거리던 단계에서 벗어나 이제 자신에게 친숙한, 따라서 그 누구보다도 잘 알고 있는 소재를 선택하여 거기에 자신의 체험과 삶의 진실을 담아내는 진실한 리얼리즘 시로의 발전 단계로 볼 수 있다. 이것은 무엇보다도 임화가 자신이 처한 사회적 현실에 대해 집요한 대응을 할 것을 요구하는 시 정신을 끊임없이 보여주고 있다는 점에서 확인할 수 있다. 시적 리얼리즘의 성취는 주체와 세계 사이의 긴장된 상호작용을 전제로 하는 것으로, 정당한 역사적 안목의 획득은 주체가 세계 현실에 대응하는 데 갖춰야 할 기본적 덕목이다. 그리고 바로 이런 시 정신이야말로 이후 우리나라 리얼리즘시의 특성을 이루는 부분이라 할 수 있다.

이상과 같이 본고는 임화 시 양식의 성격 변화, 그 중에서도 단편서사시에서 감정시로의 양식 변모에 초점을 맞춰, 그 변모 과정의 필연성과 연관성을 파악해 내고자 했다. 이를 위해 본고에서는 단편서사시와 감정시가 보여주는 양식적 특성을 고찰하여 양자를 일관하는 흐름을 찾아내려고 했다. 그 결과로서 얻어진 본고의 의의는 다음과 같다.

첫째, 단편서사시에서 감정시로의 양식 변모는 이야기성의 상실이 아니라 당대적 상황의 변화에 따른 필연적인 선택이었으며, 나름대로 리얼리티를 획득하기 위한 방법적 선택이었다.

둘째, 단편서사시와 감정시의 양식적 특징이 무엇인지를 분명하게 밝혀내었다. 그 결과 단편서사시의 양식적 특징은 서간체 형식과 낭독시 지향성으로 집약되고, 감정시의 양식적 특징은 내적 대화 기법과 '청년'이라는 전형성을 가진 인물의 설정으로 나타났다.

셋째, 막시즘과 함께 전통적인 문사 의식, 특히 조선조 방외인 작가의 의식이 임화 시의 양식적 특성을 결정하는 중요한 요소로 작용하고 있음을 부족한 대로나마 밝혀 내었다.

넷째, 단편서사시가 이제까지 논해 온 것과는 달리 한국의 문학전통을 내재적으로 계승한 것임을 밝혔다. 특히 조선조 서사한시와의 관련성에 주목하여 그 유사성을 고찰하였다.

마지막으로, 단편서사시와 감정시가 그 외형적 상이성에도 불구하고, 내면적으로는 일종의 사회학적 상상력을 근간으로 한 서정시이며 방외인 의식의 소산이라는 점에서 동질성을 가짐을 이야기하였다.

　본고에서 논의된 이와 같은 내용은 보는 시각에 따라 얼마든지 상이한 결과로 나타날 수 있을 것이다. 그러나 본고는 이러한 문제들에 대한 처음의 결과로서 앞으로의 연구에 참고가 될 수 있을 것이다.

　이상과 같은 본고의 성격은 결국 이 연구의 서장을 연 것에 불과한 것이다. 따라서 이를 토대로 한 후속 연구는 계속되어야 할 것이다. 각 부분에 대한 보다 세밀한 천착은 물론이고 본고에서 손대지 못한 부분, 그 중에서도 동시대 일본문학과의 관련성에 대한 진지한 고찰은 조속한 시일안에 반드시 이루어져야 할 것이다.

참고 문헌

<단행본>

고준석(김영철 역),『조선공산당과 코민테른』(공동체, 1989.5)

金秉喆,『韓國 近代 西洋文學 移入史 研究』(乙酉文化社, 1980.4; 1982.12)

金時泰,『現代詩와 傳統』(成文閣, 1981.3)

_____ (편),『植民地時代의 批評文學』(二友出版社, 1982.4)

金容稷,『林和 文學 研究－이데올로기와 詩의 길－』(世界社, 1991.3)

金允植,『한일문학의 관련 양상』(一志社, 1974.5)

_____,『林和 研究』(文學思想社, 1989.12)

김재용 외 3인,『한국 근대 민족문학사』(한길사, 1993.12)

金俊燁・金昌順,『韓國 共産主義運動史(전5권)』(청계연구소, 1986.7)

文德守,『韓國 모더니즘詩 研究』(시문학사, 1981.7)

문학예술연구소(편),『현실주의 연구 I』(제3문학사, 1990.7)

朴明用,『韓國 프롤레타리아 文學 研究』(글벗사, 1992.12)

박철희,『韓國 詩史 研究』(一潮閣, 1980)

배성찬(편역),『식민지시대 사회운동론 연구』(돌베개, 1987.6)

范大錞,『1930년대 英詩研究』(翰信文化社, 1986.11)

서대숙(현대사연구회 역),『한국 공산주의운동사 연구』(이론과실천, 1985.8)

申範淳,『韓國現代詩史의 매듭과 魂』(民知社, 1992.3)

실천문학 편집위원회(편),『다시 문제는 리얼리즘이다』(실천문학사, 1992.4)

역사문제연구소 문학사연구모임,『카프문학운동연구』(역사비평사, 1989.5)

오성호,『한국 근대시문학 연구』(태학사, 1993.11)

李錫台(편),『社會科學 大辭典』(문우인서관, 1948.3)

李昇薰,『詩論』(高麗苑, 1979.4)

이은봉(편),『시와 리얼리즘』(공동체, 1993.10)

임규찬(편저),『일본 프로문학과 한국문학』(연구사, 1987.4)

임영태(편),『植民地時代 韓國社會와 運動』(사계절, 1985.8)

林熒澤(편역),『李朝時代 敍事詩』(창작과비평사, 1992.1)

林和,『玄海灘』(東光堂書店, 1938.2)

_____, 『文學의論理』(學藝社, 1940.12)

_____, 『讚歌』(白楊堂, 1947.2)

_____, 『回想詩集』(建設出版社, 1947.4)

曺南鉉, 『한국 현대문학사상 연구』(서울대학교 출판부, 1994.11)

朝鮮프롤레타리아藝術同盟 文學部(편), 『카프詩人集』(集團社, 1931.11)

崔斗錫, 『리얼리즘의 시정신-최두석 평론집』(실천문학사, 1992.4)

大村益夫・任展慧(편), 『朝鮮文學關係日本誀文獻目録』(プリントピア株式會社, 1984.3)

濱口晴彦(김석근 역), 『日本の知識人と社會運動』(時潮社, 1977; 三知院, 1988.1)

絲屋壽雄・稻岡道(윤대원 역), 『日本の騒亂百年』(학민사, 1984.12)

山田淸三郎, 『プロレタリア文學史』(理論社, 제9쇄, 1977.2)

三好行雄(편), 『日本文學全史 6-現代』(學燈社, 1978.11)

遠山茂樹・藤原彰・今井淸一(박영주 역), 『昭和史(新版)』(岩波書店, 1959.8; 한울, 1988.5)

李得宰・趙星(편역), 『文學의 理論과 實踐』(사계절, 1986.8)

藏原惟人(유염하 편역), 『문화활동세미나』(공동체, 1988.1)

朝鮮總督部警務局(편)(김봉우 역), 『朝鮮の治安狀況』(청아출판사, 1989.4)

趙鎭基(편역), 『일본 프롤레타리아 문학론』(太學社, 1994.6)

鶴見俊輔(姜晶中 역), 『戰時期日本の精神史(1931~1945)』(岩波書店, 1982.5; 한벗, 1982.10)

George Bisztray(편집실 역), 『Marxist Models of Literary Realism』(New York: Columbia Univ. Press, 1978; 인간사, 1985.8)

Cecil Maurice Bowra(金南一 역), 『Poetry and Politics; 1900~1960』(1967; 傳藝苑, 1983.5)

Seymour Chatman(韓龍煥 역), 『Story and Discourse-Narrative Structure in Fiction and Film』(Cornell Univ. Press, 1980; 고려원, 1991.4)

Thomas Sterns Eliot, 『The Three Voices of Poetry』(Cambridge University Press, 1955)

Georg Mikhailovich Fridlender(李恒在 역), 『Poetika Russkovo Realizma』(1971; 열린책들, 1986.7)

Norman Friedman & Charles A.Mclaughlin, 『Poetry-An Introduction to its Form and Art』(Revised Edition, Harper & Low Publishers, 1963)

Paul Hernadi, 『Beyond Genre-New Directions in Literary Classification』(Cornell

University Press, 1972)

Jacob Isaacs, 『The Background of Modern Poetry』(E.P.Dutton & Co., Inc.,1958)

Geoffrey N.Leech, 『A Linguistic Guide to English Poetry』(Longman Group Ltd, 1969)

Georg Lukács, 『Realism in Our time—Literature and the Class Struggle』(New York: Harper & Row, 1971)

_____, 『Soul and Form』(Cambridge: The MIT Press, 1974)

_____, 『Toward the Ontology of Social Being』(London: Merlin Press, 1978)

Herbert Marcuse, 『The Aesthetic Dimension—Toword a Critique of Marxist Aesthetics』(Boston: Beacon Press, 1978)

Karl Marx & Friedrich Engels, 『MARX · ENGELS: On Literature and Art』(Moscow: Progress Publishers, 1976)

Monroe K.Spears(Edit.), 『Auden—A Collection of Critical Essays』(Prentice-Hall., Inc., 1964)

Stephen Spender, 『Selected Poems』(London: Faber and Faber, 1965)

_____, 『World within World』(Univ. of California Press, 1966)

〈논 문〉

金時泰, 「韓國 프로文學批評 研究－1920〜1930年代를 中心으로－」(동국대, 박사논문, 1977.2)

_____, 「마르크스주의 비평의 한국적 양상」(比較文化研究, 한양대 비교문화연구소, 제5권, 1986.8)

金時泰·李昇薰·朴相泉, 「1930년대 한국 모더니즘 연구」(한국학논집, 한양대 한국학연구소, 제26집, 1995.2)

金正勳, 「林和詩『曇――一九二七－「작코」·「반제서 틔」의命日에－」 小攷」(한양어문연구, 제9집, 한양대학교 한양어문연구회, 1991.12)

_____, 「단편서사시의 개념, 대상, 범주 고찰」(국제어문, 제16집, 국제어문학연구회, 1995.5)

남송우, 「1930년대 전환기 비평의 해석학적 연구」(부산대, 박사논문, 1991.2)

文武淵, 「오든 그룹과 카프의 社會主義 政治思想에 관한 研究」(외대, 국제관계연구학과 박사논문, 1986.2)

박건명, 「임화 시연구」(『한국 현대문학의 이해』, 건국 현대문학 연구회, 서광학

술자료사, 1992.12)

박성구, 「일제하(1920년대 중반~1930년대 초) 프롤레타리아예술운동에 관한 연
    구-카프 경성본부와 동경지부의 대립적 양상을 중심으로-」(서울대, 석사
    논문, 1988.7)

尹汝卓, 「1930년대 서술시에 대한 연구-백철과 김용제를 중심으로-」(국어국문
    학, 101호, 국어국문학회, 1989.5)

_____, 「1920~30년대 리얼리즘시의 현실인식과 형상화 방법에 대한 연구」(서
    울대, 박사논문, 1990.8)

李昇薰, 「한국 프로시의 분석」(比較文化硏究, 한양대 비교문화연구소, 제5권,
    1986.8)

이훈, 「1930년대 임화의 문학론 연구」(서울대, 박사논둔, 1993.8)

_____, 「임화의 초기 문학론 연구-프로문학으로의 전환 과정을 중심으로-」
    (국어국문학, 제111호, 1994.5)

〈평 론〉

金載弘, 「낭만파 프로시인, 林和」(韓國文學, 통권 188~189호, 1989.6~7)

신승엽, 「식민지 시대 임화의 삶과 문학」(윤여탁·오성호 편, 『한국현대리얼리
    즘시인론』, 태학사, 1990.3)

임홍배, 「사회주의적 현실주의 성립기의 쟁점들-1920,30년대 소비에트에서의
    논의와 관련하여」(創作과批評, 1988.여름호)

정효구, 「임화의 단편서사시에 나타난 방법적 특성」(金恩典·李崇源 편저, 『한
    국현대시인론-그 비평적 재조명-』, 시와시학사, 1995.3)

제2부

프로시 양식 변천의 실천적 검토

I. 1920년대 후반 프로시 양식 논쟁

1. 논의의 배경

1926년 1월 기관지『문예운동』을 발간하면서부터 예술동맹(카프)―이하 '예맹'으로 칭함―은 이전까지의 동인 단체 내지는 동호회적 성격에서 탈피하여 점차 막시스트 문인들의 조직적 구심점 역할을 담당하고자 노력한다. 이로 인해 조직의 정비 이후 예술동맹의 주된 관심은 무엇보다도 프로문학의 정체성 확립에 모아진다. 프로문학의 정체성 확립 노력은 크게 두 가지 방향에서 수행된다. 하나는 비막스주의 문학관에 대한 논박을 통해 기존 부르주아 문학관과는 다른 프로문학의 사상적 변별성을 확보하는 동시에 예술운동의 본격적 담당체로서 예맹의 조직을 강화하는 것이고, 다른 하나는 기존의 부르주아 예술과는 다른 독자적인 양식을 창출해 프로문학의 문학적 변별성을 확보하는 것이다.

우선 비막스주의 문학관에 대한 논박을 통해 사상적 변별성을 확보하려는 예술동맹 측의 노력은 제1차 방향전환기에 있었던 일련의 논쟁을 통해서 구체화된다. 예맹 결성 초창기를 이끌어온 두 이론적 지도자인 김기진과 박영희 간에 벌어진 <내용/형식 논쟁>[1]을 필두로 하여, 막스주의 문학관

---

1) 김기진이『문예월평』(조선지광, 1926.12)을 통해 박영희의 신경향 소설 <지옥순례>(조선지광, 1926.11)와 <철야>(별건곤, 1926.11)가 작품 구상은 옳지만 문학

의 올바른 정립과 이에 근거한 작품 활동을 할 것을 주장하는 박영희 · 윤기정 · 조중곤 등과 김화산[방준경] · 권구현 · 이향 등 조직 내외에 있던 아나키스트들간에 치열하게 설전이 오고갔던 <아나키즘/볼셰비즘 논쟁>[2], 조명희의 <낙동강>(조선지광, 1927.7)의 작품 성격 규정 문제를 놓고 김기진과 조중곤 사이에 전개된 <프로문학 성격 논쟁>[3], 제3전선파(1927년 9

적으로 형상화되지는 못했으며, 목적성 만을 경직되게 내세워 전혀 실감을 주지 못한다고 비판한 것이 이 논쟁의 시작이다. 김기진의 이 글에 대해 회월이 「투쟁기에 있는 문예비평가의 태도」(조선지광, 1927.1)를 통해 세계관의 명확성과 계급적 기초의 배타적 우위성을 들어 반박하고 나서면서 논쟁은 본격적으로 전개된다. 하지만, 권구현이 「계급문학과 그 비판적 요소」(동광, 1927.2)를 통해 박영희의 입장을 옹호하고 나서고, 주요한이 「취재의 경향과 제삼층 문예운동」(조선문단, 1927.2)을 통해 김기진의 입장을 옹호하고 나서면서 논의가 확산되자, 아직 뿌리가 튼튼하게 내리지 못한 예맹의 당시 처지를 염두에 둔 이성태 · 김복진 등 초기 예맹의 후견인 노릇을 하던 사회주의 사상가들의 압력으로 김기진이 「무산문예작품과 무산문예비평」(조선문단, 1927.2)을 통해 외형적으로 자신의 패배를 자인하는 태도를 취하면서 이 논쟁은 흐지부지되어 버린다. 그렇지만 여기서 채 마무리되지 못한 부분들은 내밀화되어 이후 목적의식론, 대중화론, 변증적 사실주의론 등을 통해 계속 다루어진다.

2) "아나키즘/볼셰비즘 논쟁"은 "내용/형식 논쟁" 중에 발표된 박영희의 「투쟁기에 있는 문예비평가의 태도」(조선지광, 1927.1)에 대해 김화산이 「계급예술론의 신전개」(조선문단, 1927.3)를 통해 비판하면서, 여기서 더 나아가 막스주의에 입각한 프로문학 전반에 대해 반대 입장을 분명히 함으로써 시작된다. 김화산의 이 글에 대해 윤기정 · 조중곤 · 한설야 · 임화 등이 반박에 나서고, 다시 김화산이 「뇌동성 문예론의 극복」(현대평론, 1927.6)을 통해 반박 겸 아나키즘 문학론을 재론하면서 이 논쟁은 점차 가열된다. 김화산의 재론에 대해 윤기정과 조중곤이 재반박에 나서자 김화산은 「속 뇌동성 문예론의 극복」(조선일보, 1927.7.19~23)을 통해 자신의 생각을 거듭 밝히는데, 이때 강허봉이 「'비마르크스주의 문예론 배격'을 배격함」(중외일보, 1927.7.3~10)을 통해 김화산의 문학관을 지지하고 나서 논쟁은 예맹의 울타리를 벗어나 전 문단으로 확산된다. 결국 이 논쟁은 임화가 「착각적 문예이론」(조선일보, 1927.9.4~11)을 통해 그 동안의 논의를 정리하면서 프로문학의 당파성을 강하게 인정하면서, 정치적 투쟁의 일환으로서의 문학운동을 거부하는 아나키스트들을 예맹 내에서 축출할 것을 주장하고, 그 결과 아나키스트들이 예맹에서 제명되는 것으로 마무리된다. "아나키즘/볼셰비즘 논쟁"을 통해 예맹은 "내용/형식 논쟁"에서 필요성을 인지한 막스주의 문학관을 분명하게 정립하고 흐트러진 조직을 갈무리하는 기회를 얻게되며, 이로 인해 1927년 초부터 시작된 '방향전환'을 구체화하고 더욱 가속화할 수 있게 된다.

월 1일 예맹 조직 개편 후에는 '도쿄지부'로 재편)의 이론가 이북만과 초창기 예맹의 지도자인 박영희 사이에서 전개된 <프롤레타리아 계급운동과 예술의 독자성 논쟁>4) 등이 그것이다. 이런 논쟁을 거쳐 프로문학은 부르주아 문학과의 변별성을 확보하게 되고, 여맹 또한 집단적 문학운동 단체로서의 성격을 분명히 하게 된다.

　이처럼 일련의 논쟁을 거쳐 프로문학의 사상적 변별성 확보와 예맹의 조직 강화라는 목적을 어느 정도 달성한 후, 이를 바탕으로 예맹은 자신들의

---

3) 김기진이 「시감 2편」(조선지광, 1927.8)에서 조명희의 <낙동강>이 '문예운동의 제2기'를 여는 획기적인 작품이라고 고평하자, 이에 대해 조중곤이 「낙동강과 제2기 작품」(조선지광, 1927.10)이라는 일종의 입법 비평을 통해 김기진의 의견에 반박하고 나서면서 논쟁이 벌어진다. 조중곤은 이 글에서 제2기 작품이 갖춰야 할 조건으로 ① 민족해방운동을 성취하려는 조선의 현 단계에 대한 정확한 인식 ② 목적의식 주입 ③ 독자의 사상 전취 ④ 정치투쟁적 사실 취급 ⑤ 제2기적 작품에 합당한 형식 고안이라는 다섯 가지를 들고, 이것들을 갖추지 못했기 때문에 <낙동강>을 제2기 작품의 효시로 볼 수 없다고 주장한다. 조중곤의 비판에 대해 김기진이 반박하지 나서지 않음으로써 이 논쟁은 이대로 마무리된다. 그런데, 이 논쟁 중 조중곤이 제시한 '제2기적 작품'의 다섯 가지 조건은 실제 창작과 연결될 때, 이후 한 동안 예맹 소속 작가들의 작품 창작 경색화와 대중성 상실이라는 결과를 초래하는 한 원인이 되고, 이후 "프로문학의 대중성 획득 논의"의 한 동기를 제공하게 된다.

4) 1차 방향전환까지의 과정에서 보여준 박영희의 주장은 철저히 문학의 독자성을 존중한 상태에서 목적의식을 내용으로 하는 작품을 제작하자는 것 즉 '의식(이데올로기) 투쟁'으로 요약할 수 있는데, 이것은 김기진·윤기정 등 기존 예맹 지도부가 가지고 있던 공통적인 정서이기도 했다. 이에 대해 도쿄 무산자사의 지도자인 이북만은 『예술운동』 창간호 등에 실린 글을 통해 목적의식론을 작품 행동에만 국한시킨다면 이는 대중을 도외시한 공상주의자의 발상이라고 지적하고, 대중적 조직을 기반으로 한 대중 투쟁을 전개해야 할 것임을 분명히 하고 있다. 물론 이북만의 논리는 문학운동 단체의 조직을 일반 대중 조직과 동일시하고, 신간회와 카프를 단순한 지도—복종의 관계로 설정하는 문제점을 보이고 있다. 하지만 논쟁 자체는 박영희가 「文藝運動의 理論과 實際」(조선지광, 1928.1.1)에서 당시 사회운동의 지향점에 보다 가까웠던 이북만의 비판을 전면 수용하는 것으로 일단락된다. 그러나 이후 이 문제는 이북만의 주장을 비판하면서 장준석, 한설야 등이 <신간회>를 과대 평가할 필요가 없으며, 막연히 사회운동론을 추종할 것이 아니라 신간회 운동과는 분리되는 독자적인 예술운동을 전개해야 할 것이라고 주장하고 나서는 등 계속 논란의 소지를 남기게 된다.

문학관에 걸맞는 새로운 양식을 창출하여 대중성을 확보하는 것을 이후의 과제로 삼게 된다. 사실 프로문학 나름의 새로운 양식을 만들어내야 한다는 문제는 프로문인들의 오래된 숙제였다. 박영희와 염상섭이 벌인 <프로문학의 예술성에 관한 논쟁>[5], 서둘러 봉합했으나 근본적인 문제가 해결되지 않은 채로 남아있어 여전히 불씨가 잔존해 있는 김기진의 '예술적 형상화'에 관한 요구, 최남선·염상섭·이은상·이병기 등 이른바 국민문학파에 의해 제기된 <시조부흥론>으로 인한 프로문학의 대타적 양식 고안의 필요성 제기 등이 모두 그것으로, 이제 더 이상 이 문제를 미룰 수 없는 상태가 된 것이다.

또한 예맹 결성 후 이미 몇 년의 시간이 지났고, 그간 일련의 공격적 논쟁을 통해 기존에 쓰여진 비막스주의적 성향의 작품들이 노정한 문제점을 비판해 왔으면서도 정작 자신들은 그에 상응하는 정도의 창작적 결과물을 보여주지 못했으며, 이로 인해 프로문학 측에 대한 비프로문학 측 논객들의 비판이 주로 프로문학의 '예술성 결여'라는 점에 집중되었기 때문에 이런 비판을 물리칠 수 있는 창작 작품을 내놓을 필요성이 절실해졌다는 것도 대중성 획득 방법 논의가 진행될 수밖에 없는 환경을 조성했다. 그리고 무

---

5) 예맹 결성(1925.8.23) 후 얼마 지나지 않아 박영희는 「신경향파 문학과 그 문단적 지위」(개벽, 1925.12)에서 1925년 한 해 동안 신경향파 문학이 새로운 진전을 보였다고 평가한다. 그러자 이에 대해 염상섭은 「계급문학을 논하여 소위 신경향파에 여함」(조선일보, 1926.1.22~2.2)에서 '작품성의 결여', 즉 '예술적 표현형식에 대한 지나친 무시'를 지적하면서 비판하여 논쟁이 일어난다. 이후 박영희가 「신흥예술의 이론적 근거를 논하여 염상섭군의 무지를 박함」(조선일보, 1926.2.3~19)을 통해 염상섭의 견해에 대하여 반론을 펴고, 이에 대해 김억이 「프로문학에 대한 항의」(동아일보, 1926.2.5)를, 이광수가 「문학의 '부르'와 '프로'」(조선문단, 1926.3)를, 그리고 염상섭이 「프롤레타리아문학에 대한 '피'씨의 언」(조선문단, 1926.5) 등을 써 재비판하고, 이에 대해 조금 시일이 지난 후 박영희가 「신경향파 문학과 무산파의 문학」(조선지광, 1927.2)에서 재반박을 하는 식으로 이 논쟁은 전개된다. 이 논쟁 과정에서 염상섭이 지적한 '프로문학 나름의 새로운 형식적 대안 부재'라는 문제는 "내용/형식 논쟁" 중 김기진이 말한 '예술적 형상화의 중요성'과 관련되어 프로 문인들의 공통적인 숙제로 남게 된다.

엇보다도 주 대상층과 독자층으로 삼아야 할 노농대중과는 정작 격리된 상태로 그때까지의 프로문학운동이 전개되어 왔지만, 이제는 더 이상 이런 자가당착적 상황을 지속해서는 명분을 가질 수 없게 되었다는 점이 이 논의를 활성화하는 가장 중요한 이유가 되었다고 할 수 있다. 특히 여러 문학 부문 중 가장 중요하게 인식되었으나 예맹 결성 후 이렇다 할 창작물을 내놓지 못했을 뿐더러, 우선 발표 작품 수 자체가 적었고, 그나마 노동운동시 —일명 '뼈다귀시'—6)가 주류가 되면서 시적 형상화를 제대로 이루지 않은 상태로 시인의 생경한 이념만을 그대로 표출함으로 인해 일반 대중에게서 멀어져 버린 프로시 부문에서 이 문제는 거의 존폐에 직결된 문제로까지 인식될 수밖에 없었다.7)

따라서 1927년 9월 1일에 있었던 예맹 조직 개편의 주요한 방향이 '대중성 확보'에 맞춰질 수밖에 없었던 것8), 그리고 이후 프로문학에서의 대중성

---

6) 이런 종류의 시는 1927년 방향전환을 전후한 시기부터 많이 나오는데, '뼈다귀시'라는 명칭에서도 알 수 있듯이 동시대 일반 대중에게는 제대로 된 시로 받아들여지지 않았다. 이 때문에 이후 여러 방면에서 대중성 획득 논의가 일어나게 된다.

7) 프로문학의 대중성 획득 논의가 본격적으로 전개된 것은 1928년 1월 조선지광사에서 마련한 신년 특집 설문 <현계단의 조선 사람은 엇더한 예술을 요구하는가>에서부터이다.(김영민, 『한국문학비평는쟁사』, 한길사, 1992.3, 177~181쪽. 참조) 이 시기 예맹 측에서 프로문학의 대중성 획득 방법에 관한 논의를 할 수밖에 없었던 이유로는, 물론 당시의 일본제국주의 식민 통치와 관련된 억압된 상황과 사회주의 운동권의 변화, 동시대 일본 문단의 동향 등 외적 요인을 빼놓을 수는 없다. 따라서 이 문제를 다룬 기존의 논의들이 대부분 이런 점을 중시해서 논의를 전개하고 있는 것은 당연하며, 필자가 발표한 기존의 논문도 대개 이런 시각을 존중하고 있다. 하지만, 이런 시각만을 지나치게 강조하다 보면, 자칫 예술운동의 실천적 의의를 소홀히 하고 문학운동을 사회운동의 종속적인 결과물로 잘못 해석하게 될 우려가 있다. 그러므로 위에서 간략하게나마 거론한 것처럼, 이미 예맹 결성 후 계속된 프로문학의 정체성 확립을 위한 노력 과정에서 '대중성 획득을 위한 방법 강구'라는 문제는 필연적으로 제기될 수밖에 없었던 것이라고 보고, 이 논문에서는 가능한 한 프로문학 자체의 논의 전개 과정에 초점을 맞춰 살피려고 한다. 따라서 이 논문은 필자가 기존에 발표했던 논문, 특히 「임화 시 연구」(한양대, 박사학위논문, 1996.8)와 상호 보완 관계에 놓인다.

획득 방법에 관한 논의가 활발히 진행된 것은 그간의 과정을 볼 때 지극히 당연한 것이라 할 수 있다. 프로문학에서의 대중성 획득 방법과 관련된 최초의 논의는 신경향기 이후 이제까지 다수 창작된 소설을 대상으로 하여 원론적 차원에서 "대중이 필요로 하는 문학을 제공할 것인가, 아니면 대중에게 필요한 문학을 제공할 것인가?"하는 문제를 놓고 주로 이루어진다. 그러다가 1928년 초부터 임화가 일련의 시—단편서사시—를 내놓으면서부터[9], 비로소 프로시의 대중성 획득 방법과 관련된 '프로시 양식 문제'를 논의의 핵심에 두게 된다. 이 중 본고에서는 1920년대 후반 대중성 획득 방법론과 관련된 프로시의 양식 문제에 초점을 맞추고, 그것을 당시의 주 논점이었던 <민요 양식 차용론>과 <단편서사시 양식 채택론>의 둘로 크게 나누어 구체적으로 고찰하려고 한다.

2. 전위시 양식 부정과 민요 양식 차용론

1927년부터 프로문학은 자신의 사상적 변별성을 어느 정도 확립해 나가면서 이전까지의 신경향시에서 벗어나 본격적인 프로시의 단계로 접어들게 된다. 프로시는 이전까지의 신경향시와 비교해 볼 때, 농민시에서 노동자시로, 낭만적 동정주의에서 계급적 의식성 부여로 대변되는 질적 변화를

---

8) 1927년 9월 1일 이루어진 예맹 조직 개편의 주된 방향은 '조직의 확대'이다. 이후 예맹은 본부 내에 <조직부>를 설치하고, 조직의 대중적 지지 기반을 획득하기 위해 문호를 개방하고 지부를 설치하게 된다.

9) 필자가 「단편서사시의 개념, 대상, 범주 고찰」(국제어문, 1995.5)과 박사학위논문 「임화 시 연구」(한양대, 1996.8)에서 밝혔던 것처럼, 단편서사시 양식을 가지고 나타난 최초의 작품은 1928년 4월 『조선지광』에 발표된 <젊은 순라의 편지>이다. 그러나 실제 이 양식이 동시대인에게 주목을 받고, 일제 강점기 한국 프로시의 대안으로 부각된 것은 1929년 들어 <네거리의 순이>, <우리 옵바와 화로> 등을 잇달아 내놓으면서부터이다.

수반한다. 이 당시 프로시의 주류로 인식되었던 것은 노동운동시—일명 '뼈다귀시'—였다. 노동운동시는 별 다른 양식상의 고려 없이 지식인 독자들의 계급의식을 고취할 목적으로 시인이 가지고 있는 이념을 생경하게 표출하는 데만 중점을 두었다. 그러다 보니 "예술성의 결핍"이라는 비난을 피할 길이 없었다. 이런 가운데 전위예술의 영향 하에서 출발한 예맹 소속의 몇몇 시인들은 전위예술의 양식과 계급의식을 결합한 형태의 계급 지향적 시를 발표한다. 다음과 같은 시들이 그 대표적인 사례이다.

> 十萬장! 十萬장!
> 符號는 돌어간다
> $A-B=C\equiv D$
> 그리고$1-2-3-4$로
> 工場監督의 얼골이붉다
> 별안간 벽돌四層이 문허진다
> 人生은 永遠히 『XYZ』이냐[10]
>
> 옷감이냐
> 기름이냐
> ? ? ?
> 일홈몰을 온갓物貨
> 物貨
> 物貨
> 物貨가—
> 　　억개우로
> 船夫의
> 船夫의
> 船夫의
> 오 精力만 앗기는船夫들!

---

10) 김 니콜라이[박팔양], 「윤전기와 4층집」(조선문단, 1927.1), 6연.

△

(人造人間이나 다름이업시움직이는

그마음속에 항상『젊은생각』이 물ㅅ 결친다)11)

그러나 제눈을가진給仕란놈은

二三分이지낸뒤 비가쏘다지면박구어달 붉은긔를 찻느라고 飛行機가
되어날아다닌다

　　　▶

악가 ― 그事務員이페스트로卽死하엿다는消息은　　바―ㄹ서
觀測所를새어나가

　　　― 街里로

　　　― 山野로　▶宇宙로쏠코

疾走한다 ― 擴大된다

그러나 아즉도給仕란놈은旗에다 목을걸고귓싹속에서亂舞한다

　비　　○　　바람

　　쏴 ―

　　　그것은餘地업시給仕를事務室로갓다붓첫다

페쓰토 ― 그것은偉大한것인줄給仕는알앗다12)

이 외에도 김여수[박팔양]의 「도회 정조」(조선지광, 1927.1), 임화의 「화
가의 시」(조선일보, 1927.5.8), 유완희의 「가두의 선언」(조선일보, 1927.11.20)
과 「태양과 지구」(신생, 1929.1) 등이 모두 당시 프로시 일각의 양식 탐구
노력을 보여주는 사례이다.

물론 이것은 전위시의 양식을 차용한 것으로, 프로시 나름의 독자적인
양식 탐구라고 볼 수는 없다. 단지 일정한 정도의 계급의식을 담고 있고,
이들 대부분이 당시 예맹에 속해 있는 시인이었고, 한 동안 예맹 소속 시인
들이 이런 양식을 많이 이용한 것이라는 점에서 의미를 가질 뿐이다.

---

11) 김창술, 「군산 해안에서」(조선일보, 1927.5.20), 4~5연.
12) 임화, 「지구와 『박테리아』」(조선지광, 1927.8), 2~3연.

임화의 사례를 들어 당시 많은 예맹 소속 시인들이 전위시 양식을 통해 계급의식을 노래하게 된 이유를 살펴보면 다음과 같다.[13] 첫째, <목적의식 논쟁>이 본격적으로 진행되기 전까지 이들 대부분은 막시즘을 전위예술의 일종으로 받아들이고 있었다. 때문에 양자의 차이점을 분명하게 인식할 수 없었다. 둘째, 프로시 나름의 독자적인 양식이 제시되지 않은 상태에서 전위예술의 예술적 형상화 방법론은 현상 인식과 타개, 극복을 위한 가장 효과적인 방법론으로 인식되었다. 셋째, 1920년대 중반까지는 우리나라에서 프롤레타리아 계급의 존재가 미미했기 때문에 신흥 문단의 주 담당층이었던 소시민 지식인층의 주목을 거의 받지 못했다. 따라서 지식인 독자를 대상으로 한 이제까지의 시와는 달리 프롤레타리아 계급에게 다가갈 수 있는 새로운 양식을 만들어내는 것이 중요하다는 점을 별반 인식하지 못했다. 넷째, 현실에 대한 낭만적, 관념적 접근으로 인해 이들은 당대 변혁운동의 성장을 올바로 인식하지 못했다. 때문에 당대의 계급적, 조직적 실천을 창작의 바탕으로 하지 못하고, 많은 부분 당대 사회에 대한 본능적이고도 개인적인 반역과 부정 정신 만을 가지고 창작에 임하게 되었다. 마지막으로, 이 당시 전위시를 발표한 대부분의 시인들이 『백조』파적 분위기에서 처음 창작을 하기 시작했으며, 그런 분위기에서 완전히 탈피하지 못했던 당시에는 창작에 임할 때 계급적 인식의 철저보다는 낭만적 정열을 여전히 우선시하고 있었다. 이런 점은 전위시 양식이 프로시인들 자신이 분명한 계급의식을 가지고 창작에 임하지 못했던 초창기 프로시의 과도적 양식이며, 이론이 아니라 감각의 산물임을 의미하는 것이다.

그러나 프로문학의 사상적 변별성을 확브하려는 노력의 일환으로 시작된 <아나키즘/볼셰비즘 논쟁>을 거치면서 점차 이런 경향은 별 다른 논란 없이 자연스럽게 부정되어 사라지게 된다. 박영희의 「문예평론」(조선지광, 1927.9)은 논쟁을 거친 후의 예맹 측 입장을 단적으로 보여준다.

---

13) 다음의 기술은 필자의 박사학위논문 「임화 시 연구」, 14~20쪽을 기반으로 하여 재정리한 것이다.

근래에 때때로 보이는 시 가운데 흔히 별다른 형식의 시를 볼 수 있는 것이니, 그 시는 내용에 있어서 부르조아를 찬미하는 것이 아니라 ××[혁명]을 말하려 하며 무산계급의 ××××[계급의식]을 고양하려 하기는 하나 그 형식에 있어서 매우 괴이한 감을 일으키는 것이었으니, 그것은 흔히 화학상 원소의 부호, 기하학적 선, 열정에 착란된 회화적 기교…… 등으로 표현되는 시를 본다. 특별히 학식을 多分으로 향유한 학자나 문학사에 달통한 비평가가 아니면 도저히 이해하기 어려운 난해의 怪形이다. 이러한 괴형을 가진 시는 아무리 "프롤레타리아!"를 부르짖을 지라도 그 시는 물론 프롤레타리아의 시 혹은 ××[계급]시는 아니다. 첫째로 ××××[계급의식]을 고양하기에 이처럼 어지러운 괴형을 이용해야 한다면 이것이야 말로 인텔리겐챠의 형식 유희에 甚한 것이며, ××××[계급의식] 고양이란 한 선량한 구실에 불과한 것이다.[14]

박영희는 여기서 1927년 들어 많이 발표된 전위시들이 계급의식을 고양하려 하고 '혁명'을 말하고는 있지만, 대중들에게 익숙한 형식을 취하지 않고 인텔리겐챠의 잘못된 형식 유희를 일삼고 있기 때문에 이것을 프로시로 인정할 수는 없다고 평가한다. 진정한 프로시라면 대중들에게 익숙한 형식적 방법, "내용과 일치된 평이한 형식"을 취해야 한다는 것이 그의 주장이다. 그러나 박영희는 실제 그러기 위해서 어떻게 해야 하는지에 대해서는 더 이상 언급을 하지 않고 있어, 본격적인 프로시 양식 논의에는 별 다른 도움을 주지 못한다.

예맹 내에서 처음 대중성 획득 문제와 관련하여 프로시 나름의 독자적인 양식이 필요하다는 것을 인식하고, 이 문제를 해결하기 위한 다각적인 모색에 나선 것은 김기진이었다. 김기진은 「사회 의식 과정에 순응한 예술」(조선지광, 1928.1)이라는 짤막한 글을 발표한 이후 여러 편의 대중성 획득에 관한 논의[15]들을 통해 대중성 획득의 중요성을 강조하는 한편, 대중성 획득

---

14) 띄어쓰기 및 표기는 원뜻을 해치지 않는 한도에서 의미 소통을 돕기 위해 필자가 다듬은 것이다. 한자의 경우 이해를 돕기 위해 꼭 필요한 부분일 경우에만 제시했다. 이 논문에 수록한 인용문들은 모두 이와 같은 기준에 의해 처리한다.

을 위해서는 무엇보다 '예술적 형상화'를 갖추는 것이 시급한 당면 과제라고 주장한다. 그러면서 프로문학이 주 대상으로 삼아야 할 대중은 사실상 '각성한 자'(정치적 의식을 가지고 있는 자; 지식인, 선진 노동자계급)와 '각성하지 못한 자'(정치적 의식을 가지고 있지 않은 자; 일반 대중, 대부분의 노동자·농민)로 나누어져 있으니, 이들의 고양 수준이 각기 다르다는 엄연한 현실을 인정하여 그들 각 부류의 교양 수준에 맞는 프로문학 양식을 따로 강구해야 할 것이라고 주장한다. 이런 시각은 이 당시 발표한 김기진의 여러 글에서 공통적으로 찾아 볼 수 있는 것으로, 그의 논리 전개의 기본적인 전제가 된다.

이런 전제 하에서 김기진은 프로시가 갖춰야 할 양식적 특성을 다음과 같이 제시한다. 우선 「문예시사감」(동아일보, 1928.10.27～11.1)에서 김기진은 시가 일정한 음악적 특성을 갖춰야 한다고 말한다. 시는 정서라든지 개념이라는 것을 전달, 이해시켜야만 할 뿐 아니라, 어느 정도의 음악적인 효과를 독자에게 주어야 한다. 시의 형식은 내용에 따라 결정되는 것이지만, 어떤 경우든 (시인이 느낀) 감흥을 완벽에 가깝게 절약된 언어―즉, 음악적 언어―로 표현해야 한다. 현대의 자유시는 시적 목적(오성에의 호소)에 치중하기 때문에 다소 음악적 성질에서 멀어질 수밖에 없지만, 그래도 적당한 음향을 가진 언어를 택해 자연스러운 호흡으로 노래할 수 있도록 만들어야 한다는 것이다. 이러한 시각에서 본다면, 대중성 획득을 위해 택할 수 있는 가장 적절한 프로시의 양식은, 새로운 양식을 개발하지 않는 한, 필연적으로 전래의 '민요' 양식이 될 수밖에 없게 된다.

김동환도 「망국적 가요 소멸책」(조선지광, 1927.8.1), 「초춘잡감」(조선지광, 1928.2), 「조선 민요의 특질과 其 장래」(조선지광, 1929.1) 등을 통해 김기

---

15) 당시 프로문학의 대중성 획득 논의와 관련되어 김기진이 발표한 대표적인 글로는 「문예시대관 단편」(조선일보, 1928.11.9～20), 「변증적 사실주의」(동아일보, 1929.2.25～3.7), 「대중소설론」(동아일보, 1929.4.14～20), 「단편서사시의 길로」(조선문예, 1929.5), 「프로시가의 대중화」(문예공론, 1929.6), 「예술의 대중화에 대하야」(조선일보, 1930.1.1～14) 등을 들 수 있다.

진과 비슷한 시각에서 프로시의 양식 문제를 거론한다.

> 우리들의 글쓰는 태도가 대중을 상대로 한 것이 아니고 몇낱 안 되는
> ……자 만을 목표로 하고 써왔다. 그래서 소설이고 詩歌고 평론이고 모두
> 가 난삽하고 까다로운 이론들 차지였다. [……] 이 까닭에 우리는 우리들
> 이 쓴 글을 다수인에게 봐달라고 권고할 흥미를 잃어왔다. 그 결과 우리의
> 독자는 실로 결정적 호의를 가진 몇몇 분 외에는 거의가 없었다. [……]
> 우리들은 이제부터 모든 것을 알기 쉽게 쓰자. 어느 선배의 말과 같이
> 새끼를 꼬며 읽어도 전후 맥락을 다 알도록 그렇게 간소하게 사건을 만들
> 어서 못 보아도 남의 읽는 것을 듣고라도 휑 알아지게 그렇게 쉬운 말로
> 쓰기로 하자.16)

인용에서 보듯, 이제까지의 프로시는 얼마 안되는 지식인들만을 직접적
인 독자로 상정하고 쓴 지식인의 시였으나, 이래서는 대중에게서 철저하게
외면을 받을 수밖에 없으니 이제부터라도 일반 대중들이 간단하게 접하고
이해할 수 있도록 프로시를 쉽게 써야 한다는 것이 김동환의 논지이다.

이런 시각에서 그는 향후 대중성을 확보하기 위해 프로시가 채택해야 할
양식으로, 김기진보다 분명한 어조로, 전통적인 '민요' 양식을 추천한다. 민
요란 문예적 교양이 없는 민중일지라도 저절로 발로하는 사상·감정을 자
연에나 인사에 대하여 순박하게 노래한 것이다. 그리고 민요는 피압박군의
노래임으로 집단적이고, 낙천적 사상에 기조를 두고 있으며, 항상 생동하는
사회적 사실에서 제재를 취해 비판적으로 노래하는 특징을 가지고 있다.
민요 양식이 보여주는 이런 특질이 바로 향후 프로시가 지향할 지점이라는
것이 그의 설명이다.

박완식 역시 「푸로레타리아시가의 대중화 문제 소고」(동아일보, 1930.1.
7~10)와 「푸로 시가에 대한 당면적 임무」(조선일보, 1930.2.1~5)를 통해 이
들과 유사한 논리를 전개한다. 우선 그는 프로시란 "계급적 견지에서 프롤

---

16) 김동환, 「초춘잡감」(조선지광, 1928.2), 67~68쪽.

레타리아 이데올로기를 인식 파악한 작가의 노래가 되어야 하며, 이것이 대중의 노래로서 섭취되어 대중을 아지테이트하며 대중에 의하여 성장될 뿐 아니라 장차는 그들의 손으로서 실제적 생활과 감정이 노래로서 표현되어야 할 것"이며, "그리하여 그것은 대중운동이 성장함을 따라 같이 성장해야 할 것"이라고 말한다. 그런데 이제까지의 프로시는 일부 학생층과 사회층 소수 인텔리겐챠에게만 이해되었고, 대중에게 암시와 충동을 주지는 못했다. 이것은 작자의 의식, 기술 부족으로 대중에게 접근하지 못했고, 우리의 시가를 이해할 만한 대중의 지적 교양이 박약하여, 그들의 취미와 격리되었고, 대중적 발표 기관이 없었으며, 검열이라는 제한과 구속을 받을 수밖에 없었던 이유에서 기인한다. 이것들은 不可分離의 연쇄적 관계를 가지는 것이기 때문에 개별적으로 논구할 수는 없다. 그렇지만 이 중 제일 중요한 것이 프로시인의 표현 방식과 기술이다. 프로시인은 지적 교양이 결핍한 노동자·농민의 계몽적 교양을 높이기 위해 노력해야 하겠지만, 한편으로는 대중의 지적 교양이 충분히 높아질 때까지는 우선 그들의 현 지식 정도로 이해하기 쉽게 취미에 맞도록 제작해야 하는데, 이 때문에 프로시의 양식 문제를 논의하는 것이라고 설명한다.

이어서 박완식은 그 해결책으로 교양 수준을 높이고 아지테이션을 하기 위한 대중적 기관지를 가질 것과 검열을 피할 수 있는 기술을 습득할 것, 그리고 프로예술의 정확한 방향을 정하는 동시에 과거 사회에서 대중에게 섭취되었던 시가의 형태를 연구하고 그것을 계급적 견지로서 비판적으로 계승할 것을 제시한다. 결론적으로 박완식은 프로시의 대안으로 김동환과 마찬가지로 '민요' 양식을 차용할 것을 제안한다. 김동환이 지적한 것처럼, 민요는 문예적 교양이 없는 민중이 자기 속에서 우러나온 사상과 감정을 순수하게 노래한 것이며, 대중적 攝取性을 가지고 있다. 또한 피지배계급의 노래로서 특질을 발휘하고 성장해 왔기 때문에 요즘 대중의 사회적 지위와 어떤 공통성을 발견할 수 있고, 그것이 피압박 집단의 노래이었기 때문에 집단의식을 표출하고 있다는 점에서 우리가 계승해여야 할 가장 좋은 형태라는 것이 그 이유이다.

이상 살펴 본 민요 양식 차용론은 프로시 양식에 관한 최초의 본격적인 고민의 산물이라는 점에서 일정한 의의를 갖는다. 그런데 이들의 논의에서 주목해야 할 것은, 이들이 그때까지 발표된 프로시 전반에 대해 부정적인 입장을 취하는 듯하면서도, 실제 전위시 계열의 작품에 대해서는 별 다른 언급을 하지 않는 반면에 방향전환 후 쏟아져 나온 노동운동시-일명 '뼈다귀시'-에 대해서는 명백하게 반대 의사를 표명하고 있다는 점이다. 이들의 민요 양식 차용론은 일단은 국민문학파가 주창한 <시조 부흥론>에 의해 촉발된 것이었지만, 한편으로는 자신들의 양식 논의가 동시대 노동운동시가 보여준 폐해를 극복하고자 하는 목적에서 나온 것임을 분명히 한다. 이것은 다음 네 가지 이유에 기인한 것으로 보인다.

우선, <아나키즘/볼셰비즘 논쟁>을 거친 후에 이들의 글이 발표되었다는 점을 가장 중요한 이유로 들 수 있다. 이들이 민요 양식 차용론을 말할 때는 이미 전위시는 더 이상 프로시의 주류가 될 수도, 대안이 될 수도 없었으며, 따라서 구태여 따로 논할 가치가 없었다. 두 번째로 생각할 수 있는 것은, 이 시기에 오면 1927년에 전위시를 다수 발표했던 예맹 소속 시인들이 대부분 제1차 방향전환 기간 중에 노동운동시로 작품 경향을 바꿨다는 점이다.[17] 때문에 이미 부정된 전위시를 문제삼는다는 것은 별 의미가 없었다. 세 번째로 들 수 있는 것은, 전위시를 썼던 이들은 모두 김기진·김동환 등과 문학적 출발을 같이 하거나 전 시대의 문학적 영향 하에서 창작에 임했던 이들로 이들과는 그나마 '문학'이라는 공통 분모를 가질 수 있었던 반면, 노동운동시 작자들과는 별 다른 동질감을 느낄 수 없었다는 점이다. 마지막으로, 위에서 인용한 "소설이고 詩歌고 평론이고 모두가 난삽하고 까다로운 이론들 차지였다. 이 까닭에 우리는 우리들이 쓴 글을 다수인에게

---

17) 임화가 1927년 말이 되면서 「탱크의 출발」(프롤레타리아예술, 1927.10), 「담-1927」(예술운동, 1927.11) 등과 같은 노동운동시로 작품 경향을 변화시키는 것이 대표적인 사례이다.

봐달라고 권고할 흥미를 잃어왔다."는 김동환의 언급에서도 알 수 있듯이, 김기진이나 김동환 등이 방향전환 후 예맹의 기본 방침이 된 예술상의 정치주의적 태도[18]에 대하여 문학관의 상이함으로 인해 가지고 있던 심정적, 생리적 반발이 또 한 원인이라 할 수 있다. 김동환이 예맹 재조직에 반발하여 축출당한다거나, 박영희와의 논쟁 이후에도 자신의 문학관을 조금도 굽히지 않고 주장하는 김기진의 모습 등에서 이들의 민요 양식 차용론이 어떤 맥락에서 나오게 된 것인지를 충분히 짐작할 수 있다.

이 중 세 번째와 네 번째의 이유에 대해서는 약간의 보충 설명이 필요하다. 1927년 9월 1일에 있었던 예맹의 조직 개편은 다음 네 가지 점에 주목해 다시 한번 볼 필요가 있다. 첫째, 조직 개편 내용에서도 알 수 있듯이[19], 초기 예맹의 주요 구성원 중 직업 문인들이 조직 재편을 하면서 중앙위원회 위원에서 전면적으로 제외된 반면 새로 등장한 제삼전선파 소장 이론가들은 대부분 중앙위원회 위원으로 선출된다. 이로 인해 이후 제삼전선파 볼셰비키 쪽으로 급격한 중심 이동이 일어나게 된다. 둘째, 조직 재편시 신설되어 예맹의 최고 핵심 부서로 떠오른 조직부와 예맹 기관지 『예술운동』의 발행 책임과 권한을 모두 제삼전선파(도쿄지부)측에서 전담하게 된다. 때문에 이후 이들이 가진 예술에 대한 정치주의적 태도가 예맹의 기본 방침이 되었다. 셋째, 재조직으로 인해 예맹은 예술가 조직의 성격을 탈피하여 대중 조직으로 문호를 개방하여 예술에 직접적인 관심이 없는 이들이

---

18) 예술운동을 정치운동의 수단이나 도구로 인식하는 태도를 말한다. 이와 대조를 이루는 것이 문화주의적 태도인데, 이것은 예술운동을 정치운동과의 관련 속에서 올바르게 위치지우지 못하고 예술운동을 정치운동의 우위에 놓는다든지, 정치운동과 분별되는 예술운동이나 도구로 인식하는 태도를 말한다.

19) 기존 예맹 중앙위원회의 6인 위원 중 김복진과 박영희를 제외한 김기진·안석주·최승일 등 4명이 나가고, 그 자리를 제삼전선파의 주요 구성원 5명이 메꾼다. 또한 중앙상무위원회의 신설 핵심 부서인 조직부 책임자도 제삼전선파의 홍효민이 맡는 등 조직이 철저하게 제삼전선파 위주로 짜여진다. 개편이 이루어진지 얼마 되지 않아 박영희 또한 제삼전선파들과의 이론투쟁에서 패배를 시인하고 밀려나, 예맹은 완전히 제삼전선파 출신 소장파들이 장악하게 된다.

대거 가맹을 할 수 있도록 했다.[20] 이로 인해 이후 예술적 감각보다는 정치적 감각을 갖춘 이들이 부각되고, 힘을 발휘할 수 있게 되었다. 마지막으로, 재조직을 하던 중 이익상은 스스로 탈퇴하고, 김동환과 홍순준은 방향전환과 재조직 과정을 부인했다는 이유로 제명되고, 권구현 등의 아나키스트는 논쟁 끝에 축출되었다. 이것은 비록 조직적이지는 않으나 전문 문인을 중심으로 초창기부터 활동해 온 예맹원들의 강력한 반발이 있었음을 의미하는 것으로, 바로 이런 반발이 이후 민요 양식 차용론이나 단편서사시 양식 채택론 등 프로문학의 대중성 획득 논의, 이어서 전개되는 창작방법론 논의 등으로 표출되는 것이다.

그러나 이들이 주장한 민요 양식 차용론은 도쿄지부(제삼전선파)를 중심으로 한 소장 이론가들의 강력한 반발[21]에 부딪치고, 자체의 논리적 결함으로 인해 더 이상 진행되지 못한다. 소장 이론가들의 비판은 두 가지 점에서 행해진다. 우선, 소장 이론가들이 가장 비판한 것은 민요 양식 차용론자들이 보여준 대중 추종주의적 태도였다. 이들은, 대중이 잘못 판단하여 현재 자신들에게 익숙한 통속적인 작품을 요구한다고 해서 무비판적으로 그에 영합하고 만다면, 프로문학이 담당해야 할 역사적 사명을 어떻게 완수할 수 있겠느냐고 반문한다. 의식이 박약한 대중이 아무리 반동적 문학을 요구한다고 하더라도 우리들은 역사적 사실이 요구하고 조선의 객관적 대세가 요구하는, 과연 조선 사람에게 필요한 문학을 제작해야(윤기정) 하는 것이다.

또 다른 비판점은 과연 '민요' 양식이 프로시의 새로운 대안이 될 수 있는가 하는 점이다. 권환은 민요 양식 차용론을 다음과 같이 비판한다.

---

20) 안막, 「조선 프롤레타리아 예술운동 약사」(사상월보, 1932.10)
21) 윤기정, 「문학 아닌 문학」(조선지광, 1928.1)
　　한설야, 「1928년의 대중간의 문예관계는 어떻게 진전될까」(조선지광, 1928.1)
　　이북만, 「사이비 변증론의 배격」(조선지광, 1928.7)

민요는 봉건사회 부르사회의 零落頹敗한 자의 입에서 나온 것인만큼 그 안에 抱在한 내용과 마찬가지로 그 형식—곡조도 애수적이고 頹廢的이어서, 읽고 듣는 자로 하여금 신경이 무의식적으로 마비 위축케 한다. 따라서 우리 프롤레타리아 예술에서는 도저히 용납지 못할 형식의 하나이다.

우리는 예술의 대중화와 비속화를 엄밀히 구별하여야 한다. 그래서 우리는 예술의 대중화를 노력하는 동시에 비속화를 경계하여야 할 것이다.[22]

민요 양식 차용론을 주장한 논객 중 하나인 박완식도 인정했듯이 민요는 "대개 낙천적·애욕적·절망적 비애 노래이고, 대항적·전투적 태도로서의 노래는 극히 적었"[23]고, 그렇다면 권환 등의 비판을 극복하기 위해서는 실제 어떻게 해야 프로시의 양식으로 재탄생할 수 있느냐를 대답해야 할 필요성이 생기는데, 이 점에 대해 민요 양식 차용론 주창자들은 소재적 차원에서의 변화를 주자는 정도의 답변으로만 그쳐 더 이상 프로시 양식론으로서 유지될 수 없었다. 더욱이 민요가 비록 과거 피압박 집단의 노래였다고 하지만, 과거의 피압박 집단과 현대의 프롤레타리아 계급을 이렇게 동일시하여 이야기해도 되는 것인가에 대한 문제 의식 등을 전혀 찾아 볼 수 없어 논의가 더 이상 진전되지 못한다.

3. 단편서사시 양식 채택론

이처럼 대중성 획득을 위한 프로시 양식에 관한 논의가 한참 진행되는 가운데 1928년부터 일련의 단편서사시 작품이 발표되기 시작함으로써, 프로시 양식 논의는 한 단계 진전하여 보다 구체적으로 전개된다. 이때의 '단

---

22) 권환, 「'시론'과 '시평'」(대조, 1930.6), 37쪽.
23) 박완식, 「푸로레타리아시가의 대중화 문제 소고」(동아일보, 1930.1.10)

편서사시'란 극적 구성 방식과 서간체 형식을 빌어 일정한 계급적 전망을 담아낸 서정시를 지칭하는 것으로, 1920년대 초반의 유행 풍조인 일련의 서간체 소설과 조선조 서사한시 전통에다 자신의 실천적 경험을 결합하여 1920년대 후반부터 임화가 발표하기 시작한 프로시의 대표적 양식 중 하나이다.[24] 임화의 단편서사시는 발표 직후부터 프로문단의 중요한 관심사로 부각된다. 당시 구체적인 작품을 대상으로 하지 못하고 일종의 입법 비평적 차원에서만 거론되던 프로예술의 대중성 획득을 위한 여러 논의들을 보다 구체화하여 한 단계 진전할 수 있게 하는 본격적인 창작물로, 한계에 부닥친 민요 양식 차용 논의에서 탈피하여 프로시 양식 논의의 새로운 가능성을 열어 줄 훌륭한 대안으로, 그리고 이론의 무성함에 비해 창작적 성과물이 빈약하다는 점과 예술성이 결여됐다는 점에 대해 비판해 온 반프로문학파에게 떳떳하게 내놓을 수 있는 최초의 성공적인 결과물로 받아들여졌기 때문이다. 그리하여 단편서사시는 발표 직후부터 프로시가 직면한 당면 과제, 즉 계급적 목표 달성과 대중성의 획득이라는 두 가지 목표를 동시에 성취한 작품이라는 평가를 받으면서, 이후 프로시의 가장 영향력 있는 양식 중 하나로 자리잡게 된다.

그런데 임화의 단편서사시는 당대적 사건의 사실적 수용과 프롤레타리아 계급의 낙관적 전망을 훌륭하게 시적으로 형상화했다는 점에서는 긍정적인 평가를 받는 반면, 소시민성과 함께 짙은 감상성을 노정하고 있으며 시어가 채 정제되지 않았다는 점에서는 부정적인 평가를 얻게 된다. 이런 상반된 평가로 인해 임화의 단편서사시 양식을 동시대 '프로시'의 바람직한 모델로 받아들여도 되는가 하는 문제가 이후 프로시의 대중성 획득 문제와 관련되어 집중적으로 논의된다.

---

24) 졸고, 「단편서사시의 개념, 대상, 범주 고찰」(국제어문, 16집, 1995.5), 361쪽.
_____, 「단편서사시 양식의 연원 고찰 시고」(국제어문, 17집, 1996.5), 151~171쪽.
_____, 「임화 시 연구」(한양대 박사학위논문, 1996.8), 44~58쪽.

임화가 일련의 단편서사시를 발표하기 시작하자 가장 먼저 그 의의에 주목하고, 누구보다도 열렬히 환영의 뜻을 표하고 나선 것은 당시 프로문학 전반의 양식 문제에 대해 깊은 관심을 보이고 있던 김기진이다. 김기진은 프로문학의 대중성 획득에 관한 자신의 생각을 활발히 전개하던 중 임화의 시 「우리 옵바와 화로」를 보고는 프로시 대중화의 한 전형적 모델로 이 작품을 거론하면서, 프로시의 양식 문제를 본격적으로 다루기 시작한다.

우선 김기진은 「단편서사시의 길로」(조선문예, 1929.5)에서 임화의 시 「우리 옵바와 화로」를 읽고 커다란 감명을 받았다고 고백한다. 그리고는 이 시를 구체적으로 분석하여 자신이 무엇 때문에 이 시를 읽고 감동했던 것인가를 밝히고, 앞으로 프로시는 「우리 옵바와 화로」에 나타난 긍정적 의미를 깊이 새겨 그 방향으로 지향해야 할 것이라고 주장한다. 이 글에서 김기진이 밝힌 감동의 이유는 다음과 같다.

① 누이동생으로 형상화된 근로계급의 긍정적 정서를 '격정적으로' 형상화
  했다.
② 골격을 이루는 사건이 현실적이다.
③ 누이동생의 감정이 객관적, 구체적으로 형상화되었다.
④ 전체적으로 하나의 통일된 정서를 준다.
⑤ 감격으로 가득 찬 생생한 소설적 사건을 묘사하고 있다.

즉, 시 속에서 사건을 사실적으로 그리는데 성공했다는 것, 그리고 근로계급의 긍정적 정서를 격정적으로 형상화했다는 것, 특히 눈물만 홀리는 연약한 모습의 여인이 아니라 고난의 현실을 강인하게 이겨나가며 미래에 대한 낙관적 전망을 보여주는 여주인공 순이의 모습 때문에 그는 임화의 시 「우리 옵바와 화로」를 읽고 감동했다는 것이다. 기존의 부르주아 시와는 다른 프로시 양식의 가능성을 이 시에서 발견하고 흥분했다는 말이다. 김기진이 이런 평가를 하게 된 것은 물론 이전까지 발표된 노동운동시들이

소박한 정치주의에 빠져 '사건(또는 이야기)'을 제대로 보여주지 못하고 시인의 관념만을 생경하게 노래하다 보니까 시적 진실을 획득할 수 없었으며, 대중에게서도 멀어질 수밖에 없었다는 분석을 전제로 한다.[25]

이런 입장에서 김기진은 「우리 옵바와 화로」의 분석을 통해 향후 프로시가 지향해야 할 양식적 특성을 다음과 같이 요약, 정리해서 제시한다.[26]

> 그러면 프롤레타리아 시인은 무엇에 주의하여야 할까?
>
> 첫째, 프롤레타리아 시인은 그 소재가 사건적 소설적인데 주의해야 한다. 그리하여 될 수 있는 대로 그 소재의 詩的으로 필요한 부분만 추려 가지고 적당하게 압축하여 사건의 내용과 사건을 중심으로 한 분위기는 극히 인상적으로 선명, 간결하게 만들기에 힘쓸 것이다. 만일에 그렇지 못하면 소설과 같이 길어질 것은 물론이요, 시로써의 맛이 없다. 시로써의 맛이란 '설명'의 인상적 암시적 비약에 즉 '행'과 '행'간의 정서의 비약에 대부분 있는 까닭이다. [……]
>
> 둘째, 문장은 소설적으로 느리고 둔하여도 못쓰지만, 그렇다고 심하게 연마조각하여 깊게 아로새길 필요가 없다. 무슨 까닭이냐 하면 프롤레타리아는 교양이 깊지 못하며, 따라서 지식계급이나 유산계급의 인사와 같이 세련된 말과 친하지 못한 까닭이다.
>
> 우리들의 시는 그들의 용어로 되어야 한다는 것이 또 한 요건이다. 그런데 그들의 용어는 대개 소박하고 생경하고 '된 그대로의 말'인 곳에 차라

---

25) 김기진은 이 글에 이어 잇달아 발표한 「프로시가의 대중화」(문예공론, 1929.6)에서 프로시의 근본적인 문제점을 대중성의 결핍에서 찾고 있다. 각 분야의 사회운동에서와 마찬가지로 이제까지의 프로예술은 대중 속에 깊이 뿌리 내리지 못했다. 이 점에 있어서는 프로시도 마찬가지로, ① 무엇보다도 대중에게 가져가 보여주지 못했으며, ② 대중들이 알아보기 쉬운 말로 쓰지 못했고, ③ 대중들이 흥미를 가지도록 입맛에 맞추지 못했다는 점에 그 원인이 있다. 이 때문에 프로시는 대중 속에 깊게 뿌리 내리지 못했고, 결국 원래 목적했던 아지프로의 성과조차 올바로 획득하기 어려웠다는 것이 그의 분석이다.

26) 이 부분은 단편서사시를 논해 온 많은 평자들이 다투어 인용하여 분석한 부분이고, 필자 또한 몇 차례 인용하여 그 의미를 상세히 파악해 본 적이 있으므로 이 논문에서는 더 이상 중복된 언급을 피한다. 필자의 박사학위논문 「임화 시 연구」를 참조하기 바란다.

리 야성적 굴강미가 있음으로, 시인은 그들의 말에 주의해야 한다. 그리하
야 노동자들의 낭독에 편하도록 호흡을 조절해야 한다. 프로레타리아의
'리즘'의 창조이어야만 할 것이라는 말이다.

김기진의 단편서사시론은 대중성 획득을 위한 프로시 양식 논의에 있어
분명한 한 획을 그었다는 점에서 중요한 의미를 가진다. 단순히 선전·선
동의 목적성만을 강조하거나 막스주의적 계급관의 의식적 주입 여부에 대
해서만 논의를 하던 데에서 한 걸음 진전하여 전달의 효과와 형상화 문제,
예술적 진실성 획득 문제를 논의의 핵심에 올려 놓았다는 점은 한국 프로
시의 발전 과정에서 중대한 의미를 가진다. 또한 이로 인해 발발한 단편서
사시 논쟁은, 최두석의 지적[27]처럼, 지도비평에 그치거나 논쟁으로 시종하
지 않고 구체적인 작품에서 촉발되어 논쟁이 전개되고, 그 논쟁의 귀추가
창작에 중대한 영향을 미친 것은 프로문학 비평사에서도 드문 경우에 속하
는 것이라는 점에서 의미가 각별하다. 예술적 형상화의 결핍으로 인해 반프
로문학파에게서 공격받던 프로시인들이 임화가 창출한 단편서사시 양식을
반기고, 김기진의 단편서사시론에 선뜻 동의를 표하고 나선 것[28]도 의미를
새겨 볼 필요가 있다.

그런데, 여기서 우리가 주목할 것은 김기진의 단편서사시 논의는 시인의
세계관과 창작 방법을 분리해서 생각하면서, 작품 행동과 창작 방법론에만
초점을 맞추어 전개되고 있다는 점이다. 또한 이야기 자체의 서술보다는

---

27) 최두석, 「단편서사시론에 대하여」(『리얼리즘의 시정신』, 실천문학사, 1992.4.10),
   214~215쪽.
28) 좌담회, 「최근 조선문예운동의 정세」(조선일보, 1929.2.28~3.1)
   윤기정, 「문예시감」(조선문예, 1929.5)
   신고송, 「시단 만평-기성시인, 신흥시인」(조선일보, 1930.1.5~13)
   손재봉, 「5월 시평 기타」(조선일보, 1930.2.5~9)
   김안서, 「시단의 회고」(매일신보, 1932.2.14~19)
   김동환, 「임화의 옵바와 화로」(삼천리, 1933.9)
   윤곤강, 「임화론」(풍림, 1937.4)
   이동규, 「임화」(풍림, 1937.5)

시적 형상화 자체에 치중하고 있으며, 특히 낭송시적 성격을 반드시 갖추어야 한다고 주장하고 있는 점이다. 김기진의 글이 당시 예맹 측 인사들에게 문제적일 수밖에 없었던 이유가 바로 여기에 있다. 김기진은 앞으로 수립해야 할 프로시의 양식을 논하면서 동시대의 프로시인이 마땅히 가져야 할 올바른 세계관이나 추구해야 할 현실적 목표에 대해서는 별 다른 언급을 하지 않은채, 오직 부르주아적 미학관에 입각하여 시에서 이야기의 기능을 축소하고 정서적 기능을 확대할 것을 강조하고 있는 것이다. 그가 제시한 프로시의 양식에서 볼 때, 시인의 계급의식은 오직 소재적 차원에서만 존재하는 것이며, 나머지는 대부분 시적 기교─낭독성 내지 음악성의 확보, 정제된 일상적 시어의 선택, 암시와 상징의 필요성 등으로 이야기되는─에 달려 있는 것들 뿐이다. 임화의 단편서사시에 대해 그 새로움과 가능성에는 기대와 찬사를 보내면서도, 다른 한편으로는 시어의 선택과 표현의 문제를 들어 시적 기교의 미숙함을 지적하는 것[29]이 바로 그의 이런 태도를 반영하는 것이다.

박팔양 역시 김기진과 동일한 입장에서 단편서사시 양식에 대해 찬사를 보낸다.[30] 그는 임화의 단편서사시 「우산밧은『요꼬하마』의 부두」(조선지광, 1929.9)를 예를 들면서, 이 작품이 "현 詩壇의 한 驚異"이고, "프로시 중의 백미"라고 추켜세운다. 그러면서 임화의 단편서사시에 감상성이 표출되고 있음을 비판하는 의견에 대해서는 "전투적인 어구로 노래해야 한다는 사람이 있지만 프롤레타리아라고 늘 투쟁적 의욕만을 노래하는 것이 아니며, 동지이자 애인인 사람과의 이별의 슬픔도 노래할 수 있는 것이니, 이 점을 가지고 비난할 수는 없다."고 반박한다.

---

29) 임화의 표현 미숙에 관해 김기진은 이 외에도 「4월의 시가」(중외일보, 1929.4.21), 「최근 조선 문예운동의 정세」(조선일보, 1929.2.28~3.1) 등 여러 곳에서 지적하고 있다. 또한 박태원의 「初夏 창작평」(동아일보, 1929.6.18), 박팔양의 「9월의 시단」(중외일보, 1929.10.9~16), 배상철의 「조선 시인 근작 총평」(대조, 1930.8) 등도 김기진과 유사한 지적을 하고 있다.
30) 박팔양, 「9월의 시단」(중외일보, 1929.10.9~16)

이러한 김기진·박팔양 등의 단편서사시 평이 많은 이들에게 받아 들여지고 다른 시인들이 이 양식을 흉내내어 다수의 프로시를 창작하기 시작하자, 도쿄지부 측을 비롯한 예맹 소장파들은 "당면한 현실적 투쟁 과제를 정당히 시로 형상화하고 변혁운동에 대한 독자 대중의 이해와 실제적 참여를 끌어내야 할 프로시의 당대적 임무를 망각하고, 그들에게 주제 및 소재에 대한 불필요한 그리고 잘못된 감상만을 전파하고 있다."는 논지로 이런 추세를 경계하고 나선다.[31]

권환의 「'시평'과 '시론'」을 통해 볼 때, 당시 예맹 소장파들이 단편서사시 양식을 프로시의 새로운 대안으로 삼자는 김기진 등의 주장을 반박하고 나섰던 이유는 다음과 같다.

첫째, 단편서사시는 공적도 많지만, 그 만큼 언짢은 영향도 많이 주었다. 단편서사시에 표출된 감상주의적 경향을 흉내낸 시들이 이후 많이 나타난 것이 그 증거이다. 둘째, 프로시는 결코 음율의 조화미를 꾀하는 시가 아니다. 또한 생활을 감상적으로 노래하여 自慰自安하는 위안용 예술이 아니다. 프로시는 대중에게 막스주의를 아지 프로하는 외에 아무런 의의와 역할이 없다. 셋째, 이전의 프로시는 실천과 결합치 않은 막연한 감정이나 단순한 심리상 충동을 머리로만 노래한 시였고, 이 때문에 김기진이 서사적 내용을 많이 가진 단편서사시를 고평했던 것이다. 하지만 어떠한 사실을 소설적으로 또 서사적으로 순서있게 서술하지 않더라도 그 사실이 추상적이 아니고 구체적 사실인 이상 그것으로 인하여 일어나는 감정―비록 폭발적이라도―을 표현하는 시는 얼마든지 구체성을 가진 시로 될 수 있는 것이다. 넷째, 같은 서사라도 어떠한 서사인가가 보다 더 중요한 문제이다. 대중에게 강렬한 적개심과 용감한 투쟁심을 고취해 주지 못하고 센티멘탈한 값싼 동정심

---

31) 김두용, 「우리는 엇더케 싸울 것인가?」(무산자, 1929.7)
　　안막, 「'막스'주의 예술비평의 기준」(중외일보, 1930.4.19〜5.30)
　　권환, 「'시평'과 '시론'」(대조, 1930.6.1)
　　김남천, 「임화에 관하야」(조선일보, 1933.7.22〜25)

만 일으키게 하는 식의 서사라면 잘못된 것이다. 다섯째, 강렬한 적개심과 용감한 투쟁심을 고취해 줄 만한 서사라 할 지라도 纖弱한 억양과 結縛한 인텔리겐챠의 용어로 표현되었다면[32] 아지프로의 효과는 없어진다는 것 등이 그것이다. 즉, 단편서사시가 낭만적 동정주의[33]의 산물이라는 것과 실천이 수반되지 않은 창백한 지식인 문학에 불과하다는 것이 주 공격점이었던 것이다.

여기서 주목해 봐야 할 것은, 단편서사시 논의에 대한 본격적인 비판이 1930년에 들어와서야 이루어진다는 점, 권환이 김기진 등의 단편서사시론에 반박하는 자신의 글을 통해, 임화가 차차 프롤레타리아 사실주의적으로 시 경향을 전환하고 있으며, 이것은 스스로의 작가적 실천에 기인한 것이라는 언급을 하고 있다는 점과 부분적이나마 임화 시의 공적과 가치를 인정하고 있다는 점 등을 볼 때 이들의 비판이 임화에게 맞춰진 것이 아니라 그 잘못된 수용에 대한 지적에 집중되고 있다는 것이다. 이것은 임화의 단편서사시가 자신들이 발표한 노동운동시보다 현실적으로 많은 공감을 획득하고 있던 점, 단편서사시 양식을 대체할 새로운 양식을 제시할 수 없었던 점, 작품 행동보다는 실천 행동에 좀더 중점을 두고 있었던 점, 임화가 스스로의 작품 경향을 좀더 자신들의 구미에 맞게 바꾸어 나갔던 점, 무엇보다도 임화가 당시 도쿄지부의 후신인 무산자사의 동지가 되어 있었던 점 등이 고려되었던 것으로 보인다. 그래서 그들은 임화의 시 자체보다는 그것

---

32) 여기서도 김기진 등 단편서사시 양식 채택론자들과 예맹 소장파들의 의식 차이를 엿볼 수 있다. 김기진 등이 임화의 단편서사시가 "조금만 글자를 精選하고 긴요치 않은 구절을 빼어 버렸으면 더 훌륭한 시였을 것"(좌담회, 「최근 조선 문예운동의 정세」(조선일보, 1929.2.28)에서 김기진이 한 발언)이라든지, "字句上의 선택이 약간 부족한 느낌이다. 자구상의 중복과 설명적 자구는 시에 있어서 대 금물이며, 혹은 불필요한 字 또는 句는 시흥을 일단 식히는 것이라 이 점을 약간 주의할 필요가 있다."(박팔양, 「9월의 시단」, 중외일보 1929.10.11)는 발언과 권환의 이 표현을 비교해 본다면, 그 차이를 쉽게 짐작할 수 있을 것이다.
33) '낭만적 동정주의'는 대중을 아지프로하지 못하고 센티멘탈한 값싼 동정심만 불러 일으키는 데 그치는 예술상의 태도를 지칭하는 용어이다. 신경향시들에서 이런 경향을 흔히 볼 수 있다.

을 프로시의 새로운 전형으로 만들려고 하는 시도를 더욱 위험스러운 것으로 보고, 이에 대해 공격을 집중했던 것이다.

그들이 볼 때 단편서사시 양식 채택 논의는 다음 몇 가지 점에서 문제시될 수밖에 없었다. 우선, 초창기부터 활동해온 예맹 문인들이 공통적으로 가지고 있던 문화주의적 태도가 전위시 양식 모방, 민요 양식 차용론, 단편서사시 양식 채택론 등 일련의 프로시 양식 논의를 통해 다시 영향력을 확대할 우려가 있었다. 이것은 제1차 방향전환을 거친 예맹의 기본 강령과 충돌을 일으켜 프로문학운동의 대오를 흐트리고, 당시 전 사회주의 운동권의 당면 목표인 조공 재건운동에 걸림돌이 될 여지가 있었기 때문에 당시 예맹의 중심축을 형성하던 소장파들로서는 시급히 이 문제를 교정해야 할 필요성이 있었다. 또한, 전위시 양식 모방이나 민요 양식 차용론과는 달리 단편서사시 양식 채택론은 그 논리 전개의 바탕이 된 임화의 작품 자체가 당시 프로시단에 상당한 반향을 불러 일으키고 기성 문인들의 절찬을 받으면서 프로시의 새로운 전형으로 인식되어, 자칫 프로시의 당대적 임무를 호도할 수도 있다는 우려가 있었다. 마지막으로, 단편서사시는 기존 프로시인들의 공통적인 문제점인 변혁운동에 대한 피상적 이해와 함께, 화자의 어조에 짙게 어려 있는 감상성 및 소시민 독자에 대한 편향성을 노출하고 있어 이를 통해 비판의 효과를 극대화함은 물론, 나아가 다소 방향 감각을 상실한 듯한 프로시의 면모를 일신할 수 있는 좋은 기회가 될 수 있었다.

그런데, 예맹 소장파의 단편서사시 양식 채택론 비판은 단편서사시 양식 자체에 대한 생산적인 비판은 되지 못한다. 그들 비판의 초점은 시인의 태도와 시에 반영된 의식의 선명성 여부에만 맞춰져 있어 양식론의 진전을 보여주지 못한다. 이것은 이들이 이 문제를 기본적으로 문학적 논리에서 접근하지 않고 있음을 말하는 것이다. 더욱이 예맹 소장파들의 단편서사시 양식 채택론 비판은 관념적인 좌편향적인 시각을 반영한 것이어서, 일제의 가혹한 사상 통제하에 놓여 있던 당대 조선의 현실과는 일정 정도 유리되어 있었다. 이들의 근본적인 문제점은 서울과 도쿄의 상이한 운동 조건을 고려하지 않았다는 데서 비롯된다. 당시 서울에서는 자체의 기관지를 발간할 수 없을 정도로 일제의 탄압과 검열이 심해 어쩔 수 없이 부르좌의 합법적 간행물에 기생하여 예술운동을 전개하는 파행적 상황을 감내해야 했다. 그러나 도쿄에서는 최소한 "기관지를 발행하며, 이중삼중의 곤난을 거쳐가며 대중에게 반포하고, 프롤레타리아의 집회에 연극을 가지고 가며 시의 낭독을 하며 투쟁의 繪畫를 걸"34) 수 있었던, 상대적으로 나은 상태였다. 이러한 운동 조건의 상이함으로 인해 예술운동 자체도 차별성을 가질 수밖에 없었는데, 이들에게서는 이에 대한 인식을 거의 찾아 볼 수 없다. 또한 예술과 정치가 각각 어느 정도 특정한 분야로 한계지워 있으며, '예술적'이라는 의미가 '정치적인' 것으로 즉각 환원될 수 없다는 사실을 이들이 간과하고 있다는 점도 문제로 지적할 수 있다. 예술은 공공연한 정치적 프로파 갠다의 형태로 표현되건, 은폐된 이데올로기로 표현되건 간에 필연적으로 당파성을 지니게 된다. 그러나 김두용 등은 예술이 독자들의 감정과 충동을 일깨워서 특정한 행동으로 이끌거나 반대하게끔 하는 독특한 기능을 수행한다는 사실을 무시하고, 예술운동을 정치운동에 종속시키는 잘못을 범했다.

그러나 이런 문제점에도 불구하고, 막시즘 이론 자체에 대해 국내 평자들에 비해 이들이 가지고 있던 상대적 우월성35) 및 두 차례에 걸친 예맹의 조직 개편에서 보여준 조직력의 우위, 이들과 ML파 조선공산당과의 밀접한 관계, 단편서사시 양식 채택론자들의 논리 전개상 허점 등의 제반 이유로 인해, 이들의 공개적인 비판은 당시로선 상당한 무게를 가지고 있었다. 때

---

34) 김두용, 「정치적 시각에서 본 예술투쟁」(무산자, 1929.5), 6E쪽.

35) 초창기부터 활동한 예맹 지도자들에 대한 도쿄지부측 이론가들의 우월성은 앞에서도 간략하게 언급한 바 있지만, 이미 박영희와 이북만 간에 벌어졌던 대중성 획득 방법 논의의 추이와 그 이후 전개된 예맹 조직 개편을 보면 쉽게 드러난다. 이 과정에서 초창기 예맹 측 인사들의 관습적 시각을 대변한 박영희는 이북만의 비판에 대해 별반 반박하지 못하고 일방적인 수세에 몰리고 있으며, 결국 그의 논리를 그대로 인정해 버리고 만다.

문에 우후죽순처럼 일어나던 단편서사시 양식 채택론은 소장파 이론가들이 전면적인 비판에 나서고, 이들이 주장한 볼셰비키 대중화론이 예맹의 공식 입장으로 자리잡게 되자 한풀 꺾이게 된다.

게다가 단편서사시 양식을 창출한 임화 스스로가 일련의 자기 부정을 하고 나선 것은 단편서사시 양식 채택론자들에게는 치명적이었다. 임화는 우선 김기진과의 논쟁을 통해 김기진이 주창한 대중성 획득 방법론의 문제점을 공박하고 나서고, 도일하여 예맹 도쿄지부의 후신인 무산자사에 가담하는 한편, 단편서사시 양식 채택론자들이 절찬했던 자신의 단편서사시 양식을 좀더 계급성을 분명히 드러내는 방향으로 바꾸고[36], 평론 「시인이여! 일보 전진하자」(조선지광, 1930.6)를 통해서는 자신이 1929년 초기에 발표한 단편서사시가 근본적으로 소시민성의 산물이었다고 자기 비판을 행한다.[37]

이로 인해 1930년을 지나면서부터 단편서사시 양식 채택론은 더 이상 거론되지 않는다. 하지만 이것은 표면적인 것이었을 뿐이고, 실제 창작에 있어서는 이후에도 오랫동안 강력한 영향을 미친다. 그것은 소시민성과 감상성의 노출, 계급의식의 약화 등의 이유로 인해 소장파 이론가들에게 비판을 받았지만, 단편서사시 양식을 대체할 만한 새로운 프로시 양식이 제시되지 않았고, 예술성과 계급성을 효과적으로 결합하여 최초로 제시된 프로시 양식이자 당시까지의 한국 프로시 사상 대중들의 지지를 가장 많이 받았던 양식이었기 때문에 동시대 시인들에게 강한 인상을 남겼기 때문이다. 이것과 관련하여 1931년 말에 예맹에서 발간한 『카프시인집』(집단사, 1931.11)은

---

36) 단편서사시의 변화는 일차적으로 이전까지 작품에 깊거 내포되었던 감상성을 배제하고 당대의 본질적 모순을 충실히 드러내는 쪽에 초점을 맞춰, 투쟁하는 노동자의 의지를 직접적으로 보다 선명하게 형상화하는 쪽으로 일어나게 되는데, 그 결과 무산자사측에서 제기한 볼셰비키화 방법론에 보다 충실한 새로운 모습의 단편서사시가 나오게 된다.

37) 물론 이 글에서 임화가 자기 비판을 행한 것은 단편서사시에 내재한 '소시민성'과 이로 인해 촉발된 '감상성'이라는 부분에 국한된다. 그는 이 글의 서두에서 자신의 단편서사시가 미미하나마 사실주의 시의 출발을 알리는 것이었다고 주장한다.

단편서사시 양식 채택 논의가 어떻게 귀결되었는지를 알아 볼 수 있는 좋은 자료이다. 여기에는 김창술의 시 4편, 권환의 시 7편, 임화의 시 6편, 박세영의 시 1편, 안막의 시 2편이 수록되었다. 이 중 김창술, 임화, 박세영의 시는 대부분이 단편서사시 양식의 범주에 드는 것이다. 물론 이것은 단편서사시 양식의 창출자인 임화가 당시 예맹의 서기장을 맡고 있었고, 이 시집의 실질적인 편집 책임자였다는 점과 일정한 관련이 있을 것이다. 그러나설사 그렇다 하더라도 단편서사시 양식이 예맹에서 출간한 첫 시집에서 이정도의 대접을 받고 있다는 것은, 도쿄지부 측 소장파의 비판에도 불구하고당시 단편서사시 양식의 영향력이 어느 정도였는가를 알려주는 좋은 반증이 된다.

4. 프로시 양식 논의의 추이와 의의

예맹이 진보적 문인들의 조직체로서의 성격을 분명히 하기 시작한 1927년 경부터 프로시인들은 종래의 부르주아 시 양식이 아니라, 자신이 택한계급주의 사상을 정당히 담아낼 수 있는 새로운 형태의 시가 양식을 모색한다. 이들이 처음 손쉽게 선택한 것은 당시 유행하던 전위시의 기법을 그대로 차용해서, 그곳에 자신이 이해한 계급의식을 담아내는 방식이었다. 그렇지만 이런 방식은 전위예술과 막시즘의 변별성을 충분히 인식하지 못했던 시기의 과도기적 방법에 불과한 것으로, 계급의식이 점차 성숙되어 가면서 자연스럽게 부정되어 사라진다.

1928년에 들어 프로문학의 대중성 획득 방안의 필요성이 강력히 제기되면서, 대중성 획득 방법과 결부되어 프로시의 양식 문제가 새롭게 논의된다. 이때 김동환·박완식 등은 대중성 획득을 위해 가장 좋은 것은 전래의 민요 양식을 차용하여, 거기에 계급의식을 부여하는 것이라고 주장한다. 이들의 주장은 국민문학파의 시조 부흥 운동에 촉발된 측면이 많은 것으로, 프로문학의 대중성 획득 방법에 관한 김기진 식의 시각을 바탕에 두고 있었다. 때문에 이들이 주장한 민요 양식 차용론은 당시 예맹을 주도하던 도쿄지부측 소장파의 전면적인 비판에 직면하게 된다. 소장파의 비판은 민요 양식 차용론이 대중 추종주의적 태도에 근거하고 있으며, 기본 정조가 애수적이며 퇴폐적이라는 점을 간과하고 있다는 점에 집약되는데, 소장파의 이런 비판에 대해 민요 양식 차용론자들이 별 다른 반론을 제기하지 못함으로써 더 이상 논의되지 않는다.

이 시기 프로시 양식 논의의 백미는 1929년부터의 단편서사시 양식 채택론이라 할 수 있다. 이 논의는 당시 임화가 내놓은 일련의 시를 구체적인 대상으로 삼아 그 양식적 특성을 분석하고, 이 분석을 토대로 이 양식이 과연 프로시의 진정한 대안일 수 있는가를 살피는 방식으로 진행된다. 채택론을 주장한 이들은 단편서사시 양식이 당대적 사건의 사실적 수용과 프롤레타리아 계급의 낙관적 전망을 훌륭하게 시적으로 형상화했으며, 무엇보다 이전의 노동운동시(뼈다귀시)와는 달리 대중의 열렬한 환호를 받았다는 점을 중시한다. 반면, 무산자사 소장 이론가들이 중심이 된 반대론자들은 단편서사시 양식이 소시민성과 함께 짙은 감상성을 기본 정조로 하고 있는 낭만적 동정주의의 산물이며, 노농대중을 아지프로해야 할 프로시의 근본 목적을 망각한 것임으로 마땅히 타기되어야 할 것이라고 주장한다. 단편서사시 양식을 둘러싼 이런 논의는 이 양식을 최초르 내놓은 임화 자신이 무산자사 측의 견해에 동조하는 한편 실제 창작을 통해서 양식적 변화를 일으키면서 이론적으로는 반대론자들의 승리로 끝난다. 그렇지만 실제 창작에 있어서는 정반대의 상황이 전개된다. 즉, 단편서사시 양식에 깊은 인상을 받은 동시대 프로시인들은 소장파 이론가들의 비판에도 불구하고 이 양식을 흉내낸 작품을 이후에도 계속해서 내놓아, 문학적으로 볼 때는 채택론자들의 주장에도 일리가 있었음을 보여준다.

그런데, 1920년대 후반 대중성 획득 문제와 연관된 프로시 양식 논의를 살펴 볼 때 반드시 고려해야 할 것은, 이런 일련의 프로시 양식 논쟁이 대개 초창기 예맹의 주도 세력이었던 전문 문인 출신 시인들에 의한 다양한 양식 실험, 그리고 그에 대한 <제삼전선→도쿄지부→무산자>로 이어지는 소장 볼셰비키들의 비판이라는 방식으로 진행된다는 점이다. 이것은 이 문제가 단순히 '문학적 양식' 자체의 문제에 국한되는 것이 아니라, 예맹 내에 존재하는 문학에 대한 상반된 두 시각─문학에 대한 문화주의적 태도와 정치주의적 태도─과 그 바탕이 되는 두 이질적인 집단─초창기부터의 맹원과 제삼전선파 이후의 볼셰비키─간의 주도권 쟁탈의 성격을 띠고 있음을 의미하는 것이다.

이런 증거는 여러 곳에서 찾을 수 있다. 예맹 도쿄지부의 이론가인 김두용은 「우리는 엇더케 싸울 것인가?」(무산자, 1929.7)에서 김기진의 「단편서사시의 길로」(조선문예, 1929.5)를 비판하면서, 김기진뿐만 아니라 예맹 본부측의 윤기정·이기영·송영·최서해·박팔양·임화·조명희 등이 모두 "같은 본질을 가진 소부르주아 문사"이며, "예술적 작품의 창작을 부르짖는 순문예의 창작을 옹호하는 인물"이라고 공격한다. 이에 대해 김기진이 「예술운동에 대하여」(동아일보, 1929.9.20~22)에서 소장파 볼셰비키에 대해 "예맹 도쿄지부의 몇몇 분자", "小兒肝氣疾患者" 등의 발언을 통해 불편한 심기를 드러내자, 1929년 7월 말경 도일하여 본격적으로 무산자사에 합류[38]한 임화가 「김기진군에게 답함」(조선지광, 1929.11)에서 '쎅트주의(종파주의)'라고 반박하고, 결국 김기진이 「예술운동의 1년간」(조선지광, 1930.1)에서 자신의 발언을 취소하는 일련의 사건[39]도 프로시 양식 문제가

---

38) 임화와 제삼전선파 계열 도쿄측 소장파 이론가들의 관계는 최소한 도일하기 훨씬 이전인 1927년 말경부터 시작된 것으로 보인다. 이것은 임화의 시 <탱크의 출발>을 당시 제삼전선사의 이론가인 이북만이 직접 일본어로 번역하고, 소개하여 일본의 『프롤레타리아예술』에 게재하는 것에서 알 수 있다. 임화의 이 시는 국내 프로시인의 시로서는 최초로 일본 프로문학 잡지에 실린 작품이다.

39) 이 중 김기진과 임화의 논전 부분은 필자의 「단편서사시의 개념, 대상, 범주 고

양측의 힘겨루기 양상을 띠고 있음을 의미하는 것이다.

그런데, 이처럼 1920년대 후반기에 활발히 진행되었던 프로시 양식 논의는 1930년대 초반부터 두 차례에 걸친 검거 선풍 등으로 인해 예맹의 조직 자체가 위태스러워지고, 프로시다운 프로시를 창작하여 발표할 수 있는 여건을 갖지 못하게 되면서 더 이상 진행되지 못한다. 때문에 이 시기에 거론되었던 문제들은 한 동안 잠복해 있다가, 1930년대 중반의 전형기를 맞아 이정구와 임화 간에 이뤄지는 <감상주의 논쟁>, 사회주의 리얼리즘의 수용 및 적용 문제와 관련된 <창작방법 논의>로 다시 살아나게 된다.

──────────
찰」(국제어문, 16집, 1995.5), 334~342쪽을 참조할 것.

Ⅱ. 단편서사시의 개념, 대상, 범주 고찰

1.

1929년 말 「曇―一九二七―「작코」・「반제스 틔」의 命日에―」(예술운동, 1927.11)를 발표한 이래 한동안 침묵하던 임화는, 1929년에 접어들면서 「네 街里의 順伊」(조선지광, 1929.1)・「우리 옵바와 火爐」(조선지광, 1929.2) 등 일련의 작품을 발표하여 자기 나름의 독특한 프로시의 새로운 양식을 선보인다. 팔봉 김기진이 '단편서사시'[1]라고 명명한 이 새로운 프로시는 그 양식에 있어 기존의 어떠한 것과도 다른 것으로, 프로시 나름의 독자적인 유형을 간절히 고대하고 있던 당시의 카프 맹원들과 주로 지식인이 중심이된 노동운동 종사자들의 열광적인 호응을 얻었고, 때문에 프로시인으로서의 임화를 처음으로 당대의 평단과 독자에게 깊이 각인하게 하는 결정적

---

[1] 사실 장르명으로 볼 때 이 명칭은 적절치 못한 것이다. 팔봉은 시를 통해 전달하는 이야기의 소재가 '사건적・소설적'이면서도 전체 시행이 짧다는 이유만으로 임화의 시를 '단편서사시'라고 명명했지만, 이것은 장르에 대한 고찰을 하지 않은 채 임시방편으로 붙인 이름에 불과하다. 실제 임화의 단편서사시는 전통적인 장르 구분법으로 볼 때는 여전히 '서정시'라고 할 수밖에 없는 것으로, '짧은 형태의 이야기적 요소'를 담고 있다는 점에서 일반적인 서정시와 약간의 차별성을 가질 뿐이다. 때문에 본고에서는 '단편서사시'라는 명칭을 장르명이 아니라, 일제 강점기인 1920년 후~1930년대 초 임화가 발표한 시 중 짧은 형태의 이야기적 요소를 담고 있는 서정시들에 붙이는 특수 명사로 이 용어로 사용하고자 한다.

역할을 한다.

「네街里의 順伊」와 「우리 옵바와 火爐」에 대한 당시 평단 및 독자층의 열광적인 호응과 찬사를 통해 단편서사시가 프로시의 새로운 양식으로 성립될 수 있다는 것을 확인한 임화는 이후 「어머니!」(조선지광, 1929.4), 「봄이 오는구나-사랑하는 동모야」(조선문예, 1929.5), 「病監에서 죽은 여석-×의 六月 十日에-」(무산자, 1929.7), 「다 없서젓는가」(조선지광, 1929.8), 「雨傘밧은 『요꼬하마』의 埠頭」(조선지광, 1929.9), 그리고 「洋靺 속의 片紙-一九三〇, 一, 一五, 南쪽 港口의 일-」(조선지광, 1930.3) 등 일련의 작품을 연속적으로 발표하여 이 새로운 양식을 일제 강점기에 산출된 한국 프로시의 한 전형적 양식으로 정착시킨다. 이러한 노력과 성과 때문에 후대에 와서도 단편서사시 하면 바로 임화의 시를 의미할 정도로 인정을 받게 된다.

그러나 단편서사시에 대한 이러한 일반의 높은 성가에도 불구하고, 실제 작품에 대한 면밀한 문학적 평가는 아직까지 충분히 내려지지 않은 상태이다. 여기에는 여러 가지 이유가 있겠지만, 시 자체를 놓고 봤을 때 몇몇 중요한 전제 조건들에 대한 명확한 해명이 보류되어 왔다는 것도 그 중요한 원인이 된다. 즉 단편서사시라는 것은 정확히 어떻게 규정되는 것인가? 임화의 전체 시를 대상으로 할 때 단편서사시의 범주에 들어갈 수 있는 작품은 어떤 것인가? 그 구체적인 대상과 그 기준은 무엇이며, 대상 작품의 주요 발표 시기는 언제인가? 등에 관한 해명이 구체적인 작품 분석 이전에 반드시 선행되었어야 함에도 불구하고, 여기에 관해서는 아직까지 이렇다 할 연구가 이루어져 있지 않기 때문에 임화의 단편서사시에 대한 면밀한 문학적 평가가 유보되었던 것이다.

따라서 본고에서는 일제 강점기에 산출된 많은 시 중에서 왜 하필이면 임화의 단편서사시가 우리에게 그토록 문제시되는 것일까? 그 시형의 특이함은 어디서 유래되는 것일까? 단편서사시는 어떤 내적 특성을 가지고 있는가? 임화가 단편서사시라는 특유한 양식을 들고 나오게 된 까닭은 무엇인가? 리얼리즘 시로서 단편서사시의 가능성은 어느 정도인가? 그 시사적

의의는 무엇인가? 등을 규명하기 위해 반드시 선결되어야 하는 단편서사시의 개념을 당시의 자료를 토대로 나름대로 정의해 보고, 나아가 그 대상 및 범주에 대해 좀더 면밀히 규정해 보고자 한다.

2.

단편서사시에 대해서 본격적으로 논하기 이전에 가장 먼저 해결해야 할 것은, 무엇보다 그 개념을 명확히 하는 것이다. 논의 대상의 개념을 명확하게 밝힌다는 것은 이후의 논리 전개에 있어 불필요한 오해의 소지를 피하기 위한 선결 과제라 아니할 수 없으며, 그 출발선을 분명히 함으로써 논의의 확산을 미연에 방지하는 효과를 가진다. 뿐만 아니라 개념을 명확히 하는 것은 본고에서 다루고자 하는 여타 문제, 즉 대상과 범주를 살피는 데에도 필수불가결한 선행 작업이 된다.

단편서사시의 개념을 정립하기 위해 우리가 반드시 살펴봐야 할 것은 팔봉 김기진의 일련의 시도와 이에 대한 당사자 임화의 반론이다. 김기진과 임화의 논리는 각기 단편서사시를 바라보는 두 개의 판이한 시각을 대변하며, 이 두 시각은 이후 연구자들에게 단편서사시를 바라보는 두 중요한 출발선이 된다. 그러나 실상 이 두 시각은 전혀 별개의 것이 아니라 상호 밀접한 관련을 갖는 것으로, 마치 동전의 양면과 같다. 둘 다 단편서사시가 가지고 있는 '대중성 획득'이라는 성과와 그 의의에 대해서는 동감을 나타내지만, 팔봉이 주로 단편서사시의 형식적 특징과 그 의의에 주목하여 대중성 획득의 의의를 강조한 반면 임화는 그 세계관의 정당함과 리얼리티 획득이라는 관점에서 팔봉의 주장에 반론을 제기하고 있어, 단편서사시를 바라보는 양자의 시각은 분명한 차별성이 있음을 쉽게 짐작할 수 있다.

그러나 사실 그 어느 쪽이든 단편서사시에 대해 전체적인 판단을 내리지 않았음에 우리는 주목해야 한다. 이들은 각기 당대의 필요성에 따라 단편서사시의 일부분에 관해 자신의 견해를 밝혔을 뿐이다. 문제는 이후 단편서사시를 논하는 평자들이 두 견해를 각기 별개의 것으로 보고, 그 중 어느 한쪽만을 일방적으로 선택한 데서 발생한다. 그러므로 단편서사시에 관해 총체적인 평가를 하고 올바른 정의를 수립하기 위해서는 무엇보다도 먼저 일단이 두 사람의 시각을 변증법적으로 종합하여 재구하는 작업이 필수적이다. 다른 한쪽의 논리를 배제한 채 나머지 한쪽의 논리에 일방적으로 의존하게 된다면 단편서사시의 개념과 그 문학사적 의의를 정확히 파악하는 데 중대한 장애를 초래할 수밖에 없기 때문이다.

단편서사시의 개념을 명확히 하려는 일차적인 시도는 팔봉이 「短篇敍事詩의 길로-우리의 詩의 樣式 問題에 對하야-」(조선문예, 1929.5)에서 행한 일련의 작업에서 본격적으로 시작된다. 김기진의 시도는 단편서사시에 대해 다각적인 측면에서 나름대로 상세한 접근을 보여준 최초의 작업으로, 지금까지도 별 다른 큰 수정을 받지 않은 채 이후 연구자들에게 여전히 강력한 권위를 가지고 있다. 그러나 이후 연구가들에 대해 팔봉의 정의가 강력한 권위를 가져왔던 것과는 별개로, 팔봉의 정의가 내포하고 있는 진정한 의미가 무엇인지, 왜 이런 정의를 내렸던 것인지 등에 관해서는 면밀한 검토가 충분히 이뤄지지 않고 있다.

팔봉이 누구보다도 먼저 임화의 단편서사시가 가진 특이성과 의의, 그리고 이후의 프로시단에 끼칠 파급의 정도를 꿰뚫어볼 수 있었다는 것은 역시 당대의 일류 비평가다운 안목이라 할 수 있겠지만, 실상 팔봉이 이 글에서 제시한 단편서사시의 정의는 이후의 연구자들에게 남긴 명성에 걸맞지 않게 대단히 모호하며 불분명한 형태로 제시되어 있다. 때문에 팔봉의 정의는 후대의 연구자들에게 불필요한 논란을 불러일으키게 되었고, 연구자들은 나름대로의 필요에 의해 팔봉의 정의를 부분적으로 취사 선택해 왔다. 이러한 상황은 이제까지 팔봉의 진정한 의도가 면밀히 검증되지 않았다는 것을 의미하며, 동시에 임화의 반박이 어떤 지점에서 시작되고 있는지에 대한 팔봉의 정의에 대해 정당한 이해를 가지려면 당시 팔봉이 어떤 입장에서, 무엇 때문에 단편서사시에 주목하였고, 어떻게 정의한 것인가를 다시 한번 면밀히 살펴볼 필요가 있다.

임화의 단편서사시에 대해 내린 팔봉의 정의는 대체로 다음과 같은 세 가지 전제 위에서 논의를 전개하고 있다. 첫째, 임화의 단편서사시는 일제 강점기에 시작된 우리나라 프로시의 진정한 출발을 알리는 작품이다. 둘째, 단편서사시는 바로 리얼리즘시이자 이야기시이다. 마지막으로, 단편서사시는 목적의식기를 지내오면서 나타난 '대중의 상실'이라는 난제를 극복하고, '프로시의 대중성 획득'이라는 현안을 해결하기 위해 나온 훌륭한 대안이라는 것이 팔봉이 단편서사시를 바라보는 기본 시각이다. 팔봉은 바로 이런 전제 위에서 임화의 단편서사시에 관해 이야기하고 있는 것이다. 하나 실상 이 글에서 팔봉은 작가의 세계관이나 현실의 구조가 어떻게 작품의 구조로 이입되는지에 대한 고찰은 전혀 보여주지 못하고 있다. 단지 그는 단편서사시의 양식이 대중성을 획득할 만하다는 이야기를 하고 있을 뿐이다. 이것은 팔봉이 단편서사시를 주로 형식 논리에서 접근하고 있으며, 그 바탕이 되는 이론을 자기 나름의 대중화론에서 찾고 있다는 것을 의미한다.

그렇다면 팔봉의 대중화론이란 무엇인가? 다음에서 우리는 팔봉의 대중화론이 어떤 논리에서 시작되고 있는가를 명확히 살펴볼 수 있다.

　　朝鮮에 잇서서 우리의 眞正한 文藝의 大衆化의 問題는 첫재, 發表 機關의 問題, 둘재, 檢閱 制度의 問題, 셋재, 讀者 大衆의 敎養 程度의 問題, 넷재, 作家 及 詩人의 技術 問題 等 重要한 問題를 包含하고 있다. 如何히 하면 우리의 作品을 勞動大衆에게 親하게 할 수 잇슬가? 그러자면 첫재, 우리의 發表 機關을 가져야 하겟으니 活字로든지, 或은 上映, 講演, 朗讀, 上演의 온갖 機會를 가져야 한다. 그러나 우리는 政治的 拘束과 經濟的 實力의 缺乏으로 因하야 이러한 온갖 機會를 獲得하지 못하고 다만 現在의 新聞 及 雜誌를 빌어서 發表하는 不自然한 狀態에 處하야 잇다. 그리고 이거나마도

檢閱의 苛酷下에서 거의 不自由하니 우리들의 作品이 作品 行動으로 나타
날려면 不可避的으로 이 檢閱에 通過되어야 한다. 그리하야 이 檢閱에 通過
되드라도 勞動大衆의 讀書力(理解力)에 適當하게 되지 못하고 難解하게 된
다 할 것 가트면 그것은 大衆과는 親하여질 수 업다. 그러면 어쩌케 하면
大衆이 理解할 수 잇게 그리고 우리의 目的을 達할 수 잇슬가? 여기서 반듯
이 우리들의 技術 問題가 이러나는 것이니 우리는 으리의 藝術을 大衆化하
기 爲하야 먼저 우리의 目的을 더욱 巧妙히 達하는 手段으로 재미잇게, 平
易하게, 大衆이 親할만큼, 檢閱에서 通過되도록, 지어내는 재조를 獲得하여
야 한다.[2]

팔봉은 이 글에서 프로문학이 대중성을 획득하기 위해 반드시 고려해야
할 것으로 발표 기관의 문제, 검열 제도의 문제, 독자 대중의 교양 정도의
문제, 그리고 자신이 보기에 이런 모든 난제를 극복할 수 있는 유일한 해결
책인 작가(시인)의 기술 문제를 논한다. 그 중에서도 단연코 검열 제도의
문제와 독자 대중의 교양 정도의 문제가 팔봉이 제기한 대중화론의 출발점
이 된다. 프로문학 자체의 의사를 정당히 대변할 수 있는 독자적인 발표
기관을 가지는 것이 가장 바람직하나 현실적으로 존재하는 검열 제도 때문
에 이것은 사실상 불가능하다. 또한 작품을 읽어야 할 대중은 제대로 교육
받지도 못하고 교양이 부족하기 때문에 작가(시인)가 먼저 그들에게 다가갈
수 있도록 대중의 교양 수준에 맞춰 내용과 표현을 좀더 쉽게 해야 한다는
것이 그 대강의 의미이다. 즉 '무엇을' 전달해야 하는가 하는 문제는 도외시
한 채, '어떻게' 전달해야 하는가에 대해서단 집중하고 있는 것이 바로 팔봉
의 대중화론이다.

팔봉은 이런 대중화론의 연장선상에서 임화의 단편서사시를 주목하고,
그 형식적 특성에 관해 다음과 같은 말을 하고 있다.

---

2) 김팔봉, 「藝術運動의 一年間 - 대강대강 생각나는 다로 -」(조선지광, 1930.1),
   146~147쪽.

果然 우리들의 詩는 小說과 한 가지로 現實的 客觀的 實在的 俱體的임을 要한다. 그 目的이-[……五行 略……] 同一한 同時에 그 創作上 態度가 同一하며 目的과 態度가 同一한 限에서 그 方法이 쏘한 同一할 것은 勿論이다. 그리하야 우리들의 詩는 短篇敍事詩의 形式으로 接近하는 수 박게 업다.

그러면 푸로레타리아詩人은 무엇에 注意하여야 할가?

첫재 푸로레타리아詩人은 그 素材가 事件的 小說的인데 注意해야 한다. 그리하야 될 수 잇는대로 그 素材의 詩的으로 必要한 部分만 추리어가지고 適當하게 壓縮하야 事件의 內容과 事件을 中心으로한 雰圍氣는 極히 印象的으로 鮮明, 簡潔하게 맨들기에 힘 쓸 것이다. 萬一에 그러치 못하면 小說과 가티 기러질 것은 勿論이오 詩로써의 맛이 업다. 詩로써의 맛이란 「說明」의 印象的 暗示的 飛躍에 卽 「行」과 「行」間의 情緖의 飛躍에 大部分 잇는 까닭이다.

그럼으로 從來의 文學上 一形式이든, 그리고 最近에, 이르러서 敍情詩의 發達과 한 가지로 거의 廢棄되다십히된 長篇敍事詩에서 보는 바와 가튼 小說的 描寫=人物의 性格과 描寫=取할 必要가 업다.

둘재 文章은 小說的으로 느리고 鈍하야도 못쓰지만 그러타고 甚하게 鍊磨 彫刻하야 깁고 아루색일 必要가 업다. 무슨 까닭이냐 하면 푸로레타리아는 敎養이 깁지 못하며 짜라서 知識階級이나 有産階級의 人士와가티 洗鍊된 말과 親하지 못한 까닭이다.

우리들의 詩는 그들의 用語로 되어야 한다는 것이 쏘한 要件이다. 그런데 그들의 用語는 大槪, 素朴하고 生硬하고 「된 그대로의 말」인 곳에 차라리 野性的 屈强味가 잇슴으로 詩人은 그들의 말에 注意해야 한다. 그리하야 勞動者들의 朗讀에 便하도록 呼吸을 調節해야 한다. 프로레타리아의 「리씀」의 創造이어야만 할 것이라는 말이다.[3]

위에 인용한 부분을 문맥에 따라 정리하면, 대체로 다음과 같다. ① 단편 서사시(프로시)는 그 소재를 사건적·소설적인 데서 찾아야 한다. ② 그렇

---

3) 김기진, 「短篇敍事詩의 길로-우리의 詩의 樣式 問題에 對하야-」(조선문예, 1929.5), 47~48쪽. 인용문 2행에서 [……五行 略……]으로 표시된 것은 발표 당시 원문에서 삭제된 부분이다.

게 찾아낸 소재를 가지고 시적으로 필요한 부분만 추려서 적당하게 압축해서 표현해야 한다. ③ 사건의 내용과 사건을 중심으로 한 분위기는 인상적으로 선명·간결하게 만들어야 한다. ④ 장편서사시처럼 소설적 묘사―인물의 성격과 묘사―에 치중할 것이 아니라, 행과 행간의 정서적 비약을 최대한 살리는 데 주안점을 두어야 할 것이다. ⑤ 문장 표현은 교화 대상인 프롤레타리아의 저급한 교양을 염두에 두고 쓰여져야 한다. ⑥ 용어는 야성적 굴강미가 있는 프롤레타리아의 말투로 표현되어야 한다. ⑦ 프롤레타리아가 가지고 있는 특유의 리듬을 원용하여 노동자들이 낭독하기 편하도록 쓰여져야 한다.

그러나 팔봉의 언급은 지나치게 추상적이고 산만하여 이런 정도의 일차적 정리로는 팔봉이 이야기하고 싶어했던 것이 정확히 무엇이었는지, 단편서사시란 구체적으로 어떤 형식적 특질을 가지고 있는 것이라고 말하고 있는 것인지 명확히 파악하기 어렵다. 따라서 그 내재된 진정한 의미를 파악하기 위해서는 현재적 안목에서 각 항목들간의 관련성을 염두에 두고 이상의 언급을 다시 재구해 보는 것이 필수적이다.

우선 팔봉은 ①에서 단편서사시는 그 소재가 사건적·소설적이어야 한다고 말한다. 이때 '사건적·소설적'이라는 용어의 의미를 우리는 어떻게 받아들여야 할까? ②에서 그는 이 소재 중에서 시적으로 필요한 부분만 추려서 적당하게 압축해야 한다고 말하고 있다. 이것과 연결시켜 생각해 볼 때, 팔봉이 ①에서 '소설적'이라고 한 것은 사건의 완결성에 초점을 두는 '허구적'(fictional) 또는 단순히 '서술적'(narrative)이라는 이야기하기 기법(story-telling technique)상의 문제가 아니라, 독자에게 전달되는 정서적 효과에 강조점을 두는 '극적' 구성(dramatic arrangement or dramatic composition, non dramatic structure)이 있어야 한다는 의미로 받아들여야 할 것으로 생각된다.

또한 '사건적'(factual)이라는 말도 이와 관련을 맺어 생각해 볼 때, 단순히 이야기를 구성하는 요소로서의 사건(fact as what makes a story)을 가져야 한다는 의미가 아니라 독자들이 구체적으로 실감할 수 있는 실제적·객관적·전체적인 의미를 가진 사건(actual fact)⁴⁾을 다루어야 한다는 즉, 사건의 '실제성'(actuality, 보다 정확하게는 reality)에 초점을 맞추어 사용한 것으로 파악된다. 또한 팔봉이 구체적인 분석 대상으로 삼았던 임화의 시 「우리 옵바와 火爐」(조선지광, 1929.2.1)와 관련지어 볼 때, 시 속에 등장하는 여러 인물들에게 일정한 역할을 주어 이를 통해 독자에게 구체적인 실감을 던져 줄 수 있어야 한다는 의미 또한 가지고 있는 것으로 보인다. 이렇다면 ①은 단편서사시는 그 소재를 일정한 극적 줄거리를 가지고 있는, 독자들이 공감하는 실제적인 사건에서 찾아야 하며, 등장 인물사이에 일정한 역할 분담을 통해 전달 효과를 극대화한다는 의미로 생각할 수 있다.

①을 이렇게 파악할 때, ②와 ③은 여기서 한 단계 더 나아가 단편서사시가 단순히 사건의 내용이나 전달하는 이야기 자체 또는 이야기 진행에 중점을 두는 것이 아니라, 그 이야기와 사건이 벌어지고 있는 객관적인 상황이나 그 정서—사건을 중심으로 한 분위기—를 전달하는 데 초점을 맞추고 있다는 이야기로 바꾸어 볼 수 있다. 따라서 ①, ②, ③에서 팔봉이 말하고 있는 것은, 단편서사시가 그 소재를 서사적 줄거리를 가지고 있는 실제적인 사건에서 구하되, 그 구성에 있어 일관된 줄거리와 극적 완결성에 초점을 두지 않고, 독자들의 정서적 공감을 자아낼 수 있어야 한다는 의미로 읽을 수 있다.

문제는 ②에서 말한 '적당하게 압축해야'와 ③의 '인상적으로'의 관계를 어떻게 생각해야 하는가? 하는 점이다. 일단 여기서 '적당하게 압축해야' 한다는 말은 단편서사시의 장르가 전통적 서정시와 김동환으로 대표되는 기존 신경향기 서사시⁵⁾의 중간 또는 발전적 종합으로 자리매김 할 수 있다

---

4) 당대에서 이런 종류의 사건은 대개 프롤레타리아 계급을 중심으로 하여 발생한, 따라서 당대의 계급 모순과 민족 모순을 첨예하게 드러내는 집단적 의의를 가진 사건이 될 것이다.

5) 신경향기에 발표되었던 김동환의 『國境의 밤』(한성도서주식회사, 1925.3)을 대표적으로 들 수 있다.

는 의미로 생각된다. 즉 개인의 주관적 서정이 아니라 객관적·집단적 사건을 담고 있다는 점에서 전통적 서정시와는 다르다는 것이고, ④에서 언급한 것처럼 인물의 성격·장면·사건 등의 상세한 묘사와 설명을 통한 소설적인 정보의 전달이 목적이 아니라 이야기를 전달하는 화자의 태도 변화와 행과 행간에 이루어지는 정서적 비약을 통해 독자 또는 청자의 정서적 공감을 최대한 획득한다는 데 주안점을 둔다는 점에서 후자와도 다르다는 말이다. 또한 리듬이나 언어 조탁을 무조건 무시하지도 않고, 그렇다고 단순히 조국을 잃어버린 유이민의 정서만을 일과성으로 노래하는 것도 아니며, '成長하는 ××××××[프롤레타리아]'의 정서를 고취하여 일정 정도 행동화하도록 조장할 수 있는 이야기를 가진 시가 바로 팔봉이 말하는 단편서사시라고 할 수 있다. 예술적으로도 내용으로도 떳떳히 내놓을 수 있는 카프만의 새로운 시형, 본격적인 리얼리즘 시가 바르 단편서사시인 것이다.

이어서 언급된 ⑤, ⑥, ⑦은 표현상의 문제로, 단편서사시는 일종의 '쉽게 쓰여진 시'가 되어야 한다는 의미이다. 물론 이때의 '쉽게 쓰여진'이라는 표현의 의미는 작가의 시 정신의 이완을 의미하는 것이 아니라, 대상으로서의 독자에게 나아가자는 팔봉의 대중화론과 깊은 관련을 맺고 있다. 다만 ⑦의 경우는 노동자들이 낭독할 수 있도록 리듬과 호흡에 신경을 써야 한다는 표면적인 의미 외에도, 이를 해결하기 위해서는 시 속에 반드시 일종의 '혁명적 노동자'의 전형이 창출되어야 한다⁶⁾는 내재적 의미를 추출할 수도 있다. 팔봉은 이러한 대중화론의 입장에서 새로운 형태를 가지고 나온 프로시의 전형으로 임화의 단편서사시에 주목하고, 그것을 "그 양식에 있어 (노농대중이 쉽게 공감할 수 있는) 특정한 이야기를 가지고 있는 실제적인 사건을 극적으로 호소력있게 꾸며 다루되, 등장 인물들간의 일정한 역할 분담을 통해 그 전달 효과를 극대화하고, 성장하는 프롤레타리아의 의식을 반영하려는 시인의 뚜렷한 목적이 담겨 있는 새로운 형태의 서정시(리얼리

---

6) 임화 시에서 이런 '혁명적 노동자'의 전형은 일종의 노등운동가 화자의 모습으로 형상화된다.

즘 시)"라고 은연중 정의하고 있는 것이다.

팔봉이 은연중에 제시한 단편서사시의 정의는 리얼리즘 시에 있어서의 형상(내용 및 표현상에 있어서 리얼리티)과 전형(혁명적 노동자)의 문제에 있어 어느 정도 나름의 입장을 표명하고 있다는 점에서 우리의 주목을 요한다. 그러나 팔봉에 있어 더욱 중요했던 것은 단편서사시가 가지고 있는 '대중성'이었으며, 단편서사시에 대한 이런 정의도 바로 이 '대중성'의 측면에서 고찰된 결과임을 염두에 두어야 할 것이다. 때문에 팔봉은 '성장하는 프롤레타리아'란 정확하게 어떤 존재인지, 시에 그 성장하는 프롤레타리아의 '의식'을 반영한다는 것은 무엇을 말하는 것인지에 대해서는 더 이상 언급하지 않는다. 사실 팔봉이 임화의 단편서사시에 주목하고 그 의의를 높이 평가하는 것은, 단순히 그 장르상 특이함이나 리얼리즘 시로서의 본격적인 출발이라는 의미에서라기 보다는, 이처럼 대중들이 쉽게 접할 수 있도록 표현이나 내용의 강도를 낮춰야 한다는 자기 대중화론의 취지와 임화의 단편서사시가 가장 잘 부합되는 것으로 보았기 때문이다.

3.

우리가 이상에서 추출한 팔봉의 단편서사시 정의를 그대로 수용하려고 할 때 발생하는 최대의 난점은, 팔봉이 임화의 단편서사시를 극찬한 논리의 출발선인 대중화론에 대해 단편서사시를 내놓은 임화 자신이 치열하게 반박하고 있다는 사실을 어떻게 받아들여야 하는가 하는 점이다. 임화는 「濁流에 抗하야—文藝的인 時評—」(조선지광, 1929.8)과 「金基鎭君에게 答함」(조선지광, 1929.11)이라는 글에서 팔봉이 제기한 대중화론을 '日和見主義'[7]

7) '日和見主義'(ひよりみしゅき)라는 말은 당시 일본에서 흔히 사용하던 용어로,

라고 비판하고, 이어 「詩人이여! 一步 前進하자!―「詩에 對한 自己 批判 其他―」(조선지광, 1930.6)를 통해 팔봉이 격찬하고 나선 자신의 단편서사시에 대해서마저 그 정당성과 의의를 일정 부분 부정하는 듯한 모습을 보이고 있다. 이러한 일련의 팔봉 비판의 요점은 무엇이었던가? 임화의 이러한 팔봉 비판과 단편서사시에 대한 자기 부정은 무엇을 의미하는 것일까?

팔봉의 대중화론8)에 대한 임화의 반론은 「濁流에抗하야―文藝的인時評―」에서 비롯된다. 임화는 팔봉이 "우리는 쁘루주아的 藝術이 일즉이 가젓든 그 「리아리슴」의 客觀的인 態度를 繼承한다."고 한 언급에 대해서는 일단 찬동을 표하면서, 현실 운용에 있어 여기에는 외부적으로 염상섭이나 양주동의 견해9)와 내부적으로 "自身의 그 階級的 獨自性의 生起하는 意識的 或은 無意識的인 誤謬"10)가 문제로 제기되었음에 주목한다. 임화는 이들 모두를 '탁류'라고 규정하고, "우리의 계급的 獨自性이란 움직일 수 업는 鐵則을 死守하면서 그 內部의 誤謬와 싸우며 쬬한 實踐的인 투쟁에서 外的인 反動的 俗學者輩와의 진勝에 依하야서만 이 歷史的인 諸事業을 能히 遂成할 것"이라고 말해, 이 '탁류'와의 항쟁―계급성에 입각한 이론 투쟁―을 앞으

계급적 원칙을 포기하고서라도 대중에게 나아갈 수 있는 작품을 우선적으로 창작해야 한다는 식의 논리, 즉 막스주의 문학에 있어 우파적 기회주의를 지적하는 표현이다.

8) 이 점에 대해 임화가 특히 문제 삼고 있는 것은, 팔봉의 「大衆小說論」(동아일보, 1929.4.14~20)과 「辨證的 寫實主義[樣式 問題에 對한 草稿]」(동아일보, 1929.2.25~3.7)이다.

9) 팔봉의 예술대중화론에 대해 부분적 찬동을 표한 염상섭의 「『討究, 批判』 三題―無産文藝 樣式 問題 其他」(동아일보, 1929.5.4~15)와 양주동의 「文藝上의 內容과 形式 問題=現文壇의 諸理論을 中心으로한 斷片的 考察=」(문예공론, 1929.6.1)이 문제가 되었던 것으로, 임화는 특히 후자가 더 흥미있고 문제성이 있다고 판단하여 이를 주요 비판 대상으로 삼는다.

10) 이것은 「大衆小說論」과 「辨證的 寫實主義」에 나타난 팔봉의 견해를 지칭하는 것이다. 사실 이 평론은 염상섭·양주동의 견해가 아니라 이러한 팔봉의 논리에 대한 비판에 더욱 초점이 맞춰져 있다. 그러면서도 평론에서 염상섭·양주동에 대해 더욱 많은 지면을 할애하고 이들을 표면적 비판 대상으로 삼은 것은, 카프 내에서 팔봉이 차지한 위치를 어느 정도 고려해 준 때문이라 할 수 있다.

로 우리의 행동 방향으로 삼아야 한다고 주장한다.

우선 임화는 조직 밖에서 야기된 탁류의 대표격으로 양주동의 견해를 직접적으로 문제시한다. 양주동의 「文藝上의 內容과 形式 問題=現文壇의 諸理論을 中心으로한 斷片的 考察=」(문예공론, 1929.6)에 대한 임화의 비판은 다음 두 가지 점에서 행해진다.

첫째, 양주동은 이 글에서 수 삼년 전 프로문학 비평가들은 "지금은 혁명기요, 따라서 프롤레타리아의 독자 문화를 계승할 시간이 없고, 그저 힘과 열을 발휘하여 혁명을 선전해야 한다."는 식의 내용 만능주의를 말하였으나, 요즘에 와서 형식에 대해 재인식하고 있다는 식의 언급을 하고 있는데, 바로 이 점에 대해 임화는 비판한다. 임화의 입장에서 보면 양주동이 프로문학의 내용 만능주의라고 하여 인용한 것은 막시즘 문학의 공식적인 입장이 아니라 레프 트로츠키(Lev Davidovich Trotsky; 1879~1940)가 제기했던 <프롤레타리아 문화 부정론>의 반복으로, 우리나라 프로문학 비평가들 중에서는 아무도 그런 말을 한 적이 없는 반동적 견해이다. 당시 프로문학 비평가들이 선전・선동의 문학을 주장한 것은 사실이나, 문학의 독자적 가치 또한 끊임없이 주장해 온 바이다. 즉 양주동 논리의 문제점은 우선 프로문학을 단순한 편내용주의로 파악하는 데서 찾을 수 있다.

둘째, 위와 연관되는 것으로, 프로문학 비평가들이 현재 주장하고 있는 사회적 사실주의(Social Realism)를 양주동이 구스타브 플로베르(Gustave Flaubert; 1821~1880)나 에밀 졸라(Emile Zola; 1840~1902) 류의 사실주의―자연주의적 사실주의―로 잘못 생각하고 있다는 것이다. 사회적 사실주의는 "文學의 形式上의 一類派가 아니라 哲學에 잇서서 뿌루주아的 唯物과도 갓흔 뿌루주아的 寫實主義에서 그 客觀的 態度를 攝取하야 社會的인 性質의 것을 表現하는 것"으로 정의된다. 여기서 '社會的인 性質'은 "各 歷史的 瞬間에 在한 계급의 諸關係와 그 具體的 特殊性의 가장 正確하고 客觀的인 分析을 푸로레타리아 전위에 눈으로 보는 것"을 말하는 것으로, 이것은 오직 프롤레타리아 전위만이 "現實을 그 全體性에 잇서서 그 發展 속에서 볼 수 있는 맑스哲學의 把持者"이기 때문이다. 양주동은 바로 이 새로운 사실주의11)에 대해 잘못된 인식을 보이고 있다는 비판이다. 양주동에 대한 임화의 비판은 한 마디로 양주동이 논의의 출발선조차 제대로 파악하지 못하고 있다는 이야기로, 따라서 더 이상 언급할 가치가 없다는 결론을 내린다.

양주동 논리의 비판에 이어 임화는 팔봉의 견해를 조직 내의 심각한 오류로 지목하고, 이에 대해 비판을 가한다. 사실 이 글의 진정한 초점은 여기에 놓인다. 문제가 된 것은 팔봉이 「辨證的 寫實主義 樣式 問題에 對한 草稿」(동아일보, 1929.2.25~3.7)에서 언급한 다음 구절이다.

지금 우리들에게 잇서서 다음의 몇 가지 命題는 이미 問題가 되지 안는다 다시 말하면 이것들은 벌서 解決된 問題인 것이다 卽 —
[……]『우리들의 文學은 만흔 사람이 보도록 알아보기 쉬웁게 맨들어야 한다 더구나 昨今 一年 以來로 極度로 재미업는 情勢에 잇서서 우리들의『연장으로서의 文學』은 그 程度를 수그리어야 한다』12)

임화는 팔봉의 이러한 견해를 '原則의 致命的 무장 해제的 誤謬'라고 비판한다. "싸움에 臨하는 우리들의 作品의 水準을 現行 檢閱 制度下로 다시 말하면 合法性의 追隨를 말한 것이다 卽 重言을 要할 것이 업시 合法性의 ×[전]취가 아니고 ……………… ………………… 意識的인 退却을 말하는 것"이라는 것이 그 요지다. 나아가 임화는 다음과 같이 상당히 설득력있는 주장을 덧붙인다.

決코 同志 八峯이 말한 바 재미업는 情勢 卽 탄×[압]이란 藝術運動에 잇

11) 여기서 임화가 말하고 있는 '社會的 寫實主義'(Social Realism)는 우리가 일반적으로 알고 있는 'Social Realism'과는 다른 것이다. 오히려 이것은 '엄정한 리얼리즘적 태도'와 '프롤레타리아 전위의 눈'으로 세계를 보는 계급적 관점을 주장하고 있다는 점에서 당대의 일본 평론가 藏原惟人(くらはら これひと; 1902~1976)이 주장한 '프롤레타리아 리얼리즘'과 동일한 것이다.
12) 팔봉, 「辨證的 寫實主義[樣式 問題에 對한 草稿]」(동아일보, 1929.2.25)

서 形式 問題를 問題삼는 데서 解決되는 것은 아니다.

오즉 그것은 ××[階級]的 原則에 依한 實踐的인 勢力과의 싸홈에서만 解決할 수 잇는 問題인 것이다.

그럼으로 이러한 政策은 決코 『……』의 二步 前進을 爲한 一步 退却이 아니라 그의 機械的 移入이란 ××[階級]的 原則의 大膽한 歪曲 外에 아모 것도 안인 것이다.

이러케 된다면 結局은 政治的 情勢의 好轉을 기다리는 所謂 그 卑怯 極한 「기다리는 態度」 전선에서의 廻避라는 도저히 好意로서는 解釋할 수 업는 態度에 써러지는 것이다.

萬一 이것의 正當化를 主張한다면 檢閱이 現在 以上으로 苛酷하여진다면 그때의 우리는 엇더케 할 것인가?

쏘 그래도 이 政策이 適用될 것인가,

그러면 우리는 그러한 情勢 밋헤서 現在 쑤르藝術 以下의 愚劣한 作品의 生産을 默默히 하고 잇서야 할 것인가?……

아니다 그것은 斷然코 아니다. 아모러한 더 재미업는 情勢에서라도 現實을 率直하게 把握하야 嚴肅하고 整然하게 隊伍를 死守하는 것이 正當히 賦與된 歷史的 사명인 것이다.

그런 까닭으로 이러한 難局에 잇서서 退却的 政策은 反푸로레타리아的이며 決定的인 最大의 誤謬이다.

요컨대 탄압을 이유로 형식적·기교적 측면의 강조로만 함몰하려는 것은 일종의 도피로서 올바른 프로문학가의 태도가 아니며, 오직 엄정한 리얼리즘적 태도와 프롤레타리아 전위의 눈으로 세계를 보는 계급적 관점을 견지한 실천적인 투쟁적 문학운동을 통해서만 프로문학은 그 존재 가치를 정당하게 확립할 수 있다는 이야기이다. 이것은 임화가 행한 팔봉 비판의 논점이 대중화의 구체적인 방법론이 아니라, 대중화론 제기의 근거 즉 예술의 현실 대응 방식의 정당성에 맞춰져 있다는 것을 의미한다.

팔봉의 대중화론에 대한 임화의 본격적인 비판은 이 글에 이어 발표한 「金基鎭君에게 答함」(조선지광, 1929.11)을 통해 이루어진다. 팔봉은 임화의

「濁流에 抗하야-文藝的인 時評-」에 대해 「藝術運動에 對하야」(동아일보, 1929.9.20~22)를 발표하여 반박하고 나서는데, 임화의 글은 이런 팔봉의 반박에 대한 재반박의 형식을 띠고 있다. 우선 팔봉은 「藝術運動에 對하야」를 통해 앞서 임화에게 비판당한 "極度로 개미업는 情勢에 잇서서 우리들의 『연장으로서의 文學』은 그 程度를 수그리어야 한다."는 자신의 주장은 지난 날에 문제된 것이라고 하면서 이 부분에 대해 다음과 같이 설명하고 있다.

우리들의 연장으로서의 文藝가 그 程度를 수그리어야 한다는 問題는 實狀은 昨年에 問題된 問題이다 지금은 우리의 겨테 업는 同盟의 趙君[趙重滾]과 한 가지로 當時에 極度로 困難한 客觀的 情勢와 우리의 作品 行動을 問題삼을 때 우리[趙重滾과 金基鎭]의 意見은 붓대를 썩는 것보다는 할 수 잇는 데까지 애써 맨들어야 하겠다는 데에서 一致되엇섯다
[……] 이 險한 情勢일 지라도 文藝의 붓을 썩지 말고 當分間 …… 될 때까지 或은 現在보다 더 甚한 情勢에 눌니우드래도 春香傳 中의 七言 程度의 表現을 가지고서라도 作品을 맨들어내야 한다는 것을 高調하얏든 것이다

즉 팔봉은 어떠한 어려움이 있더라도, 심지어 표면의 정도를 수그러트리더라도 일단은 작품을 내고, 그것이 독자에게 읽히는 것이 중요한 것이라는 관점을 보이고 있는 것이다. 임화는 「金基鎭君에게 答함」을 통해 이러한 팔봉의 생각을 "作品 萬能, 小市民的 名譽欲, 藝術至上主義"라고 거듭 비판한다. 나아가 그는 다음과 같이 주장한다.

우리가 過去의 가지고 잇든 誤見, 主로 뿌르新聞과 뿌르雜誌를 通하야서만 行하든 運動(主로 作品)하든 傾向 卽 우리들 自身의 機關의 강대화보다도 다른 機關의 利用을 過重 評價한 그것을 斷然히 克服하여야 한다는 것이다.

임화가 볼 때, 팔봉은 프로문학의 근본적인 의미를 도외시한 채 단순한 형식 논리에만 입각하여 대중화론을 단순히 창작방법론의 측면에서 제기하고 있는 것에 불과하다. 때문에 임화쪽의 논리로 볼 때 팔봉의 대중화론은 근본적으로 다음과 같은, 그대로 지나치지 못할 몇 가지 문제점을 안고 있다. 첫째, 팔봉은 마땅히 부정되고 타기되어야 할 검열 제도에 대해 그것이 단지 현재 실존하고 있고, 단시일에 우리의 힘으로 극복하기를 기대하지 못한다는 이유만으로 그 불가피성을 인정한 상태에서 논의를 시작하는 잘못된 시각을 보이고 있다. 또한 '검열'이라는 작품 외적 요소를 작품 창작의 절대적인 요소로 인식하는 착오를 보이고 있다.

둘째, 대중의 교양 문제에 대해서 현재 있는 대중을 중시할 것인가, 아니면 있어야 할 대중을 초점으로 삼을 것인가에 대한 진지한 고민을 보이지 않고 있다는 점도 문제점으로 부각된다. 또한 현실적 독자인 지식인 계급과 잠재적 독자층인 일반 대중 중 지금 당장 어느 쪽에 초점을 맞춰야 할 것인지에 대한 논리적 검증을 보이지 않고 있다. 사실 이제까지의 프로문학이 엄연히 일정한 현실 변혁 욕구를 가진 지식인 계급을 그 일차적 독자로 하여 동일한 정도의 열망을 가진 지식인에 의해 창조된 지식인 문학이었다고 할 때, 그 역사적 정당성 문제에 대해서는 전혀 언급하지 않고 단순히 방향 전환만을 외친다는 것은 지나친 낭만적 발상이 아닐까? 당시 상황을 염두에 둘 때 지식인과 대중 중 당대에서 더욱 시급히 교화되어야 할 대상은 누구였을까?

셋째, 실제 당대의 독자—지식인 계급이든 아니면 변혁운동에 종사하는 프롤레타리아 계급이든—에게 중요했던 것은 무엇이었을까? 검열에 의해 수 없이 삭제된 모습으로 독자에게 전달되더라도[13] 끊임없이 투쟁하는 모

---

13) 실상 당대에 있어 프로문학에 주의를 기울이던 주 독자층이 지식인 또는 변혁운동 종사자라고 할 때, 자신들이 늘상 관심을 가지고 있던 당대의 특정한 역사적·사회적 사건을 소재로 한 프로문학 작품이라면 아무리 복자로 처리된 부분이 많거나 삭제된 부분이 있다고 하더라도 대부분 어느 정도는 나름대로 재구하여 읽을 수 있었을 것으로 생각된다. 물론 이 재구의 정도는 그 작품이 발

습을 보여주고, 변혁의 열망을 고취하는 것이 의미 있는 것이었을까? 아니면 현 상태의 질곡을 인정한 상태에서 스스로의 타협적 전신을 행하는 것이 옳은 것이었을까? 오히려 정당한 프로문학의 대중성 획득 방법론이 되려면 당대의 구조적 모순을 자신의 삶에서 총체적으로 인식하고 있는 프로계급 출신의 예술가가 왜 이제까지 등장할 수 없었던 것인지, 앞으로 이를 위해서는 어떻게 해야 하는지에 대한 면밀한 진단과 해결책 제시가 선행되었어야 했던 것이 아닐까? 어차피 한 동안은 별 수 없이 이제까지처럼 지식인 독자와 지식인 작가를 두 축으로 프로문학이 진행될 수밖에 없는 것이라면, 그 동안 팔봉이 지적했던 프로문학 대중화의 한계는 언제나 항존하는 것이 아닐까? 이런 점을 놓친 채 단순히 작품 전달의 방법만을 변화시키려고 한다면, 작가나 시인은 어쩔 수 없이 비유나 상징 등 은유적이고 현학적인 표현을 많이 사용할 수밖에 없어 필연적으로 오히려 이전보다도 더욱 작품이 난삽해지고, 결과적으로 팔봉이 염두에 둬야 한다고 주장했던 일반 대중들에게 전달이 어려워질 수도 있는 것이 아닐까?

이렇다면 팔봉이 프로문학의 대중성 획득 방법론을 주장했던 근본적인 동기 자체가 의심스러울 수밖에 없다. 결국 그의 대중화론은 당국(일제)의 비위를 거스리지 말고, 많은 일반 대중들의 기호에 영합하자는 것으로 귀결지어진다. 이것은 그가 대중화론을 도구로 하여 분석한 임화의 단편서사시에 주목한 이유가 역시 그 내용이나 창작 의도 자체가 아니라, 단순히 그것이 가지고 있는 '대중성'이 아니었던가 의심하게 하는 반증이 된다. 때문에 그는 임화

표되었던 그때의 상황과 느낌을 그들이 아직은 뚜렷히 기억될 수 있을만큼 최근의 것일수록, 또한 그 작품에서 다루고 있는 사건이 그들이 관심을 가지고 있는 변혁운동 현장과의 거리가 가까울 수록 확률이 높아진다. 프로시의 경우는 이 점에 있어 오히려 많은 강점을 가진다. 시의 속성상 정보 자체를 전달하기보다는 정보를 통한 독자의 정서 환기를 목적으로 한다면, 일부분의 복자나 삭제는 별반 영향을 주지 않았을 것이다. 사실이 이렇다고 본다면 검열과 그로 인한 복자와 삭제에 대한 팔봉의 우려는 지나친 것이며, 임화가 비판하고 있는 것처럼 어떠한 계급적 원칙도 포기해야만 한다는 일방적인 항복 선언이라고 아니할 수 없다.

의 단편서사시에 대해 그 형식적 특성에만 주의를 집중하는 것이다.

그러나 실제 프로문학의 대중화 문제는 이와 같이 단순히 창작방법론의 차원에서 해결될 수 있는 것이 아니라, 무산계급의 혁명을 위한 예술운동 전체의 실천 양상이라는 측면에서 이루어질 때 해결될 수 있는 것이다. 이런 입장이라면 프로문학의 대중화 문제는 객관적인 정세에 의해 좌우되는 것이 아니라, 작가의 태도상의 문제-작가의 세계관과 실천 양상-가 우선되는 것이다. 임화가 프로문학의 대중화 문제를 바라보는 관점은 바로 이것이다.

임화가 행한 이러한 일련의 팔봉 비판은 정치적으로는 도쿄의 『무산자』사와 서울 카프 본부 양측의 시대 상황에 대한 인식 차이 및 이러한 궁핍한 시대하에서 예술 및 예술가가 어떻게 행동해야 하는가에 대한 의견 차이에서 나온 것으로 파악해 볼 수 있다. 주지하다시피 당시 임화는 도쿄에서 『무산자』사에 근무하고 있던 때[14]였고, 팔봉 비판에 있어 그의 입지점이 『무산자』사 측의 <볼셰비키화론>과 동일선상에 서 있음이 확인되기 때문이다. 또한 임화의 비판(「濁流에 抗하야-文藝的인 時評-」)에 대해 팔봉이 「藝術運動에 對하여」를 통해 '藝術同盟 東京支部의 멧멧 分子' 운운하며 불편한 심기를 나타내고, 이에 대해 임화가 「金基鎭君에게 答함」에서 이것이야말로 '쎅트(종파)주의'라고 반격하는 장면은, 양자의 대립이 단순히 개인적 논쟁이 아니라, 카프 본부와 도쿄지부 사이에 벌어진 카프 헤게모니 쟁탈전의 성격을 띠고 있음을 단적으로 드러내는 것이라 하겠다. 즉 팔봉과 임화 사이에 벌어졌던 프로문학 대중성 획득 방법론을 둘러싼 이 논쟁은 이후 도쿄지부측의 카프 장악을 공식화하는 사건이라고 할 수 있다. 이 논쟁은 공식적으로는 '藝術同盟 東京支部의 멧멧 分子' 운운의 실책을 범한

---

14) 임화는 1929년 7월 말(혹은 중순)경 안막을 따라 김남천과 함께 연극 공부를 하기 위하여 청운의 꿈을 품고 집에 알리지도 않은 채 도일하여, 당시 카프 도쿄지부로 사용되고 있던 이북만의 자택(東京府 下吉祥寺 2554번지)에 머물면서, 연극 공부를 하리라던 원래 목적과는 달리 사회과학 서적에 몰두하면서, 잡지 『무산자』 편집에 관여하고, 실제적 조직 훈련을 쌓게 된다.

팔봉측의 패배[15]로 끝나게 되는데, 이후 카프 본부측의 이 패배는 도쿄지부의 카프 지도부 장악의 시발점이 된다.

4.

단편서사시에 자체에 대한 임화의 구체적인 언급은 「詩人이여! 一步 前進하자!-「詩에 對한 自己 批判 其他」-」(조선지광, 1930.6)에서 비로소 나타난다. 여기서 임화는 자신의 단편서사시가 우리 조선에 있어 본격적인 리얼리즘 시의 출발점이 되었음을 천명한다.

> 一九二九年 初頃붓터 性質은 如何間 微微하나마 「리아릭크」한 現象이 낫타난 것이 事實이다.
> 그것은 昨年 二月 朝光[朝鮮之光] 二月號에 실닌 林和의 「우리 옵바와 火爐」의 出現으로 明確해젓다고 말하여도 別 弊端이 업슬 것이다. 이것은 事實에 잇서서 되나 못되나 問題를 惹起하엿고, 그 後의 적지 안은 影響을 씻친 것으로 筆者의 嚴正한 立場에서 自己 批判을 要하게 된 直接的 動因이며 그의 對한 責任을 갓는 것이다. [……]
> 이재부터 過去의 槪念的인 絶叫의 浪漫主義는 一變하야 所謂 寫實主義的 現實(?)로 足步를 옴기기 始作하야 現代에 이르기까지 이 傾向이 蔓延되어엇다.

---

15) 팔봉은 이후 「藝術運動의 一年間-대강대강 생각나는대로-」를 통해 자신이 한 이 언급에 대해 공식적으로 취소(150쪽)하고 있는 터, 이것은 일단 팔봉의 패배 선언으로 보아도 좋을 듯하다. 또한 자신의 말이 "內容 問題가 아니오 表現上의 語勢, 文脈 等의 技術 問題이니 이것이 直時 武裝 解除가 될 理由가 업다."(149쪽)는 궁색한 변명을 하고 있는 것 자체가 그가 이 논쟁에서 패배하였음을 자인하는 것으로 보아도 좋을 것이다.

이상의 언급은 자신의 「우리 옵바와 火爐」와 「네街里의 順伊」 등의 단편 서사시가 사실상 1929년 초부터 본격적으로 등장한 사실주의 시의 처음을 장식하는 것으로, 단편서사시의 발표와 그로 인한 문단의 커다란 반향은 개념적인 절규만 늘어놓던 기존의 로맨티시즘 시가 사실주의적 현실을 그리는 리얼리즘 시로 전환하게 하는 시사적으로 중대한 의의를 가진다는 내용으로 되어 있다. 그러나 임화는 인용한 글에 이어서, 자신의 단편서사시가 시인의 불철저한 의식으로 말미암아 어쩔 수 없이 본격적인 리얼리즘 시라고 보기에는 근본적인 문제를 가지고 있는 것이며, 더욱이 이러한 문제점이 자신의 단편서사시 경향을 흉내낸 다른 시인들의 작품에서도 만연하게 되었다는 이야기를 하고 있다. 결국 무엇이 문제였던가? 임화는 다음과 같이 이 점에 대해 설명하고 있다.

即 筆者의 二三의 詩의 少部分의 寫實性은 感傷主義 非××[막스]的 現實의 藝術化로 轉化되고 만 것이다.

먼저도 말한 것과 갓흔 傾向 即 戀人과 누이(?)를 無條件的으로 ×××[노동자]를 만들어 自己의 小市民的 興奮에 供하며 ××[혁명]的 事實 眞實한 生活相이 업는 곳에서 同志 만을 부르는 그 自身 훌늉한 一個의 浪漫的 槪念을 形成하고 만 것이다

이러한 惡傾向이 短時間에 우리들 詩人의 거의 全體에 影響된 것은 一部 小市民的인 「쩌내리스트」들의게 罪過가 잇는 同時에 우리들 詩人 自體 小市民的 虛弱에 보다도 큰 原因을 차저야 할 것이다.

時時로 이러나는 大衆的인 ××[혁명]의 事實 成生하는 ×××××[무산노동자]의 感情의 그 要求 等을 自己의 藝術로 하는 代身, ××[투쟁]의 小市民的 部分 그 日和見的 表皮 만을 쩌다가 詩로서 한 것이다.

이것의 絶對의 條件은 우리들 詩人이 直接 그 ××[투쟁]의 生活 속에 업는 것이 그 最大의 原因이며 自己의 藝術을 直接 푸로레타리아의 成長과 結合하지 못한 데 잇는 것이다.

임화는 우선 자신의 시에서 부분적으로 사실성이 센티멘탈리즘과 비막

시스트적인 현실의 예술화로 전화되고 말았음을 고백한다. 한 마디로 사실성을 띠어야 할 부분인데도 불구하고 센티멘탈리즘이 개입됨으로 해서 오히려 낭만성 만을 표출하게 되었다는 말이다. 이러한 문제점이 생기게 된 데에는 일부 소시민적 저널리스트의 잘못도 있지만, 무엇보다 제대로 된 프로시인이어야 할 자기 자신이 '소시민적 허약성'을 벗어나지 못했다는 것이 그 근본적인 원인으로 지적된다.

당대의 프로시인이 가지고 있는 '소시민적 허약성'은 "不幸이도 우리는 조희 우에서 興奮하엿스며 머리 속에서 勞動者를 만들고 鐵筆을 쥐고 ××[혁명]의 心理를 分析하엿슬 뿐"이라는 임화의 이야기에서도 나타나듯이, 본질적으로 그들의 거짓된 삶의 자세와 현실에 대한 불철저한 인식에서 기인한다. 당대의 프로시인은 말과 머리로만 혁명을 외쳤을 뿐, 스스로는 투쟁의 생활에서 한 걸음 물러나 있다. 때문에 시인은 성장하는 프롤레타리아의 의식을 따라가지 못하며, 성장하는 프롤레타리아의 올바른 전형을 창조하지도, 그들의 삶을 올바로 형상하여 그들에게 절실하게 공감을 주지도 못한 문제가 생기는 것이다.

임화가 볼 때 프로문학 대중성 획득 방법론이 근본적으로 문제삼아야 할 부분은 바로 여기에 있었다. 임화의 입장에서 볼 때 "藝術은 푸로레타리아의 …… 을 助力하는데 그 任務를 다해야 한다. 푸로레타리아가 自體의 힘을 ×××[혁명화]식히기 爲한 ××[투쟁] 그의 ××[투쟁]을 助力하는 限에서만 藝術은 存在할 수가 잇는 것"이다. 때문에 임화는 팔봉 등이 절찬하던 자신의 시—「우리 옵바와 火爐」와 「네街里의 順伊」 등—를 대상으로 하여 통렬한 자기 비판을 한다. 이러한 자기 비판의 핵심은 현실에 대한 낭만적 접근과 감상적 파악에 대한 문제 제기에 있다.

임화는 자신이 살아가고 있는 시대를 문단 외적으로는 "××[獨占]資本主義의 帝國主義的 ×[攻]勢—自国内에 在하야는 資本家的 産業의 合理化에 依한 經濟的의 高度化, 植民地에 잇서서는 空前의 經濟的 支配의 強化, 政治的 ××[野心]에 依하야 進行되는—太平洋上의 問題, 北大陸의 問題, 等 極東

에 在한 諸××[帝國]主義的 勢力의 不均衡에서 一般 政治的 關係—××[勞資]間의 對比"로 얼룩져 있고, 문단 내적으로는 이러한 외적인 '극도로 재미없는 정세'에 의해 첫째로 "藝術運動 自體의 組織的 微力化"와 그 직접적 영향으로서 "藝術同盟 中央指導部의 微力化" 현상, 둘째로 "小부르階級의 進步性의 完全한 抛棄"가 명백해진 때로 파악하고 있다. 빈농과 노동자, 細民大衆들은 이러한 외부의 '극도로 재미없는 정세'와 내부의 우익 기회주의적인 '탁류'에 대해 끊임없이 투쟁해 오고 있다. 그러나 그 누구보다도 치열하게 투쟁해야 할 프로문학가들은 이러한 성장하는 프롤레타리아의 의식과 투쟁적 삶에 대해 아무런 공헌도 하지 못하고, 그렇다고 예술상의 어떠한 반영도 하지 못하는 우를 범하고 있다. 이러한 시대에 있어서 프로문학가는 어떻게 행동해야 하는가? 가장 시급한 당면 투쟁의 과제와 목표는 무엇인가? 이러한 문제에 대해 임화는 다음의 몇 가지의 당면 과제를 제시한다.

그러면 엇더케 우리는 이 重要한 「모—멘트」에서 一步 前進할 수가 잇는가? 卽 이 困難한 道程을 突破하고 우리들 ××[革命]的 藝術家의 獨自的 길을 가기에 當面한 具體인 투쟁 對象은 어듸의 무엇이냐 말이다.

첫재로 우리는 무엇보다도 우리의 主體的 勢力의 强大化를 爲한 투쟁 다시 말하면 藝術運動의 主導的 勢力인 藝術同盟 自身을 如何한 犧牲과 困難 속에서라도 强固한 指導部를 確立하고 그 밋혜 規律 整制한 各 技術別 分業組織의 確立에로의 精力的인 努力이 잇서야 할 것이다.

여긔에 同時的으로 問題되는 것은 現 指導部 內에 滿在한 日和見主義的 傾向과의 決然한 投爭이 急務로서 上場되어야 한다 이것은 現 組織 自體 內에서 遂行할 수 잇는 問題로 時急한 解決 우에 그 自身을 日和見主義에서 解放하는 唯一의 方法이다.

다음에는 鄭蘆風 等을 中心으로한 藝術上의 民族改良主義 詩에 잇서서는 「現代詩의 彈力的(?) 要求」라는 妖鬼를 들고 나오는 小부르 表現主義 等의 亡靈과의 無慈悲한 투×[쟁] 執拗한 追求에서 푸로레타리아詩, 藝術의 嚴然한 獨自性의 高調 改良主義로부터의 確然한 區別에 依하야 이 「씌렘마」를 打開하는 공杆[지렛대]을 만들어야 할 것이다.

  그리고는 藝術家 쏘는 詩人 等 우리들 一般의 藝術을 嚴密한 意味에 잇

서 ········· ··············의 것을 만들어야 할 義務 만이 남는다.

  이상에서 임화가 열거하고 있는 당면한 구체적 투쟁 대상 및 목표는 ①
강고한 지도부와 조직의 확립, ② 지도부에 만연한 日和見主義的 경향의 축
출, ③ 민족개량주의와 소부르 표현주의 등과의 투쟁 및 프롤레타리아 예
술의 독자성 고조의 세 가지로 요약된다. 그리고 이를 위해 프로시인은 "爲
先 무엇보다도 前者[①, ②]의 任務의 共司的 遂行이 賦與되며 다음으로 後
者[③]의 具體的인 解決로 自身을 잇쓰러야 한다"는 것이 임화의 주장이다.

  그렇다면 임화가 말하는 '프롤레타리아 예술의 독자성 고조를 위한 구체
적인 해결'은 어떠한 것인가? 그는 "詩는 絶對 無條件的으로 大衆化하여야
하며 쏘한 詩로 嚴定한 푸로레타리아化해야 한다"고 대답한다. 물론 이때
임화가 말하는 '시의 대중화'라는 의미는 팔봉이 말한 '대중화'와는 일정한
변별성을 가진다. 앞에서 임화가 팔봉의 대중화론을 비판하는 부분에서도
드러났듯이, 팔봉이 현실적 검열 제도의 존재와 독자의 교양 정도라는 문학
외적인 부분을 대중화론의 핵심으로 삼은 반면에, 임화의 대중화론은 프로
문학가의 엄정한 리얼리즘적 태도와 '프롤레타리아 전위의 눈'으로 세계를
보는 계급적 관점을 핵심으로 한다. 임화의 입장에서 볼 때, '사실성'(reality)
은 대중에의 추수에 있는 것이 아니라, 올바른 세계관의 견지 즉, 계급적
인식의 심화에서 나오는 것이다.

  임화가 「우리 옵바와 火爐」와 「네 街里의 順伊」 등을 쓸 당시의 자신과,
이후 이 경향을 잘못 흉내낸 당대 프로문학가들의 '소시민적 허약성'을 지
적하는 것은 바로 이런 입장이다. 이때의 '소시민적 허약성'이란 바로 세계
관의 불철저며 계급적 인식의 불철저에 다름 아니다. 때문에 사실성이 센티
멘탈리즘과 비막스적 현실의 예술화로 전화되고, 로만적 개념이 풍미하게
되는 것이다. 오직 엄정한 리얼리즘적 태도와 프롤레타리아 전위의 눈으로

세계를 보는 계급적 관점을 견지한 실천적인 투쟁적 문예운동을 통해서 만이 프로문예는 그 존재 가치를 정당하게 확립할 수 있는 것이며, 진정한 대중성을 획득할 수 있는 것인데도 불구하고, 오히려 당대의 프로시인들은 센티멘탈리즘과 비막스적 현실의 예술화에만 경도되어 잘못된 로만적 개념만을 양산하고 있는 것이다.

그런데, 이상의 언급을 통해 볼 때, 임화가 자신의 단편서사시가 가지고 있는 리얼리즘 시로서의 가능성을 전면적으로 부정한 것은 아님에 주목할 필요가 있다. 임화는 자신의 단편서사시에 대해, 개념적인 절규만 늘어놓던 로맨티시즘 시의 경향을 탈피하여 사실주의적 현실을 그리는 리얼리즘 시로 이행하는 중요한 전환점이 되었다는 점에서는 그 의의와 리얼리즘 시로서의 가능성을 인정할 수 있으나, 일부에 감상성이 개입하는 등 성장하는 프롤레타리아의 의식을 정당히 반영하는 올바른 세계관을 견지하지 못하고 있기 때문에 본격적인 리얼리즘 시로 볼 수는 없다는 판단을 내리고 있는 것이다.

그러나 이처럼 자신의 단편서사시에 대해 일정 정도 부정적 입장을 내비치고 있는 임화의 글에서도 우리가 팔봉의 글에서 추출한 단편서사시의 정의, 즉 "그 양식에 있어 (노농대중이 쉽게 공감할 수 있는) 특정한 이야기를 가지고 있는 실제적인 사건을 극적으로 호소력있게 꾸며 다루되, 등장 인물들간의 일정한 역할 분담을 통해 그 전달 효과를 극대화하고, 성장하는 프롤레타리아의 의식을 반영하려는 시인의 뚜렷한 목적이 담겨 있는 새로운 형태의 서정시(리얼리즘 시)"라는 정의 자체는 여전히 그 타당성을 갖는다. 임화가 부정하고 있는 것은 시인이 시 속에 내포된 이야기를 전달하는 데 있어 발생한 잘못된 태도이지, 팔봉이 지적한 단편서사시의 형식적 특성 그 자체는 아니기 때문이다. 다만 임화는 이 모든 것의 불변의 전제가 되는 것이 바로 시인의 엄정한 리얼리즘적 태도와 프롤레타리아 전위의 눈으로 세계를 보는 계급적 관점을 견지한 실천적인 투쟁적 문예운동이었어야 했는데, 실상은 현실에 대한 로맨틱한 접근과 감상적 파악이 우선되어서 필연적으로 일정 정도 한계를 갖는다고 하고 있을 뿐이다.

따라서 이상 살펴본 팔봉과 임화의 견해를 종합해 볼 때, 다소 장황하고 잠정적이긴 하지만, 단편서사시는 "(노농대중이 쉽게 공감할 수 있는) 특정한 이야기를 가지고 있는 실제적인 사건을 극적으로 호소력있게 꾸며 다루되, 등장 인물들간의 일정한 역할 분담을 통해 그 전달 효과를 극대화하고, 성장하는 프롤레타리아의 의식을 반영하려는 시인의 뚜렷한 목적과 함께 뚜렷한 계급적 비전을 담고 있는 새로운 형태의 서정시(리얼리즘 시)"로 개념을 잡을 수 있다. 그리고 여기에 실제 작품들에 나타난 양식적 특질을 포함한다면, 결국 단편서사시란 "극적 구성 방식과 서간체 형식을 빌어 실제적 사건을 소재로 일정한 계급적 전망을 담아낸 서정시(리얼리즘 시)"로 정의할 수 있을 것이다.

5.

이제 문제가 되는 것은 이상의 정의를 염두에 둘 때, 임화가 내놓은 단편서사시 양식의 대상과 범주를 어떻게 설정해야 할 것인가 하는 점이다. 여기서 우리가 우선 전제해야 할 것은 일제 강점기 전반을 통털어 단편서사시 계열의 작품을 발표한 시인[16]과 그 작품 전부를 이 자리에서 다룰 수는 없으며, 또 설령 다룬다고 해도 그것은 별로 의미가 없다는 점이다. '단편서사시'를 프로시의 독특한 양식으로 최초로 개발한 것도 임화이고, 또 대중에게 끼친 영향력이나 작품 수준을 따져 볼 때도 그를 능가할 만한 이를

---

16) 석사학위논문 「1920~1930年代 韓國傾向詩의 敍事志向性 研究—短篇敍事詩를 중심으로—」(서울대, 1987.8)에서 鄭在贊은 1920~1930년대에 단편서사시 계열의 작품을 발표한 시인으로 김기진·김해강·박세영·이정구·이찬·임화 등 총 37명을 들고 있다.

쉽게 찾아 볼 수 없는 것이 숨길 수 없는 현실이며, 사실상 단편서사시 양식이란 임화와 그 명멸을 같이 한 것이나 마찬가지라고 할 때, 임화에게로 논의를 집중시키는 것이 오히려 정당하리라 생각한다. 때문에 이 글에서 우선 단편서사시 양식 전체의 명멸이 아니라 임화의 시 중에서 단편서사시 양식으로 볼 수 있는 것들이 어떤 것이며 그 상한선과 하한선을 살펴보는 데 초점을 맞추고자 한다.

그러나 임화 만을 대상으로 한다고 할 때에도 문제는 의외로 간단치가 않다. 임화의 전체 시 중에서 도대체 어느 작품을 단편서사시 양식의 시발로 볼 것이며, 어느 작품을 그 끝막음으로 보아야 하는가가 극히 불확실하다. 이제까지 임화의 단편서사시 양식에 관심을 보였던 기존 연구가들에게서 이 대답을 구할 수는 없다. 대단히 이상한 일이지만, 그들에게 이 문제는 아직까지 별반 주의를 끌지 못했다. 실제로 기존 연구가들의 단편서사시 언급은 그 대상 설정에 있어 어떤 명확한 기준도 보여주지 못하고 있다. 다음 표[17)를 통해 확인해 보도록 하자.

---

17) 대상이 되는 저서와 논문은 다음과 같다.
    김윤식, 『林和硏究』(문학사상사, 1989.12)
    朴敏壽, 「계급적 자아의 확립과 저항적 분노 – 임화」, 『現代詩의 社會詩學的 硏究』(느티나무, 1989.10)
    朴相泉, 「林和의 詩 硏究」, 『韓國近代詩의 批評的 省察』(국학자료원, 1990.1)
    鄭在瓚, 「1920~1930年代 韓國傾向詩의 敍事志向性 硏究」(서울대, 석사학위논문, 1987.8)
    김재용, 「진보적 문학가 임화의 삶과 문학」, 『민족문학운동의 역사와 이론』(한길사, 1990.10)
    김용직, 『林和文學硏究 – 이데올로기와 詩의 길 – 』(세계사, 1991.3)
    崔斗錫, 「임화의 시세계」, 『리얼리즘의 시정신』(실천문학사, 1992.4)
    _____, 「단편서사시론에 대하여」, 『리얼리즘의 시정신』(상동)
    박건명, 「임화 시연구」(『한국 현대문학의 이해』, 건국 현대문학 연구회, 서광 학술자료사, 1992.12)

제목	金基鎮	鄭在瓚	朴敏壽	金允植	朴相泉	김재용	金容稷	崔斗錫	박건명
1928.4 젊은 巡邏의 片紙								○	
1929.1 네街里의 順伊	○	○	○	○	○	○	○	○	○
1929.2 우리 옵바와 火爐	○	○	○	○		○	○	○	
1929.4 어머니!	○	○	○	○				○	○
1929.5 봄이 오는구나								○	
1929.7 病監에서 죽은 여석			○	×				○	○
1929.8 다 업서 젓는가			○					○	○
1929.9 雨傘밧은『요코하마』의 埠頭		○	○	○			○	○	○
1930.3 洋襪 속의 片紙		○						○	○
1930.6 제비									○
1932.8 ピクニック									
1933.3 오늘밤 아버지는 퍼렁이불을 덮고		○		○		○	○		○
1933.9 한톨의 벼알도									○
1934.6 永遠한 靑春－세월		○							
1934.10 暗黑의 精神									
1935.7 주리라 네 탐내는 모든 것을		○		○		○			
1935.7 다시 네거리에서									
1935.8 낫(午)		○							
1935.8 골프場		○							
1935.8 夜行車속									
1935.9 옛冊									
1935.11 最後의 念願									
1935.11 안개									
1935.12 一年									
1935.12 버러지									
나는 못 믿겠노라		○							
海峽의 로맨티시즘		○							
故鄕을 지내며		○							
눈물의 海峽		○							

(○: 단편서사시, ×: 단편서사시가 아님, 무표시: 언급 없음)

위의 표는 1928년부터 1935년까지[18) 발표된 임화의 전체시를 대상으로

---

18) 1928년 이전의 시들은 사실상 단편서사시 논의에서 제의되어야 한다. 그 가장 큰
이유는 기본적으로 단편서사시를 리얼리즘 시의 한 종류라고 볼 때, 이전의 시들
은 이 조건을 충족시키고 있지 못하기 때문이다. 1928년 이전 시기의 임화의 시

기존 연구자들이 단편서사시로 꼽는 시를 나타낸 것이다. 이 표에서 우리는 기존 연구자들이 「네街里의 順伊」(조선지광, 1929.1)와 「우리 옵바와 火爐」(조선지광, 1929.2)를 단편서사시 양식의 기점으로 삼는 데에는 어느 정도 일치하고 있다는 것[19]을 확인할 수 있다. 그러나 이후에 발표된 작품 중 이 계열로 볼 수 있는 작품은 어느 것인가에 대해서는 의견의 일치를 보지 못하고 있다. 이후에 발표된 작품 중 단편서사시 계열이라고 기존 연구자 4인 이상이 언급하고 있는 작품은 「어머니!」를 비롯하여 「봄이 오는구나」, 「病監에서 죽은 여석」, 「다 업서젓는가」, 「雨傘밧은 『요꼬하마』의 埠頭」, 「洋襪 속의 片紙」, 「오늘 밤 아버지는 퍼렁 이불을 덮고」, 「다시 네거리에서」 등 총 8편[20]에 지나지 않는다.

물론 이것은 정재찬을 제외하고는 아무도 단편서사시 자체에 대해 본격적·전체적으로 다루지 않았기 때문에, 그리고 그 정의를 명확히 하지 않고 시작했기 때문에 발생한 결과라 할 수 있다. 그러나 무엇보다도 기존 연구자들이 이 부분에 소홀했기 때문이라는 것을 부인할 수는 없다. 이런

와 그 경향에 대해서는 이미 발표된 졸고, 「林和 시 연구를 위한 소론-초기시를 중심으로-」(국제어문, 1991.8)와 「林和 詩 曇--九二七·「작코」·「반제스 틔」의 命日에-」 小攷(한양어문연구, 1991.12) 등을 참조해 주기 바란다.

그리고 1935년을 그 한계로 보는 것은, 기본적으로 이 단편서사시 형식이 당대의 집단적 '反帝反封建' 운동과 밀접한 관련하에 진행되었고, 이 '운동'은 1935년 8월에 있었던 카프의 해체로 그 집단적 활동에 한 매듭이 지어졌다고 보기 때문이다. 이후의 활동은 시인이나 작가의 '개별적 신념 또는 양심의 문제'와 관련을 맺는 것으로, 이미 이 상태에 오게 되면 '단편서사시'를 성립했던 토대가 달라지게 된다.

19) 최두석의 경우 「젊은 巡邏의 片紙」를 단편서사시로 꼽고 있으나, "원래 김기진은 「우리 오빠와 화로」를 두고 단편서사시라고 불렀는데 이와 유사한 형태를 지니고 있는 시"(162쪽)라는 언급 외에는 특별한 설명을 하지 않고 있으며, 바로 「네街里의 順伊」와 「우리 옵바와 火爐」를 통해 단편서사시 양식을 검토하고 있어, 그 기점 문제에 있어서는 다른 연구자들과 별다른 차이도 보이지 않는다.

20) 그나마 최두석은 「다시 네거리에서」를 낭만시로 분류(170~171쪽)하고 있어, 다른 연구자들과 견해를 달리하고 있다. 최두석은 이 시를 낭만시로 보면서, 형식상 "단편서사시와 낭만시의 중간적 형태를 취하고 있다"고 파악하고 있다.

결과는 우리가 이제까지, 다루어야 할 대상의 범위도 정확히 설정하지 않은 채 논의를 전개해 온 것임을 증명하는 것이다.

때문에 우리가 단편서사시 양식의 둔제를 다루려고 한다면, 바로 이 출발의 지점을 명확하게 확인해야 할 필요가 있다. 이를 위해 우리는 이제까지 무비판적으로 받아들여져 왔던, 또한 묵인해 왔던 다음의 질문을 해야 한다. 단편서사시 양식의 기점은 이제까지 당연하게 받아들여온 「네街里의 順伊」와 「우리 옵바와 火爐」가 확실한가? 그 하한선은 어디까지로 봐야 하는가? 임화에게 있어 단편서사시 양식은 그의 전 시작 생활 중 특정한 어느 한 시기에 집중되고 있는 것인가? 아니면 전 시작 생활을 통해 지속되고 있는 것인가?

6.

「네街里의 順伊」와 「우리 옵바와 火爐」를 단편서사시 양식의 기점으로 보려고 할 때 우리의 주목을 끄는 것은 『조선지광』 1928년 4월호에 발표된 「젊은 巡邏의 片紙」라는 작품이다. 이 작품이 주목을 끄는 것은, 막시즘 시로의 이행기에서 쓰여진 「地球와 『빡테리아』」(조선지광, 1927.8)와 「曇―一九二七―「작코」・「반제스 틕」의 命日에―」(예술운동, 1927.11) 이후, 단편서사시 양식의 출발이라고 이야기되는 「네街里의 順伊」(조선지광, 1929.1) 및 「우리 옵바와 火爐」(조선지광, 1929.2)에 이르기까지의 창작상 공백기에 발표된 유일한 작품이라는 점과 그 형식에 있어 단편서사시 양식과 유사한 점이 보이기 때문이다.

이 작품은 赤駒의 「現實」・金永八의 「쓸 수 업는 小說」・趙吼人의 「給仕와 事務員」・尹基鼎의 「意外」・韓三淳의 「나」・末影의 「깃븐 날 저녁」・

李箕永의 「宿題」・安碩柱의 「自殺하는 女子」와 함께 <一人 一頁 小說>이라는 특집의 하나로 발표된다. 이 특집은 9인의 작가가 각기 1편씩 쓴 짤막한 소설(콩트)의 모음인데, 이 중 임화의 작품만이 장르상의 모호함을 가지고 있다. 이 모호함은 이 모음에 실린 다른 작가의 작품과는 달리 34줄에 걸친 임화의 작품이 나름대로 시의 행 배열을 따르고 있으며, 현재까지 밝혀진 바로는 초창기 「매일신보」 지상에 「절문 희순이와 영철이」(1926.1.31)와 「最後의 面會人=三部作의 一=」(1927.1.16, 23) 등 두 편의 소설을 쓴 이후, 지면을 「조선일보」로 옮기면서 본격적인 시작에 임한 뒤부터는 평생 동안 거의 소설을 발표하지 않았다[21]는 그의 철저함에서 발생한다.

문제가 되는 이 작품의 전문은 다음과 같다.

　　사랑하는　兄님!
　　어적게　우리는月曆에다××[눈물]을싸서버리고　進×[軍]을시작햇소.
　　그리하야　삽과　삼태기를들고　우리는××[戰場]에로나아가우.
　　勇敢하지안소　벌서地球의半은　　××[革命]의行列이占領하고잇소　地球는밤이요.
　　얼마나　만흔同지가　어둠속에서　죽어가겟소　아즉도　봄은춥구려　한겹옷으로는　견듸기가어렵구려
　　허지만　兄님　다시한번우리들의　그림자를보아주구려.
　　×[屍]體를넘고　×[血]河를건느는　우리들의壁을보아요!
　　요前에　우리는　伯林郊外를지내다　봄풀이싹이돗기도前　가난한그들에
　　주머니를터러　가여운계집애　××[로자][22]의　무덤에다　꼿뭉치를　안겨주

21) 당시 잡지 광고에 의하면 『별나라』 1929년 5월호에 「新聞紙와 말대리」라는 映畵小說 한 편을 게재한 것으로 되어 있으나, 현재까지 이 자료를 직접 확인하지 못했다. 한편 1940년 1월호 『인문평론』에 <노벨상 작가선>의 일환으로 토마스 만의 단편소설 「墓地로 가는 길」을 번역한 것이 번역으로서도 유일하다. 특이한 점은 현재 확인되는 소설(번역소설 포함)은 모두 '星兒'라는 습작 초기의 필명으로 표기되고 있다는 점이다. 이것은 일단 작가가 소설 창작이나 번역에 별다른 의미를 두지 않고 있음을 반증하는 것이라 하겠다.
22) 여기서 '××'로 표기된 것은 문맥상에서 볼 때 독일 <스파르타쿠스단>

고 마음을다하야 눈물을흘니는 獨逸의푸로레타리아의얼골을보고왓소.

그째 나는 나의엽헤 同×[志]를×[죽]이러中國을갓섯다는 늙은同×[志]의슬퍼우는얼골을보고왓소 나는 가만히눈물을 내눈에서집에버렷고 참기가어려웁듸다.

그러나 兄님! 우리는 다시우리들의 압흘거러가는北方×××[勞動者]의발소리를歷歷히들엇고 이리잇치23)는 무어이라고인지 한참써듭듸다 그러더니 한참잇다 우리의×[隊]列엔서指令이내리엇고 그것은 우리들의 새××[路線] ××[組織]이의서 버러지랴고하는것이엇소.

그리하야 擴大된우리의××[隊伍]는―새롭은 ××[路線]합의도―교에게보내엇소.

여긔는 朝鮮의녀름이요 只今은××[革命]의비가오는中이요.

이것이 아마우리에봄을장식하는 실비인가보비단갓흔빗발이요

兄님!

씃이업시길게느러진 ××[隊伍]의××[鬪爭]의壁을보!

무엇이 敢히 이것을째트릴힘을가젓는지 三百馬力의水上飛行機 高速度의運用탱크 偉力의起重機―그것은 ××[鬪爭]에壁에서한개의 돌을쓰러낼힘이업소.

××[鬪爭]의壁은 地球의生命과連絡하리다 그리고빗나는 眞紅의기ㅅ발을보오 우리××[隊伍]의우에서춤을추는―

봄한울은 ××[解放]춤을추고잇구려

아―내가슴은 터질것갓소 ××[解放]의×××[勞動者]나아가는깃븜에 쌔여지고맙니다.

兄님!

오늘우리는아포로의葬式에로나아가우 로만쓰와神秘를여러千年地中海맑은물에쑤럇다든地中海의守護神인 아포로의葬式에로나아가우 그것은

(Spartakusbund)의 지도자이며, 뛰어난 혁명ㄱ-인 로자 룩셈부르크(Rosa Luxemburg: 1870~1919)를 의미하는 것으로 보인다. 로자의 죽음과 그에 대한 임화의 입장에 대해서는 졸고, 「林和 詩「曇―一九二七―「작코」・「반제스 틔」의 命日에―」小攷」(한양어문, 1991.12)에서 자세히 언급한 바 있으니, 참조하기 바란다.

23) 블라디미르 일리이치(Vladimir Il'ich; 1870~1924). 우리에게는 필명인 레닌(Nikolai Lenin)으로 더 잘 알려져 있다.

××[北力]의發×[生]한××[革命]의偉力이 大衆에마음속으로무서웁게숨

여드러가고 잇는까닭이요.

아포로는完全히죽엇소 歐羅巴은百姓은가슴에 열십字를긋이안고 무릅

을꿀치안소.

兄님!×××××크리스마—쓰消息을들엇소 윈나[비엔나]의 爆發된伽

람의寫眞을보앗소.

버—ㄹ서 아포로는完全이죽엇소.

우리는 아포로의××[屍體]를밟고 그것을運轉하고잇는 건너나라로熱

帶의얼골검은一億의××[奴隸]갓치 進××하고잇소.

××[鬪爭]은正制하고

行列은嚴肅하고

××는 地球에서 ×××××고야만니다 ××[우리]힘은굿새이고우

리에××[覺悟]는 地球와갓치잇소.

여보兄님!그런데

나종은 엇던젊은××[同志]가 그러는데 내어버린××× 달曆에××

月日이라고 씨여잇드라구—

하하 우리는 점심을먹다가 모두가 우스며 젊은××[同志]의쌈을써서

주엇소.

거리의봄은 계집을××[賣淫]窟에 쓰러내는以外에 아무效力이업소

우리는 봄을 부서진 파라솔속에너허 地下室에다버립시다.

兄님! 巡邏24)는고만하지만 깃붐은가슴에찻소 —25)

이 작품은 양식상 대체로 '시'로 보는 것이 온당할 것26)이다. 이러한 판

---

24) 이때의 '巡邏'는 의미상 '巡禮'와 넘나드는 것으로 보아야 한다. 그렇지 않다면
"巡邏는고만하지만"이라는 구절을 '혁명적 투쟁은 그만하지만'으로 읽게 되어,
문맥과의 커다란 괴리가 생기게 된다.

25) 「젊은 巡邏의 片紙」(조선지광, 1928.4), 107쪽. 전문. 인용시 대괄호를 사용하여
표시한 것은 원문에는 삭제되어 있는 부분을 필자가 재구한 것이다. 이후 별다
른 표시없이 이에 준해 재구할 것임을 미리 밝혀둔다.

26) 기존의 연구가들은 대개의 경우 아예 이 작품에 대한 언급을 회피하고 있다.
이 작품에 대해 언급하고 있는 것은 현재까지 김윤식, 김용직, 최두석, 남기혁

단의 근거로는 이 작품이 그다지 적절한 것으로는 보이지 않지만 나름대로
는 시로서의 행 배열을 하려고 했다는 점[27]과 비소설적인 방법으로 이야기
를 서술하고 있다는 점, 행과 행 사이의 서술적·논리적 비약이 일어나고
있는 점, 구절 구절에서 강한 상징성을 드러내고 있다는 점, 이후에 쓰여진
단편서사시와 양식상 유사한 면을 많이 보이고 있다는 점, 앞에서도 언급한
것처럼 습작기를 제외하고는 소설을 거의 쓰지 않고 철저하게 시인으로써
만 일관했다는 점 등이 이야기 될 수 있다.

「젊은 巡邏의 片紙」는 시의 화자(시에서는 혁명적 정열을 가지고 있는
조선의 젊은이로 묘사되어 있음)가 자신이 순례한 세계의 혁명적 기운을
형님에게 이야기하면서, 조선에 있어 혁명의 현실을 보고하는 내용으로 되
어 있다. 화자가 순례한 세계 도처의 혁명적 기운은 '독일 혁명(베를린 봉
기)⇒러시아 혁명(볼쉐비키 혁명)⇒조선 혁명' 순으로 그려져 있다. 앞의 독
일 혁명과 러시아 혁명은 모두 막시즘에 입각한 프롤레타리아 혁명이다.
화자는 이러한 독일의 혁명과 러시아의 혁명을 살펴 봄으로써 혁명의 열기
가 전 세계에 만연되고 있으며, 이 혁명의 기운이 조선에도 밀어닥치고 있
다는 이야기를 전개하고 있는데, 이것은 곧 조선에도 이제 프롤레타리아

등 네 사람뿐이다. 이 중 김용직은 『林和文學硏究 — 이데올로기와 詩의 길』(세계
사, 1991.3)에 붙인 「간추린 林和의 생애」에서 "이 작품 또한 처음 발표했을 때
는 시가 아닌 一面 小說로 발표되었다"(262쪽)고 짧막하게 언급하고, 이어 「作品
年譜」에 시로 등재(285쪽)하고 있다. 김윤식도 『林和 硏究』(문학사상사, 1989.12)
의 「作品 目錄」에서 이 작품을 시로 등재(685쪽)해 놓고 있다. 어느 쪽이나 본문
에서는 전혀 언급이 없지만, 「作品 年譜」나 「作品 目錄」을 통해 볼 때, 이 작품
을 '시'로 보는 데에는 이견을 보이지 않는다. 그러나 왜 이 작품이 시로 읽히는
지, 처음에는 소설로 발표되었던 것이 시로 인식된 것은 언제부터이며, 어떤 이
유에서인지에 대해서는 더 이상의 설명을 하지 않고 있다. 최두석 역시 「임화
의 시세계」(『리얼리즘의 시정신』, 실천문학사, 1992.4)에서 역시 이 작품을 시로
보고는 있지만(162쪽), 더 이상의 언급은 하지 않고 있다.

27) 최소한 몇 군데는 연 구별을 해야 시상이 계기적으로 연결되고 독자(수신자)와
의 일체감을 꾀할 수 있음에도, 연 구별을 전혀 하지 않은채 34행을 한 연으로
처리하면서 많은 곳에서 줄글 형태를 드러내고 있는 것은 시인이 시상의 전개
를 분절화된 형태로 제시하지 못하고 있다는 것을 의미한다.

혁명이 필요하다는 것을 강조하는 수법이라 할 수 있겠다.

　이어서 화자는 이제까지 시―문맥상 '아포로'로 표기된―가 이미 그 의미를 상실했음을 말하고 있다. 이 때의 '아포로'는 물론 희랍 신화에 나오는 시와 음악·예언의 신 'Apollo'를 말하는 것으로, 그의 장례식을 치뤘다는 것은 이제 균형과 절제, 시대적 안정과 강한 형식적 완결성을 근간으로 하는 전통적 의미의 시(직접적으로는 고전주의 시가 되겠지만)가 그 의미를 상실하고, 새로운 혁명과 투쟁의 문학이 필요한 시대가 도래하였음을 선언하는 것으로 받아들여 진다. 또한 화자가 앞으로 이런 류의 문학을 할 것임을 강력하게 드러내는 것으로 해석할 수 있다.

　전체적으로 볼 때, 이 시는 그 구성과 내용 전개가 그다지 매끄럽지 못하다는 인상을 준다. 우선, 20행부터의 아폴로에 대한 언급과 29행 이후의 서술은 각기 그 전후의 문맥과 매그럽게 연결되지 못하고 군더더기에 불과하다는 인상을 주고 있다. 또한 시인은 이 시를 통해 프롤레타리아의 혁명이 세계적 조류이며, 우리 조선에도 이러한 프롤레타리아 혁명의 시기가 도래했다는 이야기를 하고, 계급투쟁에 대한 신뢰 및 승리에의 확신을 드러내고 있지만, 그 전개 과정은 너무나도 요령 부득이다. 게다가 프롤레타리아 혁명의 필연성과 그 폭발력을 말하기 위해 로자 룩셈부르크와 레닌을 언급하고 있지만, 사실상 이들의 거명은 이 시 속에서 특별한 필연성을 가지지 못하고 있다. 이것은 그가 처음부터 확신에 의해 막시즘을 선택한 것이 아니라, 일종의 유행 사조로 접근했음을 의미한다.

　다만 이 시에서 우리의 주목을 끄는 것은 ① 여기에 와서 최초로, 아직은 모호한 모습이지만 노동운동가 모습을 띤 지식인 화자를 선택하고 있다는 점과, ② 편지글의 형태를 시 형식으로 도입하고 있다는 점, ③ 화자가 화제를 변화시키는 서두에 '兄님!'이라는 발화사를 반복하여 사용하여, 화자와 청자에게 상호 관련된 일정한 역할을 부여하고 있다는 점, ④ 이와 더불어 내용을 전달하는 시적 화자의 목소리를 이제까지 발표했던 시와는 다르게 변화시키고 있다는 점이다. 이러한 특성들은 우리가 앞에서 추출한 단편서사시의 정의, 즉 "극적 구성 방식과 서간체 형식을 빌어 사실성이 있는 사건을 소재로 일정한 계급적 전망을 담아낸 서정시(리얼리즘시)"와 상당 부분 근접하고 있는 것이다.

우선 노동운동가 화자를 등장시켜 시적 화자와 시인을 구별하고 있는 것과 시의 형식으로 편지글 형태를 채택하는 것은 「우리 옵바와 火爐」를 위시한 단편서사시 계열 작품의 양식상에 나타난 일반적 특징이라고 할 수 있다. 노동운동가 화자의 채택은 그 내용의 사상적 방향을 담보하는 것이며, 편지글 형식의 채택은 우선 독자의 비밀스러운 호기심을 자극하는 효과를 갖는 것으로, 나아가서는 시에서 전달하는 내용에 대해 혹시 발생할 지도 모르는 독자의 거부감을 다소 거세하는 효과를 노린 것으로 보인다. 또한 시적 화자의 목소리가 변화하고 있다는 것은 엘리오트(Thomas Sterns Eliot; 1888~1965)가 말한 시의 세 가지 목소리 중 두 번째 목소리에서 세 번째 목소리로의 변화[28]를 말하는 것이다. 다시 말해 이 시에서는 시적 화자의 목소리가 이전까지 발표했던 시에서 주로 나타나던 '청중에게 말하는 시인의 목소리'(the voice of the poet addressing an audience; whether large or small)에서 '劇의 役을 운문으로 말하는 시인의 목소리'(the voice of the poet when he attempts to create a dramatic character speaking in verse; when he is saying, not what he would say in his own person, but only what he can say within the limits of one imaginary character addressing another imaginary character)로 변화하고 있다.

「曇－一九二七－「작코」·「반제스 틔」의 命日에－」를 살펴보는 자리에서도 언급한 바 있지만[29], 임화의 습작기 시는 '자기 자신에게 말하거나 어떠한 대상도 설정하지 않은 시인의 목소리'(the voice of the talking to himself—or

---

28) Thomas Sterns Eliot, The Three Voice of Poetry(The National Book League, the University Press, Cambridge, 1953), p.4.

29) 졸고, 「林和 詩「曇－一九二七－「작코」·「반제스 틔」의 命日에－」小攷」(한양어문연구, 1991.12)

to nobody)를 주조로 하고 있으며, 조선일보로 지면을 옮긴 후 쓰여진 「雪」 (1927.1.2) 이후 「曇――一九二七―「작코」·「반제스 틔」의 命日에―」에 이르기까지의 작품은 '청중에게 말하는 시인의 목소리'가 주조로 하고 있다. 그러던 화자의 목소리(tone)가 「젊은 巡邏의 片紙」에 이르러서는 '劇의 役을 운문으로 말하는 시인의 목소리'로 변이를 일으키고 있다. 이처럼 시에 있어서 화자의 목소리가 변이를 일으키고 있다는 것은 시인이 독자에게 줄 수 있는 시의 효과에 점차로 주의를 기울이고 있음을 의미하는 것으로, 편지글투의 형식과 더불어 이후 단편서사시 양식의 주요 특징으로 발전하게 된다. 이와 같은 단편서사시 양식의 주요한 세 가지 특성이 이 시에 이르러 모두 나타나고 있다는 점에서 이 시는 이후 단편서사시 양식의 중요한 출발점이 됨을 알 수 있다.

그러나 화자의 이야기가 직접적인 대상―여기서는 '兄님'으로 표현되고 있다―을 상정하고 행해지고 있으며, 화자의 목소리가 '劇의 役을 운문으로 말하는 시인의 목소리'로 변이하고 있다는 점에서 이 시는 이후의 단편서사시와 동일한 형태를 보이고 있지만, 단편서사시에서 흔히 화자와 청자간의 대화를 통해 제시하는 바람직한 인간상―「네街里의 順伊」에서의 '勇敢한 산아희', 「우리 옵바와 火爐」의 '가장 偉大한 勇敢한 옵바 친고들'―이 따로 드러나지 않고 있다는 점, 그리고 화자가 작중에서 독자가 쉽게 공명할 수 있는 구체적이고도 실감을 주는 배역을 담당하지 못하고 약간은 겉돌고 있다는 점 등에서는 약간의 차이를 보인다. 이것은 대화의 양편이 함께 추구할 대상이 부재하고 있다는 것을 의미하는 것이며, 동시에 화자와 청자 사이에 진정한 대화가 이루어지지 않고 있음을 의미하는 것이라 하겠다.

또한 이 작품의 내용상 서사적 구조(이야기성)의 설정이 미흡하다는 점, 화자 자신이 세계에 대하여 자각하는 과정이 구체성 없이 모호하게만 처리되어 있다는 점, 화자의 결심을 이끌어낸 내적 동기가 불충분하게 설정되어 있다는 점, 창작 주체가 급변하는 현실을 계기적으로 포착하지 못하고 있다는 점 등은 이 시가 아직은 본격적인 단편서사시가 아니라, 그 출발선에 불과하다는 것을 말해 준다.

7.

이상의 논의에서 우리는 단편서사시의 기점이 마땅히 「젊은 巡邏의 片紙」까지 소급되어야 함을 알 수 있었다. 그렇다면 어느 시기, 어느 작품까지를 단편서사시 양식의 범주로 묶을 수 있을까? 이것은 위에서 정리한 잠정적인 단편서사시 양식의 정의와 함께 그 시사적 의의가 어디에 있는가를 살펴 종합적으로 판단해야 할 문제다. 주지하다시피 단편서사시는 독자적인 프로시의 모델이 절실히 필요했던 시기에 나왔으며, 카프에 있어 대중성 획득 방법론 및 볼셰비키화론의 제기와 때를 같이 하는 것이고, 일정한 정도의 계급적 전망에 대한 강력한 신념을 전개할 수 있는 시대, 그러면서도 시인이 시인으로서의 자기 정체성을 포기하지 않았을 때, 그리고 무엇보다 중요한 것은 임화 자신이 국내를 떠나 도쿄의 상대적으로 자유로운 분위기에 젖어 있었던 때로 나름대로 자신이 습득한 계급적 이상을 신념화할 수 있었던 때를 바탕으로 하는 것이다. 이것은 위에서 우리가 추출한 단편서사시의 정의, 즉 "극적 구성 방식과 서간체 형식을 빌어 실제적 사건을 소재로 일정한 계급적 전망을 담아낸 서정시(리얼리즘시)"와도 일정한 관련을 맺는 것이다.

이상을 염두에 둘 때, 단편서사시의 상한성은 「詩人이여! 一步 前進하자! ─「詩에 對한 自己 批判 其他」─」(조선지광, 1930.6)를 발표하던 때로 보는 것이 합당할 듯하다. 이 시기는 임화가 카프 도쿄지부의 소장파들과 함께 귀국한 뒤 조직의 핵심부를 장악하고, 문예운동의 볼셰비키화를 추진하던 시기에 해당한다. 이 문예운동의 볼셰비키화는 '당의 문학'과 '프롤레타리아 전위의 눈으로 세계를 보라'는 두 명제로 요약할 수 있는 것으로, 한 마디로 문학이 좀 더 선명한 계급적 주장을 표면에 담고 있어야 한다는 이야기다. 이때 중요한 것은 독자(수신자)의 정서적 반응이 아니라, 독자(수신자)에 대한 시인의 직접적 선전·선동이 된다. 때문에 시인과 화자의 분리30)를 출발로 하고, 독자(수신자)의 정서적 공명을 통해 시적 화자와 독자(수신자)의 감정적 일치를 생명으로 하는 단편서사시 양식은 더 이상 설 자리를 잃어버리게 된다. 또한 카프의 검거로 표면화되는 일제의 노골적인 사상 탄압이 시작되던 때로 이로 인해 단편서사시 양식은 자신의 기반이 되던 정신적 탄력성을 상실해 버리게 된다.

때문에 임화의 단편서사시 양식은 집중적으로 발표된 1929년이 지난 후 「洋襪 속의 片紙-一九三〇, 一, 一五, 南쪽 港口의 일-」(조선지광, 1930.3)을 끝으로 공식적인 막을 내리게 된다.31) 이렇게 보면 임화가 내놓은 단편서사시 양식은 「젊은 巡邏의 片紙」(조선지광, 1928.4)를 발표한 후부터 만 2년이 채 안되는 동안, 보다 정확히는 주로 1929년도에 집중적으로 발표된 일련의 시라고 그 범위를 정해 볼 수 있다.

---

30) 이때 시인과 화자의 분리란 화자가 시인의 단순한 대변인이 되는 것이 아니라, 작중에서 특정한 역할을 수행하면서 독자적인 목소리를 내는 것을 의미한다.

31) 임화는 「제비」(조선지광, 1930.6)를 발표한 후 한 동안 침묵하여 그 시사적 의미가 끝났음을 확실하게 하고 있다. 이 사이 임화는 「ピクニック」이라는 시를 『プロレタリア詩集』(中外書房, 1932.8)에 게재했으나, 이는 일어로 국외에서 발표한 것으로 우리의 판단에 하등의 장애가 되지는 않는다. 「제비」역시 단편서사시 양식으로 보기는 어렵다. 공식적인 종언을 고한 이후에도 간간히 「오늘밤 아버지는 퍼렁 이불을 덥고」(제1선, 1933.3)와 「다시 네거리에서」(조선중앙일보, 1935.7.27) 등 단편서사시 경향으로 볼 수 있는 작품을 한두 편 발표하지만, 이미 이때는 단편서사시 양식의 시사적 의의가 다한 뒤로 봐야 할 것이다.

III. 광복 직후의 임화 시 연구

1. 들머리

한국 현대시사에서 광복 직후 시가 갖는 의미는 짧은 발표 기간과 부분적인 질적 수준 미달 양상에도 불구하고 실로 막중하다. 광복 직후는 정치적 논리가 무엇보다도 우월했던 시기이다. 이로 인해 이 시기에 발표된 시들도 거개가 외형상으로는 좌우익의 첨예한 대립, 계급적 이해의 상충 등이 전면에 직접적으로 표출되는 극심한 난맥상을 보인다. 하지만 이런 가운데서도 내적으로는 일제 강점기 동안 왜곡되어 온 민족문학의 새로운 정립을 위해 비상한 열정과 노력을 보인다. 이 노력은 일제 강점기에 이루어진 시 문학의 정당한 계승과 담시·낭독시 등 새로운 시 양식의 모색 등으로 나타난다. 때문에 이 시기 시에 대한 고찰은 일제 강점기와 6·25 이후 우리 시의 연속성을 이해하는 데 중요한 고리가 된다.

본고는 이런 관점에서 일제 강점기의 대표적 프로시인이었던 임화를 택하여, 그가 광복을 맞아 어떤 시적 변모를 보이는지를 탐구하고자 한다. 과문한 탓이겠지만, 전반적으로 볼 때 소설이나 문학운동론에 대한 고찰에 비해 이 시기 시에 대한 체계적 고찰은 아직까지 상대적 열세를 면치 못하고 있는 것 같다. 광복 직후 시에 대한 기존의 논의는 대부분 문화운동론이나 조직론 차원에서의 언급이거나[1], 오장환·이용악과 유진오·김상훈 등 전위시인들에 초점을 맞춘 것²⁾이었다. 때문에 이 시기 임화 시에 관한 구체적 언급은 별반 없는 편이다. 그 가운데 참조할 만한 것으로는 김윤식, 김용직 두 분의 글을 들 수 있다. 김윤식은 『임화 연구』(문학사상사, 1989.12)에서 광복 직후의 외적 상황에 맞춰 좌익 문단의 움직임을 살피면서 임화의 활동을 상세히 살피고 있다. 이런 점에서 이 글은 광복 직후 한국 문단의 상황을 총체적으로 조망하는 데 많은 도움을 준다. 하지만, 이 부분에만 너무 치중하여 정작 임화의 시에 대해서는 구체적 분석을 보이지 않고 있다. 김용직은 『임화 문학 연구』(세계사, 1991.3)에서 정치한 분석을 통해 광복 직후 임화가 좌익 문단의 주도권을 획득해 나가는 과정을 구체적으로 보여주고, 이 시기 임화 시에 대해 설명을 덧붙이고 있다. 다만, 예술적 형상화라는 기준으로 이 시기 임화 시를 평가하고 있다는 점은 약간의 아쉬움을 남긴다. 때문에 본고는 광복 직후에 발표된 임화의 시가 당대 상황과 관련하여 어떤 내재적 맥락을 가지고 있으며, 어떻게 변모하고 있는지를 살피고자 한다.

2. 자기 비판의 문학적 형상화

식민지 피압박 민족 사회가 직면한 절대 과제는 당연히 민족의 광복과

---

1) 김윤식, 「해방 後 남북한의 문화운동」(김윤식 외, 『해방공간의 문학운동과 문학의 현실 인식』, 한울, 1989.1)
　　신형기, 『해방직후의 문학운동론』(화다, 1988.6)
　　윤여탁, 『시의 논리와 서정시의 역사』(태학사, 1995.11)
　　＿＿＿, 「해방정국의 문학운동과 조직에 대한 연구」(김윤식 외, 『해방공간의 문학운동과 문학의 현실 인식, 한울, 1989.1)
　　이우용, 『미군정기 민족문학의 논리』(태학사, 1992.10)
2) 신범순, 「해방공간의 진보적 시운동에 대하여」(이우용 편, 『해방공간의 문학연구 I 』, 태학사, 1990.3)
　　오현주, 「8 · 15직후 문학운동과 시문학의 전개 양상」(위의 책)

독립이 될 수밖에 없을 것이다. 그것도 가능한 한 자신들의 힘으로 광복과 독립을 이루어야만 예상되는 모든 화근을 미연에 방지할 수 있었다. 하지만, 그토록 원하던 광복은 정작 우리가 채 통일전선을 결성하여 준비를 갖추기도 전에 너무도 급작스럽게 충격적으로 이루어지고 말았다. 이것은 앞으로 많은 일이 생길 것이라는 예측을 가능하게 했고, 때문에 이 점을 염려한 백범이 일제의 패망 소식을 듣고 기쁨에 앞서 먼저 광복을 맞은 우리나라의 장래에 대해 우려를 가질 수밖에 없었던 것은 지극히 당연한 일이었다.

당시 국내에 있던 문인들에게 있어서도 마찬가지로 '광복'은 충격적으로 다가왔다. 국내의 여러 좌우익 독립운동 조직과의 연계도 끊어졌을 뿐더러 달리 정확한 해외의 소식을 들을 길도 제대로 확보하고 있지 못했던 그들 대부분은, 광복의 날이 그토록 급작스럽게 오리라고는 거의 예상하지 못했다. 그들에게 있어 광복은 함석헌의 술회처럼 정말 '도둑같이 뜻밖에' 찾아왔다. 별 다른 준비도 계획도 없이 맞이한 광복이었기 때문에 그들은 '광복'이라는 역사적인 사실 앞에서 막연히 감격과 환희만을 느끼고 있을 수는 없었다. 우선 그들은 자신들이 이제부터 수립해 나가야 할 민족문학의 성격을 정립하고, 그것을 어떤 방법으로 수립해야 할 것인지를 논의하고 이행해 나가야 했다. 그리고 이를 위해서는 무엇보다도 일제 강점 기간, 특히 그 후반기 동안 자신들이 했던 문학과 문학적 태도에 대해 냉정한 평가를 내리는 것이 선결 과제로 인식되었다.

당대의 문단에서 과거 청산의 노력은 조선문화건설중앙협의회 주최의 강연회에서 있었던 <문학의 인민적 기초>라는 임화의 강연(1945.9.29)[3]이나

---

3) 琢人의 「탐방기」(민족조선, 1945.11) 및 임화의 「문학의 인민적 기초」(중앙신문, 1945.12.8~14)에 보면, 종로 기독교청년회관에서 열린 이 강연에서 임화는 일제 강점기 후반의 한국 문인들이 보여주었던 문제점을 솔직히 인정하고, 새롭게 수립해야 할 민족문학은 노동자·농민·중간층·지식계급 등을 포함한 '인민' 가운데로 들어가는 데서 시작해야 할 것이라고 주장했다.

<조선문학건설본부>의 기관지『문화전선』창간호에 발표된 임화의 「현하의 정세와 문화운동의 당면 임무」(1945.11), 예전 카프 계열에 속했던 작가들의 좌담회(1945.12) 등에서 그 단초를 살필 수 있다.

　<문학의 인민적 기초>나 「현하의 정세와 문화운동의 당면 임무」는 기본적으로 부르조아민주주의 혁명단계론과 민족통일전선전술론으로 대변되는 박헌영의 <8월 테제>(현 정세와 우리의 임무; 1945.8.20)를 충실히 문학에 적용한 것이라 할 수 있다. 이 글에서 임화는 광복을 맞은 진보적 문학계의 당면 과제를 ① 일제 잔재 청산 ② 봉건 유제 청산 ③ 인민문학, 즉 진보적 민족문학 건설의 셋으로 꼽았다. 이것은 <8월 테제>와 동일한 상황 인식과 전술 채택을 근간으로 한 것으로, 광복을 맞이한 진보적 문학측의 공식적 입장으로 받아들여진다. 그리고 이런 판단하에 대중 기반 확충을 위해 임화와 그가 만든 <조선문학건설본부>(이하 '문건')는 일제 강점 말기에 문인보국회 간부를 지냈던 이들, 즉 적극적으로 친일 행위를 했던 이들을 제외한 모든 문인들에게 문호를 개방하는 유화적 태도를 취하게 된다. 한편, <8월 테제>의 정세관을 문학에 그대로 적용하는 것은 운동의 본질을 흐리는 불필요한 우회 전략 내지는 비혁명적 절충안으로 인식했던 <조선프롤레타리아문학동맹>(이하 '동맹')측은 문건측의 논리에 반대하여 프롤레타리아 전위의 공고한 동지적 단결에 기반한 단체의 필요성을 주장하고 나선다. 양측의 대립은 논리적으로는 사실상 큰 차이가 없었지만 양측의 인적 구성상 구카프 중앙간부측과 지방 맹원, 제삼전선·무산자 계열과 초기 카프 맹원간의 오래된 갈등과 상호 불신이 그 근저에 자리잡고 있어서 적절한 타협점을 찾지 못한채 계속되다가, 결국 자기들이 제시한 노선을 적극적으로 추종한 문건측을 암묵적으로 지지하고 나선 조선공산당의 태도로 인해 '동맹'이 '문건'에 흡수·통합되는 방식으로 해결을 보게 된다. 그러나 '동맹'측의 주요 인물들은 이 결정에 승복하지 못한채 월북하고 만다.

　이상 살펴본 두 글이 조선공산당-문건측의 공식 입장을 대변한 것이라

면, 광복 직후에 있었던 두 번의 좌담회, 즉 <아서원 모임>(1945.12.12)과 <봉황각 모임>(1945.12.31)은 일제 강점기 후반을 각기 다른 자리에서 다른 방식으로 지내온 진보적 문인들이 한데 모여 당시 '민족문학의 성격 및 수립 방법'과 '일제 강점기 후반 문학의 평가'라는 문제를 어떻게 보고 있는지, 각자의 생각과 내면 심리를 토로하는 자리였다고 할 수 있다.[4] 비슷한 성격을 가진 이 모임들은 일제 강점기 후반에 국외에 있던 작가(김사량), 국내에서 순수문학을 했던 작가(이태준), 조선문학가동맹측(임화·김남천·이원조)과 조선프롤레타리아예술동맹측(이기영·한설야·한효·권환·한재덕)이 모두 참석하여 자신의 생각과 상대방 생각의 상위점을 밝히는 자리였기 때문에, 광복 후의 혼란한 상황에서 진보적 문인들이 어떤 태도와 정세 판단을 하고 있었는지를 파악할 수 있는 좋은 자료가 된다. 두 좌담회 중 '광복 직후'라는 특정 시기를 바라보는 각측의 입장 차이가 보다 분명히 노정된 <봉황각 모임>을 중심으로 광복 직후 진보적 문인들의 현실 인식과 문학적 지향점을 살펴보기로 하자.

<봉황각 모임>의 주 의제는 "일제 강점기 후반에 있었던 우리 문인들의 작업을 어떻게 평가할 것인가?"와 "그 시기에 가장 바람직한 문인의 태도는 어떤 것이었는가?" 하는 문제, 즉 일제 강점기 문학의 '평가' 문제였다. 이 의제로 이야기를 나누던 가운데 서로간의 경험과 생각의 차이로 인해 두 가지의 논점이 형성된다.

하나는 "과연 어떤 기준으로 그 시기 문인들의 작품과 창작 태도를 평가할 것인가?"하는 문제, 즉 평가의 '기준' 문제였다. 이 문제에 관해 일제 강점기 후반에 순수문학을 주창했던 이태준은 "우리 문학의 뿌리가 되는 조선말을 지키기 위해 얼마나 노력했는가?" 하는 점이 기준이 되어야 한다는 생각을 밝혔고, 이원조나 한효 등은 "일어로 글을 쓰느니 차라리 붓을 안 드는 것이 옳은 태도"라고 호응하고 나선다. 이에 대해 일어로 글을 썼으나

---

4) 이들 좌담회의 속기록은 「조선문학의 지향」(예술, 1946.1)과 「문학자의 자기 비판」(중성, 1946.2; 인민예술, 1946.10)에 실려 있다.

잠시나마 독립운동에 직접 가담했던 김사량은 "언어야 어땠든, 그 속에 진정 어떤 내용을 담으려고 노력했는가?" 하는 것이 기준이 되어야 한다고 맞섰으나, 좌중의 호응을 얻어내지는 못한다.[5] 이 논쟁은 "조선 사람치고 일본에 협력적인 태도를 취하지 않은 사람은 '없다' 해도 무방" 하다는 한효의 발언에서도 드러나듯이, 어느 정도의 공범 의식을 공유한 국내파가 수적 우세를 기반으로 하여 김사량으로 대변되는 해외파를 일방적으로 배척하는 듯한 상태로 마무리되고 만다. 때문에 실질적으로 우리 글로 쓴 작품들은 어떤 기준으로 평가해야 할 것인가에 대해서는 아무런 결론도 내지 못하고 만다. 그리고 이렇게 된 데에는 참석자들이 이 문제를 문학적으로 풀지 않고, "해외에서 고생했다는 것만으로 그분들에게 꼭 정권을 맡겨야 한다는 이유는 없다고 생각한다."는 임화의 발언에서 볼 수 있듯, 정치적으로 접근하려는 자세를 가졌기 때문으로 보인다.

또 하나의 논점은 평가자의 '태도' 문제를 둘러싸고 이루어진다. 임화는 광복 이전의 문학을 평가하는 진정한 출발점은 평가자 자신이 냉철한 '자기 비판의 자세', 즉 자기 내면에 간직한 진실을 솔직하게 토로하는 것이 되어야 할 것이라고 주장한다.

> 자기 비판이란 것은 우리가 생각했던 것보다 더 깊고 근본적인 문제일 것 같습니다. 새로운 조선문학의 정신적 출발점의 하나로서 자기 비판의 문제는 제기되어야 한다고 생각합니다. 그런데 자기 비판의 근거를 어디에 두어야 하겠느냐 할 때 나는 이렇게 생각합니다. 물론 그럴 리도 없고 사실 그렇지도 않았지만, 이것은 단순히 예를 들어 말하는 것인데, 가령 이번 태평양 전쟁에 만일 일본이 지지 않고 승리를 한다 — 이렇게 생각해 볼 순간에 우리는 무엇을 생각했고 어떻게 살아가려고 생각했느냐고 묻는 것이 자기 비판의 근원이 되어야 한다고 생각합니다. 이때 만일 내가 한 명의 초부로 평생을 두메에 묻혀 끝내자는 한 줄기 양심이 있었는가? 아니

---

5) 김사량의 발언이 갖는 의미에 관해서는 김윤식의 『임화 연구』(앞의 책, 576~577쪽)을 참조하기 바란다.

면 내 마음 속 어느 한 귀퉁이에 강렬히 숨어있는 생명욕이 승리한 일본과 타협하고 싶지는 않았던가? 이것은 내 스스로도 느끼기 두려웠던 것이기 때문에 물론 입 밖에 내어 말로나 글로나 행동으로 표시되었을 리 만무한 것이고 남이 알 리도 없을 것이나, 그러나 나만은 이것을 덮어두고 넘어갈 수 없을 겁니다. 이것이 자기 비판의 양심이 아닌가 하고 생각합니다. 이럼 에도 불구하고 이 결정적인 한 점을 덮어둔 자기 비판이란 하나의 허위상 가식이라고 생각합니다. 그러기에 우리가 모두 겸허하게 이 아무도 모르 는 마음 속의 '비밀'을 솔직히 덮어두는[털어놓는] 것으로 자기 비판의 출 발점을 삼아야 한다고 생각합니다. 그리고 자기 비판에 겸허가 왜 필요한 가 하면 남도 나쁘고 나도 나쁘고 이게 아니라, 남은 다 나보다 착하고 훌 륭한 것같은데 나만이 가장 나쁘다고 엄히 긍정할 수 있어야만 비로소 자 기를 비판할 수 있기 때문입니다. 이것이 양심의 용기라고 생각합니다.[6]

이 글에서 임화는 일제 강점 시대의 올바른 청산과 그를 통해 광복 후에 새롭게 전개되어야 할 민족문학은 상대방에 대한 감정적 비난과 어설픈 자 기 합리화나 자기 기만의 태도가 아니라, 스스로의 양심에 입각한 엄정한 자기 비판에서 비롯되어야 한다고 말한다. 즉, 당파성이나 계급적 입장, 이 데올로기 선택 여부가 아니라 '양심', 즉 각자가 간직한 내면의 진실의 토로 (자기 비판)가 준거가 되어야 진정한 '평가'가 이루어질 수 있다는 말이다. 이런 생각은, 이 모임에 앞서 열렸던 <아서원 모임>에서 "광복을 맞은 시 인의 창조적 무기력증이 새 현실을 맞이할 정신적 준비가 되어 있지 않아 '현실을 포착할 힘'이 없기 때문에 비롯된 것이다. '지금의 현실'만을 쓰는 것이 '현실의 포착'은 아니며, 광복 이후에 맞이한 현실의 의미를 그 이전의 현실과의 연관 속에서 전체적으로 파악하야 할 것"[7]이라고 했던 것과 같은 맥락이다.

임화가 이런 주장은 '민족적 자기 비판'을 외친 조선공산당 재건파의 <8

---

6) 「문학자의 자기 비판」(중성, 1946.2), 44쪽.
7) 「조선문학의 지향」(예술, 1946.1)

월 테제>와 맥을 같이 하는 것으로, 실제의 의도는 당시 상황에서, 노골적이거나 적극적인 친일 반민족자들을 제외한 가능한 한 많은 문인들을 결집하여 문화통일전선을 결성하려는데 있었던 것으로 보인다.[8] 임화가 제시한 양심, 즉 내면적 진실의 문제는 국내에서 일제 강점기를 보내고 광복을 맞이한 이라면 아무도 이 문제에서 크게 자유로울 수 없었던 것이기에, 이것이 일제 강점기 동안 산출되었던 우리 문학 전반에 대한 비판의 전제 조건이 되는 한 어느 누구도—노골적이거나 적극적으로 친일한 민족 반역자가 아닌 한—전력을 문제삼아 특정인을 거부하거나 배척하기는 어렵게 된다.

이런 임화의 주장에 대해 한설야는 반박하지도 새로운 준거를 제시하지도 못한채, "우리가 한때는 절망적이고 암담한 구렁텅이에 빠졌던 것만은 사실인데 또한 오늘날이 반듯이 올 것을 믿고 있었던 것도 사실입니다."라고 한 걸음 물러서는 등 매우 초점이 불분명한 태도를 보인다. 한설야의 논리대로라면 일제 강점기에 우리 작가가 쓴 모든 작품들은 그 발톱을 숨겼을 뿐 나름대로는 민족 해방 운동에 종사하고 있었다는 말이 되는데, 이런 한설야의 말은 같은 '동맹'측의 한효조차 "조선 사람치고 일본에 협력적인 태도를 취하지 않은 사람은 '없다' 해도 무방" 하다고 인정한 것과도 상치되는 것으로, 사실상 논리 부족과 자기 기만이라고 아니할 수 없다.

이 공박에서 임화의 주장에 아무도 반박하지 못하고 동의하게 됨으로써, 이후 조선공산당의 민족통일전선전술론과 맥을 같이 하는 '문건'측의 문화통일전선론이 더욱 힘을 얻게 된다. 그리하여 '문건'이 한설야 등의 '동맹'을 흡수 통합[9]하여 <조선문학가동맹>(이하 '문동')으로 재탄생(1945.12)하고, 다시 민족통일전선 전략에 따라 <민주주의민족전선>(이하 '민전')의

---

8) 임화의 이런 발언이 순수파 문인들을 끌어들이는 데 얼마나 효과적이었던 것인가에 관해서는 김용직의 『임화 문학 연구』(앞의 책, 149~155쪽)에 상세히 설명되어 있다.

9) 이때 이기영, 한설야, 한효 등 '동맹'측의 주요 인물들은 마지못해 통합에는 동의했지만, 곧바로 월북을 택해 승복할 수 없음을 분명히 한다. 이에 관해서는 김용직의 『임화 문학 연구』(앞의 책, 136~149쪽)를 참조하기 바란다.

결성(1946.2)에 적극 참여하는 것으로 이 논점은 결론이 맺어진다.

그렇다면 '양심', 즉 '내면의 진실 토로'라는 문제가 어떻게 구체적으로 문학상에 드러나는지 살펴보도록 하자. 자기 고백의 관습에 익숙지 않던 터라 많은 작품을 볼 수 없는 상황[10]이어서, 임화의 다음 시는 스스로의 양심에 입각한 엄정한 자기 비판이 어떻게 문학적으로 형상화되고 있는지를 보여주는 흔치 않은 예이다.

朝鮮 勤勞者의
偉大한 首領의 演說이
流行歌처럼 흘러 나오는
「마이크」 를 높이 달고

부끄러운
나의 生涯의
쓰라린 記憶이
鋪石 마다 널린
서울ㅅ 거리는
비에 젖어

아득한 山도
가차운 들窓도
眩氣로워 바라 볼수 없는
鍾路ㅅ 거리

---

10) 소설쪽에서는 지하련의 「道程」(문학, 1946.6), 박영준의 「잔재」(인민예술, 1946.9), 채만식의 「민족의 죄인」(1946) 등이 여기 해당하는 작품들이다. 반면, 시쪽에서는 광복 직후에는 미처 준비를 갖추지 못한 채 맞이한 광복의 놀라움과 감격을 노래하다가, 1947년경부터는 정치적 격랑에 휘말려 각자가 선택한 이데올로기를 대변하는 작품을 생산하는 것이 급선무가 되어 엄정한 자기 반성의 기회를 놓친 감이 있다.

[……]

자랑도 財物도 없는
두 아이 와
가난한 안해여

가을 비 차거운
길 가에
노래 처럼

죽는 生涯의
마지막을 그리워
눈물 짓는
한 사람을 爲하여

願컨대 勇氣이어라.[11]

이 시는 비슷한 시기에 발표된 다른 시들이 광복을 맞이한 감격이나 미래에 대한 막연한 희망적 기대만을 토로하는 데 머물고 있던 것[12]과는 달리 독특한 울림을 보여주고 있다. 이 시의 주조는 <봉황각 모임>에서 있었던 임화의 '자기 비판론'의 연장에 서 있는 것으로, 광복 이후 임화 시의 선명한 현실 노선의 출발점을 이루고 있다. 이 시는 부제[13]에서도 알 수 있듯이, 일제 강점기 전체를 통해 임화의 내적 변모를 드러내는 데 있어 유용한 표상이 되어 준 '종로 네거리'를 다시금 주요 제재로 선택하여, 광복

---

11) 임화, 「九月 十二日」(『찬가』, 백양당, 1947.2), 9~13쪽. 부분.

12) 김기림은 「새로운 시의 생리」(경향신문, 1946.10.31)에서 광복 직후 쏟아져 나온 거개의 시가 광복의 기쁨을 즉물적으로 노래하는 감상성과 개념화의 경향성을 보이고 있다고 평가하고 있다.

13) 이 시의 제목으로 쓰인 '9월 12일'은 서울에서 조선인민공화국 수립과 조선공산당 재건 경축 시가 행진이 벌어진 날을 의미한다.

을 맞이한 시인 자신의 심리적 양상을 드러내고 있다. 이 작품의 배경으로 새롭게 등장한 '종로 네거리'는 더 이상 눈바람이 차서 한길 복판에 서서 울 수밖에 없는 공간(「네거리의 순이」, 1929.1)도, 모르는 사람에게 팔려 이제는 낯익은 얼굴을 하나도 찾을 수 없는 공간(「다시 네거리에서」, 1935.7)도 아니다. 광복을 맞아 시인이 다시 찾은 종로 네거리는 광복의 환희와 새로운 민족국가를 건설하기 위한 투쟁의 열기로 넘친 공간으로 설정된다.

그렇지만 시인과 동일시된 시적 주체는 선뜻 그 환희와 열기의 대열에 뛰어들지 못한채, 종로 네거리를 그저 '현기롭게' 바라만 보고 있다. 그러면서 일제 강점기를 지내온 자신의 삶을 '부끄럽다'고 고백[14]한다. 이 부끄러움은 "어데 선가 / 외로이 죽은 / 나의 누이의 얼골 / 찬 獄房에 숨 지운 / 그리운 동무의 모습"(5연)에서 보듯, 기본적으로 "벗[15]은 죽고 나는 (부끄럽게) 살아남았다."는 것에서 기인한다. 그러나 시적 주체의 부끄러움은 행렬 중에서 지금은 내 곁에서 사라진 누이와 벗의 모습을 확인할 수 있게 되면서, 자신의 부끄러움을 씻을 수 있는 길은 오직 실천적 행동뿐임을 자각하고 다시금 용기를 내어 대오에 참여해야겠다는 다짐으로 변하게 된다. 그런데 사실, 이 시의 시적 주체가 제시하고 있는 이러한 방법은 그가 느끼고 있는 내면의 부끄러움을 씻어낼 수 있는 본질적인 해결책이 되지 못한다는 점에 주목할 필요가 있다. 주체가 내면 깊숙히 가지고 있는 부끄러움

---

14) 당시 '문동'의 실세이자 문화통일전선인 '민전'의 기획부 차장이었던 임화가 이처럼 광복 이전에 있었던 자신의 행동을 '부끄럽다'고 고백하는 것은, 그 자체로 동시대 많은 이들, 특히 적극적인 반일 의사 표시조차 제대로 못하고 일제 강점기를 보낸 이전의 순수문학 계열이나 모더니즘 계열의 양심적 문인들을 끌어 들이는데 있어 상당한 효력을 발휘하게 된다. 때문에 이러한 임화의 고백이 일정한 정치적 의도하에 이루어진 것이 아니었나 하는 의구심을 지울 수 없다.

15) 일제 강점기에 발표한 임화의 시에서 항상 '벗'은 시적 주체의 이념적 동지이자, 귀감으로 형상화되어 있다. 그리고 이 '벗'들은 주로 '감옥'에 갇혀 있거나 죽은 자들로 설정된다. 이처럼 시적 주체 자신이 아니라 '벗'을 이상적 인물로 설정하여 프롤레트쿨트의 목적을 달성하려 한 점에서 우리는 임화의 뛰어난 감각을 볼 수 있다. 이처럼 시적 주체와 현실간의 '거리'를 설정함으로써 임화의 시는 어느 정도 시적 진실을 획득할 수 있게 된다.

은 단순히 특정 단체가 요구하는 실천적 행위에 가담함으로써 해소될 수 있는 성질의 것이 아니다. 이것은 기본적으로 자신의 문제를 냉철히 비판하여 새롭게 전개되는 현실을 맞이할 정신적 준비가 충분히 갖춰졌을 때만 진정으로 사라지게 되는 것이다. 이 점을 간과한다면 이는 문학을 정치에 단순히 복속시키는 것 이상이 아니게 된다.

그렇지만 이 시에 드러난 임화의 생각에서 충분히 예상할 수 있듯이, 이후 이 문제는 더 이상 문학적으로 깊이 천착되지 않는다. 이것은 무엇보다도 광복 이후 시기가 정치적인 시기였다는 점에서 그 이유를 찾을 수 있다. 이 시기 문인들은 자기 비판의 내용을 형상화할 시간적인 여유를 갖지 못하고, 격변하는 정치적인 상황 속에서 문학성의 추구보다는 자신의 정치적 태도를 먼저 표명해야만 했다. 그리고 일제 강점기 후반에 있었던 자신들의 행동에 대한 진정한 자기 비판이라는 과제를 해결하고 새로운 작품을 쓸 수 있는 '정신적 준비'를 하기 위해서는, 무엇보다도 작품 창작을 통한 실천을 하기 보다는 행동으로 참여하는 문학운동, 정치운동에 치중하는 면을 보일 수밖에 없었던 것이 당시 이들에게 주어진 상황이었다. 광복 이후 우리에게 가장 중요한 과제는 '문학작품의 예술적 완성'이 아니라 '국가 건설'이었기 때문이다. 그리하여 시보다 정치가 우선된 광복 이후의 상황을 인정하면서, 임화는 자기 내면의 진실에 입각한 엄정한 자기 비판이라는 문제를 일단 접어두고 민족문학의 수립과 민족국가의 건설이라는 당면의 정치적 과제에 매달리게 된다.

3. 시와 정치의 접점

광복 직후에 발표한 임화 시 중 가장 많은 수를 차지하는 것은 정치적인 의미를 띤 헌시와 행사시이다. 이런 부류의 시는 일반적으로 특정한 정치적 의도를 직접적으로 담아내기 마련이지만, 이 당시에 발표한 임화의 헌시 또는 행사시류는 앞에서 이야기한 주체의 '부끄러움'을 근저에 내재하여 표현하고 있다는 점에서 특색을 가진다. 이런 관점어서 다음에 살펴볼 시는 이 시기 임화가 발표한 헌시 또는 행사시의 구체적인 모습을 확인할 수 있는 작품이라 할 수 있다.

아아 旗ㅅ발 타는 旗ㅅ발
열 수물 또 더 많이 나붓기고
人民의 旗ㅅ발
붉은 旗ㅅ발은……
이렇게 시작하는 노래ㅅ소리는
모두다 그대의 音聲
누구가 그대인지
누구가 그대 안인지
오즉 큰 눈과 넓은어깨 긴 머리칼을 날리는
그대는
아아 자욱한 사람속에 잇지 안었다

[……]

旗도 내리우고
노래도 잣고
演說도 끊난
밤길을 호올로 나서
처음 나는
비에 저즌 落葉을 밟으며
거기서 거러오는 그대를
내 곁을 스치는 그대를

가다가 도라보는 그대를
종시 말없이 이얘기하는 눈을
내 거러가는 길우
밤사이 企圖하는 敵의 비열한 陰謀가운데
별처럼 빛나는 눈을
아아 그대의 남긴 길우
먼 하늘에 보며
하롯밤 平安히 쉬일
勇氣를 줌이 그대임을
온 몸으로 느낀다16)

이 시는 일제 강점기 재일 무산자사 소속의 사회주의 운동가 金致程을 추모하여 쓴 시이다. 젊은 시절 역시 무산자사에 소속되어 활동했던 임화와 의 관계를 생각할 때 감상성이 짙게 개입할 수도 있는 소재이지만, 시적 주체가 추모의 현장에서 한 걸음 떨어져서 자신의 상념을 차분히 전개하고 있어서 감상성과 작위성을 어느 정도 탈피하는 긍정적 효과를 얻고 있다. 이러한 '거리둠'은 기본적으로 시적 주체의 내면적 부끄러움에 기인하는 것으로, 시적 주체가 군중들 속에 동참하지 못하고 홀로 떨어져 있으면서 외로움을 타는 것은 자신의 이 내면적 부끄러움이 충분히 해소되지 않았음 을 의미한다. 때문에 시적 주체는 편안히 쉴 수 있는 '용기'를 필요로 하며, 그것은 김치정으로 형상화된 벗이 있음에 가능해진다.

위에 인용한 부분에서도 볼 수 있듯이 '김치정'은 특정한 한 개인에 머무 는 것이 아니라 민중과 동일시되며, 때문에 그의 육신은 비록 죽었지만 그 의 체험과 이상은 여전히 살아 남아 인민들에게 계승되고 시적 주체에게 끊임없이 용기를 북돋아주게 된다. 이것은 임화가 광복을 맞이한 이후 가장 중요한 문학적 목적 개념으로 '인민성'을 상정하고 있는 것과 무관하지 않

16) 임화, 「길」(자유신문, 1945.11.12), 부분.

다. 광복을 맞이한 우리 민족에게 가장 중요했던 것이 민족국가의 건설과 조국의 진정한 해방이라고 했을 때, 임화는 그 추진력을 바로 이 '인민성'의 확보에서 찾고 있는 것이다.

임화가 발표한 헌시나 행사시류의 특징은 시적 대상으로서의 이인칭인 '너'의 기능은 강화되고, 일인칭 화자인 '나'는 작품의 이면에 숨어있거나 혹은 '우리'라는 집단 주체로 결합된다는 점에서 찾을 수 있다. 이 계열의 시에서 시적 주체의 형상은 대체로 시인 자신의 형상과 일치하는 모습을 보이지만, 그 역할은 상당 부분 약화되어, '너'가 지니고 있는 이데올로기적, 역사적 의미를 수신자(독자 또는 청자)에게 전달하는 소극적인 매개자의 역할만을 담당하고 있다. 좀더 명확히 말하면, 일인칭 화자인 '나'는 '(떳떳하게 죽지 못하고 홀로 살아남았다는) 부끄러움' 때문에 광복을 맞아 적극적으로 시대를 개척해 나가려는 '우리(인민)'와 동일화되지 못하고 외떨어져 망설이고만 있지만, '(위대한 혁명가의 삶을 살다간) 너'의 영상을 다시 상기하게 됨으로써 점차 '우리'에게 동참할 용기를 갖게 되는 변화의 모습을 보여준다. 이런 서술 태도로 인해 '나'는 이 시를 읽는 독자 대중과 쉽게 동일시되고, 때문에 쉽게 시적 화자인 '나'의 긍정적인 변화를 이끌어내는 '너'의 행동과 사상은 독자 대중에게 무조건적 추종의 대상으로 제시된다. 이처럼 모범적인 인물을 설정해 놓고 그를 상기함으로 해서 일어나는 시적 화자의 각성과 변화를 한 편의 시 속에 담아내는 것은 일제 강점기에 임화가 발표한 단편서사시가 가지고 있던 기본적 특성의 하나로, 단편서사시에서와 마찬가지로 일반 대중의 공감을 획득하고 그들의 동참을 이끌어내는데 유효한 수단으로 활용되고 있다.

광복 초기에 이러한 헌시나 행사시를 주로 쓰던 임화는 1946년 들어 <정판사 위조지폐 인쇄 사건> 등이 일어나 조선공산당 기관지 <해방일보>가 강제 정간(5.18)되고 조선공산당 간부에 대한 검거령이 내리는 등 정세가 차츰 좌익 세력에게 불리하게 돌아가자, 조선공산당의 새로운 투쟁 노선인 <신전술>[17]에 따라 현실적인 정치적 과제의 영역, 즉 대중에 대한 선전·

선동에 주력하는 모습을 보인다.

선동시들은 1946년 5월 중순에 발생한 <정판사 위조지폐 인쇄 사건> 이후부터 월북전까지 집중적으로 발표되는데, 「깃발을 내리자」(현대일보, 1946.5.19)와 시집 『찬가』(백양당, 1947.2)에 수록한 「우리들의 전구」, 「높은 산 봉우리마다」 등이 대표적이다. 이 시들은 우리에게 있어 시와 정치가 만나는 지점이 어디인지를 확인할 수 있는 좋은 자리가 된다.

> 노름군과 强盜를 잡든손이
> 偉大한 革命家의 소매를 쥐려는
> 辱된 하날에 무슨 기ㅅ발이 날리고 잇느냐
>
> 同胞여! 一齊히 기ㅅ발을 내리자
>
> 가난한 同胞의 주머니를 노리는
> 外國商館의 늙은 종 (奴隷) 들이
> 廣木과 통조림의 密賣를 議論하는
> 廢 王宮의 商標를 爲하야
> 우리의 머리우에 國旗를 날릴
> 必要가 없다
>
> 同胞여! 一齊히 기ㅅ발을 내리자

---

17) 해방 후 초기에는 공산당을 비롯한 좌익 세력이 그 수에 있어 압도적으로 우세했기 때문에 평화적 방법으로 공산 정권을 수립하려 했다. 그러다가 우익 진영이 모스크바 3상회의 결정(신탁통치)를 계기로 점차 세력이 확대되고, 미군정과의 마찰이 빈번해지자 미군정을 합법정부로 인정하던 이제까지의 협조 노선을 버리고 1946년 7월 26일 새롭게 <신전술>을 채택하였다. <신전술>의 내용은 ① 지금까지 협조, 합작 노선을 진보적으로 전환 ② 극동에서 중국공산당과 일본공산당들과 연계하에 반미 운동 적극화 ③ 북조선과 같은 개혁을 요구 ④ 미군정의 정책을 비판적으로 폭로하고, 투쟁을 적극적 공세로 전개 ⑤ 정권을 군정에서 인민위원회로 넘기는 투쟁 전개 ⑥ 희생을 각오하고 투쟁을 할 것으로 요약된다.

殺人의 自由와 掠奪의信聖이
晝夜로放送되는 南部朝鮮
더러운 하날에 무슨 기ㅅ 발이 날리고있느냐

同胞여! 一齊히 기ㅅ 발을 내리자[18]

　　<정판사 위조지폐 인쇄 사건>에 항의해서 쓴 것으로 보이는 이 시에서
'노름군과 强盜를 잡든 손'과 '偉大한 革命家의 소매', '가난한 同胞'와 '外國
商館의 늙은 종' 등의 대립되는 요소들은 각각 '인민'의 시각에 의해 새롭게
가치 평가되고 있다. 이 시에서는 이러한 가치 평가와 "同胞여! 一齊히 기ㅅ
발을 내리자"라는 적극적인 청유형 문장의 반복, 단정적 어투가 상관하게
되면서, 독자의 직접적인 응답을 강요하고 있다. 이리하여 선전선동의 효과
는 극대화된다.
　　여기서 시적 주체는 더 이상 내면의 부끄러움을 이야기하지 않는다. 대
신 시적 주체를 의미하는 '나'와 작중 청자로 제시된 '동포'는 쉽게 '우리'라
는 단일 개념으로 합치되어 나타난다. 즉, 이 계열의 시에 등장하는 나와
너는 곧 '우리'라는 집단 주체로 승화되어 버린다. 그리고 이 '우리'가 보다
현실의 정치적 과제에 접근할 수록 시 자체는 선동성이 강화된다. 하지만
행사시류에서 보여주었던 주체의 '부끄러움'을 충분히 겪어내지도 해소하
지도 못한채 곧바로 '투쟁'에 들어가야 했기 때문에, 이 당시에 발표한 대부
분의 선동시류에서는 현실에 대한 구체적인 분석보다는 주체가 대변하고
자 하는 정치적 주장과 관념적 구호를 전면에 부각시키는데 초점을 맞추게
된다.

　　侵入者를 防禦하라
　　抵抗하거든 對抗하라

_____

18) 임화, 「旗ㅅ 발을 내리자」(현대일보, 1946.5. 9), 전문.

그래도 드러오거든
生命이 있는限 싸우라

全線 勞動者는 우리에게 이것을 要求하고
鬪爭 司令部는 우리에게 이것을 命令한다

勝利냐 그렇지 않으면 敗北냐

                    [……]

사랑하는 戰友여 여기는 機關區의 警備線
南朝鮮鐵道總罷業鬪爭司令部가 있는곳
全線 鐵道勞動者의 온갖 名譽가 걸려있는
아아 敵과 더부러 싸워서 죽을 榮光이
가는곳 마다 흩어저 있는 우리들의 戰區여

侵入하는 모든 敵에게
殘忍한 運命을 선사하고
발자욱 마다를
野獸들의 피의 또랑을 맨들자

機關區는 우리들의 不滅한 城廓이리라.19)

이 시는 1946년 9월 격심한 물가고와 식량난으로 인한 노동자들의 불만
을 배경으로 해 노동조합전국평의회(약칭 전평) 주도로 전국적으로 전개된
<9월 총파업>20)의 전위인 철도노조의 파업·소요 사태(1946.9.23)를 선

---

19) 임화, 「우리들의 戰區」(『찬가』, 백양당, 1947.2), 66~72쪽. 부분.
20) 1946년 9월 경성철도공장 3,000여 노동자들이 쌀 배급과 임금 인상, 대우 개선
   을 요구하는 내용을 서면으로 군정청에 제출하고 태업에 들어갔는데, 당시의
   미군정 운수부장 코렐슨은 이들의 요구를 거부하여 광복 직후의 한국 노동운동

동·고취하고 있는 작품이다. 그 중 이 시의 직접적인 무대가 된 용산 철도 기관구는 경찰과 우익 청년들의 습격으로 무력 진압될 때(1946.9.30)까지 전국 파업의 아성 구실을 한 곳이다. <9월 총파업>이 발발하자 문학가동맹에서는 투쟁 현장에 맹원들을 파견하여 정의단을 고무, 선동하고 그것을 작품으로 발표했었는데, 이 시는 그 좋은 예가 된다. 여기서 임화는 전평의 지령 하에 파업에 돌입한 철도노동자들을 '영웅'이라고 부르면서, 파업을 진압하려는 군정 당국과 경찰을 '侵略者와 賣國奴의 跳梁'(4연 3행), '人民의 永久한 원수'(7연 1행), '너이들이 飼育한 저 暴力團의 野獸'(동 5행) 등으로 지칭한다. 때문에 9월 총파업은 "주림과 迫害에 呻吟하는 / 南朝鮮人民의 運命이 걸려있는 總罷業 / 侵略者와 賣國奴의 跳梁에 抗하여 이러슨 / 南朝鮮勞動者의 勝敗를 決하는 이 鬪爭"(4연)으로까지 의미가 확산된다. 결국 이 시는 이러한 인식 하에 "侵入하는 모든 敵에게 / 殘忍한 運命을 선사하고 / 발자욱 마다를 / 野獸들의 피의 또랑을 맨들자"(11연)는 선언으로 끝을 맺는다.

이 시는 투쟁 도중에 있는 용산 철도 기관구의 도습을 생생하게 전달하고 있다. 또한 투쟁 현장을 직접 시적 공간으로 삼음으로써, 실제 체험과 사상을 공유하였거나 이에 동조하고 있는 독자들에게 적대 세력에 대한 전의를 더욱 증폭시키고 있다. 다시 말해, 투쟁 현장의 극적 긴장을 전달하고 적대 세력에 대한 강한 적개심을 고취시켜 선전·선동의 효과를 극대화하고 있다.

사상 최초, 최대 규모의 총파업이 시작되었다. 동월 24일 '전평'의 주도 하에 <남조선 총파업 투쟁위원회>가 결성되면서 사태는 심각하게 전개되었고, 27일에는 각 산별 노조가 동정 파업에 들어갔다. 특히 대구 지방에서는 노동자와 시민이 합세하여 대규모 시위에 돌입하였다. 시위 도중 경찰의 발포로 1명이 사망하자, 홍분한 시민들은 경찰서를 습격하고 무기를 탈취하였다. 이후 총파업은 전국으로 확산되었고, 11월 추수를 마친 농민들마저 가세하였다. 9월 총파업은 처음에는 철도 부문의 경제투쟁으로 시작되었으나, 그것이 전 산업의 총파업으로 확대되자 미군정은 이것을 체제 위기로 간주하고 제동을 걸었고, 이에 상응하여 경제투쟁은 정치투쟁으로 전환되었던 것이다.

또한 이러한 이야기를 전달하고 있는 시적 화자인 '나'는 작중 청자인 '너'와 공동체적 친화력 또는 동지적 연대감을 가지고 있다. 이 공동체적 친화력 또는 동지적 연대감은 시적 화자인 '나'가 결국 '우리'라는 집단으로 확산될 수 있는 여지를 보여준다. 때문에 시적 화자의 진술은 작중 청자에게 적대 세력에 대한 투쟁 의지를 고취하여 강한 선동의 효과를 갖게 된다. 즉 이때 시적 화자의 진술은 프리들렌제르가 말하는 "동일한 경험에 직접 관련되고 하나의 보편적 감정에 의해 결합된 전 집단 사람들의 경험"[21]으로 전화하게 되는 것이다.

위에서 언급한 시의 소재가 되는 <9월 총파업>과 함께 당시 좌익 계열 문인들의 중요 소재로 부각한 것이 바로 <대구 10월 항쟁>(1946.10)[22]이다. <9월 총파업>에 잇달아 일어난 <대구 10월 항쟁>은 대구와 경북을 시발로 하여 남한 전역의 73개 시군에 파급된 대규모의 저항 운동[23]이었다. 항쟁의 주체는 지방의 헌신적인 좌익과 민중[24]이었다고 알려져 있다.

이 사건은 광복 직후 남한에서 좌익과 우익을 분별하는 가장 중요한 사건으로 기록되고 있다. 광복을 맞아 남한에서 현실 변혁운동에 참가했던 지식인들은 이 사건을 계기로 하여 자신이 어떤 이데올로기와 사상을 택하고 있는가, 또한 어떠한 국가가 만들어지기를 요구하고 있는가를 분명히 할 수밖에 없었다. 때문에 동시대를 가장 예민하게 반영하고 있는 작가나

---

21) G.M.Fridlender(李恒在 역), 『리얼리즘의 시학』(열린책들, 1986.7), 236쪽.
22) 대구 10월 항쟁은 아제까지 논자에 따라 대구 폭동, 10 · 1 폭동, 10 · 1 소요, 영남 봉기, 추수 봉기, 10월 인민 항쟁 등의 다양한 용어로 명명되어 왔다. 이것은 이 사건이 광복 직후 남한 사회의 복합적 성격을 집약해서 나타내는 것이며, 때문에 이 사건을 보는 시각에 따라 전혀 다른 견해가 나올 수 있다는 것을 의미하는 것이다. 이 사건을 바라보는 보수적 시각(폭동, 소요 등)과 진보적 시각(봉기, 인민항쟁 등) 모두가 이데올로기적 편향성을 바탕으로 한 것이기 때문에 적절치 않다. 때문에 본고에서는 <대구 10월 항쟁>이라는 용어를 사용한다.
23) 金南植, 『남로당 연구 Ⅰ』(돌베개, 1984.4), 243쪽. 300여 만명이 참가한 것으로 알려진 대구 10월 항쟁은 끝내 300여 명이 죽고, 3,600여 명이 행방불명되고, 26,000여 명이 부상하고, 15,000여 명이 체포되는 대규모의 참사로 마무리된다.
24) 정해구, 『10월인민항쟁연구』(열음사, 1988), 203쪽.

시인에게 있어서 이 사건은 작품 창작의 가장 중요한 매개체로 작용하게 된다. 그렇다면 과연 임화는 이 <대구 10월 항쟁>을 어떻게 바라보고 있었던가?

> 10월인민항쟁은 실로 조선인민의 모든 자유의 새로운 출발점이 된 것이다. 문학의 자유의 위기는 이리하여 구원되고, 투쟁과 승리의 새로운 길은 다시 열리게 된 것이다. 그리하여 인민항쟁은 조선문학의 새로운 기원이 되었으며, 조선의 문학운동은 인민항쟁과 영원히 분리할 수 없이 결합된 것이다. 이로부터의 조선문학은 일찍이 신문학이 그러했던 것처럼 인민항쟁의 정신을 떠나서는 영구히 존재할 수 없을 것이다.25)

여기에서 보듯 임화는 <대구 10월 항쟁>을 '인민항쟁'이라고 성격 규정하고, "오늘의 3·1운동, 새로운 민족문학운동의 출발점"26)이라고 평가하고 있다. <대구 10월 항쟁>에 대한 이러한 성격 규정은 김남천에게서도 동일하게 나타난다. 김남천 역시 <대구 10월 항쟁>을 "인민이 그 자신의 자유와 생존을 위하여 전개하는 반동지주와 친일개벌과 국제반동의 연합세력에 대한 항쟁"27)으로 규정하고 있는데, 이런 성격 규정은 임화의 그것과 별반 차이가 없는 것이다. <대구 10월 항쟁>에 대한 이런 성격 규정은, 당시 이들의 위치를 볼 때, 항쟁의 지도부였던 남로당의 태도와 동일한 것이며, 동시에 그 외곽 단체였던 조선문학가동맹측의 공식적 견해로 볼 수 있다.

그렇다면 어떻게 해야 이 사건을 문학적으로 형상화할 수 있을까? 김남천은 이에 대해 "추상적 주관적인 일체의 기만적 說을 박탈하는 강력한 리얼리즘에 의해서만 가능"28) 하다고 말하고 있다. 이것은 무슨 뜻일까? 김

---

25) 임화, 「인민항쟁과 문학운동」(문학, 3·1기념임시증간호, 1947.2), 15쪽.
26) 위 글, 3쪽.
27) 김남천, 「대중투쟁과 창조적 실천의 문제」(문학, 3호, 1947.4), 27쪽.
28) 위 글.

남천은 <대구 10월 항쟁>의 문학적 전범으로 19세기 독일에서 라살레 (F.J.G.Lassalle; 1825~1864)와 막스·엥겔스 간에 벌어진 <지킹엔 논쟁 (Sickingen debate)>29)을 거론하고 있다. 주지하다 싶이 <지킹엔 논쟁>은 작가의 리얼리스틱한 태도와 창작방법이 작가가 견지하는 세계관을 분명하게 드러내는 것보다 더욱 중요한 것인가 아니면 엄정한 세계관의 확립이 무엇보다도 중요한 것인가 하는 문제가 핵심이 되고 있는데, 여기서 막스와 엥겔스는 작가가 리얼리스틱한 태도나 창작방법을 갖추는 것이 문제가 아니라 주어진 대상 또는 사건을 어떻게 보고 있는가 하는 작가의 인식 즉 세계관30)을 정당하게 확립하는 것이 가장 중요하고도 시급한 문제라는 견해를 보이고 있다. 작가가 정당한 세계관을 견지했을 때만이 대상의 진실한 형상화가 있을 수 있다는 이야기다. 다시 말해 작가는 단순히 한 대상 또는 사건을 사실적으로 다루는 데 머물지 않고 미래에 대한 전망까지를 그의 작품에서 포괄적으로 다루어야 하는데, 그렇게 하기 위해서는 무엇보다도 먼저 세계관의 정당한 확립이 선행되어야 한다는 말이다. 물론 이때의 세계관은 노동자계급의 당파성과 인민성의 획득을 말하는 것이다.

이러한 세계관을 토대로 한 진보적 문학은 "혁명적 로맨티시즘을 자체 내의 커다란 계기로 하는 진보적 리얼리즘"31)을 자신의 창작방법으로 선택

---

29) <지킹엔 논쟁>은 라살레가 쓴 독일의 농민 혁명가인 지킹엔(Franz von Siekingen) 에 관한 史劇을 놓고 작자와 막스·엥겔스가 각기 서로 서신을 통해 전개했던 논쟁으로, <슈 비판(Sue Critique)>과 함께 막스주의 문학비평의 기본적인 출발점이 어디에 있는지를 분명히 드러낸다. <지킹엔 논쟁>을 통해 막스와 엥겔스는 작품의 고유한 내적 생명과 작가와의 관계라는 근본적 문제 — 즉 도덕주의 대 객관성 — 와 진실성에 대한 의문을 보이고 있다.(G.Bisztray, 『마르크스주의의 리얼리즘 모델』, 인간사, 1985.8, 30~36쪽)

30) 세계관이란 근본적으로 불만족스러운 세계를 정당하게 인식할 수 있는 주체를 어떻게 확립할 것인가, 그리고 이를 근간으로 하여 어떻게 이 주체가 세계에 대해 자신의 인식을 실천화할 것인가 라는 두 문제로 나누어 볼 수 있는 것으로, 문학에 있어 이 문제는 당파성과 인민성의 견지, 그리고 이를 통한 리얼리즘의 획득이라는 과제로 집약된다.

31) 김남천, 「새로운 창작방법에 관하야」(건설기의 조선문학, 백양당, 1946), 165쪽.

한다. 이때의 진보적 리얼리즘은 "조선민족의 생활이 민주주의적으로 발전하는 모양을 현실적으로 생생하게 그리기 위하여" 필요한 것이고, 혁명적 로맨티시즘은 "근로인민들의 인간적 권리를 위한 투쟁의 승리를 약속하기 위하여"[32] 진보적 문학에 반드시 필요한 창작방법으로 부각된다.

그러나 <대구 10월 항쟁>을 주요 소재로 다룬 전명선의 「방아쇠」(문학, 1947.2), 강형구의 「연락원」(문학, 1947.2), 김현구의 「산풍」(문학, 1947.2), 박찬모의 「어머니」(문학, 1947.2), 안회남의 「폭풍의 역사」(문학평론, 1947.4) 등의 소설은 모두 전형적 상황 하에서의 전형적 인물 창조라는 리얼리즘의 기본 원칙에 충실하지 못한 것으로 평가[33]된다. 이들 작품들은 대부분 소재에 압도당함으로써 <대구 10월 항쟁>의 작품화에 실패하고, 세부 정황을 개괄적으로 묘사하는 데 머물고 있다. 또한 광복 이후 노동자·농민의 입지점이나 그들의 문제를 작중 인물의 행동과 성격을 통해 충분히 부각하여 구현하지 못하고, 추상적 논리와 생경한 이념의 노출에 그치고 있다.

이런 문제점은 시에 와서 어느 정도 극복되고 있다. 역시 <대구 10월 항쟁>을 다룬 임화의 다음 시[34]는 이 경우 좋은 예가 된다.

밤중이면
짐승들 요란히 울고
낮이래야 이따금 기럭이
그 우를 건너 가는
山 마루

우리 모두
한 자루 낫을 가려

---

32) 박찬모, 「인민의 생활과 문학의 과제」(문학평론, 3호), 15쪽.
33) 박용찬, 「해방직후 10월항쟁의 시적 형상화 과정 연구」(국어교육연구, 25호, 경북대 국어교육연구회, 1993.12), 282쪽.
34) 임화, 「높은山 봉우리 마다」(『찬가』, 백양당, 1947.2), 73~76쪽. 전문.

허리에 차고
丁丁한 소리
나무를 베어 불을 지르면

타 오르는 불ㅅ길
것잡을수 없어
邑으로 邑으로
高喊치며 몰려 가는 밤

더운 피 흘리며 죽은
동무의 소름 끼치는 悲鳴
잠 결에도 귀에 쟁쟁하여

아아 원수 보다도
殘忍한 마음을 지니고

農軍의 두터운 가슴
골작 마다에 있고
번개 처럼 빛나는
人民抗爭隊의 눈이
南朝鮮 높은 山
봉우리 봉우리에 있구나

이 시의 마지막 연은 산을 근거로 하여 투쟁하고 있는 인민항쟁대의 모습을 그리고 있다. 실제 이런 식의 남로당 유격 조직(무장게릴라 소조에 의한 야산대 활동)이 본격화된 것은 1948년 5월 10일에 실시될 예정으로 있던 대한민국 정부 수립을 위한 남한 만의 총선거 반대 투쟁 — 남로당에서 <2·7 구국 투쟁>이라고 부르는 — 의 결과로서 나오게 된 것이다. 그렇다면 왜 임화는 아직 역사적 사실로 오지 않은 이와 같은 내용을 시로 읊은 것일까?

임화는 <대구 10월 항쟁>을 무장 봉기의 전초 단계로 보고 싶었던 것 같다. 때문에 그는 혁명적 로맨티시즘의 관점에서 아직 실재하지는 않지만, 그렇게 되기를 바라는 관점에서 야산대의 투쟁상을 제시하고 있는 것이다.

그러나 이러한 와중에서도 임화의 시는 강한 서정성을 여전히 드러내고 있다. 이러한 서정성의 잔존은 월북(1947.11.20) 후 숙청의 한 빌미로 작용하게 된다. 그러나 이것은 역으로 광복을 맞아 정치와 문학을 일체화시키려고 했던 임화였지만, 끝까지 시인의 길을 포기할 수 없었다는 하나의 징표라고도 할 수 있다.

4. 광복 직후 임화 시의 의의

일제 강점기에 발표했던 시들과는 달리, 광복 직후에 발표된 임화 시의 시적 주체는 일제 강점기에 적극적으로 변혁운동에 나서지 못했던 자신에 대해 솔직히 고백하고, 이를 토대로 하여 현실을 이해하려는 모습으로 설정되어 있다. 이는 광복 후 새롭게 전개되는 현실을 파악하기 위해서는 먼저 개개인의 '양심'에 근거하여 일제 강점기 후반에 있었던 자기의 행동을 비판하는 것이 중요하다는 자기 비판론을 근거로 한 것이다.

이때 시적 주체가 부끄러운 과거의 중압에서 탈피하여 새롭게 변혁운동에 동참할 수 있도록 힘을 주는 존재가 바로 '벗'이다. '벗'은 시적 주체가 자신의 과거를 부끄러워 할 수밖에 없도록 만드는 이상적 존재이면서, 동시에 언제나 그를 믿어주고 용기를 북돋워주는 존재로 설정된다. 일제 강점기에 임화가 발표했던 시들에서와 마찬가지로 '벗'은 그와 이념을 같이 하는 모든 동지들의 표상이 되는 인물이며, 시적 주체의 절친한 동지이고, 항상 '지금은 시적 주체의 곁에 없는' 그리운 존재로 묘사된다. 이것은 그가 실존

하는 구체적 인물이라기 보다, 시인에 의해 만들어진 하나의 표상임을 의미
한다. 시적 화자와 독자가 동일시되면서 이 표상은 큰 거부감없이 시인의
의도를 효과적으로 전달하는 유용한 수단으로 이용된다. 이런 활용 수단은
일제 강점기에 발표한 시들과 동일한 것이다. 다만, 광복을 맞은 후 발표한
시에 와서는 그의 뜻이 현실상에서 구체화되는 것으로 그려지고 있다는 점
에서 일제 강점기에 발표한 시들과 차별성을 가질 뿐이다.

1946년 5월 <정판사 위조지폐 인쇄 사건> 이후부터 임화가 발표한 시는
이전보다 더욱 뚜렷하게, 동시대의 정치적 현안에 관해 시적 주체가 직접적
으로 나서서 선동하는 형태를 취한다. 때문에 시의 호흡은 대단히 가빠지는
데, 이것은 미래에 대한 시적 주체의 자신감과 확신을 반영한 것이라기보다
는 날로 옹색해져 가는 현실에 대한 위기 의식의 소산이라 할 수 있다. 이
당시 임화가 발표한 시는 행이 짧으면서 호흡이 다소 긴박하게 넘어간다는
점에서 1930년대 중반 이후 자신이 발표한 시들과 유사한 모습을 보인다.
하지만, 현실과 주체가 맞서면서 빚어내는 긴장의 양상에 있어 양자는 근본
적인 차이를 드러낸다. 1930년대 중반 이후 임화가 발표한 시들에 내재한
시적 긴장은 기본적으로 왜소한 주체가 거대한 외적 현실에 맞서는 위기감
속에서 꺾이지 않으려는 주체의 의지에 의해 형성된다. 반면, 1946년 여름
이후에 발표한 시의 주체는 맹렬히 대립하는 두 정치 세력이 빚어낸 갈등
의 현장에 서서, 자신이 속한 편을 일방적으로 응원한다. 이런 상태에서는
시적 긴장을 쉽게 획득하기 어려워진다.

광복 직후에 발표된 임화의 시는 자신의 내면적 진실을 진지하게 탐색한
결과로 우러나온 것이 아니라 현실 정치적 과제와 결부되어 산출된 것들이
대부분이다. 이처럼 현실 정치적 과제와 결부된 목표 지향적 성격이 강하기
에 작위성을 노출하기 쉬웠고, 이것이 이 시기 임화 시의 일반적인 약점으
로 지적될 수 있다. 즉, 광복 이후에 발표한 임화 시는 대부분 추상적 구호,
관념적 상투어의 나열, 시 형태의 미숙성이란 약점을 지닌다. 그에게 정치
적 과제란 외부에서 주어지는 성질의 것이며, 시적 형상화 과정 속에서 자

연스럽게 떠오르는 것이 아니었기 때문이다. 그리하여 이제까지 우리 시사에서 이 당시 임화 시는 생경한 구호시, 선전선동시 정도로만 평가되어 왔다.

그러나 급박한 현실 속에서 자기가 선택한 이념과 진로에 충실했던 시인들의 시적 성취물을 고정된 시각으로만 재단해 버릴 수는 없다. 변혁운동의 중심에서 시인 자신의 실천적 행동 문제로까지 확산된 결과물들은 마땅히 그 시대의 현실적 흐름 속에서 투시해야 온당히 평가될 수 있다. 이런 관점에서, 이 시기에 발표한 임화 시에 나타나는 강렬한 정치성이 그의 진보주의적 열정과 호응한다는 점은 인정하는 것이 마땅할 것이다. 이 시기의 임화 시는 구체적인 역사적 전망을 가지고 현실을 창조적으로 개조해 나가는 주체의 행위를 형상화하고 있다. 그리고 이러한 주체의 행위는 인민성과 계급성을 핵으로 하여 남로당의 공식적 이데올로기와 일체감을 가지고 있다. 이것은 계급적 원칙에 의하여 세계를 파악하고, 이것의 시적 반영을 통하여 시의 현실 응전력을 확보하고자 한 시인의 실천적 노력에서 비롯된다. <바람직한 국가의 건설>이라는 정치적 과제는 사회적 의지에 따른 헌신이 요구되는 것이다. 즉, 단순히 현실에 대한 문학적 탐색을 하는 것만으로는 부족하고, '주체의 의지 혹은 열정'과 '이상을 향한 헌신'을 보여야 한다는 것이 당시 창작에 임하는 임화의 태도였던 것이다.

참고 문헌

김남식, 『남로당 연구 I 』(돌베개, 1984.4)

김용직, 『임화 문학 연구』(세계사, 1991.3)

김윤식, 『임화 연구』(문학사상사, 1989.12)

김윤식 外, 『해방공간의 문학운동과 문학의 현실 인식』(한울, 1989.1)

박용찬, 「해방직후 10월항쟁의 시적 형상화 과정 연구」(국어교육연구, 25호, 경북대 국어교육연구회, 1993.12)

윤여탁, 『시의 논리와 서정시의 역사』(태학사, 1995.11)

이우용(편), 『해방공간의 문학연구 I 』(태학사, 1990.3)

임 화, 『찬가』(백양당, 1947.2)

정해구, 『10월 인민항쟁 연구』(열음사, 1988)

G.Bisztray, 『마르크스주의의 리얼리즘 모델』(인간사, 1985.8)

G.M.Fridlender(이항재 역), 『리얼리즘의 시학』(열린책들, 1986.7)

임화 시 연구

인쇄일 초판 1쇄   2001년 07월 25일
         2쇄   2015년 03월 20일
발행일 초판 1쇄   2001년 07월 27일
         2쇄   2015년 03월 23일

지은이 김 정 훈
발행인 정 찬 용
발행처 **국학자료원**
등록일 1987.12.21, 제17-270호
서울시 강동구 성내동 447-11 현영빌딩 2층
Tel : 442-4623~4 Fax : 6499-3082
www. kookhak.co.kr
E- mail : kookhak2001@hanmail.net

ISBN 978-89-8206-610-8 *93810
가 격 15,000원